Universale Laterza
51

Nei « Classici illustrati »
prima edizione 1961

Nella « Universale »
prima edizione 1967

Proprietà letteraria riservata Gius. Laterza & Figli S.p.A.
via Dante 51   Bari

Torquato Tasso

GERUSALEMME LIBERATA

a cura di Lanfranco Caretti

volume primo

Editori Laterza   1967

Finito di stampare nel gennaio 1967
nello stabilimento d'arti grafiche
Gius Laterza & Figli Bari

Introduzione

La vita del Tasso ha costituito un tema caro ai romantici i quali l'hanno eletta a simbolo della condizione infelice dell'artista in seno alla società, della sua solitudine e del suo incompreso tormento. Contribuirono certo alla costituzione di questo mito i casi avventurosi e anche drammatici della esistenza tassiana, oltre ai modi stessi — già in parte mitizzanti — con cui il poeta amò presentarsi ai contemporanei e consegnarsi quindi ai posteri. In questo senso si può affermare che il Tasso, in molte sue pagine (soprattutto nelle lettere), è in un certo senso il primo responsabile della propria leggenda. Resta in ogni modo il fatto che la biografia tassiana è effettivamente tutt'altro che pacifica e che il romanzesco si mescola ad essa in quantità abbastanza inusitata. Eventi particolari, contrarietà, smisurate speranze e acri delusioni, emotività, impulsività, fantasia spesso eccitata sino alla ossessione febbrile, credulità candida e diffidenza ostinata, congiurarono insieme a conferire un carattere d'eccezionalità ad una vita che tuttavia è più corretto ascrivere alla situazione generale dei tempi, alla inquietudine e incertezza morale e politica dell'età controriformistica, che ad una emblematica generica, ad una simbologia decadente. Perché, a ben guardare, nella stessa vita del Tasso non tanto si configura la peregrinità d'un caso eccentrico quanto, piuttosto, si sensibilizza e si esaspera la storia intensa e spesso convulsa del tramonto rinascimentale, quando le sorti italiane apparvero ormai avvolte da una triste ombra d'irreparabile sconfitta e si venne facendo sempre più avvertibile il declinare dello slancio fiducioso che aveva animato la civiltà italiana fino a quel momento, mentre uno stato d'animo inquieto e sbigottito andò subentrando alla sicurezza energica e vigorosa che per un secolo aveva alimentato, negli uomini di Stato e negli scrittori, generose virtù attive e magnanimi disegni.

Di nobile discendenza (avendo a genitori Bernardo Tasso, di antica e illustre famiglia bergamasca, e Porzia de' Rossi, discendente da una aristocratica famiglia d'origine pistoiese) il Tasso nacque a Sorrento l'11 marzo 1544.

> Io nacqui nel 1544, gli undici di marzo, nel quale è la vigilia di San Gregorio, a ore dieci (Lettera *Ad Ascanio Mori,* 1586)

In quel tempo Bernardo era in Piemonte, al seguito di Ferrante Sanseverino principe di Salerno, al cui servizio era entrato nel 1531, per la guerra tra Carlo V e Francesco I. Nel 1545 i Tasso, rientrato in Italia il capofamiglia, si trasferirono a Salerno. Nel 1547 scoppiò una sollevazione a Napoli per il tentativo del viceré don Pedro di Toledo d'introdurre nella città l'Inquisizione. In quella occasione Ferrante Sanseverino fu nominato ambasciatore dei rivoltosi e inviato ad Augusta per conferire con Carlo V. Bernardo lo seguì e da quel momento la sua sorte andò legandosi sempre più strettamente a quella del suo principe e signore. Quando, infatti, Ferrante Sanseverino fu dichiarato ribelle dal viceré, nel 1552, Bernardo, che da poco aveva trasportato la famiglia a Napoli, lo accompagnò nella fuga e nell'esilio ed ebbe, di conseguenza, confiscati tutti i suoi beni. Intanto il piccolo Torquato, compiuti i primi studi in casa sotto la guida di don Giovanni d'Angeluzzo, aveva preso a frequentare la scuola dei Gesuiti.

> ... i padri Gesuiti, sotto la disciplina de' quali io fui allevato, mi fecero comunicare quand'io non aveva anco forse i nov'anni, sebben tanto era cresciuto di corpo, e d'ingegno mostrava tai segni di maturità, che di dodici poteva esser giudicato (Lettera *Al marchese Giacomo Buoncompagno,* 17 maggio 1580).

Nel 1554 Bernardo, dopo varie peregrinazioni, si stabilì a Roma, ma inutilmente tentò di farsi raggiungere dalla moglie e dai figli, Torquato e Cornelia. Alla fine, nell'ottobre di quell'anno, il solo Torquato poté ricongiungersi col padre lasciando per sempre il caro affetto della madre, che morì di lì a poco (1556), e affidandosi all'amorevole guida di Bernardo, il quale gli fece continuare gli studi insieme al cugino Cristoforo, giunto da Bergamo. Nel 1556, temendosi a Roma un assalto degli Spagnoli, in seguito al dissidio tra Filippo II e Paolo IV, Bernardo lasciò Roma per Urbino dove si mise al servizio di Guidobaldo II della Rovere. Così Torquato divenne compagno di studi del principe ereditario Francesco Maria, e perfezionò la sua cultura classica e moderna e apprese le scienze e le arti cavalleresche in quella splendida corte rinascimentale, avendo a maestri Girolamo Muzio, Antonio Galli, Federico Commandino, e frequentando letterati come Bernardo Cappello e Dionigi Atanagi. Probabilmente a quell'epoca risalgono i primi saggi poetici del giovanissimo Tasso. Nel 1558 Cornelia sposò Marzio Sersale nonostante le opposizioni del padre. Nello stesso anno Sorrento fu assaltata dai Turchi e Cornelia si salvò a stento dall'eccidio. La notizia sconvolse Torquato e forse gli suggerì la prima idea di un poema sulla prima Crociata rafforzando in lui la forte impressione ricevuta dai racconti uditi, quand'era ancora fanciullo, nel convento di Cava de' Tirreni, presso la tomba di Urbano II banditore della Crociata.

Nel 1559 Bernardo si trasferì a Venezia per attendere alla stampa del suo poema *Amadigi*, pubblicato poi nel 1560 presso l'editore veneziano Giolito Deferrari. Torquato lo raggiunse ben presto e proprio a Venezia prese a scrivere *Il primo libro del Gierusalemme*, lasciato presto interrotto, dopo poco più d'un centinaio di ottave, non appena il progetto di comporre un poema eroico apparve al Tasso troppo ambizioso ed arduo. Si volse allora ad altro genere letterario, meno impegnativo, e precisamente al poema cavalleresco. Diede così inizio al *Rinaldo* che vide poi la luce a Venezia (presso Francesco Sanese) nel 1562, con dedica al cardinale Luigi d'Este, nuovo signore del padre Bernardo e suo futuro protettore.

> ... quando diedi principio a quest'opera, la quale ora e per venire a le vostre mani, e quando di stamparla mi disposi, chiaramente previdi che alcuno, anzi molti sarebbono stati, i quali l'una e l'altra mia deliberazione avriano biasimata; giudicando poco convenevole a persona, che per attendere agli studi de le leggi in Padova dimori, spendere il tempo in cose tali, e disconvenevolissimo ad un giovane de la mia età, la quale non ancora a 19 anni arriva, presumere tant'oltre di se stesso, ch'ardisca mandar le primizie sue al cospetto de gli uomini, ad esser giudicato da tanta varietà di pareri... (*T. T. a i lettori*, lettera premessa al *Rinaldo*).

Contemporaneamente studiava legge all'Università di Padova e stringeva rapporti di amicizia con Sperone Speroni, Cesare Pavesi e Vincenzo Pinelli. Lasciati gli studi giuridici, si iscrisse ai corsi di filosofia e di eloquenza ed ebbe come maestri Francesco Piccolomini e Carlo Sigonio sotto la cui guida, e con i consigli dello Speroni, studiò profondamente la *Poetica* di Aristotile. Nello stesso anno in cui fu pubblicato il *Rinaldo,* il Tasso scrisse varie rime per Lucrezia Bendidio, damigella della principessa Eleonora d'Este, da lui conosciuta ai bagni di Abano nell'autunno del 1561. E per Lucrezia continuò a comporre versi anche quando essa andò sposa al conte Paolo Machiavelli. Nel 1563, dopo di essersi trasferito a Bologna per frequentare il terzo anno di studi, fece un viaggio a Mantova per visitarvi il padre che era passato al servizio del duca Guglielmo Gonzaga. A Mantova Torquato conobbe ed amò Laura Peperara, figlia di un ricco mercante, e per lei scrisse varie rime nel 1564, e ancora nel 1565. Nel gennaio 1564, mentre frequentava a Bologna il quarto corso di studi, fu accusato di avere composto una satira pungente contro professori e studenti dello Studio bolognese e fu costretto a fuggire e a ritornare a Padova. Qui fu molto bene accolto dal giovane principe Scipione Gonzaga ed entrò a far parte dell'Accademia degli Eterei con il nome di « Pentito ». Nell'ambiente di quella libera Accademia recitò alcuni dialoghi e orazioni che non ci sono conservati e collaborò, con un suo essenziale canzoniere amoroso, ad una raccolta di rime promossa dall'Accademia stessa e pubblicata poi a Padova nel 1567 (*Rime de gli Accademici Eterei*). Molto probabilmente in quello stesso periodo riprese il progetto d'un poema eroico dedicato alla prima Crociata e iniziò la composizione dei *Discorsi dell'arte poetica*, pubblicati molto più tardi in Venezia (1587, presso il Vasalini).

Nel 1565 il Tasso entrò finalmente al servizio del cardinale Luigi d'Este e cominciò a frequentare la corte di Alfonso II acquistandosi le grazie delle due principesse d'Este, Lucrezia ed Eleonora, sorelle del duca.

Poi che il ragionamento ci ha portati ne le lodi di queste case, non posso passar con silenzio la grandezza de l'animo, l'altezza de l'ingegno, la magnificenza e lo splendor di Luigi d'Este, né la bellezza e 'l valor singulare de le due principesse di Ferrara; ne l'una e ne l'altra de le quali in guisa è accompagnata la prudenza con l'ingegno, e la maestà con la piacevolezza, che lasciano in dubbio per qual parte sian più laudabili (*De la nobiltà*).

Per le principesse estensi scrisse allora, e ancora scriverà negli anni successivi, alcune tra le sue liriche più belle. Intanto stringeva relazioni d'amicizia con nobili ferraresi e uomini di corte: G. B. Pigna, Ercole Cato, G. B. Guarini, Antonio Montecatini, Annibale Romei. Tra il 1567 e il 1570 compose e recitò presso l'Accademia ferrarese l'orazione inaugurale e alcune considerazioni poetiche su versi del Pigna e del Della Casa. Nel settembre 1569 ad Ostiglia dove era governatore, morì Bernardo.

Ebbe il dì quarto di settembre fine la lunga e travagliata vita di mio padre. L'anima sua era con sì forti e tenaci nodi di complessione congiunta al corpo, che difficilmente e con grandissimo stento se ne separò: ma con tutto che la passione che mostrava ne' gemiti fosse acerbissima, passò nondimeno, per quanto mi parve di comprendere, pazientemente e con buona e santa disposizione (Lettera *A Felice Paciotto*, 28 settembre 1569).

*

Nel gennaio 1570 Lucrezia d'Este andò sposa a Francesco Maria della Rovere, duca d'Urbino; e così il Tasso, con la scomparsa di Bernardo e con questo matrimonio, perdeva o vedeva allontanarsi due persone a lui molto care: l'affettuoso padre e l'intelligente protettrice e consigliera. A distoglierlo in parte dai tetri pensieri sopravvenne, nell'ottobre 1570, il viaggio in Francia al seguito del cardinale Luigi d'Este. A Parigi Torquato entrò in amicizia con Iacopo Corbinelli e conobbe Pierre Ronsard, sul cui *Hymne de Henri II* scriverà più tardi alcune pagine del suo dialogo *Il Cataneo, o vero de gli idoli*. Dal soggiorno francese trasse anche pretesto per una interessantissima lettera al conte Ercole Contrari intorno alle cose vedute oltr'Alpe a paragone di quelle italiane. Tornato a Ferrara nell'aprile 1571 e preso congedo dal cardinale Luigi, il Tasso fu di lì a poco ammesso tra i cortigiani stipendiati del duca Alfonso; e con il duca si recò a Roma, nel gennaio 1573, e a Venezia, nel luglio 1574. Sono questi gli anni di maggiore creatività poetica. Nel 1573, infatti, scrisse l'*Aminta* che venne rappresentata, durante l'estate, nell'isoletta di Belvedere, e fu pubblicata alcuni anni appresso (1580, a Cremona presso Draconi), e iniziò la tragedia *Galealto re di Norvegia,* rimasta interrotta; ma soprattutto condusse innanzi, con grande lena e febbrile applicazione, il poema eroico *Il Goffredo* al quale aveva rimesso le mani, dopo il giovanile tentativo veneziano, negli anni bolognesi e padovani. Nell'aprile 1575 il *Goffredo* era ultimato e Torquato lo lesse, nell'estate, al duca e alla principessa Lucrezia, duchessa d'Urbino.

Sappia dunque Vostra Signoria illustrissima che, dopo una fastidiosa quartana, sono ora per la Dio grazia assai sano, e dopo lunghe vigilie ho condotto finalmente al fine il poema di Goffredo (Lettera *Al cardinale Giovan Girolamo Albano,* 6 aprile 1575).

Lessi a le Casette l'ultimo canto a Sua Altezza, per quanto mostrò, con infinita sua soddisfazione; e con la prima occasione, la quale non potrà tardare oltre quindici o venti giorni, comincerò a rileggerlo tutto ordinatamente da principio (Lettera *A Luca Scalabrino,* 1575).

Il signor duca è andato fuori, ed ha lasciato me qui *invictus invitum*; perché così è piaciuto a la signora duchessa d'Urbino, la quale togliendo l'acqua de la Villa, ha bisogno il giorno di trattenimento. Leggole il mio libro; e sono ogni giorno con lei molte ore *in secretis* (Lettera *A Scipione Gonzaga*, 20 luglio 1575).

Era stato intanto nominato lettore di Geometria e della Sfera nello Studio ferrarese e successivamente storiografo di corte in sostituzione di G. B. Pigna, morto nel novembre 1575. Nonostante tutto questo il Tasso era malcontento di Ferrara ed era tormentato dai primi dubbi intorno al suo poema. Si recò pertanto a Roma, in occasione del giubileo, per essere presentato al cardinale de' Medici e per ottenere la revisione del poema da parte di letterati insigni. I revisori, tramite l'amico Luca Scalabrino, furono scelti nelle persone di Scipione Gonzaga, Flaminio Nobili, Silvio Antoniano, Sperone Speroni. Questo viaggio a Roma fu considerato poi dal poeta come la prima origine delle sue disgrazie. Effettivamente l'avvicinamento ai Medici e la ritardata pubblicazione del poema dovettero essere il germe originario dei sospetti e delle diffidenze del duca Alfonso nei riguardi del Tasso. Sospetti e diffidenze che Torquato non si curò certo di dissipare, ma che anzi aggravò, via via, col suo stravagante e contraddittorio comportamento. Ebbe inizio così il decennio (1576-1586) più travagliato della vita del Tasso, caratterizzato da improvvise fughe da Ferrara e da altrettanti subitanei ritorni, da crisi anche violente, e culminato infine nella lunga e dolorosa reclusione di Sant'Anna.

Nel gennaio 1576 il Tasso ritornò a Ferrara e iniziò la laboriosa vicenda della revisione del poema che gli provocò avvilimenti e sconforti, qualche volta anche impeti di ribellione.

Io non vo' padrone se non colui che mi dà il pane, né maestro; e voglio esser libero non solo ne' giudicii, ma anco ne lo scrivere e ne l'operare. Quale sventura è la mia, che ciascuno mi voglia fare il tiranno addosso? Consiglieri non rifiuto, purché si contentino di stare dentro ai termini di consigliere (Lettera *A Luca Scalabrino*, 4 maggio 1576).

Nel settembre fu aggredito e colpito al capo da Ercole Fucci col quale aveva già avuto un vivace litigio. Quindi si recò a Modena, ospite di Ferrante Tassoni governatore estense, e vi conobbe la poetessa Tarquinia Molza, per la quale scrisse alcune liriche, e vi lesse, in un'adunanza di amici letterati, il *Discorso della gelosia,* pubblicato nel 1585. Nel gennaio 1577 era di nuovo a Ferrara. I segni di stranezza si andavano accentuando. Lo affliggevano la mania di persecuzione e il timore di essere incorso nell'eresia. Benché assolto dall'Inquisitore di Ferrara, a cui si era confessato, non gli riuscì di placare l'interna, ostinata inquietudine. Nel giugno aggredì un servo con un coltello, credendosi spiato, e venne, per prudenza, rinchiuso temporaneamente in una delle stanze del cortile del Castello estense adibite a prigione.

> Del Tasso le do nuova che ier sera fu incarcerato per avere in camera de la duchessa di Urbino tratto un coltello dietro a un servitore; ma più tosto preso per il disordine e per occasione di curarlo, che per cagion di punirlo. Egli ha un umor particolare, sì di credenza d'aver peccato d'eresia, come di timor d'essere avvelenato, che nasce (cred'io) da un sangue melancolico costretto al cuore e fumante al cervello. Caso miserabile per il suo valore e la sua bontà (Lettera di Maffeo Veniero *Al granduca di Toscana,* 18 giugno 1577).

Di lì a poco fu liberato e condotto dal duca nella villa di Belriguardo, dove però continuò a peggiorare. Il duca allora lo rimandò a Ferrara perché venisse ospitato nella quiete del convento di San Francesco. L'atteggiamento del duca Alfonso nei confronti del Tasso, da questo momento in poi, fu soprattutto dominato dalla preoccupazione che il poeta potesse comprometterlo presso l'Inquisizione. La corte estense, dopo i liberi e spregiudicati atteggiamenti di Renata di Francia e la temporanea accoglienza del calvinismo in Ferrara, aveva faticosamente riallacciato i rapporti diplomatici con la Chiesa e cercava perciò che gli antichi sospetti, nei suoi riguardi, non avessero più a risorgere pregiudicando il nuovo corso politico, reso necessario dall'intrinseca debolezza dello Stato estense. Ma neppure la quiete del convento valse a placare l'inquietudine tassiana. Il 27 luglio il poeta fuggì dal suo rifugio, lasciò nascostamente Ferrara e attraverso la Romagna, le Marche e l'Abruzzo, valicato l'Appennino, giunse a Gaeta e di qui, per mare, a Sorrento. Si presentò, travestito da pastore, alla sorella e le annunciò la morte di Torquato. Solo dopo di essersi assicurato dell'affetto di Cornelia, le si rivelò e accettò di trascorrere a Sorrento un breve periodo di riposo. Ma ben presto lo riprese la nostalgia di Ferrara. Si trasferì quindi a Roma e poi a Ferrara, dove sostò brevemente per ripartire di nuovo alla volta di Mantova, Padova, Venezia e Pesaro. Nell'agosto 1578 era ospite a Urbino di Francesco Maria della Rovere e nella villa di Fermignano cominciò a scrivere la celebre canzone *Al Metauro* rimasta incompiuta. Nel settembre lasciò Urbino, ripassò per Ferrara e Mantova e proseguì verso Torino per mettersi al servizio di Emanuele Filiberto. Aiutato e presentato da Angelo Ingegneri, trovò cortese ospitalità presso il principe Carlo Emanuele e presso il marchese Filippo d'Este. Durante il soggiorno torinese compose varie rime e forse venne ideando il dialogo *De la nobiltà*. Nel febbraio 1579 fuggì improvvisamente anche da Torino e giunse a Ferrara mentre si celebravano le nozze del duca Alfonso con Margherita Gonzaga. Di lì a poco, in casa Bentivoglio, diede in escandescenze e si recò al Castello ducale a inveire contro la corte. Preso a forza, per ordine del duca, venne rinchiuso nell'Ospedale di Sant'Anna e considerato come pazzo.

Ora essendo tante le maniere de' peccati, io per mia colpa, e parte per mia sciagura, d'alcuna d'esse sono o calunniato o accusato; perciocché come ribello contra il principe mio signor per elezione, come ingiurioso contra gli amici e conoscenti, e come ingiusto contra me stesso (se contra se medesimo si può commettere ingiustizia) sono trattato; e sono scacciato da la cittadinanza, non di Napoli o di Ferrara, ma del mondo tutto; sì che a me solo non è lecito dire ciò che a tutti è lecito, cioè d'esser cittadino de la terra; escluso non solo da le leggi civili, ma da quelle de le genti e de la natura e d'Iddio: privo di tutte l'amicizie, di tutte le conversazioni, di tutti i trattenimenti, di tutti i conforti: rigettato da tutte le grazie, e in ogni tempo e in ogni luogo egualmente schernito e abbominato. La qual pena è così grande, che s'ella d'alcuna speranza non fosse accompagnata, la morte senza alcun dubbio non parrebbe molto maggiore; e forse ad uom forte e magnanimo qual io d'esser non mi conosco, molto minore sarebbe giudicata (Lettera *A Scipione Gonzaga,* 15 aprile 1579).

... oppresso dal peso di tante sciagure, ho messo in abbandono ogni pensiero di gloria e d'onore; ed assai felice d'esser mi parrebbe se senza sospetto potessi trarmi la sete de la quale continuamente son travagliato, e se, com'uno di questi uomini ordinari, potessi in qualche povero albergo menar la mia vita in libertà; se non sano, che più non posso essere, almeno non così angosciosamente infermo; se non onorato, almeno non abbominato; se non con le leggi de gli uomini, con quelle de bruti almeno, che ne' fiumi e ne' fonti liberamente spengono la sete, de la quale (e mi giova ripeterlo) tutto sono acceso (Lettera *A Scipione Gonzaga,* maggio 1579).

Ebbe così inizio il lungo e amaro periodo della prigionia (1579-1586), con cui si concluse drammaticamente per il poeta una crisi interiore che durava almeno dal 1575. Dopo quattordici mesi di segregazione severa, gli vennero concesse alcune stanze dove egli poté cominciare a ricevere amici e a scrivere rime, lettere e dialoghi. Gran parte delle opere di quel periodo erano indirizzate a procurare al poeta il favore di qualche principe o a respingere le accuse da cui egli si sentiva, a torto o a ragione, insistentemente assillato. Assai fitti furono pure, in quegli anni, i suoi rapporti epistolari con amici e con editori intorno alle varie stampe, per lo più arbitrarie e non autorizzate, che si venivano facendo delle sue opere. Nei momenti di lucidità, scrisse e rielaborò la maggior parte dei suoi dialoghi (dal *Forno* al *Beltramo,* dal *Forestiero napoletano* al *Gonzaga,* dal *Nifo* al *Messaggiero,* dal *Padre di famiglia* al *Romeo,* dal *Rangone* al *Malpiglio* e via dicendo). Nel 1581 cominciarono ad uscire le prime edizioni della *Liberata,* tra cui fondamentali le due stampe curate, a brevissima distanza l'una dall'altra, da Febo Bonnà, e le varie parti delle *Rime e prose* presso

Aldo Manuzio e quindi presso Giulio Vasalini. Intanto le sofferenze fisiche e morali del Tasso si andavano accentuando. E così pure i turbamenti psichici.

> Sono alcuni anni ch'io sono infermo e l'infermità mia non è conosciuta da me: nondimeno io ho certa opinione di essere stato ammaliato. Ma qualunque sia stata la cagione del mio male, gli effetti sono questi: rodimento d'intestino, con un poco di flusso di sangue; tintinnii ne gli orecchi e ne la testa alcune volte sì forti che mi pare di averci un di questi orioli da corda: immaginazione continua di varie cose, e tutte spiacevoli; la qual mi perturba in modo, ch'io non posso applicar la mente a gli studi per un sestodecimo; e quanto più mi sforzo di tenervela intenta, tanto più sono distratto da varie immaginazioni, e qualche volta da sdegni grandissimi, i quali si muovono in me secondo le varie fantasie che mi nascono. Oltra di ciò, sempre dopo il mangiare la testa mi fuma fuor di modo, e si riscalda grandemente; ed in tutto ciò che io odo, vo, per così dire, fingendo con la fantasia alcuna voce umana, di maniera che mi pare assai spesso che parlino le cose inanimate; e la notte sono perturbato da vari sogni; e talora sono stato rapito da l'immaginazione in modo, che mi pare d'aver udito (se pur non voglio dire d'aver udito certo) alcune cose, le quali io ho conferite co 'l padre fra Marco capuccino apportator de la presente, e con altri padri e laici con i quali ho parlato del mio male; il quale essendo non solo grande, ma spiacevole sovra ciascuno altro, ha bisogno di possente rimedio (Lettera *A Girolamo Mercuriale*, la vigilia di San Pietro del 1583).

Il poeta non cessava di pensare alla propria liberazione da Sant'Anna. Per ottenerla si rivolse ad amici e conoscenti. Ne scrisse, con angosciosa assiduità, ad Angelo Grillo, ad Alessandro Spinola, a don Cesare d'Este, alla principessa Leonora a Mantova, al nuovo pontefice Sisto V, ad innumerevoli altri. Sperava alternativamente che essa gli venisse da Bergamo o da Mantova, se non da altre città. In quegli stessi anni, e precisamente a partire dal 1584, si svolse la famosa polemica intorno alla *Liberata* a cui avevano dato inizio Camillo Pellegrino, con un dialogo in cui era sostenuta la superiorità del Tasso sull'Ariosto, e Leonardo Salviati, il quale, a nome dell'Accademia della Crusca ma in realtà per iniziativa personale, si oppose al Pellegrino con una accesa difesa dell'Ariosto. Il campo dei più noti letterati del tempo si venne via via dividendo in due partiti che accanitamente disputarono, l'uno contro l'altro, a gloria o a discredito del Tasso. Lo stesso poeta intervenne nella discussione con la sua *Apologia* e con la *Risposta alla lettera di Bastiano Rossi*. Più importante di questa lunga polemica, interessante solo per alcuni aspetti minori relativi al problema della lingua, è la nuova edizione della *Liberata* curata a Mantova nel 1584, presso lo stampatore Osanna, da Scipione Gonzagà.

Nel luglio 1586 Vincenzo Gonzaga, principe di Mantova, ottenne finalmente che il poeta fosse affidato alla sua custodia. Così, dopo sette anni di reclusione, il Tasso ricuperava la propria libertà.

> Io son libero, per grazia del serenissimo signor principe di Mantova; e benché la fortuna m'abbia privato di tutti i suoi beni, non ha potuto privarmi di quelli della natura. Onde se mai vi rallegraste ch'io vi fossi fratello, ora non devreste dolervene; o dolervi solamente de' miei infortunii, i quali sono stati vari e grandi, e lungo tempo mi hanno tenuto soggetto a varie infelicità: ormai devrebbono aver fine (Lettera *A Cornelia Tasso*, 1586).

Insieme alla libertà parve che anche un nuovo fervore creativo pervadesse il poeta, il quale riprese il *Galealto* e lo trasformò nel *Torrismondo*. La stesura della tragedia fu rapida, ma dovette stancare il Tasso che ben presto fu ripreso dalla inquietudine. Fuggì, infatti, da Mantova e si spinse sino al santuario di Loreto, e di qui, per Macerata, proseguì alla volta di Roma, dove si stabilì, mentre il duca di Mantova, preoccupato, cercava di riaverlo in ogni modo a Mantova e faceva intervenire a questo scopo Antonio Costantini e lo stesso Scipione Gonzaga. Tutto fu inutile, perché il Tasso temeva di perdere nuovamente la libertà appena riacquistata. In suo favore intervenne il papa Sisto V, e il duca Alfonso non insistette più oltre affinché gli fosse restituito il poeta e così, da questo momento, si mise quieto anche il duca Vincenzo, il quale evidentemente agiva meno per impulso proprio che per far fronte agli impegni assunti col principe estense. Nel marzo 1588 il Tasso si recò a Napoli e fu accolto nel monastero di Monte Oliveto. In questa occasione iniziò il poemetto *Il Monte Oliveto* (pubblicato postumo) in onore dei frati che l'avevano benignamente ospitato. Ritornato a Roma, dimorò presso Scipione Gonzaga e scrisse il *Rogo amoroso* (pure stampato postumo) per la morte della donna amata da Fulvio Orsini. Nell'agosto 1589 lasciò la casa di Scipione Gonzaga e si ritirò nel convento di Santa Maria Nuova degli Olivetani. Si sentiva nuovamente stanco e oppresso da mali fisici. Nel 1590 partì alla volta di Firenze dove fu ricevuto con molte feste da parte di Ferdinando de' Medici, granduca di Toscana, e anche dagli Accademici della Crusca, divenuti ora accesi celebratori della *Liberata*. Trascorse a Firenze alcuni mesi tranquilli attendendo al rifacimento del poema sino a che non gli giunse la notizia della morte di Sisto V che lo indusse a ritornare a Roma. Invitato poi a tornare a Mantova, si rimise in viaggio e giunse alla corte gonzaghesca nel marzo 1591 dopo aver sostato a Viterbo, Siena e Bologna. Intanto conduceva innanzi, di buona lena, il rifacimento del poema e scriveva la *Genealogia della casa Gonzaga* pubblicata postuma. Provvedeva anche al riordinamento definitivo delle sue rime e ne pubblicava la *Prima parte* a Mantova presso l'Osanna e quindi la *Seconda parte* a Brescia presso il Marchetti (1592).

Nell'agosto 1591 il Tasso fece parte del seguito di Vincenzo Gonzaga che si recò a Roma per rendere omaggio al nuovo papa Innocenzo IX. Nel febbraio 1592 fu invitato a Napoli da Matteo di Capua. Nella città partenopea fu accolto con onore e vi conobbe vari uomini di lettere, tra cui il giovane G. B. Manso che sarà il suo primo biografo. In casa del Manso iniziò il *Mondo creato* (pubblicato nel 1605) e strinse amicizia con Carlo Gesualdo, principe di Venosa e celebre madrigalista. In maggio tornò a Roma sperando di ottenere la protezione e l'aiuto del nuovo pontefice Clemente VIII, succeduto a Innocenzo IX, e fu ospite di Cinzio Passeri Aldobrandini, nipote di Clemente VIII, uomo di lettere e protettore d'artisti. All'Aldobrandini il Tasso dedicò la *Gerusalemme conquistata* che vide per la prima volta la luce a Roma nel 1593, presso il Facciotti, e fu quindi ristampata, l'anno appresso, a Pavia presso il Viano. Nel giugno 1594, dopo avere scritto e pubblicato le *Lagrime di Maria Vergine* e le *Lagrime di Gesù Cristo*, tornò a Napoli e trascorse l'estate nel monastero di San Benedetto. Per quei frati benedettini cominciò a scrivere un poemetto, *Della vita di San Benedetto*, rimasto interrotto dopo la settima stanza. A Napoli, in quel periodo, videro la luce, presso lo Stigliola, i sei *Discorsi del poema eroico* coi quali il Tasso intese correggere le posizioni teoriche dei giovanili *Discorsi dell'arte poetica* e giustificare il rifacimento della sua *Gerusalemme*.

Nel novembre 1594, richiamato da Cinzio Aldobrandini, ritornò a Roma. Il papa gli concesse allora una pensione annua e gli promise l'incoronazione poetica. Ma nel marzo 1595 il Tasso ricadde ammalato e si fece condurre nel convento di Sant'Onofrio, sul Gianicolo. Aveva ormai il presentimento della morte.

Che dirà il mio signor Antonio, quando udirà la morte del suo Tasso? e per mio aviso non tarderà molto la novella; perch'io mi sento al fine de la mia vita, non essendosi potuto trovar mai rimedio a questa mia fastidiosa indisposizione, sopravenuta a le molte altre mie solite; quasi rapido torrente, dal quale, senza potere avere alcun ritegno, vedo chiaramente esser rapito. Non è più tempo ch'io parli de la mia ostinata fortuna, per non dire de l'ingratitudine del mondo, la quale ha pur voluto aver la vittoria di condurmi a la sepoltura mendico; quando io pensava che quella gloria che, mal grado di chi non vuole, avrà questo secolo da i miei scritti, non fusse per lasciarmi in alcun modo senza guidardone. Mi sono fatto condurre in questo munistero di Sant'Onofrio; non solo perché l'aria è lodata da' medici, più che d'alcun'altra parte di Roma, ma quasi per cominciare da questo luogo eminente, e con la conversione di questi divoti padri, la mia conversione in cielo. Pregate Iddio per me: e siate sicuro, che sì come vi ho amato e onorato sempre ne la presente vita, così farò per voi ne l'altra più vera, ciò che a la non finta ma verace carità s'appartiene. Ed a la Divina grazia raccomando voi e me stesso. Di Roma, in Santo Onofrio (Lettera *Ad Antonio Costantini*, 1595).

La morte colse il Tasso il 25 aprile alle ore 11 antimeridiane. La pietà dei frati ne compose il corpo in una tomba collocata nella piccola chiesa di Sant'Onofrio, nella prima cappella a sinistra. Aveva da poco compiuto i cinquantun anni.

*

Si può dire che per il Tasso, nonostante la ricca prolificità artistica, solo un'opera abbia veramente contato durante tutto il corso della sua vita, e cioè quel poema della liberazione di Gerusalemme che lo impegnò per oltre trent'anni, dall'esordio poetico sino alla vigilia della morte, e nel quale interamente si rispecchia la storia della poesia tassiana con le sue luci e le sue ombre, le sue virtù e i suoi vizi. Tutti gli altri scritti, in versi e in prosa, sono infatti complementari rispetto ad esso e rappresentano, via via, esperienze artistiche minori, messe a frutto anche nella compagine dell'opera maggiore, o prese di coscienza, critiche e morali, dei problemi intorno a cui la lunga e complessa elaborazione del poema lo spingeva a riflettere.

Forse già balenata nella mente del Tassino durante il primo soggiorno urbinate, nei colloqui con Girolamo Muzio, l'idea del poema si venne meglio definendo a Venezia nel 1559, cioè nel periodo più sereno e fiducioso della vita tassiana, all'epoca del sodalizio con Danese Cattaneo. Alla composizione di un poema sulla prima Crociata il giovanissimo poeta si sentiva attratto dal concorso di molte ragioni autobiografiche e storiche: il desiderio di un'affermazione rapida e vistosa; l'ambizione di corrispondere all'aspettativa di tutto il mondo letterario contemporaneo e di far opera diversa e più moderna di quella grandissima dell'Ariosto; i ricordi dei racconti ascoltati da fanciullo a Cava de' Tirreni, nei quali rivivevano la figura di Urbano VIII e le imprese dei crociati; i generali timori del pericolo turco, largamente diffusi in tutta Europa. Da tutti questi stimoli tra loro concorrenti, il Tassino fu dunque tratto ad abbozzare il primo canto del *Gierusalemme,* dove è sommariamente svolta parte della materia che sarà poi distribuita nei primi tre canti della *Liberata.* Si trattò di un tentativo destinato ad arrestarsi, come s'è detto, alle prime difficoltà. Di troppo, infatti, l'ambizioso progetto sormontava la capacità del Tasso, già tecnicamente e culturalmente provveduto, ma nutrito appena di esperienze letterarie e solo animato da un ingenuo vagheggiamento eroico. Gli mancava ancora quel complesso d'affetti e di convinzioni, quella maturità e profondità di motivi interiori, che avrebbero potuto assicurare all'opera salda architettura, durata narrativa, ricchezza e varietà di temi, e soprattutto un autentico centro ispiratore.

Dopo la parentesi del *Rinaldo,* il decennio 1564-1574 costituisce il periodo della ripresa della *Liberata* e del suo compimento, della sua chiarificazione e difesa critica, oltre che delle più profonde e decisive esperienze umane del Tasso. Sono gli anni in cui la sua coscienza, attivamente inquieta, e la sua opera poetica riflettono l'assillante antinomia dell'età controriformistica, ponendosi di fronte ad essa col generoso intento di conciliarne i motivi opposti e di esprimerne nell'arte la raggiunta concordia. Impresa difficile, a cui il Tasso si dedicò con slancio e fervore e da cui doveva uscire, alla fine, stremato. Il Tasso infatti cercava di risalire alla luce da una condizione sentimentale assai turbata e di ristabilire l'equilibrio ormai spezzato tra soggettività arbitraria e aspirazioni comuni, liberando se stesso e i suoi contemporanei dalle insidie opposte ma egualmente funeste dell'edonismo estetico e del regolismo esteriore. Questo spiega perché il lungo lavoro della *Liberata* sia vigilato, all'inizio, dai *Discorsi dell'arte poetica* e tutelato, alla fine, dalle *Lettere poetiche* a Scipione Gonzaga.

In pochi poeti, pertanto, la meditazione sull'arte, e particolarmente sul poema eroico, ebbe un carattere così serio e un'importanza così decisiva come per il Tasso. I *Discorsi dell'arte poetica,* infatti, non costituiscono una poetica astratta, mero riflesso di una speculazione intellettuale, ma la consapevole e necessaria presa di coscienza delle questioni inelusibili che la *Liberata,* appena avviata, imponeva al poeta. In questi *Discorsi* il Tasso ha impostato con chiarezza i termini interni e stilistici di quel rapporto dialettico tra affetti e ragione, tra moralità e retorica, tra ispirazione religiosa e classicismo, che gli sembrava realizzabile solo col ritorno ai modelli della perfezione antica, illuminata di spiritualità cristiana. Ciò che il Tasso, nei *Discorsi,* cercò dunque di chiarire fu proprio il modo di restaurare, per via poetica, l'unità umana in una sintesi nuova, attingendo a quella sublimità eroica, nell'altezza dei sentimenti e nella magnificenza della forma, in cui bellezza e virtù si sarebbero dovute armonicamente associare. Si trattava soprattutto di restituire l'arte alla materia storica attraverso il verisimile, cioè conciliando la verità con la libera invenzione, e di frenare la dispersività e l'arbitrio delle passioni autonome entro un organismo unitario conciliando l'unità con la varietà, anzi facendo nascere la prima dalla seconda per mezzo di raccordi coerenti e per niente casuali tra vicenda e vicenda.

> ... così parimente giudico che da eccellente poeta... un poema formar si possa, nel quale, quasi in picciolo mondo, qui si leggano ordinanze d'eserciti, qui battaglie terrestri e navali, qui espugnazioni di città, scaramucce e duelli, qui giostre, qui descrizioni di fame e di sete, qui tempeste, qui incendi, qui prodigi; là si trovino concilii celesti e infernali, là si veggiano sedizioni, là discordie, là errori, là venture, là incanti, là opere di crudeltà, di audacia, di cortesia, di generosità; là avvenimenti d'amore, or felici or infelici, or lieti or compassionevoli: ma che nondimeno *uno* sia il poema che tanta varietà di materie contenga, *una* la forma e la favola sua, e che tutte queste cose siano di maniera composte che l'una l'altra riguardi, l'una a l'altra corrisponda, l'una da l'altra o necessariamente o verosimilmente dipenda, sì che una sola parte o tolta via o mutata di sito, il tutto ruini.

Solo chi non vede l'esigenza profonda d'ordine e di chiarezza che è implicita in questa trasposizione tassiana dell'aristotelismo sul terreno della problematica contemporanea, può considerare la struttura della *Liberata* come un macchinoso congegno, una cornice puramente retorica; e gli sfuggirà così l'assidua tensione tra l'energica spinta unitaria e l'opposto impeto delle forze centrifughe, che costituisce in realtà l'irrequieta e indocile vita interna del poema. Mancando, infatti, al Tasso tanto la fede positiva di Dante quanto la libertà agile ed estrosa dell'Ariosto, non era possibile che la *Liberata* riuscisse ad emulare la salda struttura verticale della *Commedia* né quella orizzontale e aperta del *Furioso*. Era fatale, invece, che ne uscisse una struttura del tutto nuova, fondata sopra un ritmo alterno di spinte e controspinte che ora impongono alla poesia tassiana sviluppi ascendenti, a spirale, ed ora sviluppi diversivi, più liberamente espansi, ma mai del tutto eccentrici rispetto all'azione centrale. Il risultato è un'originale compenetrazione di piani diversi, in cui i momenti eroici (storici e morali) e quelli lirici (sentimentali e autobiografici) strettamente si intrecciano e reciprocamente si trasfondono attraverso suggestive increspature e secondo impulsi subitanei ed eccitati, in un continuo e spesso repentino mutare di luci e di ombre, di opposte prospettive, entro una dimensione narrativa a doppio registro.

Il costante bifrontismo spirituale del Tasso, infatti, trova solo nella *Liberata* la sua vera forma congeniale, la sua più compiuta sanzione artistica. Gli amanti inganni e le alte disposizioni morali vivono infatti, nel poema, in una luce di vibrante trepidazione. Tanto sui personaggi che sui luoghi si stende l'ombra d'una minaccia, di una segreta insidia. È il tipico *suspense* tassiano. Non quello romanzesco, estroso e inventivo, dell'Ariosto, quel sublime espediente narrativo calcolato come un congegno perfetto, ma un *suspense* che è inerente alla coscienza stessa del poeta, proiezione letteraria del suo sgomento di fronte alla realtà. Così il piacere appare insidiato dal sentimento della labilità, e si fa tanto più acre e voluttuoso quanto più se ne avverte l'effimera durata; l'amore è contristato dalla corresponsione negata e soprattutto da presagi funesti, e si nutre di languidi ardori o di disperata mestizia; la fama terrena è corrosa dal trascorrere del tempo, e lascia di sé solo un'eco fragile che il vento disperde; la natura finge promesse e lusinghe, ma improvvisamente impietrisce in un pauroso squallore desertico; gli eventi sono soggetti all'estro imperscrutabile e spesso crudele della fortuna, sì che la gioia è costantemente minacciata dal dolore; l'idea stessa della vita, infine, è ovunque associata a quella della morte.

> — Deh mira — egli cantò — spuntar la rosa
> dal verde suo modesta e verginella,
> che mezzo aperta ancora e mezzo ascosa,
> quanto si mostra men, tanto è più bella.
> Ecco poi nudo il sen già baldanzosa
> dispiega; ecco poi langue e non par quella,
> quella non par che desiata inanti
> fu da mille donzelle e mille amanti.
>
> Così trapassa al trapassar d'un giorno
> de la vita mortale il fiore e 'l verde;
> né perché faccia indietro april ritorno,
> si rinfiora ella mai, né si rinverde.
> Cogliam la rosa in su 'l mattino adorno
> di questo dì, che tosto il seren perde;
> cogliam d'amor la rosa: amiamo or quando
> esser si puote riamato amando. —
>
> (*Lib.* XVI, 14-15)

> Ma mentre dolce parla e dolce ride,
> e di doppia dolcezza inebria i sensi,
> quasi dal petto lor l'alma divide,
> non prima usata a quei diletti immensi.
> Ahi crudo Amor, ch'egualmente n'ancide
> l'assenzio e 'l mèl che tu fra noi dispensi,
> e d'ogni tempo egualmente mortali
> vengon da te le medicine e i mali!
>
> Fra sì contrarie tempre, in ghiaccio e in foco,
> in riso e in pianto, e fra paura e spene,

inforsa ogni suo stato, e di lor gioco
l'ingannatrice donna a prender viene;
e s'alcun mai con suon tremante e fioco
osa parlando d'accennar sue pene,
finge, quasi in amor rozza e inesperta,
non veder l'alma ne' suoi detti aperta.

(*Lib.* IV, 92-93)

Folli, perché gettate il caro dono,
che breve è sì, di vostra età novella?
Nome, e senza soggetto idoli sono
ciò che pregio e valore il mondo appella.
La fama che invaghisce a un dolce suono
voi superbi mortali, e par sì bella,
è un'ecco, un sogno, anzi del sogno un'ombra,
ch'ad ogni vento si dilegua e sgombra.

(*Lib.* XIV, 63)

Giace l'alta Cartago: a pena i segni
de l'alte sue ruine il lido serba.
Muoiono le città, muoiono i regni,
copre i fasti e le pompe arene ed erba,
e l'uom d'esser mortal par che si sdegni:
oh nostra mente cupida e superba!

(*Lib.* XV, 20)

Spenta è del cielo ogni benigna lampa;
signoreggiano in lui crudeli stelle,
onde piove virtù ch'informa e stampa
l'aria d'impression maligne e felle.
Cresce l'ardor nocivo, e sempre avampa
più mortalmente in queste parti e in quelle;
a giorno reo notte più rea succede,
e di peggior di lei dopo lei vede.
  Non esce il sol giamai, ch'asperso e cinto

>di sanguigni vapori entro e d'intorno
>non mostri ne la fronte assai distinto
>mesto presagio d'infelice giorno;
>non parte mai che in rosse macchie tinto
>non minacci egual noia al suo ritorno,
>e non inaspri i già sofferti danni
>con certa tema di futuri affanni.

(Lib. XIII, 53-54)

È insomma un continuo oscillare tra verità e apparenze, in un mondo non rappresentato nitidamente con distacco e sicurezza, ma filtrato attraverso una sensibilità ansiosa e irrequieta. Anche il *magismo*, realizzato con l'innesto del meraviglioso sovrannaturale entro la storia, corrisponde del resto a questo senso costante del mistero che grava sulla vita, e la fa pensosa e dolente, penetrando nel cuore degli uomini e agitandoli oscuramente, popolando la natura di strane voci e di malefici incanti:

>Sorge non lunge a le cristiane tende
>tra solitarie valli alta foresta,
>foltissima di piante antiche, orrende,
>che spargon d'ogni intorno ombra funesta.
>Qui, ne l'ora che 'l sol più chiaro splende,
>è luce incerta e scolorita e mesta,
>quale in nubilo ciel dubbia si vede
>se 'l dì a la notte o s'ella a lui succede.
> Ma quando parte il sol, qui tosto adombra
>notte, nube, caligine ed orrore
>che rassembra infernal, che gli occhi ingombra
>di cecità, ch'empie di tema il core;
>né qui gregge od armenti a' paschi, a l'ombra
>guida bifolco mai, guida pastore,
>né v'entra peregrin, se non smarrito,
>ma lunge passa e la dimostra a dito.
>
>. . . . .
>
> Esce allor de la selva un suon repente
>che par rimbombo di terren che treme,

e 'l mormorar de gli Austri in lui si sente
e 'l pianto d'onda che fra scogli geme.
Come rugge il leon, fischia il serpente,
come urla il lupo e come l'orso freme
v'odi, e v'odi le trombe, e v'odi il tuono:
tanti e sì fatti suoni esprime un suono.

In tutti allor s'impallidìr le gote
e la temenza a mille segni apparse,
né disciplina tanto o ragion pote
ch'osin di gire inanzi o di fermarse,
ch'a l'occulta virtù che gli percote
son le difese loro anguste e scarse.

. . . .

..... Egli era intento
de le brevi parole a i sensi occulti:
fremere intanto udia continuo il vento
tra le frondi del bosco e tra i virgulti,
e trarne un suon che flebile concento
par d'umani sospiri e di singulti,
e un non so che confuso instilla al core
di pietà, di spavento e di dolore.

(*Lib.* XIII, 2-3, 21-22, 40)

Ma già distendon l'ombre orrido velo
che di rossi vapor si sparge e tigne;
la terra in vece del notturno gelo
bagnan rugiade tepide e sanguigne;
s'empie di mostri e di prodigi il cielo,
s'odon fremendo errar larve maligne:
votò Pluton gli abissi, e la sua notte
tutta versò da le tartaree grotte.

(*Lib.* IX, 15)

Ma il *suspense* tassiano non ha solo questo registro basso, questo tono allucinato e talvolta anche torbido e morboso, quasi preludio ad una irreparabile catastrofe. Gli si associa un registro acuto, energico e attivo, che mitiga quell'angoscia e spesso la redime, ricuperando, giusto al limite dove ogni energia si sfrangia e si dissolve, un sentimento ancora generoso e intenso della vita che sorregge e illumina i gesti eroici, trattiene le impazienze e fortifica lo spirito nella rinuncia, celebra il sacrificio, esalta la pietà e la gentilezza, consola i pianti segreti, purifica le passioni, illumina anche la morte d'una sublime speranza, mentre i paesaggi si liberano dagli incantesimi orridi e paurosi e la natura sorride conciliata sotto cieli rifatti finalmente sereni e benigni:

  così gridando, la cadente piova
che la destra del Ciel pietosa versa,
lieti salutan questi; a ciascun giova
la chioma averne non che il manto aspersa:
chi bee ne' vetri e chi ne gli elmi a prova,
chi tien la man ne la fresca onda immersa,
chi se ne spruzza il volto e chi le tempie,
chi scaltro a miglior uso i vasi n'empie.
  Né pur l'umana gente or si rallegra
e dei suoi danni a ristorar si viene,
ma la terra, che dianzi afflitta ed egra
di fessure le membra avea ripiene,
la pioggia in sé raccoglie e si rintegra,
e la comparte a le più interne vene,
e largamente i nutritivi umori
a le piante ministra, a l'erbe, a i fiori;
  ed inferma somiglia a cui vitale
succo le interne parti arse rinfresca,
e disgombrando la cagion del male,
a cui le membra sue fur cibo ed esca,
la rinfranca e ristora e rende quale
fu ne la sua stagion più verde e fresca;
tal ch'obliando i suoi passati affanni
le ghirlande ripiglia e i lieti panni.
  Cessa la pioggia al fine e torna il sole,
ma dolce spiega e temperato il raggio,
pien di maschio valor, sì come sòle
tra 'l fin d'aprile e 'l cominciar di maggio.
Oh fidanza gentil, chi Dio ben cole,

l'aria sgombrar d'ogni mortale oltraggio,
cangiare a le stagioni ordine e stato,
vincer la rabbia de le stelle e 'l fato.

(*Lib.* XIII, 77-80)

Qui l'incanto fornì, sparir le larve.
   Tornò sereno il cielo e l'aura cheta,
tornò la selva al natural suo stato:
non d'incanti terribile né lieta,
piena d'orror ma de l'orror innato.
Ritenta il vincitor s'altro più vieta
ch'esser non possa il bosco omai troncato;
poscia sorride, e fra sé dice: « Oh vane
sembianze! e folle chi per voi rimane! »
   Quinci s'invia verso le tende, e intanto
colà gridava il solitario Piero:
— Già vinto è de la selva il fero incanto,
già se 'n ritorna il vincitor guerriero:
vedilo. — Ed ei da lunge in bianco manto
comparia venerabile e severo,
e de l'aquila sua l'argentee piume
splendeano al sol d'inusitato lume.

(*Lib.* XVIII, 37-39)

Il complesso accordo del registro basso e di quello acuto costituisce il nodo vitale della *Liberata*, la condizione della sua originale riuscita poetica. E il Tasso vi è giunto fondendo tra loro le note fonde e labili con quelle chiare e ferme, in una tessitura nervosa ad esiti cromatici fortemente chiaroscurati.

In un'opera così decisamente fondata sulla dissonante vita degli affetti come la *Liberata*, i personaggi hanno naturalmente un rilievo eccezionale. Essi costituiscono infatti i nodi di confluenza, di implicazione o di chiarimento, degli impulsi su cui l'opera si regge, qualificandosi non tanto per gli atti che compiono quanto per l'interno inviluppo delle passioni onde quegli atti e quelle vicende procedono. Dietro le loro figure, esteriormente derivate da tradizioni illustri (classica e romanza), s'apre la nuova dimensione psicologica tassiana, il suo intrepido intimismo, ed essi ne esprimono, di volta in volta e in modi diversi, le particolari dominanti. Mai nelle forme della tipizzazione oggettiva, ma riflettendone la risentita irrequietezza.

> Era la notte, e 'l suo stellato velo
> chiaro spiegava e senza nube alcuna,
> e già spargea rai luminosi e gelo
> di vive perle la sorgente luna.
> L'innamorata donna iva co 'l cielo
> le sue fiamme sfogando ad una ad una,
> e secretari del suo amore antico
> fea i muti campi e quel silenzio amico.
>
> Poi rimirando il campo, ella dicea:
> — O belle a gli occhi miei tende latine!
> Aura spira da voi che mi ricrea
> e mi conforta pur che m'avicine;
> così a mia vita combattuta e rea
> qualche onesto riposo il Ciel destine,
> come in voi solo il cerco, e solo parmi
> che trovar pace io possa in mezzo a l'armi.
>
> Raccogliete me dunque, e in voi si trove
> quella pietà che mi promise Amore
> e ch'io già vidi, prigioniera altrove,
> nel mansueto mio dolce signore.
> Né già desio di racquistar mi move
> co 'l favor vostro il mio regale onore;
> quando ciò non avenga, assai felice
> io mi terrò se 'n voi servir mi lice. —

(Lib. VI, 103-105)

Non direi che nella *Liberata* ci siano personaggi veramente congeniali (Rinaldo, Tancredi, Erminia) ed altri invece freddamente astratti (Goffredo, Sofronia), perché una opzione del genere implica un taglio netto, nell'organismo del poema, tra motivi seri e profondi e motivi estrinseci e retorici, e quindi ancora una scissione tra struttura e poesia. È molto insidioso infatti, a proposito della *Liberata,* il procedimento che tende ad esaltare i personaggi giudicati autobiografici sopra quelli che si reputano nati, all'opposto, da un atto di volontà non poetica. A me sembra in verità che tutti i personaggi tassiani, quelli eroici e quelli lirici, siano imbevuti della stessa sostanza sentimentale; solo che in alcuni di essi questa sostanza si esprime con ampiezza e varietà maggiori che in altri, ma sempre per esigenze artistiche e non per falsità intrinseca del personaggio. Quanto, infatti, il Tasso non può concedere talvolta in estensione riesce tuttavia a ricuperare in intensità, sì che mentre in certi personaggi veramente complessi (Tancredi, Clorinda, Erminia, Armida e soprattutto Rinaldo) l'autobiografismo tassiano si riflette con ampia ricchezza di modulazioni, in altri invece, più semplici ed episodici, si concentra anche sopra un solo motivo approfondendolo con impegno energico e schietto. Si veda, ad esempio, Argante, còlto nell'atto costante della violenza barbarica:

> Già la morte o il consiglio o la paura
> da le difese ogni pagano ha tolto,
> e sol non s'è da l'espugnate mura
> il pertinace Argante anco rivolto.
> Mostra ei la faccia intrepida e secura
> e pugna pur fra gli inimici avolto,
> più che morir temendo esser respinto;
> e vuol morendo anco parer non vinto.

(*Lib.* XIX, 1)

oppure Sveno, lieto nell'affrontare la morte con giovanile baldanza:

> Duomila fummo, e non siam cento. Or quando
> tanto sangue egli mira e tante morti,
> non so se 'l cuor feroce al miserando

spettacolo si turbi e si sconforti;
ma già no 'l mostra, anzi la voce alzando:
« Seguiam » ne grida « que' compagni forti
ch'al Ciel lunge da i laghi averni e stigi
n'han segnati co 'l sangue alti vestigi. »

Disse, e lieto (credo io) de la vicina
morte così nel cor come al sembiante,
incontra alla barbarica ruina
portonne il petto intrepido e costante.
Tempra non sosterrebbe, ancor che fina
fosse e d'acciaio no, ma di diamante,
i feri colpi, onde egli il campo allaga,
e fatto è il corpo suo solo una piaga.

(*Lib.* VIII, 21-22)

oppure Solimano, accoratamente pensoso di fronte al cruento spettacolo del campo di battaglia:

Or mentre in guisa tal fera tenzone
è tra 'l fedel essercito e 'l pagano,
salse in cima a la torre ad un balcone
e mirò, benché lunge, il fer Soldano;
mirò, quasi in teatro od in agone,
l'aspra tragedia de lo stato umano:
i vari assalti e 'l fero orror di morte,
e i gran giochi del caso e de la sorte.

(*Lib.* XX, 73)

E soprattutto insisterei a difendere la poeticità di Goffredo e di Sofronia, tante volte messa in discussione, perché l'eroe invitto e pietoso e la vergine incorruttibile rappresentano, a loro volta, un momento insopprimibile dell'ispirazione tassiana; e precisamente quello, puro ed eroico, in cui il bello ideale, che non è finzione retorica nel Tasso ma sentimento vivo ed autentico, si realizza in figure poetiche perfettamente virtuose, intangibili ad ogni insidia, ad ogni seduzione:

> Egli, ch'ode l'accusa, i lumi al cielo
> drizza e pur come suole a Dio ricorre:
> — Signor, tu che sai ben con quanto zelo
> la destra mia del civil sangue aborre,
> tu squarcia a questi de la mente il velo,
> e reprimi il furor che sì trascorre;
> e l'innocenza mia, che costà sopra
> è nota, al mondo cieco anco si scopra. —
>
> Tacque, e dal Cielo infuso ir fra le vene
> sentissi un novo inusitato caldo.
> Colmo d'alto vigor, d'ardita spene
> che nel volto si sparge e 'l fa più baldo,
> e da' suoi circondato, oltre se 'n viene
> contra chi vendicar credea Rinaldo;
> né, perché d'arme e di minaccie ei senta
> fremito d'ogni intorno, il passo allenta.
>
> Ha la corazza indosso, e nobil veste
> riccamente l'adorna oltra 'l costume.
> Nudo è le mani e 'l volto, e di celeste
> maestà vi risplende un novo lume:
> scote l'aurato scettro, e sol con queste
> arme acquetar quegli impeti presume.
> Tal si mostra a coloro e tal ragiona,
> né come d'uom mortal la voce suona.
>
> (*Lib.* VIII, 76-78)

> La vergine tra 'l vulgo uscì soletta,
> non coprì sue bellezze, e non l'espose,
> raccolse gli occhi, andò nel vel ristretta,
> con ischive maniere e generose.
> Non sai ben dir s'adorna o se negletta,
> se caso od arte il bel volto compose.
> Di natura, d'Amor, de' cieli amici
> le negligenze sue sono artifici.
>
> Mirata da ciascun passa, e non mira
> l'altera donna, e innanzi al re se 'n viene.
> Né, perché irato il veggia, il piè ritira,

> ma il fero aspetto intrepida sostiene.
>
> . . . .
>
> Presa è la bella donna, e 'ncrudelito
> il re la danna entr'un incendio a morte.
> Già 'l velo e 'l casto manto a lei rapito,
> stringon le molli braccia aspre ritorte.
> Ella si tace, e in lei non sbigottito,
> ma pur commosso alquanto è il petto forte;
> e smarrisce il bel volto in un colore
> che non è pallidezza, ma candore.
>
> (*Lib.* II, 18-19, 26)

Tolte dal poema, dove vivono in un rapporto essenziale con gli altri personaggi (Goffredo e gli altri cristiani, Sofronia e Olindo), le figure di Goffredo e di Sofronia possono effettivamente apparire, soprattutto alla nostra sensibilità moderna, troppo schematiche e alla fine monotone nella loro santità senza storia. Ma se si tiene presente il carattere particolare della *Liberata,* fondato sopra un equilibrio instabile, sempre in procinto di spezzarsi e in ogni caso animosamente ricomposto, Goffredo e Sofronia si rivelano personaggi insopprimibili proprio perché in loro si esalta il sogno d'una splendida magnanimità e di una generosa forza morale, vittoriose sul disordine delle passioni; e la luce bianca, solo apparentemente fredda, della loro forza incontaminata, composta in una dignità ferma e sicura di gesti e di parole, collabora a rendere più intenso e drammatico, per contrasto, l'oscuro struggimento dei desideri inappagati, il torpore inquieto delle evasioni voluttuose, il sentimento della colpa, la fragilità della carne e l'angoscia della morte.

> Qui il pio Goffredo incominciò tra loro,
> augusto in volto ed in sermon sonoro:
>   — Guerrier di Dio, ch'a ristorar i danni
> de la sua fede il Re del Cielo elesse,
> e securi fra l'arme e fra gl'inganni

de la terra e del mar vi scòrse e resse,
sì ch'abbiam tante e tante in sì pochi anni
ribellanti provincie a lui sommesse,
e fra le genti debellate e dome
stese l'insegne sue vittrici e 'l nome,
   già non lasciammo i dolci pegni e 'l nido
nativo noi (se 'l creder mio non erra),
né la vita esponemmo al mare infido
ed a i perigli di lontana guerra,
per acquistar di breve suono un grido
vulgare e posseder barbara terra,
ché proposto ci avremmo angusto e scarso
premio, e in danno de l'alme il sangue sparso.
   Ma fu de' pensier nostri ultimo segno
espugnar di Sion le nobil mura,
e sottrarre i cristiani al giogo indegno
di servitù così spiacente e dura,
fondando in Palestina un novo regno,
ov'abbia la pietà sede secura;
né sia chi neghi al peregrin devoto
d'adorar la gran tomba e sciòrre il voto.

(Lib. I, 20-23)

   Quindi sovra un corsier di schiera in schiera
parea volar tra cavalier, tra' fanti.
Tutto il volto scopria per la visiera:
fulminava ne gli occhi e ne' sembianti.

. . . .

   Al fin colà fermossi ove le prime
e più nobili squadre erano accolte,
e cominciò da loco assai sublime
parlare, ond'è rapito ogn'uom ch'ascolte.
Come in torrenti da l'alpestri cime
soglion giù derivar le nevi sciolte,
così correan volubili e veloci
da la sua bocca le canore voci.

. . . .

   Quei che incontra verranci, uomini ignudi
fian per lo più, senza vigor, senz'arte,
che dal lor ozio o da i servili studi

> sol violenza or allontana e parte.
> Le spade omai tremar, tremar gli scudi,
> tremar veggio l'insegne in quella parte,
> conosco i suoni incerti e i dubbi moti:
> veggio la morte loro a i segni noti.
>
> . . . .
>
> Ma capitano i' son di gente eletta:
> pugnammo un tempo e trionfammo insieme,
> e poscia un tempo a mio voler l'ho retta.
> Di chi di voi non so la patria o 'l seme?
> quale spada m'è ignota? o qual saetta,
> benché per l'aria ancor sospesa treme,
> non saprei dir se franca o se d'Irlanda,
> e quale a punto il braccio è che la manda?
>
> . . . .
>
> Parve che nel fornir di tai parole
> scendesse un lampo lucido e sereno
> come tal volta estiva notte sòle
> scoter dal manto suo stella o baleno.
>
> (*Lib.* XX, 12-13, 16, 18, 20)

Lo strumento stilistico, lungamente elaborato e sperimentato nell'attivo e incessante esercizio delle liriche che accompagnano il lavoro della *Liberata,* realizza il bifrontismo tassiano in un'originale forma poetica, tanto lontana dai modi acerbi del *Gierusalemme* quanto da quelli più esperti ma sostanzialmente tradizionali del *Rinaldo.* Si tratta di uno strumento stilistico straordinariamente inventivo e arditamente composto, fra tradizione classica e libera espressività moderna, che associa insieme la magnificenza drammatica e la ineffabilità lirica, alternando l'alta scansione, il solenne declamato, il periodare lungo delle parti sublimi, al ritmo rapido e nervoso delle emozioni fuggitive, dei trasalimenti sentimentali. Ove si volga, infatti, a rappresentare le visioni serene e pure, i memorabili esempi eroici, l'alto decoro dei gesti virili e delle sagge risoluzioni, lo stile tassiano emula felicemente l'equilibrio costruttivo e la misurata eloquenza dei migliori modelli classici; ove invece inclini a suggerire i fremiti dei sensi turbati, il libero gioco della fantasia, le perplessità dell'anima, il segreto linguaggio della natura, il doloroso sentimento del vivere, si risolve in vaghissime suggestioni musicali e in acute sospensioni evocative, rinnovando la tradizione petrarchesca attraverso la lezione dellacasiana:

> Tacque, e concorde de gli augelli il coro,
> quasi approvando, il canto indi ripiglia.
> Raddoppian le colombe i baci loro,
> ogni animal d'amar si riconsiglia;
> par che la dura quercia e 'l casto alloro
> e tutta la frondosa ampia famiglia,
> par che la terra e l'acqua e formi e spiri
> dolcissimi d'amor sensi e sospiri.
> Fra melodia sì tenera, fra tante
> vaghezze allettatrici e lusinghiere,
> va quella coppia, e rigida e costante
> se stessa indura a i vezzi del piacere.
> Ecco tra fronde e fronde il guardo inante
> penetra e vede, o pargli di vedere,
> vede pur certo il vago e la diletta,
> ch'egli è in grembo a la donna, essa a l'erbetta.
> Ella dinanzi al petto ha il vel diviso,
> e 'l crin sparge incomposto al vento estivo;
> langue per vezzo, e 'l suo infiammato viso
> fan biancheggiando i bei sudori più vivo:
> qual raggio in onda, le scintilla un riso
> ne gli umidi occhi tremulo e lascivo.
> Sovra lui pende; ed ei nel grembo molle
> le posa il capo, e 'l volto al volto attolle,
> e i famelici sguardi avidamente
> in lei pascendo si consuma e strugge.
> S'inchina, e i dolci baci ella sovente
> liba or da gli occhi e da le labra or sugge,
> ed in quel punto ei sospirar si sente
> profondo sì che pensi: « Or l'alma fugge
> e 'n lei trapassa peregrina ». Ascosi
> mirano i duo guerrier gli atti amorosi.

(*Lib.* XVI, 16-19)

L'incontro dello stile magnifico, nitido e pregnante, e di quello lirico, metaforico e allusivo, soprattutto nelle pagine più intense del poema, genera, attraverso l'uso duplice dei frequentissimi *enjambements,* ora in funzione di legato ed ora di staccato, quel bellissimo temperamento di forte e di patetico, di grave e di delicato, che trova il suo corrispettivo forse soltanto nella grande musica monteverdiana:

  Così il consiglia; e 'l cavalier s'appresta,
desiando e sperando, a l'alta impresa.
Passa pensoso il dì, pensosa e mesta
la notte; e pria ch'in ciel sia l'alba accesa,
le belle arme si cinge, e sopravesta
nova ed estrania di color s'ha presa,
e tutto solo e tacito e pedone
lascia i compagni e lascia il padiglione.
  Era ne la stagion ch'anco non cede
libero ogni confin la notte al giorno,
ma l'oriente rosseggiar si vede
ed anco è il ciel d'alcuna stella adorno;
quando ei drizzò vèr l'Oliveto il piede,
con gli occhi alzati contemplando intorno
quinci notturne e quindi mattutine
bellezze incorrottibili e divine.
  Fra se stesso pensava: « Oh quante belle
luci il tempio celeste in sé raguna!
Ha il suo gran carro il dì, l'aurate stelle
spiega la notte e l'argentata luna;
ma non è chi vagheggi o questa o quelle,
e miriam noi torbida luce e bruna
ch'un girar d'occhi, un balenar di riso
scopre in breve confin di fragil viso ».
  Così pensando, a le più eccelse cime
ascese; e quivi, inchino e riverente,
alzò il pensier sovra ogni ciel sublime
e le luci fissò ne l'oriente:
— La prima vita e le mie colpe prime
mira con occhio di pietà clemente,
Padre e Signor, e in me tua grazia piovi,
sì che il mio vecchio Adam purghi e rinovi. —

> Così pregava, e gli sorgeva a fronte
> fatta già d'auro la vermiglia aurora
> che l'elmo e l'arme e intorno a lui del monte
> le verdi cime illuminando indora;
> e ventillar nel petto e ne la fronte
> sentìa gli spirti di piacevol òra,
> che sovra il capo suo scotea dal grembo
> de la bell'alba un rugiadoso nembo.
>
> La rugiada del ciel su le sue spoglie
> cade, che parean cenere al colore,
> e sì l'asperge che 'l pallor ne toglie
> e induce in esse un lucido candore;
> tal rabbellisce le smarrite foglie
> a i matutini geli arido fiore,
> e tal di vaga gioventù ritorna
> lieto il serpente e di novo or s'adorna.
>
> Il bel candor de la mutata vesta
> egli medesmo riguardando ammira,
> poscia verso l'antica alta foresta
> con secura baldanza i passi gira.

(*Lib.* XVIII, 11-13.)

Se nella descrizione degli amori di Armida e Rinaldo il Tasso ha espresso il motivo delle delizie voluttuose e dell'oblio immemore, in un'atmosfera di morbida sensualità, nelle ottave, pacificate e limpide, della commovente preghiera di Rinaldo sul Monte Oliveto ha provveduto a dissolvere quella seducente finzione a cui pure tanta parte del suo cuore era legata. Tra quel momento torbido dei sensi affascinati e il rapimento purificatore, nell'alba chiara e confidente, si colloca appunto la consapevolezza tassiana, difficile e amara e quindi generosamente inquieta, del rapporto tra l'effimero e l'eterno, tra le lusinghe fittizie e una più alta verità morale, che costituisce l'ardita e suggestiva inarcatura su cui poggia e si flette l'ardua struttura del poema.

LANFRANCO CARETTI

Nota bibliografica

Bibliografia della critica.

G. J. FERRAZZI, *T. Tasso. Studi biografici, critici, bibliografici*, Bassano, Pozzato, 1880; A. SOLERTI, *Bibliografia*, in *Vita di T. T.*, Torino, Loescher, 1895, III, pp. 149 sgg.; A. TORTORETO - J. G. FUCILLA, *Bibliografia analitica tassiana (1896-1930)*, Milano, Bolaffio, 1935; A. TORTORETO, *Nuovi studi su T. T. Bibliografia analitica (1931-1945)*, in « Aevum », XX (1946), 1-2, pp. 14 sgg.; ID., *Bibliografia tassiana (1946-1951)*, in « Studi tassiani », 2 (1952), pp. 63 sgg. (e poi gli aggiornamenti annuali sino al 1960 nei fascicoli 3-10 degli « Studi tassiani »); ID., *Bibliografia tassiana (1896-1955)*, nel vol. *T. Tasso*, Milano, Marzorati, 1957. Molto utile anche il catalogo *La raccolta tassiana della Biblioteca Civica « A. Mai » di Bergamo*, Bergamo, Biblioteca Civica, 1960.

Per una storia ragionata della critica tassiana, si veda C. VARESE, *T. Tasso*, in *I classici italiani nella storia della critica* (a cura di W. Binni), Firenze, La Nuova Italia, 1954 e 1960[2], I, pp. 463 sgg.

Studi e saggi relativi alla « Gerusalemme liberata ».

U. FOSCOLO, *Saggio sui poemi narrativi e romanzeschi italiani*, in *Opere*, X, Firenze, Le Monnier (ora il testo originale inglese in *Saggi di letteratura italiana*, parte II, Firenze, Le Monnier, 1958, vol. XI dell'Edizione nazionale delle opere di U. F.); F. DE SANCTIS, *T. Tasso*, in *Storia della letteratura italiana*, a cura di B. Croce, II, Bari, Laterza, 1949[4]; E. DONADONI, *T. Tasso*, Firenze, La Nuova Italia, 1952[4]; F. FLORA, *Introduzione* a T. TASSO, *Poesie*, Milano, Rizzoli, 1934 (poi ristampata nella *Storia della letteratura italiana*, Milano, Mondadori); ID., *Introduzione* a T. TASSO, *Poesie*, Milano-Napoli, Ricciardi, 1952; B. CROCE, *T. Tasso*, in *Poesia antica e moderna*, Bari, Laterza, 1950[3]; A. MOMIGLIANO, *I motivi del poema del T.*, in *Introduzione ai poeti*, Roma, Tumminelli, 1946 (e ora Firenze, Sansoni, 1964); M. FUBINI, *La poesia del T.* e *Osservazioni sul lessico e sulla metrica del T.*, in *Studi sulla letteratura del Rinascimento*, Firenze, Sansoni, 1947; G. GETTO, *Interpretazione del T.*, Napoli, ESI, 1951; L. RUSSO, *Il linguaggio poetico della Gerusalemme liberata* e *Il carattere storico della*

Gerusalemme liberata, in « Belfagor », 1953, 5 e 6, (e ora in *Ritratti e disegni storici*, Seconda serie: *Dall'Ariosto al Parini*, Firenze, Sansoni, 1961); B. T. Sozzi, *Il mondo spirituale e poetico del T. e Il magismo nel T.*, in *Studi sul Tasso*, Pisa, Nistri-Lischi, 1954; F. Chiappelli, *Studi sul linguaggio del T. epico*, Firenze, Le Monnier, 1957; L. Caretti, *Ariosto e Tasso*, Torino, Einaudi, 1961.

Edizioni della « Gerusalemme liberata ».

Antichi commenti: S. Gentili, *Annotazioni nella Gerusalemme del T.*, Leida, 1586; G. Guastavini, *Discorsi e annotazioni sopra la Gerusalemme liberata di T. Tasso*, Pavia, 1592; P. Beni, *Il Goffredo ovvero la Gerusalemme liberata del T. col commento*, Padova, 1616. Edizioni moderne, integrali o parziali, commentate: a cura di S. Ferrari (Firenze, Sansoni; nuova ediz. a cura di P. Papini); A. Della Torre (Torino, Paravia); P. Nardi (Milano, Mondadori); G. Ziccardi (Torino, Paravia); E. Zanette (Torino, SEI); G. Raniolo (Firenze, Le Monnier); C. Varese (Firenze, Vallecchi); L. Russo (Milano, Principato); A. Momigliano (Firenze, La Nuova Italia); C. Rugani (Firenze, Sansoni); G. Ragonese (Palermo, Palumbo); B. T. Sozzi (Torino, Utet; Bergamo, Minerva italica); F. Chiappelli (Firenze, Salani); G. Getto (Brescia, La Scuola editrice); L. Caretti (Bari, Laterza).

Il testo della presente edizione è quello da me stabilito per il primo volume delle *Opere* del Tasso (Milano, Mondadori, 1957).

GERUSALEMME LIBERATA

Canto primo

1 Canto l'arme pietose e 'l capitano
che 'l gran sepolcro liberò di Cristo.
Molto egli oprò co 'l senno e con la mano,
molto soffrì nel glorioso acquisto;
e in van l'Inferno vi s'oppose, e in vano
s'armò d'Asia e di Libia il popol misto.
Il Ciel gli diè favore, e sotto a i santi
segni ridusse i suoi compagni erranti.

1 : 1. *Canto* ecc.: Virgilio, *Aen.*, I, 5 (« Arma virumque cano... »): *pietose*: pie, devote; *capitano*: Goffredo di Buglione (Bouillon), duca della Bassa Lorena. Nato intorno al 1060, partecipò con Enrico IV alla guerra contro il papa Gregorio VII. Poi, quasi per ammenda d'avere impugnato le armi contro la Chiesa, si fece crociato e nel 1096 partì alla conquista della Terra Santa con un forte manipolo di soldati francesi, lorenesi e tedeschi. Raggiunto a Costantinopoli da altre schiere di Crociati, riprese con esse il cammino verso Gerusalemme. Dopo molte vicende fu eletto capo supremo dell'esercito cristiano e nel luglio del 1099 espugnò e conquistò la città santa. Morì a Gerusalemme il 18 luglio del 1100. Il cronista della spedizione, Guglielmo Tirio (la cui *Historia belli sacri verissima* costituisce una delle principali fonti del Tasso), lo presenta come « vir religiosus clemens pius ac timens Deum, iustus, recedens ab omni malo, serius et stabilis in verbo, seculi vanitates contemnens, quod in illa aetate et militari praesertim professione rarum est ». Lo dice poi anche assai forte, di alta statura, bello nel viso, rossiccio di capelli, più valente di tutti nell'esercizio delle armi e nell'arte della guerra. 3. *soffrì*: sopportò, superò (allude alle ostilità diaboliche e alle forze militari d'Asia e d'Africa, di cui è cenno nei vv. 5-6); *acquisto*: conquista. 6. *Libia*: l'Africa, ma soprattutto l'Egitto e le regioni da esso dipendenti. 8. *segni*: vessilli (« santi », perché recavano il simbolo della croce); *erranti*: dispersi e forviati.

2   O Musa, tu che di caduchi allori
    non circondi la fronte in Elicona,
    ma su nel cielo infra i beati cori
    hai di stelle immortali aurea corona,
    tu spira al petto mio celesti ardori,
    tu rischiara il mio canto, e tu perdona
    s'intesso fregi al ver, s'adorno in parte
    d'altri diletti, che de' tuoi, le carte.

3   Sai che là corre il mondo ove più versi
    di sue dolcezze il lusinghier Parnaso,
    e che 'l vero, condito in molli versi,
    i più schivi allettando ha persuaso.
    Così a l'egro fanciul porgiamo aspersi
    di soavi licor gli orli del vaso:
    succhi amari ingannato intanto ei beve,
    e da l'inganno suo vita riceve.

4   Tu, magnanimo Alfonso, il qual ritogli
    al furor di fortuna e guidi in porto
    me peregrino errante, e fra gli scogli
    e fra l'onde agitato e quasi absorto,

---

2 : 1. *Musa*: è forse Urania, trasformata dal concetto pagano e considerata come intelligenza celeste. Qualcuno ha anche pensato, fantasticando, alla Vergine Maria. 2. *Elicona*: monte della Beozia, sacro alle Muse. 7. *intesso* ecc.: intreccio ai fatti veri, agli eventi storici, l'ornamento lusinghevole delle invenzioni fabulose. 8. *diletti*: i diletti mondani (le amorose peripezie) difformi da quelli morali della Musa sacra.

3 : 2. *Parnaso*: monte della Focide, dove era l'oracolo di Apollo. Considerato sede di Apollo e delle Muse. Qui significa: la poesia. 5-8. *Così* ecc.: Lucrezio, *De rer. nat.*, I, 936-42. Da notare « egro » (v. 5): ammalato.

4 : 1. *Alfonso*: Alfonso II d'Este, nato a Ferrara da Ercole II e da Renata di Francia il 28 novembre 1533. Succedette al padre nel 1559. Fu l'ultimo duca di Ferrara, Modena e Reggio. Morì il 27 ottobre 1597. Protesse per molti anni il Tasso. Poi i loro rapporti si guastarono e su quella amicizia discese l'ombra dolorosa della lunga prigionia del poeta. Nel rifacimento il poema è dedicato a Cinzio Aldobrandini, nipote di Clemente VIII. 4. *absorto*: inghiottito, sommerso

queste mie carte in lieta fronte accogli,
che quasi in voto a te sacrate i' porto.
Forse un dì fia che la presaga penna
osi scriver di te quel ch'or n'accenna.

5 È ben ragion, s'egli averrà ch'in pace
il buon popol di Cristo unqua si veda,
e con navi e cavalli al fero Trace
cerchi ritòr la grande ingiusta preda,
ch'a te lo scettro in terra o, se ti piace,
l'alto imperio de' mari a te conceda.
Emulo di Goffredo, i nostri carmi
intanto ascolta, e t'apparecchia a l'armi.

6 Già 'l sesto anno volgea, ch'in oriente
passò il campo cristiano a l'alta impresa;
e Nicea per assalto, e la potente
Antiochia con arte avea già presa.

Cfr. VIII, 43, 6; IX, 17, 4. 5. *in lieta fronte*: con lieta fronte, benignamente. 7. *fia*: avverrà; *presaga penna*: la penna del poeta che già presagisce le glorie future di Alfonso.

5: 2. *unqua*: mai. 3. *Trace*: il Tasso chiama « Traci » i Turchi perché dal 1453 avevano occupato la città di Costantinopoli, la quale sorge appunto nella regione che anticamente fu detta Tracia. Ma poi per « Traci » o « Turchi » intese tutti gli infedeli che avevano concorso all'occupazione di Gerusalemme.

6: 1. *Già 'l sesto anno* ecc.: in realtà era il terzo anno, perché i Crociati partirono il 15 agosto 1096 e giunsero davanti a Gerusalemme il 7 giugno 1099. Qui il Tasso, come poi molte altre volte, agisce con grande libertà nei confronti della storia. Ecco del resto come egli stesso giustifica, in nome delle ragioni dell'arte, questa sua amplificazione: « Io diedi il principio al mio poema al sesto anno de l'impresa, tacendo, fino al suo luogo, quel che ne gli anni precedenti era avvenuto; i quali secondo una parte de gli istorici non furono sei, ma due solamente, perché nel terz'anno l'essercito de' cristiani s'inviò a l'espugnazione di Gerusalemme; ma io ho voluto accrescere le fatiche ed i pericoli de l'impresa, con quell'arte dimostrata da Plutarco, la quale s'usa ne l'accrescere la verità » (*Giudizio sovra la sua Gerusalemme da lui medesimo riformata*). 3. *Nicea*: Nicea, capitale della Bitinia, fu presa in realtà per capitolazione da Alessio imperatore di Costantinopoli. 4. *Antiochia*: Antiochia, città della Siria, fu presa effettivamente con « arte », cioè per il tradimento di un cristiano rinnegato

L'avea poscia in battaglia incontra gente
di Persia innumerabile difesa,
e Tortosa espugnata; indi a la rea
stagion diè loco, e 'l novo anno attendea.

7   E 'l fine omai di quel piovoso inverno,
che fea l'arme cessar, lunge non era;
quando da l'alto soglio il Padre eterno,
ch'è ne la parte più del ciel sincera,
e quanto è da le stelle al basso inferno,
tanto è più in su de la stellata spera,
gli occhi in giù volse, e in un sol punto e in una
vista mirò ciò ch'in sé il mondo aduna.

8   Mirò tutte le cose, ed in Soria
s'affissò poi ne' principi cristiani;
e con quel guardo suo ch'a dentro spia
nel più secreto lor gli affetti umani,
vide Goffredo che scacciar desia
de la santa città gli empi pagani,
e pien di fé, di zelo, ogni mortale
gloria, imperio, tesor mette in non cale.

9   Ma vede in Baldovin cupido ingegno,
ch'a l'umane grandezze intento aspira:

accordatosi con Boemondo (cfr. VII, 67, 1-2). 5-6. *gente di Persia*: l'esercito condotto dal generale Cortobag, sconfitto sotto le mura di Antiochia. 7. *Tortosa*: città della Siria. In realtà l'esercito cristiano si radunò presso Cesarea, più a sud di Tortosa. Nella *Conquistata* « Cesarea » sostituisce appunto « Tortosa ».

7: 2. *cessar*: rimanere inoperose. 4. *sincera*: pura. Cfr. Dante, *Par.*, VII, 130 e XXVIII, 37. 5. *basso inferno*: centro della terra. 6. *stellata spera*: il cielo delle stelle fisse o ottavo cielo. 7-8. *in una vista*: con un solo sguardo.

8: 1. *Soria*: Siria. 8. *mette in non cale*: non cura, non tiene in alcun conto.

9: 1. *Baldovin*: Baldovino, fratello di Goffredo, fu signore della contea di Edessa. Morto il fratello, nel 1100 ebbe il regno di Gerusalemme. Continuò la guerra contro gli Egiziani ed occupò la Tolemaide e Tripoli. Morì nel 1118 e fu sepolto nella chiesa del Santo Sepolcro.

vede Tancredi aver la vita a sdegno,
tanto un suo vano amor l'ange e martira:
e fondar Boemondo al novo regno
suo d'Antiochia alti princìpi mira,
e leggi imporre, ed introdur costume
ed arti e culto di verace nume;

10 e cotanto internarsi in tal pensiero,
ch'altra impresa non par che più rammenti:
scorge in Rinaldo e animo guerriero
e spirti di riposo impazienti;
non cupidigia in lui d'oro o d'impero,
ma d'onor brame immoderate, ardenti:
scorge che da la bocca intento pende
di Guelfo, e i chiari antichi essempi apprende.

11 Ma poi ch'ebbe di questi e d'altri cori
scòrti gl'intimi sensi il Re del mondo,
chiama a sé da gli angelici splendori
Gabriel, che ne' primi era secondo.

3. *Tancredi*: Tancredi, cavaliere di stirpe normanna ma italiano di nascita, era figlio di Odone il Buono e di Emma (figliuola, a sua volta, o sorella — secondo taluni — di Roberto il Guiscardo). Guidò alla Crociata ventimila uomini di Puglia, Calabria e Sicilia. Occupò e governò la Tiberiade e quindi ebbe la signoria di Antiochia. Morì nel 1112, appena trentacinquenne, durante una spedizione contro gli infedeli. Secondo la storia fu valoroso ma incline alle risse e sommamente lascivo. Il Tasso lo ha ingentilito e poeticamente trasfigurato. 4. *ange*: tormenta. 5. *Boemondo*: Boemondo, figlio di Roberto il Guiscardo, era principe di Taranto. Conquistò Antiochia, di cui divenne signore. Si appartò quindi dagli altri principi cristiani e non recò il suo aiuto alla conquista di Gerusalemme. Costretto a cedere Antiochia, tornò a Taranto dove morì nel 1111. 8. *culto* ecc.: la religione di Cristo.

10: 3. *Rinaldo*: Rinaldo è uno dei tanti personaggi immaginari del poema. Il Tasso ne ha sostenuto invece la realtà storica e lo ha considerato quale capostipite della famiglia d'Este. Nella *Conquistata* diviene « Riccardo ». 8. *Guelfo*: Guelfo, del ramo germanico degli Estensi, era figlio di Azzo d'Este e di Cunizza dei Guelph di Svevia (cfr. 41). Fu Duca di Baviera. Non sembra che abbia partecipato alla presa di Gerusalemme. Sarebbe giunto in Terra Santa soltanto quattro anni dopo lo storico evento. Nel poema è supposto zio di Rinaldo.

11: 4. *Gabriel* ecc.: il secondo dei sette arcangeli, dopo Michele.

È tra Dio questi e l'anime migliori
interprete fedel, nunzio giocondo:
giù i decreti del Ciel porta, ed al Cielo
riporta de' mortali i preghi e 'l zelo.

12   Disse al suo nunzio Dio: — Goffredo trova,
e in mio nome di' lui: perché si cessa?
perché la guerra omai non si rinova
a liberar Gierusalemme oppressa?
Chiami i duci a consiglio, e i tardi mova
a l'alta impresa: ei capitan fia d'essa.
Io qui l'eleggo; e 'l faran gli altri in terra,
già suoi compagni, or suoi ministri in guerra. —

13   Così parlogli, e Gabriel s'accinse
veloce ad esseguir l'imposte cose:
la sua forma invisibil d'aria cinse
ed al senso mortal la sottopose.
Umane membra, aspetto uman si finse,
ma di celeste maestà il compose;
tra giovene e fanciullo età confine
prese, ed ornò di raggi il biondo crine.

14   Ali bianche vestì, c'han d'or le cime,
infaticabilmente agili e preste.
Fende i venti e le nubi, e va sublime
sovra la terra e sovra il mar con queste.
Così vestito, indirizzossi a l'ime
parti del mondo il messaggier celeste:
pria sul Libano monte ei si ritenne,
e si librò su l'adeguate penne;

12: 2. *lui*: a lui; *si cessa*: si desiste dall'impresa. 7. *qui*: in Cielo.

13: 4. *al senso mortal* ecc.: fece in modo che fosse percepibile dai sensi umani. In qual modo, è detto poco appresso (vv. 5-8). 5. *si finse*: si formò. 7. *tra giovene* ecc.: assunse un'età confinante (« confine » è aggettivo) tra la giovinezza e la fanciullezza.

14: 7. *Libano*: la catena montuosa del Libano (cioè « candido »,

Canto primo

15 e vèr le piaggie di Tortosa poi
drizzò precipitando il volo in giuso.
Sorgeva il novo sol da i lidi eoi,
parte già fuor, ma 'l più ne l'onde chiuso;
e porgea matutini i preghi suoi
Goffredo a Dio, come egli avea per uso;
quando a paro co 'l sol, ma più lucente,
l'angelo gli apparì da l'oriente;

16 e gli disse: — Goffredo, ecco opportuna
già la stagion ch'al guerreggiar s'aspetta;
perché dunque trapor dimora alcuna
a liberar Gierusalem soggetta?
Tu i principi a consiglio omai raguna,
tu al fin de l'opra i neghittosi affretta.
Dio per lor duce già t'elegge, ed essi
sopporran volontari a te se stessi.

17 Dio messaggier mi manda: io ti rivelo
la sua mente in suo nome. Oh quanta spene
aver d'alta vittoria, oh quanto zelo
de l'oste a te commessa or ti conviene! —
Tacque; e, sparito, rivolò del cielo
a le parti più eccelse e più serene.
Resta Goffredo a i detti, a lo splendore,
d'occhi abbagliato, attonito di core.

18 Ma poi che si riscote, e che discorre
chi venne, chi mandò, che gli fu detto,

per le perpetue nevi), presso la Giudea. 8. *adeguate*: pareggiate, e quindi perfettamente orizzontali.

15: 3. *lidi eoi*: i lidi dell'estremo oriente, da cui gli antichi ritenevano che sorgesse l'aurora (gr. *eos*).

16: 3. *trapor*: frapporre. 8. *sopporran ecc.*: si sottometteranno a te volontariamente.

17: 1. *messaggier*: come messaggero. 2. *mente*: pensiero, volontà. 4. *l'oste* ecc.: l'esercito a te affidato.

18: 1. *discorre*: ripercorre col pensiero, ripensa.

se già bramava, or tutto arde d'imporre
fine a la guerra ond'egli è duce eletto.
Non che 'l vedersi a gli altri in Ciel preporre
d'aura d'ambizion gli gonfi il petto,
ma il suo voler più nel voler s'infiamma
del suo Signor, come favilla in fiamma.

19 Dunque gli eroi compagni, i quai non lunge
erano sparsi, a ragunarsi invita;
lettere a lettre, e messi a messi aggiunge,
sempre al consiglio è la preghiera unita;
ciò ch'alma generosa alletta e punge,
ciò che può risvegliar virtù sopita,
tutto par che ritrovi, e in efficace
modo l'adorna sì che sforza e piace.

20 Vennero i duci, e gli altri anco seguiro,
e Boemondo sol qui non convenne.
Parte fuor s'attendò, parte nel giro
e tra gli alberghi suoi Tortosa tenne.
I grandi de l'essercito s'uniro
(glorioso senato) in dì solenne.
Qui il pio Goffredo incominciò tra loro,
augusto in volto ed in sermon sonoro:

21 — Guerrier di Dio, ch'a ristorar i danni
de la sua fede il Re del Cielo elesse,
e securi fra l'arme e fra gl'inganni
de la terra e del mar vi scòrse e resse,
sì ch'abbiam tante e tante in sì pochi anni
ribellanti provincie a lui sommesse,
e fra le genti debellate e dome
stese l'insegne sue vittrici e 'l nome,

20: 2. *non convenne*: non venne insieme agli altri (cfr. nota a 9,5). 3. *nel giro*: entro la cerchia delle mura. 4. *alberghi*: abitazioni.
21: 4. *scòrse*: scortò, guidò. 6. *sommesse*: sottomesse.

22 già non lasciammo i dolci pegni e 'l nido
nativo noi (se 'l creder mio non erra),
né la vita esponemmo al mare infido
ed a i perigli di lontana guerra,
per acquistar di breve suono un grido
vulgare e posseder barbara terra,
ché proposto ci avremmo angusto e scarso
premio, e in danno de l'alme il sangue sparso.

23 Ma fu de' pensier nostri ultimo segno
espugnar di Sion le nobil mura,
e sottrarre i cristiani al giogo indegno
di servitù così spiacente e dura,
fondando in Palestina un novo regno,
ov'abbia la pietà sede secura;
né sia chi neghi al peregrin devoto
d'adorar la gran tomba e sciòrre il voto.

24 Dunque il fatto sin ora al rischio è molto,
più che molto al travaglio, a l'onor poco,
nulla al disegno, ove o si fermi o vòlto
sia l'impeto de l'armi in altro loco.
Che gioverà l'aver d'Europa accolto
sì grande sforzo, e posto in Asia il foco,
quando sia poi di sì gran moti il fine
non fabriche di regni, ma ruine?

25 Non edifica quei che vuol gl'imperi
su fondamenti fabricar mondani,

22: 1. *pegni*: la moglie, i figli, i cari parenti (lat. *pignora*). 5-6. *di breve* ecc.: una fama popolare, cioè il plauso delle plebi, che è sempre di breve durata.
23: 1. *segno*: termine, fine ultimo. 2. *Sion*: è propriamente il colle su cui sorgeva l'antica cittadella fortificata di Gerusalemme, ma qui — come già nella Bibbia — sta a indicare l'intera città. 8. *adorar* ecc.: cfr. XX, 144, 8. La « gran tomba » è il Santo Sepolcro.
24: 1. *al rischio*: rispetto al pericolo.

ove ha pochi di patria e fé stranieri
fra gl'infiniti popoli pagani,
ove ne' Greci non conven che speri,
e i favor d'Occidente ha sì lontani;
ma ben move ruine, ond'egli oppresso
sol construtto un sepolcro abbia a se stesso.

26 Turchi, Persi, Antiochia (illustre suono
e di nome magnifico e di cose)
opre nostre non già, ma del Ciel dono
furo, e vittorie fur meravigliose.
Or se da noi rivolte e torte sono
contra quel fin che 'l donator dispose,
temo ce 'n privi, e favola a le genti
quel sì chiaro rimbombo al fin diventi.

27 Ah non sia alcun, per Dio, che sì graditi
doni in uso sì reo perda e diffonda!
A quei che sono alti princìpi orditi
di tutta l'opra il filo e 'l fin risponda.
Ora che i passi liberi e spediti,
ora che la stagione abbiam seconda,
ché non corriamo a la città ch'è mèta
d'ogni nostra vittoria? e che più 'l vieta?

28 Principi, io vi protesto (i miei protesti
udrà il mondo presente, udrà il futuro,
l'odono or su nel Cielo anco i Celesti):
il tempo de l'impresa è già maturo;

25: 3-4. *ha pochi* ecc.: ha con sé pochi compagni, e per giunta stranieri di fede e di patria in mezzo ad una turba infinita di popoli pagani. 5. *ne' Greci* ecc.: perché l'imperatore Alessio Comneno cercò, quanto più poté, che l'impresa non riuscisse.
26: 1-4. *Turchi* ecc.: cfr. 6, 3-6.
27: 2. *perda e diffonda*: disperda e dissipi. 4. *il filo e 'l fin*: la tessitura (cioè, la condotta) e il termine (cioè, il coronamento).

men diviene opportun più che si resti,
incertissimo fia quel ch'è securo.
Presago son, s'è lento il nostro corso,
avrà d'Egitto il Palestin soccorso. —

29   Disse, e a i detti seguì breve bisbiglio;
ma sorse poscia il solitario Piero,
che privato fra' principi a consiglio
sedea, del gran passaggio autor primiero:
— Ciò ch'essorta Goffredo, ed io consiglio,
né loco a dubbio v'ha, sì certo è il vero
e per sé noto: ei dimostrollo a lungo,
voi l'approvate, io questo sol v'aggiungo:

30   se ben raccolgo le discordie e l'onte
quasi a prova da voi fatte e patite,
i ritrosi pareri, e le non pronte
e in mezzo a l'esseguire opre impedite,
reco ad un'altra originaria fonte
la cagion d'ogni indugio e d'ogni lite,

28: 5. *si resti*: si indugi. 8. *il Palestin*: il popolo di Palestina (altrove « Palestini », III, 29, 2, e VIII, 13, 8). Altri intende, meno persuasivamente: il re di Gerusalemme.

29: 2. *il solitario Piero*: Piero l'Eremita, nato ad Amiens, fu il più efficace promotore della Crociata. Predicò per tutta l'Europa la necessità morale dell'impresa e raccolse intorno a sé moltitudini di fedeli. Mosse quindi solitario alla conquista di Gerusalemme con questa sua schiera raccogliticcia, e riuscì ad occupare Nicea. Fu poi sconfitto e costretto a unirsi all'esercito regolare. Morì nel 1135 nell'Abbazia di Noir-Moutier in Francia. Guglielmo Tirio ce lo presenta con efficace ritratto: « ... statura pusillus et, quantum ad exteriorem hominem, persona contemptibilis; sed maior in exiguo regnabat corpore virtus. Vivacis enim ingenii erat, et oculum habens perspicacem gratumque et sponte fluens ei non deerat eloquium ». 3. *privato*: benché non insignito di gradi militari. 4. *del gran* ecc.: promotore del lungo viaggio dei Crociati dall'Occidente in Terra Santa. 5. *ed io*: anch'io. 8. *l'approvate*: approvatelo (imperativo).

30: 1. *raccolgo*: riunisco con la memoria, rievoco insieme. 2. *a prova*: a gara. 5-8. *ad un'altra* ecc.: a una causa originaria diversa da quella messa innanzi da Goffredo, secondo cui la ragione del ristagno dell'impresa consisteva nella cupidigia di conquista e nell'oblio del fine

a quella autorità che, in molti e vari
d'opinion quasi librata, è pari.

31   Ove un sol non impera, onde i giudìci
pendano poi de' premi e de le pene,
onde sian compartite opre ed uffici,
ivi errante il governo esser conviene.
Deh! fate un corpo sol de' membri amici,
fate un capo che gli altri indrizzi e frene,
date ad un sol lo scettro e la possanza,
e sostenga di re vece e sembianza. —

32   Qui tacque il veglio. Or quai pensier, quai petti
son chiusi a te, sant'Aura e divo Ardore?
Inspiri tu de l'Eremita i detti,
e tu gl'imprimi a i cavalier nel core;
sgombri gl'inserti, anzi gl'innati affetti
di sovrastar, di libertà, d'onore,
sì che Guglielmo e Guelfo, i più sublimi,
chiamàr Goffredo per lor duce i primi.

religioso dell'impresa (cfr. soprattutto 25). Secondo Pietro invece la causa d'ogni guaio è l'assenza d'un reggitore supremo, la quale fa sì che l'autorità, compartita quasi esattamente (« quasi librata ») tra tanti condottieri, chi d'una e chi d'altra opinione, risulta d'egual peso (« è pari »), cioè non riesce ad imporsi. Occorre perciò che l'autorità sia conferita ad un solo capo (cfr. 31).

31: 1-3. *onde...onde*: dal quale. 4. *errante*: non fermo, instabile e malsicuro. 8. *sostenga*: assolva le funzioni di re e ne assuma anche il decoro esterno.

32: 2. *sant'Aura* ecc.: è lo Spirito Santo, di cui l'« Aura » (ispirazione o sapienza) e l'« Ardore » (fiamma o amore) sono attributi. 5. *inserti...innati*: inseriti nell'animo, anzi connaturati ad esso. 7. *Guglielmo* ecc.: Guglielmo appare nella *Historia* di Guglielmo Tirio tra i Crociati. Il Tasso segue questa notizia che non sembra, per altro, provata. Guglielmo sarebbe stato figlio di Guglielmo II il Rosso, re d'Inghilterra (cfr. 44, 4. Per Guelfo, cfr. nota a 10, 8. Entrambi i personaggi erano, dunque, « sublimi », cioè insigni per stirpe. 8. *chiamàr*: acclamarono, dichiararono a gran voce (cfr. II, 90, 2 « chiamar guerra »); *i primi*: per primi.

33   L'approvàr gli altri: esser sue parti denno
deliberare e comandar altrui.
Imponga a i vinti legge egli a suo senno,
porti la guerra e quando vòle e a cui;
gli altri, già pari, ubidienti al cenno
siano or ministri de gl'imperii sui.
Concluso ciò, fama ne vola, e grande
per le lingue de gli uomini si spande.

34   Ei si mostra a i soldati, e ben lor pare
degno de l'alto grado ove l'han posto,
e riceve i saluti e 'l militare
applauso, in volto placido e composto.
Poi ch'a le dimostranze umili e care
d'amor, d'ubidienza ebbe risposto,
impon che 'l dì seguente in un gran campo
tutto si mostri a lui schierato il campo.

35   Facea ne l'oriente il sol ritorno,
sereno e luminoso oltre l'usato,
quando co' raggi uscì del novo giorno
sotto l'insegne ogni guerriero armato,
e si mostrò quanto poté più adorno
al pio Buglion, girando il largo prato.
S'era egli fermo, e si vedea davanti
passar distinti i cavalieri e i fanti.

36   Mente, de gli anni e de l'oblio nemica,
de le cose custode e dispensiera,

33: 1. *denno*: devono. 4. *quando* ecc.: quando vuole e a chi vuole. 5. *già pari*: che prima erano pari a Goffredo per autorità (« a quella autorità che...è pari », 30, 7-8).

34: 4. *placido*: affabile. 8. *il campo*: l'esercito.

35: 7. *S'era...fermo*: si era fermato, aveva preso posizione. 8. *distinti*: in schiere separate.

36: 1. *Mente*: memoria. Cfr. Dante, *Inf.*, II, 8-9. 3. *tua ragion*: la tua forza, la tua potenza. Nell'edizione Osanna del poema, il Tasso mutò « ragion » in « virtù ». La sostituzione conferma la nostra in-

vagliami tua ragion, sì ch'io ridica
di quel campo ogni duce ed ogni schiera:
suoni e risplenda la lor fama antica,
fatta da gli anni omai tacita e nera;
tolto da' tuoi tesori, orni mia lingua
ciò ch'ascolti ogni età, nulla l'estingua.

37 Prima i Franchi mostràrsi: il duce loro
Ugone esser solea, del re fratello.
Ne l'Isola di Francia eletti foro,
fra quattro fiumi, ampio paese e bello.
Poscia ch'Ugon morì, de' gigli d'oro
seguì l'usata insegna il fer drapello
sotto Clotareo, capitano egregio,
a cui, se nulla manca, è il nome regio.

38 Mille son di gravissima armatura,
sono altrettanti i cavalier seguenti,
di disciplina a i primi e di natura
e d'arme e di sembianza indifferenti;
normandi tutti, e gli ha Roberto in cura,
che principe nativo è de le genti.

terpretazione. Altri, meno persuasivamente: la tua contenenza, cioè quanto tu conservi. Galileo Galilei spiegò: aiuto, favore. 8. *nulla*: nessuna età (« nulla » aggettivo), cioè nessun trascorrere di tempo. La mia lingua adorni, dopo di averlo tratto dal prezioso scrigno della memoria, ciò che è degno di essere ascoltato da ogni età e che nessuna età dovrà cancellare.

37: 2. *Ugone*: Ugone di Vermondois, figlio di Enrico I di Francia e fratello di Filippo I. Mandato come ambasciatore a Costantinopoli per trattare con l'imperatore Alessio, fuggì invece in Francia. Pentitosi, cercò di riabilitarsi prendendo parte alla seconda Crociata. Morì a Tarso, prima di raggiungere Gerusalemme. 4. *quattro fiumi*: Senna, Marna, Oise, Aisne. 5. *gigli d'oro*: gigli d'oro in campo bianco era lo stemma dei Capeti e quindi insegna della casa regnante di Francia. 7. *Clotareo*: personaggio immaginario. 8. *nulla*: qualche cosa; *nome*: sangue. Nell'edizione Osanna del poema il Tasso sostituì, infatti, « sangue » a « nome ».

38: 1. *gravissima*: pesantissima. 2. *seguenti*: che seguono. 4. *indifferenti*: non dissimili, e quindi eguali. 5. *Roberto*: Roberto, detto « Cortacoscia » o « Cortaspada », era figlio primogenito di Guglielmo

Poi duo pastor de' popoli spiegaro
le squadre lor, Guglielmo ed Ademaro.

39 L'uno e l'altro di lor, che ne' divini
uffici già trattò pio ministero,
sotto l'elmo premendo i lunghi crini,
essercita de l'arme or l'uso fero.
Da la città d'Orange e da i confini
quattrocento guerrier scelse il primiero;
ma guida quei di Poggio in guerra l'altro,
numero egual, né men ne l'arme scaltro.

40 Baldovin poscia in mostra addur si vede
co' Bolognesi suoi quei del germano,
ché le sue genti il pio fratel gli cede
or ch'ei de' capitani è capitano.
Il conte di Carnuti indi succede,
potente di consiglio e pro' di mano;
van con lui quattrocento, e triplicati
conduce Baldovino in sella armati.

41 Occupa Guelfo il campo a lor vicino,
uom ch'a l'alta fortuna agguaglia il merto;

il Conquistatore. Fu duca di Normandia. 7. *pastor de' popoli*: vescovi feudatari. 8. *Guglielmo*: Guglielmo, vescovo d'Orange, si fece crociato sull'esempio di Ademaro; *Ademaro*: Ademaro di Monteuil, vescovo di Puy, fu il primo a farsi crociato nello storico Concilio di Clermont. Era il Legato apostolico di Urbano II presso l'esercito cristiano.
39: 7. *Poggio*: Poggio o Puy, di cui Ademaro era Vescovo.
40: 1. *Baldovin*: cfr. nota a 9,1. 2. *Bolognesi*: abitanti di Boulogne-sur-Mer in Piccardia; *germano*: il fratello Goffredo (« il pio fratel », v. 3). 5. *conte di Carnuti*: Stefano, conte di Blois e di Chartres, del popolo gallico dei « Cernutes ». Secondo la storia disertò il campo cristiano presso Antiochia e ritornò in patria. Di qui ripartì nuovamente per la Crociata, a seguito dei rimproveri della moglie, ma giunse in Terra Santa quando Gerusalemme era già stata presa. Morì combattendo contro i Turchi, presso Ioppe. Cfr. anche nota a 62, 1-2. 7. *triplicati*: in numero tre volte maggiore. Significa che Baldovino comandava milleduecento cavalieri.
41: 1. *Guelfo*: cfr. nota a 10, 8. 3-4. *conta* ecc.: nato da padre italiano, e precisamente da Azzo d'Este, conta una lunga e sicura di-

conta costui per genitor latino
de gli avi Estensi un lungo ordine e certo.
Ma german di cognome e di domino,
ne la gran casa de' Guelfoni è inserto:
regge Carinzia, e presso l'Istro e 'l Reno
ciò che i prischi Suevi e i Reti aviéno.

42 A questo, che retaggio era materno,
acquisti ei giunse gloriosi e grandi.
Quindi gente traea che prende a scherno
d'andar contra la morte, ov'ei comandi:
usa a temprar ne' caldi alberghi il verno,
e celebrar con lieti inviti i prandi.
Fur cinquemila a la partenza, e a pena
(de' Persi avanzo) il terzo or qui ne mena.

43 Seguìa la gente poi candida e bionda
che tra i Franchi e i Germani e 'l mar si giace,
ove la Mosa ed ove il Reno inonda,
terra di biade e d'animai ferace;
e gl'insulani lor, che d'alta sponda
riparo fansi a l'ocean vorace:
l'ocean che non pur le merci e i legni,
ma intere inghiotte le cittadi e i regni.

---

scendenza estense. 5-6. *german* ecc.: Guelfo era figlio di madre tedesca e, a sua volta, tedesco (« german ») di nome (« Guelfo » dai Guelph o « Guelfoni » di Svevia a cui appartenne la madre Cunizza e tra i quali egli si trovò « inserto », cioè inserito) e di dominio 7-8. *regge* ecc.: fu signore della Carinzia, della Svevia e della Rezia (« Istro » è il Danubio).

42: 2. *giunse*: aggiunse. 3. *Quindi*: di qui. 5. *caldi alberghi*: abitazioni ben riscaldate. 8. *de' Persi avanzo*: quanto era rimasto dell'esercito dopo gli scontri sanguinosi con i Persiani, presso Antiochia (cfr. 6, 5-6).

43: 1. *la gente* ecc.: i Fiamminghi. 3. *inonda*: dilaga. Usato assolutamente. Cfr. III, 42, 8. 5. *insulani*: gli Olandesi; *alta sponda*: alti argini, dighe. 7. *legni*: navi.

44 Gli uni e gli altri son mille, e tutti vanno
sotto un altro Roberto insieme a stuolo.
Maggior alquanto è lo squadron britanno;
Guglielmo il regge, al re minor figliuolo.
Sono gl'Inglesi sagittari, ed hanno
gente con lor ch'è più vicina al polo:
questi da l'alte selve irsuti manda
la divisa dal mondo ultima Irlanda.

45 Vien poi Tancredi, e non è alcun fra tanti
(tranne Rinaldo) o feritor maggiore,
o più bel di maniere e di sembianti,
o più eccelso ed intrepido di core.
S'alcun'ombra di colpa i suoi gran vanti
rende men chiari, è sol follia d'amore:
nato fra l'arme, amor di breve vista,
che si nutre d'affanni, e forza acquista.

46 È fama che quel dì che glorioso
fe' la rotta de' Persi il popol franco,
poi che Tancredi al fin vittorioso
i fuggitivi di seguir fu stanco,
cercò di refrigerio e di riposo
a l'arse labbia, al travagliato fianco,

44: 2. *altro Roberto*: da non confondersi con Roberto di Normandia (cfr. 38, 5). Questo è Roberto II, conte di Fiandra, figlio di Roberto I il Frisone. I pagani, per il suo valore, lo credettero san Giorgio disceso dal cielo a proteggere i cristiani. Morì in patria cadendo da cavallo. 4. *Guglielmo*: cfr. nota a 32, 7. 5. *sagittari*: arcieri. 7. *irsuti*: pelosi. Cfr. VII, 18, 7 (« irsute mamme »). Meno probabilmente: vestiti di pelli. 8. *ultima*: ultima delle terre verso settentrione, la più remota.

45: 1. *Tancredi*: cfr. nota a 9, 3. 5. *vanti*: meriti. 7. *di breve vista*: nato dopo un rapido sguardo, da una fugace apparizione (come è detto subito appresso).

46: 2. *la rotta* ecc.: è la sconfitta subìta dall'esercito persiano accorso in aiuto d'Antiochia. Cfr. 6, 5-6, e 42, 8. 6. *arse labbia*: le labbra riarse dalla sete; *fianco*: la parte per il tutto. Indica il corpo, le membra. 7. *rezzo*: il fresco che nasce dall'ombra folta.

e trasse ove invitollo al rezzo estivo
cinto di verdi seggi un fonte vivo.

47   Quivi a lui d'improviso una donzella
tutta, fuor che la fronte, armata apparse:
era pagana, e là venuta anch'ella
per l'istessa cagion di ristorarse.
Egli mirolla, ed ammirò la bella
sembianza, e d'essa si compiacque, e n'arse.
Oh meraviglia! Amor, ch'a pena è nato,
già grande vola, e già trionfa armato.

48   Ella d'elmo coprissi, e se non era
ch'altri quivi arrivàr, ben l'assaliva.
Partì dal vinto suo la donna altera,
ch'è per necessità sol fuggitiva;
ma l'imagine sua bella e guerriera
tale ei serbò nel cor, qual essa è viva;
e sempre ha nel pensiero e l'atto e 'l loco
in che la vide, esca continua al foco.

49   E ben nel volto suo la gente accorta
legger potria: «Questi arde, e fuor di spene»;
così vien sospiroso, e così porta
basse le ciglia e di mestizia piene.
Gli ottocento a cavallo, a cui fa scorta,
lasciàr le piaggie di Campagna amene,
pompa maggior de la natura, e i colli
che vagheggia il Tirren fertili e molli.

47: 1. *donzella*: Clorinda. Cfr. II, 38 sgg. 2. *apparse*: apparve, apparì.

48: 2. *altri*: altri guerrieri cristiani. 3. *vinto suo*: Tancredi, già soggiogato a lei da vincolo d'amore. 4. *per necessità* ecc.: fuggitiva non per viltà, ma solo perché costretta da uno stuolo soverchiante di nemici (cfr. vv. 1-2 «... e se non era... »).

49: 1. *accorta*: avveduta. 2. *fuor di spene*: senza speranza. 5. *a cui fa scorta*: di cui è guida e condottiero. 6. *Campagna*: Campania. 7. *pompa* ecc.: dove la natura fa maggiore sfoggio delle sue bellezze. Più semplicemente: la maggiore gloria della natura. 8. *molli*: dolci.

Canto primo

50 Venian dietro ducento in Grecia nati,
che son quasi di ferro in tutto scarchi:
pendon spade ritorte a l'un de' lati,
suonano al tergo lor faretre ed archi;
asciutti hanno i cavalli, al corso usati,
a la fatica invitti, al cibo parchi:
ne l'assalir son pronti e nel ritrarsi,
e combatton fuggendo erranti e sparsi.

51 Tatin regge la schiera, e sol fu questi
che, greco, accompagnò l'arme latine.
Oh vergogna! oh misfatto! or non avesti
tu, Grecia, quelle guerre a te vicine?
E pur quasi a spettacolo sedesti,
lenta aspettando de' grand'atti il fine.
Or, se tu se' vil serva, è il tuo servaggio
(non ti lagnar) giustizia, e non oltraggio.

52 Squadra d'ordine estrema ecco vien poi
ma d'onor prima e di valor e d'arte.
Son qui gli aventurieri, invitti eroi,
terror de l'Asia e folgori di Marte.
Taccia Argo i Mini, e taccia Artù que' suoi
erranti, che di sogni empion le carte;

50: 2. *quasi* ecc.: privi di corazza e d'armamento pesante. 3. *spade ritorte*: spade ricurve, scimitarre. 5. *asciutti*: snelli; *al corso usati*: addestrati alla corsa. 8. *combatton*: nel ritrarsi continuano a combattere, ma non in ordine chiuso bensì isolati e qua e là sparsi.

51: 1. *Tatin*: il Tasso aveva scritto prima « Latin », ma poi mutò in « Tatin » nell'edizione Osanna del poema e nella *Conquistata*. Si tratta infatti del greco Tatino, da non confondere con l'italiano « Latino » che apparirà in seguito (IX, 27). Nella *Historia* di Guglielmo Tirio è chiamato « Taninus » e « Tantinus ». Era stato dato come guida ai cristiani dall'imperatore Alessio, ma in realtà aveva funzioni di informatore segreto. 6. *lenta aspettando*: pigramente attendendo: *grand'atti*: le imprese dei Crociati. 7. *Or* ecc.: allude alla caduta di Costantinopoli del 1453.

52: 2. *arte*: arte bellica. 5. *Argo i Mini*: Argo fu il costruttore della nave che da lui prese il nome e sulla quale i Tessali, detti « Mini » da Minia, parte della Tessaglia, andarono alla conquista del vello d'oro. 5-6. *Artù* ecc.: Artù e i suoi cavalieri (cavalieri della

ch'ogni antica memoria appo costoro
perde: or qual duce fia degno di loro?

53   Dudon di Consa è il duce; e perché duro
fu il giudicar di sangue e di virtute,
gli altri sopporsi a lui concordi furo,
ch'avea più cose fatte e più vedute.
Ei di virilità grave e maturo,
mostra in fresco vigor chiome canute;
mostra, quasi d'onor vestigi degni,
di non brutte ferite impressi segni.

54   Eustazio è poi fra i primi; e i propri pregi
illustre il fanno, e più il fratel Buglione.
Gernando v'è, nato di re norvegi,
che scettri vanta e titoli e corone.
Ruggier di Balnavilla infra gli egregi
la vecchia fama ed Engerlan ripone;
e celebrati son fra' più gagliardi
un Gentonio, un Rambaldo e duo Gherardi.

55   Son fra' lodati Ubaldo anco, e Rosmondo
del gran ducato di Lincastro erede;

Tavola Rotonda) le cui avventure costituirono la materia di molte leggende medievali. Cfr. Petrarca, *Tr. Am.* III, 79 (« Ecco quei che le carte empion di sogni, - Lancillotto, Tristano e gli altri erranti »). 7-8. *appo... perde*: è vinta rispetto agli « aventurieri ».

53: 1. *Dudon di Consa*: Dudone di Contz, paese situato alla confluenza della Saar e della Mosella. Il Tasso stesso dichiara che fu personaggio reale e che prese parte alla Crociata (« E Dudon di Consa fu un gran cavaliero, che veramente fu a quell'impresa ». Lettera *A Scipione Gonzaga,* 26 marzo 1575); *duro*: difficile. 3. *sopporsi*: sottomettersi. Cfr. anche 16, 8 e 21, 6. 8. *non brutte*: non deturpanti, onorevoli. Nella *Conquistata*: « belle »; *impressi segni*: segni ben visibili, cicatrici.

54: 1. *Eustazio*: fratello minore di Goffredo. 3. *Gernando*: personaggio immaginario. 5. *Ruggier di Balnavilla*: Ruggiero di Balnavilla è ricordato nella *Historia* di Guglielmo Tirio. Morì sotto le mura di Antiochia. Per quanto riguarda alcuni guerrieri che sono elencati nelle ottave 54, 55 e 56, poco o nulla sappiamo di loro. Essi vanno evidentemente considerati come puri nomi di una poetica rassegna.

55: 2. *Lincastro*: Lancaster, in Inghilterra. 3. *Obizzo il Tosco*:

non fia ch'Obizzo il Tosco aggravi al fondo
chi fa de le memorie avare prede,
né i tre frati lombardi al chiaro mondo
involi, Achille, Sforza e Palamede,
o 'l forte Otton, che conquistò lo scudo
in cui da l'angue esce il fanciullo ignudo.

56 Né Guasco né Ridolfo a dietro lasso,
né l'un né l'altro Guido, ambo famosi,
non Eberardo e non Gernier trapasso
sotto silenzio ingratamente ascosi.
Ove voi me, di numerar già lasso,
Gildippe ed Odoardo, amanti e sposi,
rapite? o ne la guerra anco consorti,
non sarete disgiunti ancor che morti!

57 Ne le scole d'Amor che non s'apprende?
Ivi si fe' costei guerriera ardita:
va sempre affissa al caro fianco, e pende
da un fato solo l'una e l'altra vita.
Colpo che ad un sol noccia unqua non scende,
ma indiviso è il dolor d'ogni ferita;
e spesso è l'un ferito, e l'altro langue,
e versa l'alma quel, se questa il sangue.

---

potrebbe essere il progenitore dei Malaspina; *aggravi al fondo*: faccia cadere in oblio (sogg. « chi fa de le memorie... », v. 4). 4. *chi fa* ecc.: il tempo che avidamente distrugge le memorie. 7-8. *'l forte Otton* ecc.: « Otto de' Visconti, vinto un certo Voluce capitan de' Saraceni ch'aveva sfidati i cristiani a singolar battaglia, gli tolse il cimiero del serpente, ch'ei portava a quel modo, e usollo poscia sempre, ed esso e i posteri suoi, per arma propria della sua famiglia » (GUASTAVINI).

56: 5-7. *Ove voi me...rapite*: cfr. Virgilio, *Aen.*, VI, 845 (« Quo fessum rapitis, Fabii? »); *Gildippe ed Odoardo*: Odoardo, barone inglese, partecipò alla Crociata con la moglie Gildippe. Entrambi trovarono la morte nell'impresa. Cfr. anche nota a III, 40, 8.

57: 2. *Ivi* ecc.: Gildippe apprese alla scuola d'Amore, cioè per virtù d'Amore, a impugnare e a maneggiare le armi come Odoardo, e poté così seguirlo ovunque (v. 3). 3. *affissa* ecc.: stretta al fianco del marito. 5. *unqua*: mai. 6. *indiviso*: comune a entrambi. 8. *versa* ecc.: esala quasi l'anima nel pianto.

58
Ma il fanciullo Rinaldo, e sovra questi
e sovra quanti in mostra eran condutti,
dolcemente feroce alzar vedresti
la regal fronte, e in lui mirar sol tutti.
L'età precorse e la speranza, e presti
pareano i fior quando n'usciro i frutti;
se 'l miri fulminar ne l'arme avolto,
Marte lo stimi; Amor, se scopre il volto.

59
Lui ne la riva d'Adige produsse
a Bertoldo Sofia, Sofia la bella
a Bertoldo il possente; e pria che fusse
tolto quasi il bambin da la mammella,
Matilda il volse, e nutricollo, e instrusse
ne l'arti regie; e sempre ei fu con ella,
sin ch'invaghì la giovanetta mente
la tromba che s'udia da l'oriente.

60
Allor (né pur tre lustri avea forniti)
fuggì soletto, e corse strade ignote;
varcò l'Egeo, passò di Grecia i liti,
giunse nel campo in region remote.
Nobilissima fuga, e che l'imìti
ben degna alcun magnanimo nepote.

58: 1. *fanciullo*: giovinetto. Cfr. anche II, 33, 3; *Rinaldo*: cfr. nota a 10, 3. 3. *dolcemente feroce*: fiero, ma con grazia ed eleganza. 4. *in lui...sol*: soltanto in lui.

59: 1. *ne la riva d'Adige*: dove sorge Este, culla appunto della famiglia estense; *produsse*: diede alla luce. 2. *Bertoldo* ecc.: Bertoldo era figlio di Azzo IV d'Este, ebbe come moglie Sofia di Zaeringen. 5. *Matilda*: Matilde di Canossa, contessa di Toscana, era imparentata con gli Estensi avendo sposato Guelfo di Baviera. Nacque nel 1046. Sostenne il papa Gregorio VII contro l'imperatore Arrigo IV. Morì nel 1115.

60: 1. *né pur tre lustri* ecc.: non aveva compiuti ancora i quindici anni. Perciò il Tasso lo dice « fanciullo » (58, 1). 4. *campo*: il campo cristiano. 5. *Nobilissima* ecc.: « Questi versi sono un complimento per Alfonso II, che fuggì giovinetto in Francia desideroso di apprendere gli esercizi cavallereschi e di vivere in quella corte famosa » (FERRARI-PAPINI). Ma è spiegazione che non persuade. È probabile che si tratti

Tre anni son che è in guerra, e intempestiva
molle piuma del mento a pena usciva.

61   Passati i cavalieri, in mostra viene
la gente a piede, ed è Raimondo inanti.
Regea Tolosa, e scelse infra Pirene
e fra Garona e l'ocean suoi fanti.
Son quattromila, e ben armati e bene
instrutti, usi al disagio e toleranti;
buona è la gente, e non può da più dotta
o da più forte guida esser condotta.

62   Ma cinquemila Stefano d'Ambuosa
e di Blesse e di Turs in guerra adduce.
Non è gente robusta o faticosa,
se ben tutta di ferro ella riluce.
La terra molle, lieta e dilettosa,
simili a sé gli abitator produce.
Impeto fan ne le battaglie prime,
ma di leggier poi langue, e si reprime.

soltanto di una esortazione convenzionale senza riferimento a fatti trascorsi, una sorta di augurio per future nobili imprese di Alfonso II come ripresa dei versi 7-8 dell'ottava IV del Canto primo (« Forse un dì fia che la presaga penna — osi scriver di te quel ch'or n'accenna ») e proprio in relazione alla contemporanea minaccia dei Turchi (I, 5). 7. *intempestiva*: precoce. 8. *molle piuma*: la tenera barba degli adolescenti (« molle » appunto perché « intempestiva »). Cfr. IX, 81, 4 (« il bel mento spargea de' primi fiori »).

61: 2. *Raimondo*: Raimondo IV di Saint-Gilles, conte di Tolosa, combatté contro i Mori di Spagna al fianco del Cid Campeador. Ebbe in moglie, come premio del suo valore, una figlia di Alfonso il Grande, Elvira. Nacque nel 1024 e morì nel 1100, durante l'assedio di Tripoli di Soria. 3. *Pirene*: i Pirenei. 4. *fra Garona* ecc.: appunto la regione tolosana che è situata tra i Pirenei, la Garonna e l'oceano Atlantico.

62: 1-2. *Stefano d'Ambuosa* ecc.: non si sa chi sia questo Stefano che il Tasso dichiara signore d'Amboise, Blous e Tours, (« Ambuosa... Blesse... Turs »). Può essere che il poeta abbia erroneamente fatto due personaggi distinti del conte Stefano di Carnuti (40, 5), seguendo una lezione guasta del testo di Guglielmo Tirio: « dominus Stephanus Carnotensium et Blesensium comes... ». 3. *faticosa*: resistente alle fatiche. 7. *battaglie prime*: le prime fasi dello scontro armato, le azioni preliminari. 8. *langue* ecc.: sogg. « gente », collettivo (il che spieghe-

63 Alcasto il terzo vien, qual presso a Tebe
già Capaneo, con minaccioso volto:
seimila Elvezi, audace e fera plebe,
da gli alpini castelli avea raccolto,
che 'l ferro uso a far solchi, a franger glebe,
in nove forme e in più degne opre ha vòlto;
e con la man, che guardò rozzi armenti,
par ch'i regni sfidar nulla paventi.

64 Vedi appresso spiegar l'alto vessillo
co 'l diadema di Piero e con le chiavi.
Qui settemila aduna il buon Camillo
pedoni, d'arme rilucenti e gravi,
lieto ch'a tanta impresa il Ciel sortillo,
ove rinovi il prisco onor de gli avi,
o mostri almen ch'a la virtù latina
o nulla manca, o sol la disciplina.

65 Ma già tutte le squadre eran con bella
mostra passate, e l'ultima fu questa,
quando Goffredo i maggior duci appella,
e la sua mente a lor fa manifesta:
— Come appaia diman l'alba novella
vuo' che l'oste s'invii leggiera e presta,
sì ch'ella giunga a la città sacrata,
quanto è possibil più, meno aspettata.

---

rebbe la discordanza «fan» - «langue...reprime»); oppure, e più persuasivamente, sogg. «impeto» (l'impeto vien meno ed è represso).
63: 1. *Alcasto*: personaggio immaginario. 2. *Capaneo*: uno dei sette superbi re che assediarono Tebe. Sfidò anche Giove e ne fu fulminato. Per la superbia di Alcasto, cfr. XIII, 24.
64: 1-2. *l'alto vessillo* ecc.: il vessillo papale con il triregno («diadema» di Pietro) e le chiavi. 3. *Camillo*: personaggio immaginario. Nella *Conquistata* il Tasso gli crea un casato storico facendolo discendente dalla casa Orsini. 4. *gravi*: pesantemente ricoperti («d'arme»). 5. *sortillo*: lo abbia prescelto, destinato. 6. *ove*: nella quale («impresa»).
65: 4. *mente*: cfr. nota a 17, 2. 6. *oste*: esercito.

66 Preparatevi dunque ed al viaggio
ed a la pugna e a la vittoria ancora. —
Questo ardito parlar d'uom così saggio
sollecita ciascuno e l'avvalora.
Tutti d'andar son pronti al novo raggio,
e impazienti in aspettar l'aurora.
Ma 'l provido Buglion senza ogni tema
non è però, benché nel cor la prema.

67 Perch'egli avea certe novelle intese
che s'è d'Egitto il re già posto in via
inverso Gaza, bello e forte arnese
da fronteggiare i regni di Soria.
Né creder può che l'uomo a fere imprese
avezzo sempre, or lento in ozio stia;
ma, d'averlo aspettando aspro nemico,
parla al fedel suo messaggiero Enrico:

68 — Sovra una lieve saettia tragitto
vuo' che tu faccia ne la greca terra.
Ivi giunger dovea (così m'ha scritto
chi mai per uso in avisar non erra)
un giovene regal, d'animo invitto,
ch'a farsi vien nostro compagno in guerra:
prence è de' Dani, e mena un grande stuolo
sin da i paesi sottoposti al polo.

66: 4. *avvalora*: accresce il valore, incoraggia. 8. *prema*: comprima.
67: 2. *d'Egitto il re*: cfr. nota a XVII, 2, 1. 3. *Gaza*: città marittima vicina ai confini d'Egitto (cfr. descrizione in XVII, 1-2), frontiera del Califfo (« Del re d'Egitto è la città frontiera », XVII, 2, 1); *arnese*: fortezza. Cfr. Dante, *Inf.* XX, 70. 7. *d'averlo* ecc.: aspettandosi di averlo nemico acerrimo. 8. *Enrico*: cfr. ancora VIII, 8, 6.
68: 1. *saettia*: vascello, assai veloce, con vele e senza remi. 5. *un giovene*: Sveno. Cfr. nota a VIII, 6, 1. 8. *sottoposti*: posti appena sotto, e quindi prossimi.

69 Ma perché 'l greco imperator fallace
seco forse userà le solite arti,
per far ch'o torni indietro o 'l corso audace
torca in altre da noi lontane parti,
tu, nunzio mio, tu, consiglier verace,
in mio nome il disponi a ciò che parti
nostro e suo bene, e di' che tosto vegna,
ché di lui fòra ogni tardanza indegna.

70 Non venir seco tu, ma resta appresso
al re de' Greci a procurar l'aiuto,
che già più d'una volta a noi promesso
e per ragion di patto anco è dovuto. —
Così parla e l'informa, e poi che 'l messo
le lettre ha di credenza e di saluto,
toglie, affrettando il suo partir, congedo,
e tregua fa co' suoi pensier Goffredo.

71 Il dì seguente, allor ch'aperte sono
del lucido oriente al sol le porte,
di trombe udissi e di tamburi un suono,
ond'al camino ogni guerrier s'essorte.
Non è sì grato a i caldi giorni il tuono
che speranza di pioggia al mondo apporte,
come fu caro a le feroci genti
l'altero suon de' bellici instrumenti.

72 Tosto ciascun, da gran desio compunto,
veste le membra de l'usate spoglie,

69: 1. *greco imperator*: Alessio I Comneno, imperatore romano d'Oriente dal 1081 al 1118. Successe a Niceforo Botoniate. Chiese aiuti all'Occidente contro i Turchi. Nel Concilio di Piacenza (1095) offrì a Urbano II la conciliazione della chiesa greca con quella latina. 4. *torca*: rivolga. 6. *parti*: ti pare, giudichi.

70: 6. *lettre* ecc.: le credenziali. 8. *tregua fa* ecc.: cessa dagli agitati pensieri e riposa.

71: 4. *s'essorte*: si inciti. 8. *bellici instrumenti*: «trombe» e «tamburi» (v. 3).

72: 2. *usate spoglie*: le armature. 3. *in punto*: completamente

e tosto appar di tutte l'arme in punto,
tosto sotto i suoi duci ogn'uom s'accoglie,
e l'ordinato essercito congiunto
tutte le sue bandiere al vento scioglie:
e nel vessillo imperiale e grande
la trionfante Croce al ciel si spande.

73 Intanto il sol, che de' celesti campi
va più sempre avanzando e in alto ascende,
l'arme percote e ne trae fiamme e lampi
tremuli e chiari, onde le viste offende.
L'aria par di faville intorno avampi,
e quasi d'alto incendio in forma splende,
e co' feri nitriti il suono accorda
del ferro scosso e le campagne assorda.

74 Il capitan, che da' nemici aguati
le schiere sue d'assecurar desia,
molti a cavallo leggiermente armati
a scoprire il paese intorno invia;
e inanzi i guastatori avea mandati,
da cui si debbe agevolar la via,
e i vòti luoghi empire e spianar gli erti,
e da cui siano i chiusi passi aperti.

75 Non è gente pagana insieme accolta,
non muro cinto di profonda fossa,
non gran torrente, o monte alpestre, o folta
selva, che 'l lor viaggio arrestar possa.

---

rivestito. 4. *s'accoglie*: si aduna. 5. *congiunto*: stretto in fila serrate.

73: 1-2. *che de' celesti* ecc.: che va acquistando una parte sempre maggiore della volta celeste (« avanzando » è transitivo ed ha come oggetto « più », da cui dipende « de' celesti campi »). Per « avanzare » nel senso di « acquistare », cfr. anche XVIII, 69, 6.

74: 2. *assecurar*: proteggere. 4. *scoprire*: esplorare.

75: 1. *insieme accolta*: radunata e quindi in fitta schiera. 5. *de gli altri* ecc.: il Po. Cfr. Virgilio, *Georg.*, I, 482 (« fluviorum rex Eridanus »).

Così de gli altri fiumi il re tal volta,
quando superbo oltra misura ingrossa,
sovra le sponde ruinoso scorre,
né cosa è mai che gli s'ardisca opporre.

76 Sol di Tripoli il re, che 'n ben guardate
mura, genti, tesori ed arme serra,
forse le schiere franche avria tardate,
ma non osò di provocarle in guerra.
Lor con messi e con doni anco placate
ricettò volontario entro la terra,
e ricevé condizion di pace,
sì come imporle al pio Goffredo piace.

77 Qui del monte Seir, ch'alto e sovrano
da l'oriente a la cittad è presso,
gran turba scese de' fedeli al piano
d'ogni età mescolata e d'ogni sesso:
portò suoi doni al vincitor cristiano,
godea in mirarlo e in ragionar con esso,
stupìa de l'arme pellegrine; e guida
ebbe da lor Goffredo amica e fida.

78 Conduce ei sempre a le maritime onde
vicino il campo per diritte strade,
sapendo ben che le propinque sponde
l'amica armata costeggiando rade,
la qual può far che tutto il campo abonde
de' necessari arnesi e che le biade
ogni isola de' Greci a lui sol mieta,
e Scio pietrosa gli vendemmi e Creta.

76: 1. *Tripoli*: Tripoli di Soria; *guardate*: vigilate. 3. *tardate*: costrette a tardare. 6. *ricettò*: accolse.
77: *Seir*· catena di monti a oriente di Tripoli. 7. *pellegrine*: forestiere e quindi insolite.
78: 2. *campo*: esercito terrestre (le « terrestri schiere », 80, 4). Da distinguere dalla « armata » (cfr. nota a v. 4). 4. *amica armata*: la flotta cristiana. 6. *arnesi*: strumenti bellici; *biade*: grano, e vettovaglie in genere. 8. *Scio*: Chio, famosa per i suoi vini come Creta.

79   Geme il vicino mar sotto l'incarco
de l'alte navi e de' più levi pini,
sì che non s'apre omai securo varco
nel mar Mediterraneo a i saracini;
ch'oltra quei c'ha Georgio armati e Marco
ne' veneziani e liguri confini,
altri Inghilterra e Francia ed altri Olanda,
e la fertil Sicilia altri ne manda.

80   E questi, che son tutti insieme uniti
con saldissimi lacci in un volere,
s'eran carchi e provisti in vari liti
di ciò ch'è d'uopo a le terrestri schiere,
le quai trovando liberi e sforniti
i passi de' nemici a le frontiere,
in corso velocissimo se 'n vanno
là 've Cristo soffrì mortale affanno.

81   Ma precorsa è la fama, apportatrice
de' veraci romori e de' bugiardi,
ch'unito è il campo vincitor felice,
che già s'è mosso e che non è chi 'l tardi;
quante e quai sian le squadre ella ridice,
narra il nome e 'l valor de' più gagliardi,
narra i lor vanti, e con terribil faccia
gli usurpatori di Sion minaccia.

82   E l'aspettar del male è mal peggiore,
forse, che non parrebbe il mal presente;

79: 1. *incarco*: carico, peso. 2. *de l'alte* ecc.: delle navi più grandi come anche di quelle più leggere. 5. *Georgio...Marco*: le città di Genova e di Venezia, i cui protettori sono, come è noto, san Giorgio e san Marco. 6. *confini*: territori.
80: 3. *carchi*: caricati. 5. *sforniti*: privi di difese. 8. *mortale affanno*: passione e morte di Gesù Cristo.
81: 2. *romori*: dicerie, notizie. 4. *tardi*: possa ritardare. Cfr. 76, 3 (« avria tardate »).

pende ad ogn'aura incerta di romore
ogni orecchia sospesa ed ogni mente;
e un confuso bisbiglio entro e di fore
trascorre i campi e la città dolente.
Ma il vecchio re ne' già vicin perigli
volge nel dubbio cor feri consigli.

83   Aladin detto è il re, che, di quel regno
novo signor, vive in continua cura:
uom già crudel, ma 'l suo feroce ingegno
pur mitigato avea l'età matura.
Egli, che de' Latini udì il disegno
c'han d'assalir di sua città le mura,
giunge al vecchio timor novi sospetti,
e de' nemici pave e de' soggetti.

84   Però che dentro a una città commisto
popolo alberga di contraria fede:
la debil parte e la minore in Cristo,
la grande e forte in Macometto crede.
Ma quando il re fe' di Sion l'acquisto,
e vi cercò di stabilir la sede,
scemò i publici pesi a' suoi pagani,
ma più gravonne i miseri cristiani.

82: 3. *ad ogn'aura* ecc.: ad ogni accenno, anche il più vago, di notizie. 7. *già vicin*: ormai imminenti. 8. *feri consigli*: feroci propositi.

83: 1. *Aladin*: il nome è d'invenzione ma il personaggio è storico. Si tratta in realtà dell'emiro di Gerusalemme, Ducat, il quale governava la città in nome del Califfo d'Egitto. Nella *Conquistata* il Tasso, avvicinandosi di più alla storia, sostituì il nome di «Aladino» con quello di «Ducalto». 2. *cura*: preoccupazione. 3. *ingegno*: natura, indole. Cfr. 85, 1 («ferità nativa»). 7. *giunge*: aggiunge. 8. *pave*: teme; *soggetti*: sudditi.

84: 1-2. *commisto* ecc.: popolazione mescolata di «pagani» e di «cristiani» (vv. 7-8). 7. *publici pesi*: tasse e ogni altra forma di gravame fiscale.

Canto primo

85 Questo pensier la ferità nativa,
che da gli anni sopita e fredda langue,
irritando inasprisce, e la ravviva
sì ch'assetata è più che mai di sangue.
Tal fero torna a la stagione estiva
quel che parve nel gel piacevol angue,
così leon domestico riprende
l'innato suo furor, s'altri l'offende.

86 « Veggio » dicea « de la letizia nova
veraci segni in questa turba infida;
il danno universal solo a lei giova,
sol nel pianto comun par ch'ella rida;
e forse insidie e tradimenti or cova,
rivolgendo fra sé come m'uccida,
o come al mio nemico, e suo consorte
popolo, occultamente apra le porte.

87 Ma no 'l farà: prevenirò questi empi
disegni loro, e sfogherommi a pieno.
Gli ucciderò, faronne acerbi scempi,
svenerò i figli a le lor madri in seno,
arderò loro alberghi e insieme i tèmpi,
questi i debiti roghi a i morti fièno;
e su quel lor sepolcro in mezzo a i voti
vittime pria farò de' sacerdoti. »

85: 1. *ferità nativa*: naturale ferocia. Cfr. 83, 3 (« feroce ingegno »).
2. *che da gli anni* ecc.: che la maturità degli anni aveva attenuato e quasi spenta. Cfr. 83, 4 (« mitigato avea l'età matura »). 5. *fero*: crudele. 6. *gel*: inverno. Si oppone a « stagione estiva » (v. 5); *piacevol angue*: tranquillo, innocuo. Nella *Conquistata*: « placido ».

86: 2. *turba infida*: i cristiani di Gerusalemme. 7. *consorte*: congiunto da una medesima sorte (la vittoria dei Crociati significava la liberazione dei cristiani di Gerusalemme), ma anche correligionario.

87: 5. *alberghi*: case. 6. *debiti*: dovuti, meritati. Cfr. V, 14, 5-6 (« onor...debito a me »); *fièno*: saranno. 7. *in mezzo a i voti*: nell'atto stesso di officiare.

88   Così l'iniquo fra suo cor ragiona,
pur non segue pensier sì mal concetto;
ma s'a quegli innocenti egli perdona,
è di viltà, non di pietade effetto,
ché s'un timor a incrudelir lo sprona,
il ritien più potente altro sospetto:
troncar le vie d'accordo, e de' nemici
troppo teme irritar l'arme vittrici.

89   Tempra dunque il fellon la rabbia insana,
anzi altrove pur cerca ove la sfoghi;
i rustici edifici abbatte e spiana,
e dà in preda a le fiamme i culti luoghi;
parte alcuna non lascia integra o sana
ove il Franco si pasca, ove s'alloghi;
turba le fonti e i rivi, e le pure onde
di veneni mortiferi confonde.

90   Spietatamente è cauto, e non oblia
di rinforzar Gierusalem fra tanto.
Da tre lati fortissima era pria,
sol verso Borea è men secura alquanto;
ma da' primi sospetti ei le munia
d'alti ripari il suo men forte canto,
e v'accogliea gran quantitade in fretta
di gente mercenaria e di soggetta.

---

88 : 1. *fra suo cor*: in cuor suo. 2. *sì mal concetto* · così malvagiamente concepito. 7-8. *troncar* ecc.: teme di precludersi la via a trattative pacifiche e di irritare troppo le armi vincitrici dei crociati.
89 : 1. *Tempra*: modera, frena. 3. *rustici edifici*: fattorie. 4. *culti luoghi*: i campi coltivati. 6. *ove il Franco* ecc.: dove l'esercito cristiano possa trarre nutrimento e dove possa prendere stanza. 7. *turba*: intorbida, inquina. 8. *confonde*: rimescola.
90 : 4. *verso Borea*: verso settentrione, a nord (cfr. III, 55, 8). Per la minore sicurezza di Gerusalemme dal lato settentrionale, cfr. anche III, 64, 5, e VI, 1, 6. 5. *da' primi* ecc.: sin dalle prime apprensioni, dalle prime avvisaglie di pericolo. 6. *canto*: lato. Cfr. III, 55, 7-8, dove ancora si parla di queste fortificazioni con cui Aladino aveva provveduto alla difesa del lato settentrionale della città. 8. *soggetta*: suddita.

Canto secondo

1 Mentre il tiranno s'apparecchia a l'armi,
   soletto Ismeno un dì gli s'appresenta,
   Ismen che trar di sotto a i chiusi marmi
   può corpo estinto, e far che spiri e senta,
   Ismen che al suon de' mormoranti carmi
   sin ne la reggia sua Pluton spaventa,
   e i suoi demon ne gli empi uffici impiega
   pur come servi, e gli discioglie e lega.

2 Questi or Macone adora, e fu cristiano,
   ma i primi riti anco lasciar non pote;
   anzi sovente in uso empio e profano
   confonde le due leggi a sé mal note,
   ed or da le spelonche, ove lontano
   dal vulgo essercitar suol l'arti ignote,

---

1 : 1. *Mentre*: così iniziano anche i cc. IV e V; *il tiranno*: Aladino. 2. *Ismeno*: personaggio immaginario. 3. *chiusi marmi*: le sepolture. 5. *mormoranti*: « che vanno espandendosi mormorando » (FERRARI-PAPINI); *carmi*: formule magiche. Cfr. anche VI, 67, 3. 6. *sin ne la reggia* ecc.: incute timore persino a Satana nell'inferno, cioè ha il potere di dominare le forze del male. 8. *pur come*: proprio come; *gli discioglie* ecc.: li tiene a freno oppure ne lascia libera l'attività diabolica a suo piacimento.

2 : 1. *Macone*: Maometto. Altrove « Macometto » (es. I, 84, 4). 2. *i primi riti*: i riti cristiani che egli praticava prima di farsi musulmano. 4. *le due leggi*: le due religioni, l'antica e la nuova; *a sé mal note*: non profondamente conosciute da Ismeno, il quale era passato dall'una all'altra religione superficialmente. Onde la confusione delle pratiche del culto. A Ismeno ciò che interessava veramente era l'esercizio delle « arti ignote » (v. 6). 6. *arti ignote*: le arti della magia sconosciute al « vulgo ». 7. *rischio*: pericolo.

vien nel publico rischio al suo signore:
a re malvagio consiglier peggiore.

3   — Signor, — dicea — senza tardar se 'n viene
il vincitor essercito temuto,
ma facciam noi ciò che a noi far conviene:
darà il Ciel, darà il mondo a i forti aiuto.
Ben tu di re, di duce hai tutte piene
le parti, e lunge hai visto e proveduto.
S'empie in tal guisa ogn'altro i propri uffici,
tomba fia questa terra a' tuoi nemici.

4   Io, quanto a me, ne vegno, e del periglio
e de l'opre compagno, ad aiutarte:
ciò che può dar di vecchia età consiglio,
tutto prometto, e ciò che magica arte.
Gli angeli che dal Cielo ebbero essiglio
constringerò de le fatiche a parte.
Ma dond'io voglia incominciar gl'incanti
e con quai modi, or narrerotti avanti.

5   Nel tempio de' cristiani occulto giace
un sotterraneo altare, e quivi è il volto
di Colei che sua diva e madre face
quel vulgo del suo Dio nato e sepolto.
Dinanzi al simulacro accesa face
continua splende; egli è in un velo avolto.
Pendono intorno in lungo ordine i voti
che vi portano i creduli devoti.

3: 5-6. *tu di re* ecc.: hai compiuto tutti i tuoi doveri di re e di comandante. 6. *lunge* ecc.: hai preveduto ogni rischio e hai provveduto a porvi rimedio. Con particolare riferimento alle fortificazioni erette da Aladino (I, 90). 7. *S'empie*: se compie.
   4: 5. *angeli* ecc.: i diavoli, che già furono angeli. 6. *de le fatiche* ecc.: a partecipare alle nostre comuni fatiche per vincere il nemico.
   5: 3-4. *di Colei* ecc.: di Colei (la Madonna) che il volgo cristiano fa, cioè considera, sua diva e madre del suo Dio, nato come uomo e. come uomo, morto. 6. *egli*: il simulacro (v. 5).

6   Or questa effigie lor, di là rapita,
    voglio che tu di propria man trasporte
    e la riponga entro la tua meschita:
    io poscia incanto adoprerò sì forte
    ch'ognor, mentre ella qui fia custodita,
    sarà fatal custodia a queste porte;
    tra mura inespugnabili il tuo impero
    securo fia per novo alto mistero. —

7   Sì disse, e 'l persuase; e impaziente
    il re se 'n corse a la magion di Dio,
    e sforzò i sacerdoti, e irreverente
    il casto simulacro indi rapio;
    e portollo a quel tempio ove sovente
    s'irrita il Ciel co 'l folle culto e rio.
    Nel profan loco e su la sacra imago
    susurrò poi le sue bestemmie il mago.

8   Ma come apparse in ciel l'alba novella,
    quel cui l'immondo tempio in guardia è dato
    non rivide l'imagine dov'ella
    fu posta, e invan cerconne in altro lato.
    Tosto n'avisa il re, ch'a la novella
    di lui si mostra feramente irato,
    ed imagina ben ch'alcun fedele
    abbia fatto quel furto, e che se 'l cele.

6: 3. *meschita*: moschea. 5. *mentre*: sino a quando. 6. *fatal*: destinata dal fato, e perciò inviolabile. 8. *novo*: insolito, inaudito.
7: 3. *sforzò* ecc.: vinse con la forza la resistenza dei sacerdoti. 4. *casto simulacro*: l'immagine della Vergine. 8. *susurrò* ecc.: emise il « suon de' mormoranti carmi » (1, 5).
8: 2. *quel* ecc.: colui a cui è affidata in custodia la moschea. 5-6. *ch'a la novella* ecc.: che al giungere della notizia si mostra fieramente irato verso il custode della moschea (« di lui...irato »). Questa interpretazione è confermata dalla correzione tassiana che è nella stampa Osanna del poema (« vèr lui...irato »). Altri, meno persuasivamente, lega tra loro « novella » e « di lui » intendendo: alla notizia che egli gli porta. 7. *fedele*: fedele di quella immagine, cioè cristiano. 8. *se 'l cele*: lo nasconda.

9   O fu di man fedele opra furtiva,
o pur il Ciel qui sua potenza adopra,
che di Colei ch'è sua regina e diva
sdegna che loco vil l'imagin copra:
ch'incerta fama è ancor se ciò s'ascriva
ad arte umana od a mirabil opra;
ben è pietà che, la pietade e 'l zelo
uman cedendo, autor se 'n creda il Cielo

10   Il re ne fa con importuna inchiesta
ricercar ogni chiesa, ogni magione,
ed a chi gli nasconde o manifesta
il furto o il reo, gran pene e premi impone.
Il mago di spiarne anco non resta
con tutte l'arti il ver; ma non s'appone,
ché 'l Cielo, opra sua fosse o fosse altrui,
celolla ad onta de gl'incanti a lui.

11   Ma poi che 'l re crudel vide occultarse
quel che peccato de' fedeli ei pensa,
tutto in lor d'odio infellonissi, ed arse
d'ira e di rabbia immoderata immensa.
Ogni rispetto oblia, vuol vendicarse,
segua che pote, e sfogar l'alma accensa.

9: 1. *fedele*: devota, cristiana. Cfr. 8, 7 (« alcun fedele ») e nota.
3 *che*: il « Ciel » (v. 2). 6. *ad arte* ecc.: ad abilità d'uomo oppure
a intervento miracoloso della divinità. 7-8. *ben è pietà* ecc.: è atto
di vera fede (« pietà ») credere che sia il Cielo l'autore di questo incredibile avvenimento essendo il fervore religioso umano (« pietade...
zelo uman ») inadeguato (« cedendo ») a tanta impresa.
10: 1. *importuna*: perché viola prepotentemente la segretezza d'ogni
casa di Dio e di ogni dimora privata (v. 2). 4. *gran pene* ecc.:
minaccia gravi castighi a chi nasconde il furto o il suo autore e promette, invece, ricompense a chi ne fornisca notizie. 5. *Il mago...
anco*: anche Ismeno; *non resta*: non cessa. 6. *arti*: arti magiche;
m*c non s'appone*: non s'appone al « ver », cioè non riesce a scoprirlo.
8. *celolla*: tenne celata la immagine.
11: 3. *in lor* ecc.: abbandonate le semplici minacce e le lusinghe
(« gran pene e premi impone », 10, 4), Aladino si inasprì d'odio a tal
punto da incrudelire contro i « fedeli » (v. 2), cioè i cristiani. 6. *se-*

— Morrà, — dicea — non andrà l'ira a vòto,
ne la strage comune il ladro ignoto.

12 Pur che 'l reo non si salvi, il giusto pèra
e l'innocente; ma qual giusto io dico?
è colpevol ciascun, né in loro schiera
uom fu giamai del nostro nome amico.
S'anima v'è nel novo error sincera,
basti a novella pena un fallo antico.
Su su, fedeli miei, su via prendete
le fiamme e 'l ferro, ardete ed uccidete. —

13 Così parla a le turbe, e se n'intese
la fama tra' fedeli immantinente,
ch'attoniti restàr, sì gli sorprese
il timor de la morte omai presente;
e non è chi la fuga o le difese,
lo scusar o 'l pregare ardisca o tente.
Ma le timide genti e irrisolute
donde meno speraro ebber salute.

14 Vergine era fra lor di già matura
verginità, d'alti pensieri e regi,
d'alta beltà; ma sua beltà non cura,
o tanto sol quant'onestà se 'n fregi.

---

gua ecc.: accada quel che vuole accadere. Sino a quel momento Aladino
aveva cercato di non infierire sui cristiani di Gerusalemme per lasciare
la via aperta alle trattative e per non incorrere nella vendetta dei
crociati (cfr. I, 88).

12: 1. *pèra*: perisca. 5-6. *S'anima* ecc.: se vi è qualche cristiano
innocente di questo recente delitto, cioè del furto dell'immagine sacra,
basti per la pena che sto per infliggere a ciascuno di loro anche una
colpa antica, come quella di non essere mai stato « del nostro nome
amico » (v. 4).

13: 2. *fama*: notizia. 8. *salute*: salvezza.

14: 1-2. *di già matura verginità*: già in età da marito, cioè nel
pieno della giovinezza. Cfr. Orazio, *Odi,* III, 6 (« matura virgo »).
2. *regi*: nobili, eletti.

È il suo pregio maggior che tra le mura
d'angusta casa asconde i suoi gran pregi,
e de' vagheggiatori ella s'invola
a le lodi, a gli sguardi, inculta e sola.

15   Pur guardia esser non può ch'in tutto celi
beltà degna ch'appaia e che s'ammiri;
né tu il consenti, Amor, ma la riveli
d'un giovenetto a i cupidi desiri.
Amor, ch'or cieco, or Argo, ora ne veli
di benda gli occhi, ora ce gli apri e giri,
tu per mille custodie entro a i più casti
verginei alberghi il guardo altrui portasti.

16   Colei Sofronia, Olindo egli s'appella,
d'una cittade entrambi e d'una fede.
Ei che modesto è sì com'essa è bella,
brama assai, poco spera, e nulla chiede;
né sa scoprirsi, o non ardisce; ed ella
o lo sprezza, o no 'l vede, o non s'avede.
Così fin ora il misero ha servito
o non visto, o mal noto, o mal gradito.

15: 1. *guardia*: difesa, ritegno. 5. *Argo*: mostro mitologico fornito di cento occhi; *ne*: ci.
16: 1. *Sofronia, Olindo*: Olindo e Sofronia sono personaggi immaginari. Ma il T. deve essersi certo ricordato di un episodio narrato nella *Historia* di Guglielmo Tirio: « ... adolescens primatibus se offert civitatis, reum se confitetur, et omnes alios astruit innocentes. Quod audientes iudices, aliis absolutis, illum gladio exposuerunt. Et ita pro fratribus animam ponens, cum pietate dormitionem accepit optimam in Domino habens repositam gratiam ». In quanto alle fonti artistiche della nobile « gara » tra Olindo e Sofronia, si citano per solito Ismene e Antigone (dall'*Antigone* di Sofocle), Oreste e Pilade (dall'*Ifigenia in Tauride* di Euripide), Florio e Biancofiore (dal *Filocolo* del Boccaccio), Gianni da Procida e Restituta (dalla nov. 46 del *Decameron*), e persino Teodora e Didimo (dalla leggenda *De Virginibus* di Sant'Ambrogio). 5. *né sa scoprirsi*: non sa rivelare il proprio amore. 6. *s'avede*: dell'amore di Olindo. 7. *ha servito*: si è assoggettato alla servitù d'Amore.

Canto secondo

17 S'ode l'annunzio intanto, e che s'appresta
miserabile strage al popol loro.
A lei, che generosa è quanto onesta,
viene in pensier come salvar costoro.
Move fortezza il gran pensier, l'arresta
poi la vergogna e 'l verginal decoro;
vince fortezza, anzi s'accorda e face
sé vergognosa e la vergogna audace.

18 La vergine tra 'l vulgo uscì soletta,
non coprì sue bellezze, e non l'espose,
raccolse gli occhi, andò nel vel ristretta,
con ischive maniere e generose.
Non sai ben dir s'adorna o se negletta,
se caso od arte il bel volto compose.
Di natura, d'Amor, de' cieli amici
le negligenze sue sono artifici.

19 Mirata da ciascun passa, e non mira
l'altera donna, e innanzi al re se 'n viene.
Né, perché irato il veggia, il piè ritira,
ma il fero aspetto intrepida sostiene.
— Vengo, signor, — gli disse — e 'ntanto l'ira
prego sospenda e 'l tuo popolo affrene:
vengo a scoprirti, e vengo a darti preso
quel reo che cerchi, onde sei tanto offeso. —

20 A l'onesta baldanza, a l'improviso
folgorar di bellezze altere e sante,

17: 2. *miserabile*: commiserabile, tanto crudele da suscitare pietà. 5. *gran*: nobile, generoso. 7. *face*: rende. 8. *sé vergognosa* ecc.: alla fine la fortezza si vela di verecondia e la verecondia s'arma di audacia.
18: 6. *arte*: artificio. 7-8. *Di natura* ecc.: le sue « ischive maniere e generose » (v. 4) sono virtù seduttrici concesse a Sofronia dalla natura, dall'amore, e dall'influsso dei cieli benigni.
19: 3. *perché,* anche se. 8. *onde*: e dal quale (« reo »).

quasi confuso il re, quasi conquiso,
frenò lo sdegno, e placò il fer sembiante.
S'egli era d'alma o se costei di viso
severa manco, ei diveniane amante;
ma ritrosa beltà ritroso core
non prende, e sono i vezzi esca d'Amore.

21   Fu stupor, fu vaghezza, e fu diletto,
s'amor non fu, che mosse il cor villano.
— Narra — ei le dice — il tutto; ecco, io commetto
che non s'offenda il popol tuo cristiano. —
Ed ella: — Il reo si trova al tuo cospetto:
opra è il furto, signor, di questa mano;
io l'imagine tolsi, io son colei
che tu ricerchi, e me punir tu déi. —

22   Così al publico fato il capo altero
offerse, e 'l volse in sé sola raccòrre.
Magnanima menzogna, or quand'è il vero
sì bello che si possa a te preporre?
Riman sospeso, e non sì tosto il fero
tiranno a l'ira, come suol, trascorre.
Poi la richiede: — I' vuo' che tu mi scopra
chi diè consiglio, e chi fu insieme a l'opra.

23   — Non volsi far de la mia gloria altrui
né pur minima parte; — ella gli dice

20: 6. *amante*: innamorato. 7-8. *ma ritrosa*: una bellezza così riservata e severa come quella di Sofronia non conquista un cuore restio all'amore per natura; solo i vezzi, le amabili lusinghe, costituiscono incentivo amoroso.

21: 1. *vaghezza*: desiderio di conoscere, curiosità. 2. *villano*: rozzo (« ritroso core », 20, 7). 3. *commetto*: ordino, dispongo.

22: 1. *al publico fato*: al destino che incombeva su tutti i cristiani, al castigo minacciato. 2. *e 'l volse* ecc.: e volle che il castigo cadesse solo su di sé.

23: 1-2. *Non volsi* ecc.: non volli che alcun altro fosse partecipe, sia pure in minima parte, della mia gloria. 3. *consapevol*: confidente.

— sol di me stessa io consapevol fui,
sol consigliera, e sola essecutrice.
— Dunque in te sola — ripigliò colui
— caderà l'ira mia vendicatrice. —
Diss'ella: — È giusto: esser a me conviene,
se fui sola a l'onor, sola a le pene. —

24 Qui comincia il tiranno a risdegnarsi;
poi le dimanda: — Ov'hai l'imago ascosa?
— Non la nascosi, — a lui risponde — io l'arsi,
e l'arderla stimai laudabil cosa;
così almen non potrà più violarsi
per man di miscredenti ingiuriosa.
Signore, o chiedi il furto, o 'l ladro chiedi:
quel no 'l vedrai in eterno, e questo il vedi.

25 Benché né furto è il mio, né ladra i' sono:
giust'è ritòr ciò ch'a gran torto è tolto. —
Or, quest'udendo, in minaccievol suono
freme il tiranno, e 'l fren de l'ira è sciolto.
Non speri più di ritrovar perdono
cor pudico, alta mente e nobil volto;
e 'ndarno Amor contr'a lo sdegno crudo
di sua vaga bellezza a lei fa scudo.

26 Presa è la bella donna, e 'ncrudelito
il re la danna entr'un incendio a morte.

5-6. *in te...caderà*: contro di te si eserciterà. 7. *esser* ecc.: s'addice a me essere ecc.
    24: 5. *non potrà* ecc.: non potrà più essere violata. 7. *furto*: la cosa rubata, cioè l'immagine sacra.
    25: 2. *ritòr*: ritogliere. 3-4. *in minaccievol* ecc.: il tiranno esplode fremendo in parole minacciose. 7-8. *'ndarno* ecc.: inutilmente Amore con le difese della bellezza, cerca di proteggere Sofronia dallo sdegno di Aladino.
    26: 1. *Presa*: afferrata violentemente. Sinora aveva liberamente parlato al cospetto di Aladino. 2. *la danna* ecc.: la condanna a morire

Già 'l velo e 'l casto manto a lei rapito,
stringon le molli braccia aspre ritorte.
Ella si tace, e in lei non sbigottito,
ma pur commosso alquanto è il petto forte;
e smarrisce il bel volto in un colore
che non è pallidezza, ma candore.

27 Divulgossi il gran caso, e quivi tratto
già 'l popol s'era: Olindo anco v'accorse.
Dubbia era la persona e certo il fatto;
venia, che fosse la sua donna in forse.
Come la bella prigionera in atto
non pur di rea, ma di dannata ei scorse,
come i ministri al duro ufficio intenti
vide, precipitoso urtò le genti.

28 Al re gridò — Non è, non è già rea
costei del furto, e per follia se 'n vanta.
Non pensò, non ardì, né far potea
donna sola e inesperta opra cotanta.
Come ingannò i custodi? e de la Dea
con qual arti involò l'imagin santa?
Se 'l fece, il narri. Io l'ho, signor, furata. —
Ahi! tanto amò la non amante amata.

tra le fiamme del rogo. 3. *casto*: perché ne proteggeva pudicamente le membra; *rapito*: strappato di dosso. 4. *molli*: morbide; *ritorte*: funi, catene. 6. *petto*: animo, cuore. 7. *smarrisce*: « e il bel volto smarrisce, perde il colore di rosa; né dalla paura diventa livido, ma dalla commozione si fa leggiadramente pallido » (DELLA TORRE). Cfr. Petrarca, *Tr. Mor.*, I, 166 (« Pallida no ma più che neve bianca »).

27: 1-2. *tratto...s'era*: era rapidamente convenuto. 3-4. *Dubbia* ecc.: il fatto era certo ma ancora non si sapeva chi l'avesse compiuto; perciò Olindo accorreva dubitoso che si trattasse della sua donna. 6. *rea...dannata*: colpevole...condannata. 7. *ministri* ecc.: gli addetti alla crudele esecuzione, i carnefici. 8. *precipitoso* ecc.: si fece impetuosamente largo tra la folla.

28: 4. *opra cotanta*: un'impresa così ardua. 5. *Dea*: la Madonna. 7. *Io l'ho* ecc.: io sono l'autore del furto. Cfr. Virgilio, *Aen.*, IX, 427 (« Me, me, adsum qui feci »). 8. *tanto* ecc.: così fortemente amava la sua donna pur non essendo dà lei ricambiato.

29   Soggiunse poscia: — Io là, donde riceve
l'alta vostra meschita e l'aura e 'l die,
di notte ascesi, e trapassai per breve
fóro tentando inaccessibil vie.
A me l'onor, la morte a me si deve:
non usurpi costei le pene mie.
Mie son quelle catene, e per me questa
fiamma s'accende, e 'l rogo a me s'appresta. —

30   Alza Sofronia il viso, e umanamente
con occhi di pietade in lui rimira.
— A che ne vieni, o misero innocente?
qual consiglio o furor ti guida o tira?
Non son io dunque senza te possente
a sostener ciò che d'un uom può l'ira?
Ho petto anch'io, ch'ad una morte crede
di bastar solo, e compagnia non chiede. —

31   Così parla a l'amante; e no 'l dispone
sì ch'egli si disdica, e pensier mute.
Oh spettacolo grande, ove a tenzone
sono Amore e magnanima virtute!
ove la morte al vincitor si pone
in premio, e 'l mal del vinto è la salute!
Ma più s'irrita il re quant'ella ed esso
è più costante in incolpar se stesso.

29: 2. *meschita*: moschea; *die*: la luce del giorno. 3-4. *trapassai* ecc.: passai attraverso uno stretto pertugio. 4. *inaccessibil*: che non si sarebbero credute accessibili, sinora inviolate. 5. *la morte* ecc.: cfr. Virgilio, *Aen.*, IX, 427 («in me convertite ferrum»). 7. *catene*: le «ritorte» di 26, 4.

30: 1. *umanamente*: cfr. 35, 8 («soavemente»). 4. *qual* ecc.: quale meditato progetto ti guida oppure quale irrazionale impeto ti trascina e sospinge? 5-6. *possente* ecc.: capace di affrontare. 7. *petto*: animo, cuore.

31: 1-2. *e no 'l dispone* ecc.: ma non lo induce a ritrattarsi. 3. *a tenzone*: in gara tra loro. 4. *Amore...virtute*: l'amore di Olindo e lo spirito di sacrificio di Sofronia. 6. *e 'l mal* ecc.: la pena del vinto è la salvezza, lo scampare alla morte.

32
    Pargli che vilipeso egli ne resti,
e ch'in disprezzo suo sprezzin le pene.
— Credasi — dice — ad ambo; e quella e questi
vinca, e la palma sia qual si conviene. —
Indi accenna a i sergenti, i quai son presti
a legar il garzon di lor catene.
Sono ambo stretti al palo stesso; e vòlto
è il tergo al tergo, e 'l volto ascoso al volto.

33
    Composto è lor d'intorno il rogo omai,
e già le fiamme il mantice v'incita,
quand'il fanciullo in dolorosi lai
proruppe, e disse a lei ch'è seco unita:
— Quest'è dunque quel laccio ond'io sperai
teco accoppiarmi in compagnia di vita?
questo è quel foco ch'io credea ch'i cori
ne dovesse infiammar d'eguali ardori?

34
    Altre fiamme, altri nodi Amor promise,
altri ce n'apparecchia iniqua sorte.
Troppo, ahi! ben troppo, ella già noi divise,
ma duramente or ne congiunge in morte.
Piacemi almen, poich'in sì trane guise
morir pur déi, del rogo esser consorte,
se del letto non fui; duolmi il tuo fato,
il mio non già, poich'io ti moro a lato.

35
    Ed oh mia sorte aventurosa a pieno!
oh fortunati miei dolci martìri!

32: 2. *e ch'in disprezzo* ecc.: e che, disprezzando i castighi da lui minacciati, disprezzino lui stesso. Oppure: e che disprezzino i castighi per dimostrare il loro disprezzo per lui. 4. *palma*: premio al vincitore. 5. *sergenti*: sono i « ministri al duro ufficio intenti » (27, 7).
33: 3. *fanciullo*: giovinetto. Cfr. I, 58, 1. 8. *ne*: a noi due.
34: 5. *In sì strane guise*: in modo così crudele e insospettato.
35: 1. *aventurosa*: fortunata. 3. *s'impetrarò*: se otterrò. 7-8. *ripiglia...consiglia*: prima il dolce rimprovero (« ripiglia ») poi l'affet-

s'impetrarò che, giunto seno a seno,
l'anima mia ne la tua bocca io spiri;
e venendo tu meco a un tempo meno,
in me fuor mandi gli ultimi sospiri. —
Così dice piangendo. Ella il ripiglia
soavemente, e 'n tai detti il consiglia:

36 — Amico, altri pensieri, altri lamenti,
per più alta cagione il tempo chiede.
Ché non pensi a tue colpe? e non rammenti
qual Dio prometta a i buoni ampia mercede?
Soffri in suo nome, e fian dolci i tormenti,
e licto aspira a la superna sede.
Mira 'l ciel com'è bello, e mira il sole
ch'a sé par che n'inviti e ne console. —

37 Qui il vulgo de' pagani il pianto estolle:
piange il fedel, ma in voci assai più basse.
Un non so che d'inusitato e molle
par che nel duro petto al re trapasse.
Ei presentillo, e si sdegnò; né volle
piegarsi, e gli occhi torse, e si ritrasse.
Tu sola il duol comun non accompagni,
Sofronia; e pianta da ciascun, non piagni.

38 Mentre sono in tal rischio, ecco un guerriero
(ché tal parea) d'alta sembianza e degna;

tuoso ammonimento (« consiglia »). Non ha veduto questo rapporto (« il ripiglia...il consiglia ») chi ha supposto altra interpretazione: « riprende la voce, continua il duetto » (CHIAPPELLI). A proposito di « soavemente », cfr. anche 30, 1 (« umanamente »).

36: 2. *il tempo*: la circostanza; *chiede*: richiede, esige. 4. *qual... mercede*: quale premio. 6. *superna sede*: il Paradiso. 8. *n'inviti e ne console*: ci inviti e ci consoli.

37: 1. *estolle*: alza, leva. 6. *piegarsi*: cedere alla commozione. 7. *non accompagni*: non condividi, non assecondi.

38: 2. *tal parea*: perché il suo aspetto era proprio di guerriero, ma in realtà si trattava di una donna: Clorinda. 3-4. *e mostra* ecc.: e mostra, straniero d'armi e di abito com'è, di venire errando di lontano.

e mostra, d'arme e d'abito straniero,
che di lontan peregrinando vegna.
La tigre, che su l'elmo ha per cimiero,
tutti gli occhi a sé trae, famosa insegna,
insegna usata da Clorinda in guerra;
onde la credon lei, né 'l creder erra.

39   Costei gl'ingegni feminili e gli usi
tutti sprezzò sin da l'età più acerba:
a i lavori d'Aracne, a l'ago, a i fusi
inchinar non degnò la man superba.
Fuggì gli abiti molli e i lochi chiusi,
ché ne' campi onestate anco si serba;
armò d'orgoglio il volto, e si compiacque
rigido farlo, e pur rigido piacque.

40   Tenera ancor con pargoletta destra
strinse e lentò d'un corridore il morso;
trattò l'asta e la spada, ed in palestra
indurò i membri ed allenogli al corso.
Poscia o per via montana o per silvestra
l'orme seguì di fer leone e d'orso;
seguì le guerre, e 'n esse e fra le selve
fèra a gli uomini parve, uomo a le belve.

41   Viene or costei da le contrade perse
perch' a i cristiani a suo poter resista,

39: 1. *ingegni...usi*: inclinazioni e costumi. 3. *lavori d'Aracne*: lavori di tessitura, di ricamo, cioè tipicamente femminili. Aracne, abilissima tessitrice, sfidò Minerva e ne fu vinta e per la sua presunzione venne trasformata in ragno. 5. *fuggì* ecc.: abbandonò le morbide vesti femminili e la vita raccolta e domestica delle donne. 6. *ne' campi ...anco*: anche negli eserciti, nella vita militare (in opposizione a « lochi chiusi », v. 5).
40: 2. *lentò*: allentò. 3. *asta*: lancia. 7. *guerre*: la professione delle armi.
41: 1. *da le contrade perse*: dalla Persia. 2. *a suo poter*: per quanto le è possibile. 3-4. *bench'altre volte* ecc.: sebbene abbia già

bench'altre volte ha di lor membra asperse
le piaggie, e l'onda di lor sangue ha mista.
Or quivi in arrivando a lei s'offerse
l'apparato di morte a prima vista.
Di mirar vaga e di saper qual fallo
condanni i rei, sospinge oltre il cavallo.

42 Cedon le turbe, e i duo legati insieme
ella si ferma a riguardar da presso.
Mira che l'una tace e l'altro geme,
e più vigor mostra il men forte sesso.
Pianger lui vede in guisa d'uom cui preme
pietà, non doglia, o duol non di se stesso;
e tacer lei con gli occhi al ciel sì fisa
ch'anzi 'l morir par di qua giù divisa.

43 Clorinda intenerissi, e si condolse
d'ambeduo loro e lagrimonne alquanto.
Pur maggior sente il duol per chi non duolse,
più la move il silenzio e meno il pianto.
Senza troppo indugiare ella si volse
ad un uom che canuto avea da canto:
— Deh! dimmi: chi son questi? ed al martoro
qual gli conduce o sorte o colpa loro? —

44 Così pregollo, e da colui risposto
breve ma pieno a le dimande fue.
Stupissi udendo, e imaginò ben tosto
ch'egualmente innocenti eran que' due.

---

altre volte ecc. « Ma qui *benché* assume un significato anche causale,
quasi *da che, poi che* » (DELLA TORRE). 6. *apparato*: il rogo.
42: 1. *Cedon*: fanno largo.   5-6. *cui* ecc.: che la pietà opprime.
8. *ch'anzi* ecc.: che ancor prima di morire appare già distaccato dal
mondo terreno.
43: 3. *duolse*: si duole. 4. *più la move* ecc.: più la commuove
il silenzio di Sofronia che il pianto di Olindo. 7. *martoro*: supplizio.
44: 2. *breve ma pieno*: brevemente ma pienamente. 5. *vietar*:
impedire. 8. *ministri*: cfr. 27, 7 e nota.

Già di vietar lor morte ha in sé proposto,
quanto potranno i preghi o l'armi sue.
Pronta accorre a la fiamma, e fa ritrarla,
che già s'appressa, ed a i ministri parla:

45   Alcun non sia di voi che 'n questo duro
ufficio oltra seguire abbia baldanza,
sin ch'io non parli al re: ben v'assecuro
ch'ei non v'accuserà de la tardanza. —
Ubidiro i sergenti, e mossi furo
da quella grande sua regal sembianza.
Poi verso il re si mosse, e lui tra via
ella trovò che 'ncontra lei venia.

46   — Io son Clorinda: — disse — hai forse intesa
talor nomarmi; e qui, signor, ne vegno
per ritrovarmi teco a la difesa
de la fede comune e del tuo regno.
Son pronta, imponi pure, ad ogni impresa:
l'alte non temo, e l'umili non sdegno;
voglimi in campo aperto, o pur tra 'l chiuso
de le mura impiegar, nulla ricuso. —

47   Tacque; e rispose il re: — Qual sì disgiunta
terra è da l'Asia, o dal camin del sole,
vergine gloriosa, ove non giunta
sia la tua fama, e l'onor tuo non vóle?

45: 1-2. *duro* ecc.: 27, 7 e nota («i ministri al duro ufficio intenti»). 2. *oltra seguire*: proseguire, insistere. 4. *v'accuserà* ecc.: non giudicherà voi responsabili del ritardo. 5. *sergenti*: cfr. 32, 5.
46: 5. *imponi*: ordina. 6. *alte...umili*: da riferire a «ogni impresa» (v. 5). 7. *voglimi*: sia che mi voglia. 7-8. *tra 'l chiuso* ecc.: entro la cerchia delle mura.
47: 1-2. *Qual* ecc.: quale mai terra v'è, così lontana («disgiunta») dall'Asia o dalle altre terre che il sole illumina e riscalda ecc. A proposito di «camin del sole» non è tanto da ricordare, in questo caso, Dante (*Purg.*, XII, 74) quanto Petrarca (*Rime*, XXVIII, 46-48: «Una parte del mondo è che si giace — mai sempre in ghiaccio et in gelate nevi, tutta lontana dal cammin del sole»). Come Petrarca, anche il

Canto secondo

Or che s'è la tua spada a me congiunta,
d'ogni timor m'affidi e mi console:
non, s'essercito grande unito insieme
fosse in mio scampo, avrei più certa speme.

48 Già già mi par ch'a giunger qui Goffredo
oltra il dover indugi; or tu dimandi
ch'impieghi io te: sol di te degne credo
l'imprese malagevoli e le grandi.
Sovr'a i nostri guerrieri a te concedo
lo scettro, e legge sia quel che comandi. —
Così parlava. Ella rendea cortese
grazie per lodi, indi il parlar riprese:

49 — Nova cosa parer dovrà per certo
che preceda a i servigi il guiderdone;
ma tua bontà m'affida: i' vuo' ch'in merto
del futuro servir que' rei mi done.
In don gli chieggo; e pur, se 'l fallo è incerto,
gli danna inclementissima ragione;
ma taccio questo, e taccio i segni espressi
onde argomento l'innocenza in essi.

50 E dirò sol ch'è qui comun sentenza
che i cristiani togliessero l'imago;

Tasso intendeva infatti riferirsi, sia pure genericamente, a un paese nordico, cioè remoto, rispetto a quelli che il sole, nel suo percorso da oriente a occidente, benefica da vicino con la sua luce. 6. *d'ogni* ecc.: mi rendi fiducioso, mi incoraggi a superare ogni timore.

48: 6. *scettro*: comando. 7. *cortese*: cortesemente. 8. *per lodi*: in cambio di lodi.

49: 1. *Nova*: insolita. 3. *m'affida*: mi incoraggia; *merto*: ricompensa, premio. 5-8. *In don* ecc.: li chiedo in dono, cioè ne chiedo la grazia come se fossero veramente « rei » (v. 4); ma dal momento che la colpa loro è dubbia giudico che siano condannati da una sentenza (« ragione ») spietata e quindi ingiusta; e tuttavia io non ragionerò di questo né degli evidenti indizi (« segni espressi ») da cui arguisco la loro innocenza.

50: 1. *sentenza*: opinione. 4. *alta*: ben fondata; *del mio* ecc.:

ma discordo io da voi, né però senza
alta ragion del mio parer m'appago,
Fu de le nostre leggi irriverenza
quell'opra far che persuase il mago:
ché non convien ne' nostri tèmpi a nui
gl'idoli avere, e men gl'idoli altrui.

51 Dunque suso a Macon recar mi giova
il miracol de l'opra, ed ei la fece
per dimostrar ch'i tèmpi suoi con nova
religion contaminar non lece.
Faccia Ismeno incantando ogni sua prova,
egli a cui le malie son d'arme in vece;
trattiamo il ferro pur noi cavalieri:
quest'arte è nostra, e 'n questa sol si speri. —

52 Tacque, ciò detto; e 'l re, bench'a pietade
l'irato cor difficilmente pieghi,
pur compiacer la volle; e 'l persuade
ragione, e 'l move autorità di preghi.
— Abbian vita — rispose — e libertade,
e nulla a tanto intercessor si neghi.
Siasi questa o giustizia over perdono,
innocenti gli assolvo, e rei gli dono. —

---

mi convinco che la mia opinione è giusta. 5. *de le nostre* ecc.: irriverenza verso i nostri riti, verso la nostra religione. 6. *che* ecc.: che Ismeno consigliò, a cui Ismeno ti indusse. 8. *idoli*: immagini della divinità; *altrui*: di altre religioni.

51: 1. *suso a Macon recar*: attribuire a Maometto, cioè ad un intervento sovrannaturale (« suso... recar »). 7. *trattiamo* ecc.: adoperiamo soltanto le armi. Cfr. anche IX, 69, 3.

52: 4. *autorità* ecc.: l'autorità delle preghiere di Clorinda (v. 6 « a tanto intercessor »). 8. *innocenti* ecc.: assolvere gli innocenti è atto di « giustizia » (v. 7), graziare i rei è atto di « perdono » (v. 7). Per l'espressione « rei gli dono », cfr. 49, 4-5 (« que' rei mi done. - In don gli chieggio »).

Canto secondo

53   Così furon disciolti. Aventuroso
ben veramente fu d'Olindo il fato,
ch'atto poté mostrar che 'n generoso
petto al fine ha d'amore amor destato.
Va dal rogo a le nozze; ed è già sposo
fatto di reo, non pur d'amante amato.
Volse con lei morire: ella non schiva,
poi che seco non muor, che seco viva.

54   Ma il sospettoso re stimò periglio
tanta virtù congiunta aver vicina;
onde, com'egli volse, ambo in essiglio
oltra i termini andàr di Palestina.
Ei, pur seguendo il suo crudel consiglio,
bandisce altri fedeli, altri confina.
Oh come lascian mesti i pargoletti
figli, e gli antichi padri e i dolci letti!

55   Dura division! scaccia sol quelli
di forte corpo e di feroce ingegno;
ma il mansueto sesso, e gli anni imbelli
seco ritien, sì come ostaggi, in pegno.
Molti n'andaro errando, altri rubelli
fèrsi, e più che 'l timor poté lo sdegno.

53: 1. *Aventuroso*: fortunato. 3-4. *ch'atto* ecc.: perché ebbe l'occasione di offrire una tale prova del suo amore da far finalmente nascere, dall'amor suo, una corresponsione d'affetti in un cuore generoso, cioè nel cuore di Sofronia. 5-6. *Va dal rogo* ecc.: passa così dal rogo alle nozze, ed è così trasformato in sposo da reo che era, nonché da amante non riamato in amante corrisposto. Per l'espressione «d'amante amato», cfr. 28, 8 («la non amante amata»). 7. *non schiva*: non ricusa.

54: 4. *termini*: confini. 5. *pur seguendo* ecc.: sempre seguendo, persistendo nel suo crudele disegno. 6. *altri...altri*: alcuni...altri. 8. *dolci letti*: le dolcezze coniugali, le mogli.

55: 2. *feroce ingegno*: indole animosa. 3. *mansueto sesso* ecc.: le donne. Cfr. 54, 8 («i dolci letti»); *anni imbelli*: coloro che per età non possono impugnare le armi: fanciulli («pargoletti figli»,

Questi unìrsi co' Franchi, e gl'incontraro
a punto il dì che 'n Emaùs entraro.

56   Emaùs è città cui breve strada
da la regal Gierusalem disgiunge,
ed uom che lento a suo diporto vada,
se parte matutino, a nona giunge.
Oh quant'intender questo a i Franchi aggrada!
Oh quanto più 'l desio gli affretta e punge!
Ma perch'oltra il meriggio il sol già scende,
qui fa spiegare il capitan le tende.

57   L'avean già tese, e poco era remota
l'alma luce del sol da l'oceano,
quando duo gran baroni in veste ignota
venir son visti, e 'n portamento estrano.
Ogni atto lor pacifico dinota
che vengon come amici al capitano.
Del gran re de l'Egitto eran messaggi,
e molti intorno avean scudieri e paggi.

58   Alete è l'un, che da principio indegno
tra le brutture de la plebe è sorto;

54, 7-8) e vecchi (« antichi padri », 54, 8). 8. *Emaùs*: cittadella a sette miglia da Gerusalemme. Guglielmo Tirio la identifica erroneamente con Nicopoli.

56: 3. *a suo diporto*: per suo diletto. Perciò procede « lento ». 4. *matutino*: nelle prime ore del mattino; *a nona giunge*: giunge ad Emaùs verso le tre pomeridiane. 7. *oltra il meriggio*: oltre il suo punto più alto. Il sole varcato questo punto ha cominciato a scendere. È dunque, pomeriggio.

57: 1-2. *poco era* ecc.: era prossimo il tramonto. 3. *baroni*: nobili signori. Cfr. XVII, 97, 6. 3. *ignota*: sconosciuta. 4. *portamento estraneo*: acconciatura forestiera. Per questa particolare accezione di « portamento », cfr. anche XIX, 103, 1. 7. *re de l'Egitto*: cfr. nota a XVII, 2, 1; *messaggi*: messaggeri.

58: 1. *Alete*: personaggio immaginario. Compare solo in questa occasione. Il suo nome ha un valore ironicamente allusivo (« Alete »: uomo senza simulazioni, leale). Si è pensato, ma senza fondamento, che il Tasso abbia voluto ritrarre, in Alete, G. B. Nicolucci detto il

ma l'inalzaro a i primi onor del regno
parlar facondo e lusinghiero e scòrto,
pieghevoli costumi e vario ingegno
al finger pronto, a l'ingannare accorto:
gran fabro di calunnie, adorne in modi
novi, che sono accuse, e paion lodi.

59 L'altro è il circasso Argante, uom che straniero
se 'n venne a la regal corte d'Egitto;
ma de' satrapi fatto è de l'impero,
e in sommi gradi a la milizia ascritto:
impaziente, inessorabil, fero,
ne l'arme infaticabile ed invitto,
d'ogni dio sprezzatore, e che ripone
ne la spada sua legge e sua ragione.

60 Chieser questi udienza ed al cospetto
del famoso Goffredo ammessi entraro,
e in umil seggio e in un vestire schietto
fra' suoi duci sedendo il ritrovaro;
ma verace valor, benché negletto,
è di se stesso a sé fregio assai chiaro.
Picciol segno d'onor gli fece Argante,
in guisa pur d'uom grande e non curante.

Pigna, oppure A. Montecatini, successore del Pigna nella carica di primo ministro del duca Alfonso II; *da principio indegno*: di bassa, e forse anche vergognosa, origine. 4. *scòrto*: accorto. 5. *pieghevoli*: adattabili ad ogni circostanza; *vario*: versatile. 7. *fabro*: creatore. 8. *novi*: insoliti, sorprendenti.

59: 1. *Argante*: personaggio immaginario. È foggiato sul modello di Achille, quale appare nell'*Arte poetica* di Orazio (« Inpiger, iracundus, inexorabilis, acer - iura neget sibi nata, nihil non adroget armis », vv. 121-2), e su quello del virgiliano Turno. 3. *satrapi*: i governatori delle province nell'antica Persia; ma qui più propriamente: consiglieri del re. Costruisci: è ammesso tra i satrapi dell'impero. Cfr. XVII, 12, 2 (« satrapi »). 4. *in sommi* ecc.: ammesso nell'esercito con i più alti gradi. 7. *d'ogni dio* ecc.: cfr. Virgilio, *Aen.*, VIII, 7 (« contemptorque deum Mezentius »).

60: 3. *schietto*: sobrio, semplice. 4. *sedendo*: mentre sedeva, sedente. 5. *negletto*: non ostentato. 6. *è di se stesso* ecc.: la vera virtù, non quella esteriore, per se stessa costituisce ornamento degno di sé, cioè basta a se stessa per rifulgere.

61
    Ma la destra si pose Alete al seno,
e chinò il capo, e piegò a terra i lumi,
e l'onorò con ogni modo a pieno
che di sua gente portino i costumi.
Cominciò poscia, e di sua bocca usciéno
più che mèl dolci d'eloquenza i fiumi;
e perché i Franchi han già il sermone appreso
de la Soria, fu ciò ch'ei disse inteso.

62
    — O degno sol cui d'ubidire or degni
questa adunanza di famosi eroi,
che per l'adietro ancor le palme e i regni
da te conobbe e da i consigli tuoi,
il nome tuo, che non riman tra i segni
d'Alcide, omai risuona anco fra noi,
e la fama d'Egitto in ogni parte
del tuo valor chiare novelle ha sparte.

63
    Né v'è fra tanti alcun che non le ascolte
come egli suol le meraviglie estreme,
ma dal mio re con istupore accolte
sono non sol, ma con diletto insieme;
e s'appaga in narrarle anco a le volte,
amando in te ciò ch'altri invidia e teme:

61: 3-4. *l'onorò* ecc.: gli rese omaggio in tutti quei modi che comportano (« portino ») le usanze della sua gente. 7-8. *il sermone... de la Soria*: la lingua siriaca. 8. *inteso*: compreso.

62: 1-2. *O degno* ecc.: o tu che sei il solo meritevole a cui questa adunanza di famosi eroi si degni di ubbidire (o più speditamente: o tu solo degno di essere ubbidito da questa adunanza di famosi eroi!). 3. *palme*: i segni delle vittorie, le vittorie; *i regni*: i regni conquistati via via. 4. *da te conobbe* ecc.: riconobbe di avere ricevuto da te e per merito dei tuoi consigli. 5-6. *segni d'Alcide*: le colonne d'Ercole (detto « Alcide » dal padre suo Alceo), ossia lo stretto di Gibilterra.

63: 1-2. *che non le ascolte* ecc.: che non ascolti quelle « chiare novelle » (62, 8), come suole ascoltare (« egli » riferito ad « alcun », v. 1) le cose più stupefacenti (vedi anche « istupore » v. 3). Per « estreme », cfr. anche 69, 8, e V, 50, 3. 5. *a le volte*: talvolta.

ama il valore, e volontario elegge
teco unirsi d'amor, se non di legge.

64 Da sì bella cagion dunque sospinto,
l'amicizia e la pace a te richiede,
e 'l mezzo onde l'un resti a l'altro avinto
sia la virtù s'esser non può la fede.
Ma perché inteso avea che t'eri accinto
per iscacciar l'amico suo di sede,
volse, pria ch'altro male indi seguisse,
ch'a te la mente sua per noi s'aprisse.

65 E la sua mente è tal, che s'appagarti
vorrai di quanto hai fatto in guerra tuo,
né Giudea molestar, né l'altre parti
che ricopre il favor del regno suo,
ei promette a l'incontro assecurarti
il non ben fermo stato. E se voi duo
sarete uniti, or quando i Turchi e i Persi
potranno unqua sperar di riaversi?

66 Signor, gran cose in picciol tempo hai fatte
che lunga età porre in oblio non pote:

---

7. *volontario*: volontariamente. 8. *amor*: amicizia, cfr. 64, 2. 8. *legge*: religione (cfr. 64, 4: « s'esser non può la fede »). Meno persuasivamente: patto politico, alleanza.

64: 4. *fede*: religione. Cfr. 63, 8 e nota (« se non di legge »). 6. *amico suo*: Aladino; *di sede*: da Gerusalemme. 7. *pria ch'altro* ecc.: prima che altro male derivasse da questo tuo disegno di cacciare Aladino da Gerusalemme « indi seguisse »). 8. *mente*: pensiero; *per noi s'aprisse*: fosse da noi reso manifesto.

65: 1. *mente*: cfr. 64, 8. 2. *quanto* ecc.: città e stati conquistati con la forza delle armi. 3. *Giudea*: la Palestina. 3-4. *l'altre parti* ecc.: gli altri paesi che sono posti sotto la protezione dell'Egitto. 5. *a l'incontro*: in contraccambio. 5-6. *assecurarti* ecc.: aiutarti a rendere sicuro il tuo stato che non è ancora ben saldo essendo frutto di conquiste recenti. 8. *unqua*: mai; *riaversi*: riaversi dalle sconfitte inflitte loro da Goffredo.

66: 1-2. *gran cose* ecc.: hai compiuto in breve volgere di tempo imprese così meravigliose che neppure una lunghissima serie di anni

eserciti, città, vinti, disfatte,
superati disagi e strade ignote,
sì ch'al grido o smarrite o stupefatte
son le provincie intorno e le remote;
e se ben acquistar puoi novi imperi,
acquistar nova gloria indarno speri.

67   Giunta è tua gloria al sommo, e per l'inanzi
fuggir le dubbie guerre a te conviene,
ch'ove tu vinca, sol di stato avanzi,
né tua gloria maggior quinci diviene;
ma l'imperio acquistato e preso inanzi
e l'onor perdi, se 'l contrario aviene.
Ben gioco è di fortuna audace e stolto
por contra il poco e incerto il certo e 'l molto.

68   Ma il consiglio di tal cui forse pesa
ch'altri gli acquisti a lungo ancor conserve,
e l'aver sempre vinto in ogni impresa,
e quella voglia natural, che ferve

potrà farle dimenticare. 3. *esserciti* ecc.: eserciti « vinti » (quello turco e quello persiano), città « disfatte » ovvero costrette alla resa, saccheggiate e arse (Nicea, Antiochia, Tortosa ecc.). Cfr. I, 6. 5. *al grido*: alla fama. 6. *le provincie* ecc.: le province prossime e quelle più lontane. La corrispondenza col v. 5 è precisa: le province prossime sono « smarrite », cioè sgomente per il pericolo ormai incalzante, mentre le provincie lontane sono « stupefatte », cioè stupite per la grandiosità dell'impresa anche se non ancora direttamente minacciate.

67: 1. *per l'inanzi*: per l'avvenire. 2. *dubbie*: d'esito incerto, e perciò pericolose. 3. *ch'ove* ecc.: perché anche ammesso che tu riesca a vincere le battaglie future. Non senza una sottile insinuazione di dubbio. 3-4. *sol di stato* ecc.: aumenti soltanto l'estensione del territorio conquistato, ma la tua gloria non può diventare perciò (« quinci ») maggiore di quella che già ti arride. Ribadisce il concetto espresso precedentemente (cfr. 66, 7-8). 6. *onor*: fama; *se 'l contrario* ecc.: se sei sconfitto.

68: 1-2. *tal...altri*: « tal » è maligna e volutamente indeterminata allusione a qualche capo cristiano a cui non piace (« pesa ») che Goffredo (« altri ») conservi troppo a lungo i suoi « acquisti » (territori, potere e gloria). 4-6. *quella voglia* ecc.: il « desio naturale (ma però non in tutto regolato) di dominare, e d'aver genti tributarie e serve:

e sempre è più ne' cor più grandi accesa,
d'aver le genti tributarie e serve,
faran per aventura a te la pace
fuggir, più che la guerra altri non face.

69 T'essorteranno a seguitar la strada
che t'è dal fato largamante aperta,
a non depor questa famosa spada,
al cui valore ogni vittoria è certa,
sin che la legge di Macon non cada,
sin che l'Asia per te non sia deserta:
dolci cose ad udir e dolci inganni
ond'escon poi sovente estremi danni.

70 Ma s'animosità gli occhi non benda,
né il lume oscura in te de la ragione,
scorgerai, ch'ove tu la guerra prenda,
hai di temer, non di sperar cagione,
ché fortuna qua giù varia a vicenda
mandandoci venture or triste or buone,
ed a i voli troppo alti e repentini
sogliono i precipizi esser vicini.

71 Dimmi: s'a' danni tuoi l'Egitto move,
d'oro e d'arme potente e di consiglio,

il qual desio ne' cuori grandi e magnanimi suol anco accendersi maggiormente » (BENI). 8. *più che* ecc.: più di quanto altri non fugga la guerra.

69: 1. *essorteranno*: i tre soggetti sono: « il consiglio di tal », « l'aver sempre vinto » e la « voglia natural » (cfr. 68, 1, 3 e 4). 2. *t'è dal fato* ecc.: i tre cattivi consiglieri (cfr. nota v. 1) insinuano in Goffredo la certezza della vittoria mostrandogli la benignità del destino che gli spiana agevolmente la strada della conquista di Gerusalemme. 5. *legge* ecc.: la religione maomettana. Per « Macone », cfr. nota a 2, 1. 6. *per te*: per opera tua; *deserta*: devastata, e perciò resa deserta. 8. *estremi*: sommi. Cfr. 63, 2 e V, 50, 3.

70: 1. *animosità*: passione, trasporto impetuoso. 3. *prenda*: intraprenda. 8. *precipizi*: le precipitose cadute. Il plurale è richiesto dalla corrispondenza con « voli » (v. 7).

71: 1. *a' danni tuoi*: a farti guerra. 2. *consiglio*: prudenza, ac-

e s'avien che la guerra anco rinove
il Perso e 'l Turco e di Cassano il figlio,
quai forze opporre a sì gran furia o dove
ritrovar potrai scampo al tuo periglio?
T'affida forse il re malvagio greco
il qual da i sacri patti unito è teco?

72   La fede greca a chi non è palese?
Tu da un sol tradimento ogni altro impara,
anzi da mille, perché mille ha tese
insidie a voi la gente infida, avara.
Dunque chi dianzi il passo a voi contese,
per voi la vita esporre or si prepara?
chi le vie che comuni a tutti sono
negò, del proprio sangue or farà dono?

73   Ma forse hai tu riposta ogni tua speme
in queste squadre ond'ora cinto siedi.
Quei che sparsi vincesti, uniti insieme
di vincer anco agevolmente credi,
se ben son le tue schiere or molto sceme
tra le guerre e i disagi, e tu te 'l vedi;
se ben novo nemico a te s'accresce
e co' Persi e co' Turchi Egizi mesce.

---

cortezza. 4. *il Perso* ecc.: l'esercito persiano e quello turco (guidato da Solimano) che già erano stati vinti (cfr. 66, 3); *Cassano*: il difensore di Antiochia contro i Cristiani. Nella difesa della città era rimasto ucciso (cfr. III, 12, 7-8). Guglielmo Tirio lo chiama « Acciano ». 7. *T'affida*: confidi forse; *il re* ecc.: Alessio, imperatore romano d'Oriente (cfr. nota a I, 69, 1), infido alleato dei Cristiani.

72: 1. *fede*: fedeltà ai patti, lealtà. 2. *da un sol* ecc.: Virgilio, *Aen.*, II, 65 (« crimine ab uno disce omnis »). 3-4 *mille* ecc.: cfr. nota a I, 25, 5. 5. *passo*: cammino, viaggio. 7. *le vie* ecc.: le vie del mare, che sono aperte a tutti (Virgilio, *Aen.*, VII, 230: « cunctis undamque auramque patentem »).

73: 3. *sparsi*: disuniti. 5. *sceme*: assottigliate. 6. *tu te 'l vedi*: tu stesso lo vedi. 8. *mesce*: mescola, unisce.

74 Or quando pure estimi esser fatale
    che non ti possa il ferro vincer mai,
    siati concesso, e siati a punto tale
    il decreto del Ciel qual tu te 'l fai;
    vinceratti la fame: a questo male
    che rifugio, per Dio, che schermo avrai?
    Vibra contra costei la lancia, e stringi
    la spada, e la vittoria anco ti fingi.

75 Ogni campo d'intorno arso e distrutto
    ha la provida man de gli abitanti,
    e 'n chiuse mura e 'n alte torri il frutto
    riposto, al tuo venir più giorni inanti.
    Tu ch'ardito sin qui ti sei condutto,
    onde speri nutrir cavalli e fanti?
    Dirai: « L'armata in mar cura ne prende. »
    Da i venti dunque il viver tuo dipende?

76 Comanda forse tua fortuna a i venti,
    e gli avince a sua voglia e gli dislega?
    e 'l mar ch'a i preghi è sordo ed a i lamenti,
    te sol udendo, al tuo voler si piega?
    O non potranno pur le nostre genti,
    e le perse e le turche unite in lega,
    così potente armata in un raccòrre
    ch'a questi legni tuoi si possa opporre?

74: 1. *fatale*: voluto dal fato, predestinato. 2. *il ferro*: la forza delle armi. 3-4. *a punto* ecc.: proprio tale quale tu te lo prefiguri. 6. *schermo*: difesa. 8. *ti fingi*: immàginati (imperativo come « vibra » e « stringi », v. 7).

75: 2. *provida*: previdente. 3. *il frutto*: il raccolto. 4. *al tuo venir* ecc.: parecchi giorni prima del tuo arrivo. 5. *ardito*: arditamente. 6. *onde*: con che cosa. 7. *Dirai*: ribatterai; *L'armata*: la flotta che bordeggiando seguiva l'esercito e lo riforniva. 8. *da i venti* ecc.: dal variare dei venti sarebbe dunque dipesa la sorte dell'impresa dal momento che il suo esito era affidato alla tempestività o meno dei rifornimenti provenienti dal mare.

76: 2. *gli avince* ecc.: li lega e li slega a suo piacimento. 5. *nostre genti*: gli Egiziani. 7. *in un raccòrre*: raccogliere insieme.

77
Doppia vittoria a te, signor, bisogna,
s'hai de l'impresa a riportar l'onore.
Una perdita sola alta vergogna
può cagionarti e danno anco maggiore:
ch'ove la nostra armata in rotta pogna
la tua, qui poi di fame il campo more;
e se tu sei perdente, indarno poi
saran vittoriosi i legni tuoi.

78
Ora se in tale stato anco rifiuti
co 'l gran re de l'Egitto e pace e tregua,
(diasi licenza al ver) l'altre virtuti
questo consiglio tuo non bene adegua.
Ma voglia il Ciel che 'l tuo pensier si muti,
s'a guerra è vòlto, e che 'l contrario segua,
sì che l'Asia respiri omai da i lutti,
e goda tu de la vittoria i frutti.

79
Né voi che del periglio e de gli affanni
e de la gloria a lui sète consorti,
il favor di fortuna or tanto inganni
che nove guerre a provocar v'essorti.
Ma qual nocchier che da i marini inganni
ridutti ha i legni a i desiati porti,

77: 1. *Doppia vittoria*: in terra e in mare. Perché Goffredo doveva vincere due nemici: l'esercito pagano e la fame. 5. *armata*: flotta. Cfr. 75. 7; *pogna*; ponga. 6. *qui... il campo*: l'esercito che combatte in terra. 7-8. *se tu sei perdente* ecc.: se sei sconfitto in battaglia campale, inutilmente la tua flotta vincerà perché i suoi rifornimenti non serviranno più a nessuno.

78: 1. *in tale stato*: nella condizione instabile che io ti ho prospettata. 3. *diasi* ecc.: sia permesso dire la verità. 3-4 *l'altre virtuti* ecc.: questa tua decisione non sarebbe degna delle altre tue virtù. 6. *s'a guerra* ecc.: se è tuttora rivolto alla guerra; *e che 'l contrario* ecc.: e segua il contrario della « guerra », cioè la pace. Il soggetto di « segua » è il « pensier » di Goffredo.

79: 2. *sète consorti*: siete compagni, partecipate con lui. 3. *inganni*: illuda. 5. *marini inganni*: i pericoli della navigazione. 6. *ridutti*: ricondotti. 7. *raccòr* ecc.: ammainare le vele che i venti hanno

raccòr dovreste omai le sparse vele,
né fidarvi di novo al mar crudele. —

80 Qui tacque Alete, e 'l suo parlar seguiro
con basso mormorar que' forti eroi;
e ben ne gli atti disdegnosi apriro
quanto ciascun quella proposta annoi.
Il capitan rivolse gli occhi in giro
tre volte e quattro, e mirò in fronte i suoi,
e poi nel volto di colui gli affisse
ch'attendea la risposta, e così disse:

81 — Messaggier, dolcemente a noi sponesti
ora cortese, or minaccioso invito.
Se 'l tuo re m'ama e loda i nostri gesti,
è sua mercede, e m'è l'amor gradito.
A quella parte poi dove protesti
la guerra a noi del paganesmo unito,
risponderò, come da me si suole,
liberi sensi in semplici parole.

82 Sappi che tanto abbiam sin or sofferto
in mare, in terra, a l'aria chiara e scura,
solo acciò che ne fosse il calle aperto
a quelle sacre e venerabil mura,

dianzi sbattuto qua e là. 8. *fidarvi*: affidarvi; *mar crudele*: Dante, *Purg.*, I, 3 (« mar sì crudele »).

80: 1. *e 'l suo parlar* ecc.: i capi cristiani fecero seguito al discorso di Alete con un eloquente mormorio di dissenso. Questo mormorio fu tenuto rispettosamente « basso » perché spettava a Goffredo rendersi interprete del sentimento comune e pronunciare ad alta voce la risposta ufficiale (vv. 5-8). 3. *apriro*: manifestarono, resero palese. 4. *annoi*: dispiaccia, irriti.

81: 1. *dolcemente*: con amabile eloquenza; *sponesti*: hai esposto 3. *gesti*: gesta, imprese. 4. *è sua mercede*: è bontà sua. 5. *parte*: del discorso; *protesti*: minacci. Corrisponde al lat. *indicere bellum*. 8. *liberi* ecc.: schietti sentimenti in semplice discorso, cioè francamente e semplicemente È preannunciata una forma di eloquenza del tutto opposta a quella abilmente dissimulata di Alete.

82: 2. *a l'aria* ecc.: di giorno e di notte. 3-4. *solo* ecc.: solo

per acquistarne appo Dio grazia e merto
toglendo lor di servitù sì dura,
né mai grave ne fia per fin sì degno
esporre onor mondano e vita e regno;

83 ché non ambiziosi avari affetti
ne spronaro a l'impresa, e ne fur guida
(sgombri il Padre del Ciel da i nostri petti
peste sì rea, s'in alcun pur s'annida;
né soffra che l'asperga, e che l'infetti
di venen dolce che piacendo ancida),
ma la sua man ch'i duri cor penètra
soavemente, e gli ammollisce e spetra.

84 Questa ha noi mossi e questa ha noi condutti,
tratti d'ogni periglio e d'ogni impaccio;
questa fa piani i monti e i fiumi asciutti,
l'ardor toglie a la state, al verno il ghiaccio;
placa del mare i tempestosi flutti,
stringe e rallenta questa a i venti il laccio;
quindi son l'alte mura aperte ed arse,
quindi l'armate schiere uccise e sparse;

85 quindi l'ardir, quindi la speme nasce,
non da le frali nostre forze e stanche,

---

allo scopo di aprirci la strada verso Gerusalemme (« sacre e venerabili mura »). 5. *appo*: presso. 6. *lor*: le sacre mura di Gerusalemme (v. 4). 8. *esporre*: mettere a repentaglio; *onor mondano*: ogni nostra gloria terrena.

83: 1. *avari*: avidi. 5. *né soffra* ecc.: né tolleri che cosparga alcuno (« alcun » del v. 4). 6. *piacendo ancida*: uccida dopo di avere allettato il gusto col suo « dolce » sapore. È chiaro il riferimento all'avida ambizione (v. 1) come insinuante e letale veleno dell'anima. 7. *ma*: l'avversativa « ci riporta al concetto espresso nei primi due versi dell'ottava » (FERRARI). 8. *ammollisce e spetra*: intenerendoli li libera dalla loro primitiva durezza.

84: 1-6. *Questa...questa...questa*: la mano di Dio (83, 7). 7-8. *quindi...quindi*: dalla mano di Dio. Le « alte mura aperte ed arse » richiamano le « città...disfatte » (66, 3), mentre le « armate schiere uccise e sparse » richiamano gli « eserciti...vinti » (66, 3).

85: 1. *quindi...quindi*: cfr. nota a 84, 7-8. 3-4. *non da l'armata...*

non da l'armata, e non da quante pasce
genti la Grecia e non da l'arme franche.
Pur ch'ella mai non ci abbandoni e lasce,
poco dobbiam curar ch'altri ci manche.
Chi sa come difende e come fère,
soccorso a i suoi perigli altro non chere.

86   Ma quando di sua aita ella ne privi,
per gli error nostri o per giudizi occulti,
chi fia di noi ch'esser sepulto schivi
ove i membri di Dio fur già sepulti?
Noi morirem, né invidia avremo a i vivi;
noi morirem, ma non morremo inulti,
né l'Asia riderà di nostra sorte,
né pianta fia da noi la nostra morte.

87   Non creder già che noi fuggiam la pace
come guerra mortal si fugge e pave,
ché l'amicizia del tuo re ne piace,
né l'unirci con lui ne sarà grave;
ma s'al suo impero la Giudea soggiace,
tu 'l sai; perché tal cura ei dunque n'have?
De' regni altrui l'acquisto ei non ci vieti,
e regga in pace i suoi tranquilli e lieti. —

Grecia: non dalla nostra flotta e non dai Greci. 5-6. *Pur ch'ella* ecc.: purché la mano di Dio ci assista sempre, poco deve spaventarci la defezione degli alleati. Cfr. 71, 7-8 e 72. 7. *Chi sa* ecc.: chi conosce per prova come la mano di Dio sappia difendere i suoi fedeli e ferire i suoi nemici. 8. *chere*: chiede.

86: 1. *Ma quando*: quand'anche. 2. *giudizi occulti*: decisioni imperscrutabili. 3. *schivi*: voglia evitare, rifiuti. 5. *né invidia* ecc.: non invidieremo i vivi, cioè non rimpiangeremo di essere morti per una causa così degna. 6. *ma non morremo* ecc.: non morremo senza prima avere tratto vendetta della nostra uccisione, cioè facendo pagare a caro prezzo la nostra morte. Cfr. Virgilio, *Aen.*, II, 670 (« Nunquam omnes hodie moriemur inulti »).

87: 2. *pave*: paventa, teme. 3-4. *ne...ne*; ci...ci. 5-6. *ma s'al suo impero* ecc.: ma tu ben sai che la Palestina non è soggetta al re d'Egitto; perché dunque il tuo re se ne prende tanta cura?

3 — TASSO.

88
   Così rispose, e di pungente rabbia
la risposta ad Argante il cor trafisse;
né 'l celò già, ma con enfiate labbia
si trasse avanti al capitano e disse:
— Chi la pace non vuol, la guerra s'abbia,
ché penuria giamai non fu di risse;
e ben la pace ricusar tu mostri,
se non t'acqueti a i primi detti nostri. —

89
   Indi il suo manto per lo lembo prese,
curvollo e fenne un seno; e 'l seno sporto,
così pur anco a ragionar riprese
via più che prima dispettoso e torto:
— O sprezzator de le più dubbie imprese,
e guerra e pace in questo sen t'apporto:
tua sia l'elezione; or ti consiglia
senz'altro indugio, e qual più vuoi ti piglia. —

90
   L'atto fero e 'l parlar tutti commosse
a chiamar guerra in un concorde grido,
non attendendo che risposto fosse
dal magnanimo lor duce Goffrido.
Spiegò quel crudo il seno e 'l manto scosse,
ed: — A guerra mortal — disse — vi sfido —;

---

88 : 3. *enfiate labbia*: volto sconvolto dall'ira. Cfr. Dante, *Inf.*, VII, 7 («Poi si rivolse a quella infiata labbia»). 8. *non t'acqueti*: non ti dimostri persuaso.

89 : 2. *curvollo* ecc.: lo piegò formando, con l'ampia piega, una sorta di urna («seno») e quindi l'offerse a Goffredo come se il condottiero cristiano dovesse effettivamente estrarre da quell'urna le sorti della pace e della guerra (vv. 6-8). 4. *dispettoso e torto*: con aspetto sprezzante e torvo (cfr. 88, 3 «con enfiate labbia»). Cfr. Dante, *Inf.*, XIV, 47 («... giace dispettoso e torto»). 5. *sprezzator* ecc.: tu che dimostri di non sapere considerare i rischi delle imprese d'esito incerto (cfr. 67, 2 «dubbie guerre»). 7. *elezione*: scelta; *ti consiglia*: prendi una decisione.

90 : 1-2. *commosse* ecc.: spinse a dichiarare guerra con un sol grido concorde. 5. *spiegò* ecc.: Argante sciolse la piega fatta col lembo del mantello (cfr. 89, 1-2) e lasciò ricadere il mantello stesso. 8. *di*

Canto secondo 67

e 'l disse in atto sì feroce ed empio
che parve aprir di Giano il chiuso tempio.

91 Parve ch'aprendo il seno indi traesse
il Furor pazzo e la Discordia fera,
e che ne gli occhi orribili gli ardesse
la gran face d'Aletto e di Megera.
Quel grande già che 'ncontra il cielo eresse
l'alta mole d'error, forse tal era;
e in cotal atto il rimirò Babelle
alzar la fronte e minacciar le stelle.

92 Soggiunse allor Goffredo: — Or riportate
al vostro re che venga, e che s'affretti,
che la guerra accettiam che minacciate;
e s'ei non vien, fra 'l Nilo suo n'aspetti. —
Accommiatò lor poscia in dolci e grate
maniere, e gli onorò di doni eletti.
Ricchissimo ad Alete un elmo diede
ch'a Nicea conquistò fra l'altre prede.

93 Ebbe Argante una spada; e 'l fabro egregio
l'else e 'l pomo le fe' gemmato e d'oro,
con magistero tal che perde il pregio
de la ricca materia appo il lavoro.

Giano ecc.: il tempio di Giano veniva aperto solo in tempo di guerra.
91: 1. *indi*: di lì, cioè dal « seno » ovvero dalla piega del mantello. 4. *Aletto...Megera*: due delle Furie (la terza era Tesifone). Ogni Furia recava in mano una fiaccola. 5-6 *Quel grande* ecc.: Nembrod che eresse la torre di Babele con atto peccaminoso di superbia (« alta mole d'error »).
92: 1. *riportate*: riferite. 4. *fra 'l Nilo* ecc.: ci attenda nel suo stesso territorio.
93: 1. *fabro*: artefice. 2. *else*: elsa. Cfr. anche VII, 95, 8. 3-4. *con magistero* ecc.: con tanta abilità che la stessa preziosità della ricca materia (gemme ed oro) è vinta (« perde »), cioè è inferiore, rispetto all'arte con cui è stata lavorata (« appo il lavoro »). Cfr. anche I, 52, 7-8 (« appo costoro - perde »). Da ricordare l'espressione ovidiana: « materiam superabat opus » (*Metam.*, II, 5) che già il Poliziano

Poi che la tempra e la ricchezza e 'l fregio
sottilmente da lui mirati foro,
disse Argante al Buglion: — Vedrai ben tosto
come da me il tuo dono in uso è posto. —

94   Indi tolto il congedo, è da lui ditto
al suo compagno: — Or ce n'andremo omai,
io a Gierusalem, tu verso Egitto,
tu co 'l sol novo, io co' notturni rai,
ch'uopo o di mia presenza, o di mio scritto
esser non può colà dove tu vai.
Reca tu la risposta, io dilungarmi
quinci non vuo', dove si trattan l'armi. —

95   Così di messaggier fatto è nemico,
sia fretta intempestiva o sia matura:
la ragion de le genti e l'uso antico
s'offenda o no, né 'l pensa egli, né 'l cura.
Senza risposta aver, va per l'amico
silenzio de le stelle a l'alte mura,
d'indugio impaziente, ed a chi resta
già non men la dimora anco è molesta.

96   Era la notte allor ch'alto riposo
han l'onde e i venti, e parea muto il mondo.

(*Stanze*, I, 95, 4) aveva riecheggiato in un verso che il Tasso ha trasposto fedelmente nella *Liberata* (cfr. XVI, 2, 6). 6. *sottilmente*: con l'attenzione del competente. 7-8. *Vedrai* ecc.: cfr. III, 47, 3-5.

94: 4. *tu co 'l sol* ecc.: tu domani mattina, io questa notte stessa. 7-8. *io dilungarmi* ecc.: io non voglio allontanarmi da qui (« quinci ») dove si combatte, cioè da Gerusalemme.

95: 2. *matura*: opportuna. Cfr. V, 3, 4. 3. *la ragion* ecc.: il diritto delle genti, fondato su secolare consuetudine. « La ragion delle genti vuole che sì come all'ambasciadore si presta securo ritorno, così egli nel ritornare non ingiurii in alcun modo quel principe al quale ha fatta la sua ambasciata » (GENTILI). 5-6. *per l'amico* ecc.: Virgilio, *Aen.*, II, 255 (« tacitae per amica silentia lunae »). Cfr. VI, 103, 8; XVI, 27, 1. 6. *mura*: di Gerusalemme. 7. *a chi resta*: ad Alete. 8. *dimora*: l'indugio.

96: 1-8. *Era la notte* ecc.: Virgilio, *Aen.*, IV, 522 sgg. Da notare

Gli animai lassi, e quei che 'l mar ondoso
o de' liquidi laghi alberga il fondo,
e chi si giace in tana o in mandra ascoso,
e i pinti augelli, ne l'oblio profondo
sotto il silenzio de' secreti orrori
sopian gli affanni e raddolciano i cori.

97 Ma né 'l campo fedel, né 'l franco duca
si discioglie nel sonno, o almen s'accheta,
tanta in lor cupidigia è che riluca
omai nel ciel l'alba aspettata e lieta,
perché il camin lor mostri, e li conduca
a la città ch'al gran passaggio è mèta.
Mirano ad or ad or se raggio alcuno
spunti, o si schiari de la notte il bruno.

---

alto (v. 1): profondo; *liquidi* (v. 4): limpidi; *pinti* (v. 6): variopinti; *secreti orrori* (v. 7): le tenebre che nascondono le cose.
97: 1. *fedel*: cristiano; *franco duca*: il francese Goffredo, condottiero dei Crociati. 2. *si discioglie nel sonno*: è il virgiliano «solvitur in somnos» nei versi ricordati nella nota a 96, 1-8. 3. *cupidigia*: desiderio. 6. *passaggio*: la crociata. 8. *si schiari*: «rischiari» nell'edizione Osanna.

Canto terzo

1
Già l'aura messaggiera erasi desta
a nunziar che se ne vien l'aurora;
ella intanto s'adorna, e l'aurea testa
di rose colte in paradiso infiora,
quando il campo, ch'a l'arme omai s'appresta,
in voce mormorava alta e sonora,
e prevenia le trombe; e queste poi
dièr più lieti e canori i segni suoi.

2
Il saggio capitan con dolce morso
i desideri lor guida e seconda,
ché più facil saria svolger il corso
presso Cariddi a la volubil onda,
o tardar Borea allor che scote il dorso
de l'Apennino, e i legni in mare affonda.
Gli ordina, gl'incamina, e 'n suon gli regge
rapido sì, ma rapido con legge.

1 : 1. *Già*: così iniziano i cc. VIII, XV, XIX e XX; *aura messaggiera*: la brezza annunziatrice dell'alba. Cfr. Dante, *Purg.*, XXIV, 145. 3. *ella*: l'aurora, personificata. 4. *paradiso*: giardino. 6. *voce* ecc.: brusio rumoroso e indistinto, mescolanza confusa di voci e rumori. Cfr Virgilio, *Aen.*, IV, 160 (« Interea magno misceri murmure caelum incipit »). 8. *suoi*: loro.
2 : 1. *morso*: freno. 2. *i desideri lor*: i loro entusiasmi. « Quel *lor* del v. 2 si riferisce al collettivo *campo* dell'ottava precedente » (FERRARI). 3-4 *più facil* ecc.: sarebbe più facile far mutare il corso alla corrente vorticosa di Cariddi. 5. *tardar*: ritardare, frenare. 7-8. *'n suon* ecc.: li conduce con ritmo di marcia rapido ma regolarmente cadenzato.

Canto terzo 71

3   Ali ha ciascuno al core ed ali al piede,
    né del suo ratto andar però s'accorge;
    ma quando il sol gli aridi campi fiede
    con raggi assai ferventi e in alto sorge,
    ecco apparir Gierusalem si vede,
    ecco additar Gierusalem si scorge,
    ecco da mille voci unitamente
    Gierusalemme salutar si sente.

4   Così di naviganti audace stuolo,
    che mova a ricercar estranio lido,
    e in mar dubbioso e sotto ignoto polo
    provi l'onde fallaci e 'l vento infido,
    s'al fin discopre il desiato suolo,
    il saluta da lunge in lieto grido,
    e l'uno a l'altro il mostra, e intanto oblia
    la noia e 'l mal de la passata via.

5   Al gran piacer che quella prima vista
    dolcemente spirò ne l'altrui petto,
    alta contrizion successe, mista
    di timoroso e riverente affetto.
    Osano a pena d'inalzar la vista
    vèr la città, di Cristo albergo eletto,
    dove morì, dove sepolto fue,
    dove poi rivestì le membra sue.

3: 3. *fiede*: ferisce, colpisce. 4-8. *ecco apparir* ecc.: Virgilio, *Aen.*, III, 521-4. I Crociati giunsero davanti alle mura di Gerusalemme, capitale della Palestina e suprema meta della loro impresa (cfr. II, 97, 6), il 7 giugno 1099.
4. 2. *estranio lido*: terre sconosciute, inesplorate. 3. *dubbioso*: di cui si ignorano le insidie, e perciò pericoloso; *polo*: cielo, emisfero. 4. *fallaci*: malsicure. 7-8. *intanto oblia* ecc.: Petrarca, *Rime*, L, 10-11. 8. *noia*: affanno.
5: 2. *altrui*: di tutti i Crociati. 5. *vista*: sguardo. 8. *rivestì* ecc.: risuscitò da morte.

Gerusalemme liberata

6   Sommessi accenti e tacite parole,
    rotti singulti e flebili sospiri
    de la gente ch'in un s'allegra e duole,
    fan che per l'aria un mormorio s'aggiri
    qual ne le folte selve udir si suole
    s'avien che tra le frondi il vento spiri,
    o quale infra gli scogli o presso a i lidi
    sibila il mar percosso in rauchi stridi.

7   Nudo ciascuno il piè calca il sentiero,
    ché l'essempio de' duci ogn'altro move,
    serico fregio o d'or, piuma o cimiero
    superbo dal suo capo ognun rimove;
    ed insieme del cor l'abito altero
    depone, e calde e pie lagrime piove.
    Pur quasi al pianto abbia la via rinchiusa,
    così parlando ognun se stesso accusa:

8   — Dunque ove tu, Signor, di mille rivi
    sanguinosi il terren lasciasti asperso,
    d'amaro pianto almen duo fonti vivi
    in sì acerba memoria oggi io non verso?
    Agghiacciato mio cor, ché non derivi
    per gli occhi e stilli in lagrime converso?
    Duro mio cor, ché non ti spetri e frangi?
    Pianger ben merti ognor, s'ora non piangi. —

6: 1-4. *Sommessi accenti* ecc.: Dante, *Inf.*, III, 25-29. 5-8. *qual ne le folte* ecc.: Virgilio, *Aen.*, X, 97, e *Georg.*, IV, 260-3.

7: *Nudo...il piè*: a piedi nudi («nudis ex plurima parte vestigiis», *Historia* di Guglielmo Tirio, VII, 25). 5. *abito altero*: l'alterezza, la superbia. 6. *piove*: versa («piove» è usato transitivamente). 7. *quasi* ecc.: «quasi che il pianto che ora ciascuno spande, per quanto largo, sia un nulla in paragone di quanto se ne dovrebbe versare ecc.» (FERRARI).

8: 2. *sanguinosi*: di sangue. 5. *derivi*: sgorghi copioso come una riva. 6. *per gli occhi*: attraverso gli occhi. 7. *ché non ti spetri* ecc.: perché non vinci la tua durezza e ti lasci spezzare dal dolore? Invece di «spetri» la prima edizione Bonnà del poema aveva «spezzi» 8. *pianger...ognor*: piangere in eterno.

Canto terzo

9   De la cittade intanto un ch' a la guarda
    sta d'alta torre, e scopre i monti e i campi,
    colà giuso la polve alzarsi guarda,
    sì che par che gran nube in aria stampi:
    par che baleni quella nube ed arda,
    come di fiamme gravida e di lampi;
    poi lo splendor de' lucidi metalli
    distingue, e scerne gli uomini e i cavalli

10 Allor gridava: — Oh qual per l'aria stesa
    polvere i' veggio! oh come par che splenda!
    Su, suso, o cittadini, a la difesa
    s'armi ciascun veloce, e i muri ascenda:
    già presente è il nemico. — E poi, ripresa
    la voce: — Ognun s'affretti, e l'arme prenda;
    ecco, il nemico è qui: mira la polve
    che sotto orrida nebbia il ciel involve. —

11 I semplici fanciulli, e i vecchi inermi,
    e 'l vulgo de le donne sbigottite,
    che non sanno ferir né fare schermi,
    traean supplici e mesti a le meschite.
    Gli altri di membra e d'animo più fermi
    già frettolosi l'arme avean rapite.
    Accorre altri a le porte, altri a le mura;
    il re va intorno, e 'l tutto vede e cura.

9: 1. *guarda*: guardia. Il Tasso difese in una sua lettera quest'uso di « guarda » per « guardia » in rima. 3-4. *la polve* ecc.: Virgilio, *Aen.*, IX, 33-4 (« hic subitam nigro glomerari pulvere nubem - prospiciunt Teucri... »). 4. *stampi*: formi. 7. *metalli*: armi e armature. 8. *scerne*: scorge. Si osservi la progressione: « guarda » (v. 3), « distingue » (v. 8), « scerne » (v. 8).

10: 1-5. *Allor...nemico*: Virgilio, *Aen.*, IX, 33-5. Da notare *qual per l'aria stesa - polvere* (vv. 1-2): quale polvere diffusa nell'aria; *i muri ascenda* (v. 4): salga sugli spalti alla difesa (è il virgiliano « scandite muros »). 8. *orrida*: che suscita orrore, spaventosa; *involve*: avvolge, nasconde.

11: 1-4. *I semplici* ecc.: Virgilio, *Aen.*, XII, 131-3. Da notare *fare schermi* (v. 3): provvedere alle difese; *traean* (v. 4): accorrevano; *meschite*: cfr. nota a II, 6, 3. 6. *rapite*: afferrate con furia. 8. *il re*: Aladino.

12

Gli ordini diede, e poscia ei si ritrasse
ove sorge una torre infra due porte,
sì ch'è presso al bisogno; e son più basse
quindi le piaggie e le montagne scorte.
Volle che quivi seco Erminia andasse,
Erminia bella, ch'ei raccolse in corte
poi ch'a lei fu da le cristiane squadre
presa Antiochia, e morto il re suo padre.

13

Clorinda intanto incontra a i Franchi è gita:
molti van seco, ed ella a tutti è inante;
ma in altra parte, ond'è secreta uscita,
sta preparato a le riscosse Argante.
La generosa i suoi seguaci incita
co' detti e con l'intrepido sembiante:
— Ben con alto principio a noi conviene —
dicea — fondar de l'Asia oggi la spene. —

14

Mentre ragiona a i suoi, non lunge scorse
un franco stuol addur rustiche prede,
che, com'è l'uso, a depredar precorse;
or con greggie ed armenti al campo riede.
Ella vèr lor, e verso lei se 'n corse
il duce lor, ch'a sé venir la vede.
Gardo il duce è nomato, uom di gran possa,
ma non già tal ch'a lei resister possa.

12 : 3. *sì ch'è presso al bisogno*: in modo da essere vicino al luogo dove è più necessaria la sua presenza. 3-4. *e son più basse* ecc.: e di qui le piagge e le montagne sono vedute (« son...scorte ») come se fossero più basse del luogo di osservazione di Aladino che può quindi spingere il suo sguardo sino all'estremo orizzonte. 5-8. *Erminia* ecc.: personaggio immaginario. È supposta figlia di Cassano, re di Antiochia (cfr. nota a II, 71, 4). Nella *Conquistata* diventa « Nicea » figlia di Solimano, accostandosi così maggiormente alla veridicità storica. Da notare *morto* (v. 8): ucciso.

13 : 4. *a le riscosse*: ad accorrere in suo aiuto. 7. *alto principio*: sonante vittoria iniziale; *a noi conviene*: spetta a noi, è nostro dovere.

14 : 2. *addur*: ricondurre al campo; *rustiche prede*: « greggie ed armenti » (v. 4). 3. *a depredar precorse*: corse innanzi a predare. 7. *Gardo*: personaggio storico. Nell'*Historia* di Guglielmo Tirio è detto « Gastus ». È anche storico l'episodio di cui parla il T.

15 Gardo a quel fero scontro è spinto a terra
in su gli occhi de' Franchi e de' pagani,
ch'allor tutti gridàr, di quella guerra
lieti augùri prendendo, i quai fur vani.
Spronando adosso a gli altri ella si serra,
e val la destra sua per cento mani.
Seguìrla i suoi guerrier per quella strada
che spianàr gli urti, e che s'aprì la spada.

16 Tosto la preda al predator ritoglie;
cede lo stuol de' Franchi a poco a poco,
tanto ch'in cima a un colle ei si raccoglie,
ove aiutate son l'arme dal loco.
Allor, sì come turbine si scioglie
e cade da le nubi aereo fuoco,
il buon Tancredi, a cui Goffredo accenna,
sua squadra mosse, ed arrestò l'antenna.

17 Porta sì salda la gran lancia, e in guisa
vien feroce e leggiadro il giovenetto,
che veggendolo d'alto il re s'avisa
che sia guerriero infra gli scelti eletto.
Onde dice a colei ch'è seco assisa,
e che già sente palpitarsi il petto:
— Ben conoscer déi tu per sì lungo uso
ogni cristian, benché ne l'arme chiuso.

18 Chi è dunque costui, che così bene
s'adatta in giostra, e fero in vista è tanto? —

15: 2. *in su gli occhi*: proprio sotto gli occhi. Cfr. XX, 101, 8.
4 *i quai fur vani*: perché la vittoria finale arrise ai Cristiani.
16: 3-4. *tanto ch'in cima* ecc.: fin tanto che si rifugi in cima a un colle dove la difesa armata è agevolata dalla ripidezza del luogo.
6. *aereo fuoco*: il fulmine. Cfr. Dante, *Purg.*, XXXII, 109-10. 8. *arrestò l'antenna*: mise la lancia in resta. Cfr. VI, 30, 4.
17: 3. *s'avisa*: pensa. 7. *uso*: la consuetudine che Erminia aveva avuto con i Cristiani nel periodo in cui era stata prigioniera di Tancredi.
18: 2. *s'adatta in giostra*: si dispone ad entrare in combattimento.
5. *spirti*: sospiri,

A quella, in vece di risposta, viene
su le labra un sospir, su gli occhi il pianto.
Pur gli spirti e le lagrime ritiene,
ma non così che lor non mostri alquanto:
ché gli occhi pregni un bel purpureo giro
tinse, e roco spuntò mezzo il sospiro.

19 Poi gli dice infingevole, e nasconde
sotto il manto de l'odio altro desio:
— Oimè! bene il conosco, ed ho ben donde
fra mille riconoscerlo deggia io,
ché spesso il vidi i campi e le profonde
fosse del sangue empir del popol mio.
Ahi quanto è crudo nel ferire! a piaga
ch'ei faccia, erba non giova od arte maga.

20 Egli è il prence Tancredi: oh prigioniero
mio fosse un giorno! e no 'l vorrei già morto;
vivo il vorrei, perch'in me desse al fero
desio dolce vendetta alcun conforto. —
Così parlava, e de' suoi detti il vero
da chi l'udiva in altro senso è torto;
e fuor n'uscì con le sue voci estreme
misto un sospir che 'ndarno ella già preme.

21 Clorinda intanto ad incontrar l'assalto
va di Tancredi, e pon la lancia in resta.
Ferìrsi a le visiere, e i tronchi in alto
volaro e parte nuda ella ne resta;

19: 1. *infingevole*: dissimulatamente. 2. *desio*: sentimento. 3. *ho ben donde*: ho buone ragioni per le quali ecc. 7-8. *a piaga* ecc.: Ariosto, *Orl.*, XXXI, 5, 1-8 (« Questa è la cruda e avelenata piaga - a cui non val liquor, non vale impiastro ecc. »).
20: 3-4. *fero desio*: ardente desiderio. 5. *il vero*: il vero significato. 6. *torto*: vòlto. 7. *voci estreme*: ultime parole. 8. *preme*: tenta di soffocare.
21: 3. *tronchi*: i frammenti delle lance spezzate al primo assalto. 6. *ei*: l'elmo.

ché, rotti i lacci a l'elmo suo, d'un salto
(mirabil colpo!) ei le balzò di testa;
e le chiome dorate al vento sparse,
giovane donna in mezzo 'l campo apparse.

22 Lampeggiàr gli occhi, e folgoràr gli sguardi,
dolci ne l'ira; or che sarian nel riso?
Tancredi, a che pur pensi? a che pur guardi?
non riconosci tu l'altero viso?
Quest'è pur quel bel volto onde tutt'ardi;
tuo core il dica, ov'è il suo essempio inciso.
Questa è colei che rinfrescar la fronte
vedesti già nel solitario fonte.

23 Ei ch'al cimiero ed al dipinto scudo
non badò prima, or lei veggendo impètra;
ella quanto può meglio il capo ignudo
si ricopre, e l'assale; ed ei s'arretra.
Va contra gli altri, e rota il ferro crudo;
ma però da lei pace non impetra,
che minacciosa il segue, e: — Volgi — grida;
e di due morti in un punto lo sfida.

24 Percosso, il cavalier non ripercote,
né sì dal ferro a riguardarsi attende,
come a guardar i begli occhi e le gote
ond'Amor l'arco inevitabil tende.

22: 2. *sarian*: sarebbero. 3. *pur...pur*: ancora...ancora. 6. *essempio*: immagine. Cfr. I, 48, 5-6 («... l'imagine sua bella e guerriera - tale ei serbò nel cor... »). 7-8. *Questa è colei* ecc.: cfr. I, 46-8.
23: 1. *dipinto scudo*: lo scudo di Clorinda, come l'elmo, recava la sua insegna, e cioè la tigre già descritta altrove (cfr. II, 38, 5-8 « La tigre, che su l'elmo ha per cimiero... ». 2. *impètra*: resta di sasso. 5. *rota*: fa roteare. 6. *non impetra*: non ottiene. 8. *di due morti* ecc.: lo provoca ad uno scontro nel quale Tancredi rischia due morti: quella fisica e quella amorosa.
24: 1. *non ripercote*: non percuote a sua volta, non risponde ai colpi. 6. *talor, che*: le poche volte che, ecc.

Fra sé dicea: « Van le percosse vote
talor, che la sua destra armata stende;
ma colpo mai del bello ignudo volto
non cade in fallo, e sempre il cor m'è colto. »

25 Risolve al fin, benché pietà non speri,
di non morir tacendo occulto amante.
Vuol ch'ella sappia ch'un prigion suo fère
già inerme, e supplichevole e tremante;
onde le dice: — O tu, che mostri avere
per nemico me sol fra turbe tante,
usciam di questa mischia, ed in disparte
i' potrò teco, e tu meco provarte.

26 Così me' si vedrà s'al tuo s'agguaglia
il mio valore. — Ella accettò l'invito.
e come esser senz'elmo a lei non caglia,
già baldanzosa, ed ei seguia smarrito.
Recata s'era in atto di battaglia
già la guerriera, e già l'avea ferito,
quand'egli: — Or ferma, — disse — e siano fatti
anzi la pugna de la pugna i patti. —

27 Fermossi, e lui di pauroso audace
rendé in quel punto il disperato amore.
— I patti sian, — dicea — poi che tu pace
meco non vuoi, che tu mi tragga il core.
Il mio cor, non più mio, s'a te dispiace
ch'egli più viva, volontario more:

25: 2. *tacendo* ecc.: innamorato ignorato a causa del suo silenzio.
3. *ch'un prigion* ecc.: che ferisce uno che è già suo prigioniero
(d'amore).
26: 1. *me'*: meglio. 3. *a lei non caglia*: non le importi. 8. *anzi
la pugna*: prima che il duello abbia inizio.
27: 1-2. *lui* ecc.: « Il disperato amore cambiò in audace lui che
prima era pauroso » (FERRARI). 6. *più viva*: continui ancora a vivere;

è tuo gran tempo, e tempo è ben che trarlo
omai tu debbia, e non debb'io vietarlo.

28 Ecco io chino le braccia, e t'appresento
senza difesa il petto: or ché no 'l fiedi?
vuoi ch'agevoli l'opra? i' son contento
trarmi l'usbergo or or, se nudo il chiedi —
Distinguea forse in più duro lamento
i suoi dolori il misero Tancredi,
ma calca l'impedisce intempestiva
de' pagani e de' suoi che soprarriva.

29 Cedean cacciati da lo stuol cristiano
i Palestini, o sia temenza od arte.
Un de' persecutori, uomo inumano,
videle sventolar le chiome sparte,
e da tergo in passando alzò la mano
per ferir lei ne la sua ignuda parte;
ma Tancredi gridò, che se n'accorse,
e con la spada a quel gran colpo occorse.

30 Pur non gì tutto in vano, e ne' confini
del bianco collo il bel capo ferille.
Fu levissima piaga, e i biondi crini
rosseggiaron così d'alquante stille,
come rosseggia l'or che di rubini
per man d'illustre artefice sfaville.

---

volontario more: è pronto ad accettare la morte. 7. *gran tempo*: da gran tempo.

28: 1. *chino*: abbasso. 2. *or ché* ecc.: perché non lo ferisci? 4. *or or*: subito; *il*: il petto. 5. *Distinguea*: avrebbe meglio spiegato. 7. *intempestiva*: inopportuna.

29: 2. *arte*: accorgimento, stratagemma. 3. *persecutori*: inseguitori; *inumano*: cfr. nota a 30, 8. 4. *videle* ecc.: Ariosto, *Orl.*, X, 96, 8 (« e l'aura sventolar l'amate chiome »). Da notare *sparte*: sparse. 5. *da tergo*: alle spalle di Clorinda; *in passando*: nel passare. 8. *occorse*: accorse per parare il colpo.

30: 1. *Pur non gì* ecc.: nonostante l'intervento di Tancredi, quel « gran colpo » (29, 8) non andò del tutto a vuoto. 1-2. *ne' confini* ecc.:

Ma il prence infuriato allor si strinse
adosso a quel villano, e 'l ferro spinse.

31 Quel si dilegua, e questi acceso d'ira
il segue, e van come per l'aria strale.
Ella riman sospesa, ed ambo mira
lontani molto, né seguir le cale,
ma co' suoi fuggitivi si ritira:
talor mostra la fronte e i Franchi assale;
or si volge or rivolge, or fugge or fuga,
né si può dir la sua caccia né fuga.

32 Tal gran tauro talor ne l'ampio agone,
se volge il corno a i cani ond'è seguito,
s'arretran essi; e s'a fuggir si pone,
ciascun ritorna a seguitarlo ardito.
Clorinda nel fuggir da tergo oppone
alto lo scudo, e 'l capo è custodito.
Così coperti van ne' giochi mori
da le palle lanciate i fuggitori.

33 Già questi seguitando e quei fuggendo
s'erano a l'alte mura avicinati,
quando alzaro i pagani un grido orrendo
e indietro si fur subito voltati;

---

tra capo e collo, nella nuca. 7. *il prence*: Tancredi. 8. *villano*: insensibile alla bellezza. Già prima « inumano » (29, 3).

31: 2. *come* ecc.: rapidi come frecce nell'aria. 4. *né seguir* ecc.: e non le importa di inseguirli. 7. *fuga*: mette in fuga (trans.).

32: 1-4. *Tal gran tauro* ecc.: allude ad una sorta di ' corrida ', importata dalla Spagna, in cui il toro era combattuto dai cani e non dagli uomini. 7-8. *Così* ecc.: « Intende il gioco detto volgarmente de' caroselli, il quale si fa in questo modo che, essendo nello steccato i cavalieri, alcuni dall'un lato e alcuni da l'altro, si muovono parte di essi dall'un de' lati e, gittandosi lo scudo dietro le spalle, si mettono a fuggire verso l'altro estremo dello steccato; dietro a' quali spiccandosi altri gli percuotono con palle lanciate... Il quale (gioco) avendo avuto origine da' Mori, e da loro molto usato, e da essi a noi trasferito, n'è perciò detto dal Tasso ' ne' giochi mori ' » (GUASTAVINI).

33: 1. *questi*: i Crociati; *quei*: i Pagani. 5. *volgendo*: voltandosi di nuovo. Hanno compiuto un'abile manovra di accerchiamento

e fecero un gran giro, e poi volgendo
ritornaro a ferir le spalle e i lati.
E intanto Argante giù movea dal monte
la schiera sua per assalirgli a fronte.

34 Il feroce circasso uscì di stuolo,
ch'esser vols'egli il feritor primiero,
e quegli in cui ferì fu steso al suolo,
e sossopra in un fascio il suo destriero;
e pria che l'asta in tronchi andasse a volo,
molti cadendo compagnia gli fèro.
Poi stringe il ferro, e quando giunge a pieno
sempre uccide od abbatte o piaga almeno.

35 Clorinda, emula sua, tolse di vita
il forte Ardelio, uom già d'età matura,
ma di vecchiezza indomita, e munita
di duo gran figli, e pur non fu secura,
ch'Alcandro, il maggior figlio, aspra ferita
rimosso avea da la paterna cura,
e Poliferno, che restogli appresso,
a gran pena salvar poté se stesso.

36 Ma Tancredi, dapoi ch'egli non giunge
quel villan che destriero ha più corrente,
si mira a dietro, e vede ben che lunge
troppo è trascorsa la sua audace gente.
Vedela intorniata, e 'l corsier punge
volgendo il freno, e là s'invia repente;

(« un gran giro ») venendo così a trovarsi alle spalle dei loro nemici.
7 *monte*: il colle su cui sorge Gerusalemme.

34: 2. *esser vols'egli*: volle essere proprio lui. 3. *in cui ferì*:
che colpì. 7. *giunge*: raggiunge il bersaglio, coglie nel segno. 8. *piaga*:
ferisce.

35: 3. *munita*: difesa, protetta. 4. *gran*: magnanimi, valorosi.
5-6. *Alcandro* ecc.: una grave ferita aveva distolto Alcandro, che
era il figlio più anziano, dalla difesa del padre.

36: 1. *non giunge*: non riesce a raggiungere. 2. *villan*: cfr.
30, 8; *corrente*: veloce. 5. *intorniata*: accerchiata. Cfr. 33, 3-8;

ned egli solo i suoi guerrier soccorre,
ma quello stuol ch'a tutt'i rischi accorre:

37 quel di Dudon aventurier drapello,
fior de gli eroi, nerbo e vigor del campo.
Rinaldo, il più magnanimo e il più bello,
tutti precorre, ed è men ratto il lampo.
Ben tosto il portamento e 'l bianco augello
conosce Erminia nel celeste campo,
e dice al re, che 'n lui fisa lo sguardo:
— Eccoti il domator d'ogni gagliardo.

38 Questi ha nel pregio de la spada eguali
pochi, o nessuno; ed è fanciullo ancora.
Se fosser tra' nemici altri sei tali,
già Soria tutta vinta e serva fòra;
e già dómi sarebbono i più australi
regni, e i regni più prossimi a l'aurora;
e forse il Nilo occulterebbe in vano
dal giogo il capo incognito e lontano.

39 Rinaldo ha nome; e la sua destra irata
teman più d'ogni machina le mura.
Or volgi gli occhi ov'io ti mostro, e guata
colui che d'oro e verde ha l'armatura.

---

punge: sprona. 6. *s'nvia*: si dirige. 8. *quello stuol* ecc.: la schiera degli « avventurieri » sempre pronta alle imprese più pericolose e guidata da Dudone, com'è detto poco appresso (cfr. 37).

37: 1-2. *quel* ecc.: cfr. nota a 36, 8 e anche I, 52-53. 5-6. *bianco augello...nel celeste campo*: l'aquila bianca in campo azzurro, stemma degli Estensi.

38: 5. *australi*: meridionali. 6. *prossimi a l'aurora*: orientali. 7-8. *e forse* ecc.: e probabilmente neppure il Nilo riuscirebbe a sottrarre al giogo dei Cristiani la sua sorgente (« capo ») benché ancora sconosciuta e lontanissima. Quasi a dire che non vi sarebbe regione tanto impenetrabile e remota a cui non perverrebbe, vittorioso, l'esercito cristiano.

39: 1. *irata*: quando è irata, cfr. IV, 2, 8. 2. *teman*: devono temere. 6. *di ventura*: di « aventurieri ». Cfr. 37, 1 (« aventurier dra-

Quegli è Dudone, ed è da lui guidata
questa schiera, che schiera è di ventura:
è guerrier d'alto sangue e molto esperto,
che d'età vince e non cede di merto.

40 Mira quel grande, ch'è coperto a bruno:
è Gernando, il fratel del re nervegio;
non ha la terra uom più superbo alcuno,
questo sol de' suoi fatti oscura il pregio.
E son que' duo che van sì giunti in uno,
e c'han bianco il vestir, bianco ogni fregio,
Gildippe ed Odoardo, amanti e sposi,
in valor d'arme e in lealtà famosi. —

41 Così parlava, e già vedean là sotto
come la strage più e più s'ingrosse,
ché Tancredi e Rinaldo il cerchio han rotto
benché d'uomini denso e d'armi fosse;
e poi lo stuol, ch'è da Dudon condotto,
vi giunse, ed aspramente anco il percosse.
Argante, Argante stesso, ad un grand'urto
di Rinaldo abbattuto, a pena è surto.

---

pello »). 8. *d'età* ecc.: è il più anziano, ma non il meno valoroso, degli « aventurieri ».

40: 1. *ch'è coperto a bruno*: che indossa una sopravveste bruna. 2. *Gernando*: cfr. I, 54, 3. 5. *giunti in uno*: stretti l'uno all'altro. 7. *Gildippe ed Odoardo*: cfr. I, 56, 6. 8. *lealtà*: fedeltà coniugale. Fa riscontro al « giunti in uno » (v. s.). « ... per quanto riguarda *lealtà*, ha bello essempio, appresso l'Ariosto, di Fiordiligi e Brandimarte: essendo che quella seguì sempre in campo con incredibile amore e lealtà Brandimarte, venendo da lui scambievolmente amata. Così anche Zerbino fa fida scorta ad Isabella e amolla sopramodo, venendo riamato egualmente. Ma di amante e amata sposa ch'ugualmente trattien l'armi, e sian non meno di lealtà che di valore famosi, forse convien ritrarre essempio da prose de' Romanzieri » (BENI).

41: 2. *più e più s'ingrosse*: si faccia sempre più sanguinosa. 3. *cerchio*: dei Pagani. Cfr. 33, 3-8 e 36, 5. 8. *a pena è surto*: a stento si è rialzato da terra.

42
  Né sorgea forse, ma in quel punto stesso
  al figliuol di Bertoldo il destrier cade;
  e restandogli sotto il piede oppresso,
  convien ch'indi a ritrarlo alquanto bade.
  Lo stuol pagan fra tanto, in rotta messo,
  si ripara fuggendo a la cittade.
  Soli Argante e Clorinda argine e sponda
  sono al furor che lor da tergo inonda.

43
  Ultimi vanno, e l'impeto seguente
  in lor s'arresta alquanto, e si reprime,
  sì che potean men perigliosamente
  quelle genti fuggir che fuggean prime.
  Segue Dudon ne la vittoria ardente
  i fuggitivi, e 'l fer Tigrane opprime
  con l'urto del cavallo, e con la spada
  fa che scemo del capo a terra cada.

44
  Né giova ad Algazarre il fino usbergo,
  ned a Corban robusto il forte elmetto,
  ché 'n guisa lor ferì la nuca e 'l tergo
  che ne passò la piaga al viso, al petto.
  E per sua mano ancor del dolce albergo
  l'alma uscì d'Amurate e di Meemetto,

42: 1. *Né sorgea forse*: e forse non si sarebbe più rialzato. 2. *figliuol di Bertoldo*: Rinaldo. 3. *restandogli*: rimanendogli il piede trattenuto sotto il cavallo. 4. *alquanto bade*: si industri per un po' di tempo. 8. *inonda*: incalza dilagando, cioè con l'impeto d'un fiume in piena. Cfr. I, 43, 3.

43: 1. *seguente*: degli inseguitori. 4. *prime*: davanti a loro. Argante e Clorinda proteggono la ritirata dei Pagani rendendola meno pericolosa (« potean men perigliosamente...fuggir »). 6. *Tigrane*: «nome senza storia; semplice comparsa, come più sotto, Algazarre, Corban, ecc.» (Sozzi). 8. *scemo del capo*: decapitato.

44: 1. *fino usbergo*: armatura di metallo ben temprato. 3-4. *ferì* ecc.: Argante colpì la « nuca » di Corbano, a cui non servì la protezione dell'« elmetto », e la trapassò giungendo con l'arma sino al « viso », e colpì il « tergo » di Algazarre, invano difeso dall'« usbergo », e lo trafisse sino al « petto ». 5. *dolce albergo*: il corpo, ovvero

e del crudo Almansor; né 'l gran circasso
può securo da lui mover un passo.

45 Freme in se stesso Argante, e pur tal volta
si ferma e volge, e poi cede pur anco.
Al fin così improviso a lui si volta,
e di tanto rovescio il coglie al fianco,
che dentro il ferro vi s'immerge, e tolta
è dal colpo la vita al duce franco.
Cade; e gli occhi, ch'a pena aprir si ponno,
dura quiete preme e ferreo sonno.

46 Gli aprì tre volte, e i dolci rai del cielo
cercò fruire e sovra un braccio alzarsi,
e tre volte ricadde, e fosco velo
gli occhi adombrò, che stanchi al fin serràrsi.
Si dissolvono i membri, e 'l mortal gelo
inrigiditi e di sudor gli ha sparsi.
Sovra il corpo già morto il fero Argante
punto non bada, e via trascorre inante.

47 Con tutto ciò, se ben d'andar non cessa,
si volge a i Franchi, e grida: — O cavalieri,
questa sanguigna spada è quella stessa
che 'l signor vostro mi donò pur ieri;
ditegli come in uso oggi l'ho messa,
ch'udirà la novella ei volentieri.

la dimora transitoria dell'anima. 7-8. *né 'l gran* ecc.: e neppure Argante può procedere al sicuro dai colpi di Dudone.
45: 3. *improviso*: fulmineamente. 4. *di tanto rovescio*: con un così tremendo fendente inferto di taglio da sinistra a destra. 7-8. *gli occhi* ecc.: Virgilio, *Aen.*, X, 745-6 («olli dura quies oculos et ferreus urguet - somnus»).
46: 1-4. *Gli aprì* ecc.: Virgilio, *Aen.*, IV, 688-92. 5. *Si dissolvono*: si rilassano, si abbandonano. 8. *punto* ecc.: non indugia neppure un attimo, ma riprende velocissimo la sua corsa. Per «bada», cfr. V, 31, 6 e 53, 3; VI, 14, 5 e 36, 5; XIII, 64, 7; XVIII, 72, 1; XX, 84, 8.
47: 3. *sanguigna*: insanguinata. 4. *pur ieri*: appena ieri. 5. *in uso* ecc.: cfr. II, 93, 8. 8. *al paragon*: alla prova.

E caro esser gli dée che 'l suo bel dono
sia conosciuto al paragon sì buono.

48 Ditegli che vederne omai s'aspetti
ne le viscere sue più certa prova;
e quando d'assalirne ei non s'affretti,
verrò non aspettato ove si trova. —
Irritati i cristiani a i feri detti,
tutti vèr lui già si moveano a prova;
ma con gli altri esso è già corso in securo
sotto la guardia de l'amica muro.

49 I difensori a grandinar le pietre
da l'alte mura in guisa incominciaro,
e quasi innumerabili faretre
tante saette a gli archi ministraro,
che forza è pur che 'l franco stuol s'arretre;
e i saracin ne la cittade entraro.
Ma già Rinaldo, avendo il piè sottratto
al giacente destrier, s'era qui tratto.

50 Venia per far nel barbaro omicida
de l'estinto Dudone aspra vendetta,
e fra' suoi giunto alteramente grida:
— Or qual indugio è questo? e che s'aspetta?
poi ch'è morto il signor che ne fu guida,
ché non corriamo a vendicarlo in fretta?
Dunque in sì grave occasion di sdegno
esser può fragil muro a noi ritegno?

48 : 3. *assalirne*: assalirci. 5. *feri detti*: parole sprezzanti. 6. *si moveano a prova*: si lanciavano a gara. 7. *in securo*: al sicuro. 8. *sotto* ecc.: sotto la protezione delle amiche mura di Gerusalemme da cui i difensori scagliano « pietre » e « saette » contro i Cristiani (cfr. 49).
49 : 2. *in guisa*: da collegare al « che » del v. 5. 4. *ministraro*: somministrarono, fornirono. Cfr. VI, 48, 2. 7-8. *avendo il piè* ecc. cfr. 42, 3-4.
50. 5. *ne fu guida*: ci fu capo (« Dudon di Consa è il duce », I, 53, 1).

51   Non, se di ferro doppio o d'adamante
questa muraglia impenetrabil fosse,
colà dentro securo il fero Argante
s'appiatteria da le vostr'alte posse:
andiam pure a l'assalto! — Ed egli inante
a tutti gli altri in questo dir si mosse,
ché nulla teme la secura testa
o di sasso o di strai nembo o tempesta.

52   Ei crollando il gran capo, alza la faccia
piena di sì terribile ardimento,
che sin dentro a le mura i cori agghiaccia
a i difensor d'insolito spavento.
Mentre egli altri rincora, altri minaccia,
sopravien chi reprime il suo talento;
ché Goffredo lor manda il buon Sigiero
de' gravi imperii suoi nunzio severo.

53   Questi sgrida in suo nome il troppo ardire,
e incontinente il ritornar impone:
— Tornatene, — dicea — ch'a le vostr'ire
non è il loco opportuno o la stagione;
Goffredo il vi comanda. — A questo dire
Rinaldo si frenò, ch'altrui fu sprone,
benché dentro ne frema, e in più d'un segno
dimostri fuore il mal celato sdegno.

54   Tornàr le schiere indietro, e da i nemici
non fu il ritorno lor punto turbato;

51: 1. *adamante*: diamante. 4. *s'appiatteria*: si nasconderebbe sottraendosi così ecc. 7. *nulla teme*: non teme affatto. 8. *strai*: strali.
52: 1. *crollando*: scuotendo minacciosamente. 4. *insolito*: straordinario. Cfr. VI, 44, 3. 6. *talento*: impetuoso desiderio. 8. *gravi imperii*: ordini rigorosi.
53: 2. *incontinente il ritornar*: un immediato ritorno. 4. *stagione*: momento. 6. *Rinaldo* ecc.: Rinaldo si trattenne, lui che era stato di sprone agli altri.

né in parte alcuna de gli estremi uffici
il corpo di Dudon restò fraudato.
Su le pietose braccia i fidi amici
portàrlo, caro peso ed onorato.
Mira intanto il Buglion d'eccelsa parte
de la forte cittade il sito e l'arte.

55   Gierusalem sovra duo colli è posta
d'impari altezza, e vòlti fronte a fronte.
Va per lo mezzo suo valle interposta,
che lei distingue, e l'un da l'altro monte.
Fuor da tre lati ha malagevol costa,
per l'altro vassi, e non par che si monte;
ma d'altissime mura è più difesa
la parte piana, e 'ncontra Borea è stesa.

56   La città dentro ha lochi in cui si serba
l'acqua che piove, e laghi e fonti vivi;
ma fuor la terra intorno è nuda d'erba,
e di fontane sterile e di rivi.
Né si vede fiorir lieta e superba
d'alberi, e fare schermo a i raggi estivi,
se non se in quanto oltra sei miglia un bosco
sorge d'ombre nocenti orrido e fosco.

57   Ha da quel lato donde il giorno appare
del felice Giordan le nobil onde;

54: 3. *estremi uffici*: onoranze funebri. 4. *fraudato*: privato. 8. *il sito e l'arte*: « Il sito appartiene alla natura, restando che per l'arte s'intenda la munizione che per mezzo delle mura, torri, fosse, e cose tali si presenta » (BENI). Cfr. 58, 1 (« l'alte mura e 'l sito »); VII, 29, 8 (« il sito e l'arte ») e 47, 2 (« l'ordigno e l'arte »); X, 42, 2 (« di sito e d'arte »).

55: 1. *duo colli*: Sion a occidente, Moria a oriente. 4. *distingue*: divide. 6. *si monte*: si salga. 8. *'ncontra Borea*: verso settentrione.

56: 1. *lochi*: cavità, cisterne. 4. *sterile*: priva. 7. *se non se in quanto*: salvo che; *bosco*: cfr. nota a 74, 3-6. 8. *nocenti*: nocive.

57: 1. *da quel lato* ecc.: a levante. 2. *felice Giordan*: il fiume ove Cristo ebbe il battesimo. Per questo è detto « felice », cioè for-

e da la parte occidental, del mare
Mediterraneo l'arenose sponde.
Verso Borea è Betèl, ch'alzò l'altare
al bue de l'oro, e la Samaria; e donde
Austro portar le suol piovoso nembo,
Betelèm che 'l gran parto ascose in grembo.

58 Or mentre guarda e l'alte mura e 'l sito
de la città Goffredo e del paese,
e pensa ove s'accampi, onde assalito
sia il muro ostil più facile a l'offese,
Erminia il vide, e dimostrollo a dito
al re pagano, e così a dir riprese:
— Goffredo è quel, che nel purpureo ammanto
ha di regio e d'augusto in sé cotanto.

59 Veramente è costui nato a l'impero,
sì del regnar, del comandar sa l'arti,
e non minor che duce è cavaliero,
ma del doppio valor tutte ha le parti;
né fra turba sì grande uom più guerriero
o più saggio di lui potrei mostrarti.
Sol Raimondo in consiglio, ed in battaglia
sol Rinaldo e Tancredi a lui s'agguaglia. —

---

tunato, oltre che per la fertilità delle sue rive. Nasce nell'Antilibano, forma i laghi di Merom e Genezaret, finisce nel Mar Morto. 5-6. *Betèl... de l'oro*: Betèl, a circa venti miglia a nord di Gerusalemme, significa Casa di Dio. Gli Ebrei, divenuti idolatri, vi adorarono il vitello d'oro. 6. *Samaria*: regione centrale della Palestina. 6-7. *donde* ecc.: a sud. 8. *Betelèm* ecc.: Betelèm, a otto chilometri a sud di Gerusalemme, fu la patria di Cristo (« 'l gran parto »).

58: 1. *l'alte mura e 'l sito*: cfr. 54, 8 (« il sito e l'arte »). Collega: « l'alte mura... de la città », « 'l sito... del paese ». 3-4. *onde* ecc.: considera da quale parte le mura nemiche, una volta assalite, offrano minore resistenza. 5. *dimostrollo a dito*: lo additò.

59: 3. *non minor* ecc.: Petrarca, *Tr. Fam.*, I, 99 (« non so se miglior duce o cavaliero »). 4. *del doppio* ecc.: possiede interamente il duplice valore di comandante (« duce ») e di guerriero (« cavaliero »). Cfr. anche II, 3, 5-6. 7. *Raimondo*: cfr. nota a I, 61, 2.

60   Risponde il re pagan: — Ben ho di lui
contezza, e 'l vidi a la gran corte in Francia,
quand'io d'Egitto messaggier vi fui,
e 'l vidi in nobil giostra oprar la lancia;
e se ben gli anni giovenetti sui
non gli vestian di piume ancor la guancia,
pur dava a i detti, a l'opre, a le sembianze,
presagio omai d'altissime speranze;

61   presagio ahi troppo vero! — E qui le ciglia
turbate inchina, e poi l'inalza e chiede:
— Dimmi chi sia colui ch'a pur vermiglia
la sopravesta, e seco a par si vede.
Oh quanto di sembianti a lui somiglia!
se ben alquanto di statura cede.
— È Baldovin, — risponde — e ben si scopre
nel volto a lui fratel, ma più ne l'opre.

62   Or rimira colui che, quasi in modo
d'uom che consigli, sta da l'altro fianco:
quegli è Raimondo, il qual tanto ti lodo
d'accorgimento, uom già canuto e bianco.
Non è chi tesser me' bellico frodo
di lui sapesse, o sia latino o franco;
ma quell'altro più in là, ch'orato ha l'elmo,
del re britanno è il buon figliuol Guglielmo.

63   V'è Guelfo seco, e gli è d'opre leggiadre
emulo, e d'alto sangue e d'alto stato:

60: 2. *contezza*: conoscenza. 4. *oprar*: adoperare. 6. *non gli vestian* ecc.: non avessero ancora rivestito il suo volto della prima peluria.
61: 6. *cede*: è inferiore. Cfr. 39, 8. 7. *Baldovin*: cfr. I, 9, 1.
62: 5. *me'*: meglio (« me'...di lui »); *frodo*: frode, astuzia. 6. *latino*: italiano. 7. *orato*: dorato. 8. *buon*: prode; *Guglielmo*: cfr. I, 44, 4.
63: 1. *Guelfo*: cfr. I, 10, 8; *opre leggiadre*: imprese gloriose, atti di valore. Cfr. Dante, *Purg.*, XI, 61-2 (« L'antico sangue e l'opere leggiadre - di miei maggior mi fer sì arrogante »). 2. *stato*: condizione.

ben il conosco a le sue spalle quadre,
ed a quel petto colmo e rilevato.
Ma 'l gran nemico mio tra queste squadre
già riveder non posso, e pur vi guato;
io dico Boemondo il micidiale,
distruggitor del sangue mio reale. —

64 Così parlavan questi; e 'l capitano,
poi ch'intorno ha mirato, a i suoi discende;
e perché crede che la terra in vano
s'oppugneria dov'il più erto ascende,
contra la porta Aquilonar, nel piano
che con lei si congiunge, alza le tende;
e quinci procedendo infra la torre
che chiamano Angolar gli altri fa porre.

65 Da quel giro del campo è contenuto
de la cittade il terzo, o poco meno,
che d'ogn'intorno non avria potuto
(cotanto ella volgea) cingerla a pieno;
ma le vie tutte ond'aver pote aiuto
tenta Goffredo d'impedirle almeno,
ed occupar fa gli opportuni passi
onde da lei si viene ed a lei vassi.

---

6. *e pur* ecc.: benché guardi attentamente. 7. *Boemondo*: cfr. I, 9, 5. È per Erminia il più odiato nemico: distruggitore della sua patria, Antiochia, e uccisore di suo padre, Cassano.

64: 2. *discende*: dalla « eccelsa parte » in cui s'era collocato per considerare « il sito e l'arte » di Gerusalemme (54, 7-8). 3. *terra*: città. 4. *s'oppugneria* ecc.: si assalterebbe dai tre lati che hanno malagevole accesso (55, 5). 5-8. *contra la porta* ecc.: a proposito di questi versi si legga quanto scrive Guglielmo Tirio: « Ab ea igitur porta, quae hodie dicitur Sancti Stephani, quae ad Aquilonem respicit, usque ad eam quae turri David subiecta est, et ab eodem rege cognominabatur, sicuti et turris quae in parte eiusmodi civitatis sita est occidentali, nostri principes castrametati sunt ». Da notare *gli altri* (v. 8): gli accampamenti degli altri duci cristiani.

65: 4. *cotanto ella volgea*: tanto grande era il giro delle sue mura, per tanto ampio spazio si estendeva. 7. *passi*: passaggi.

Gerusalemme liberata

66 Impon che sian le tende indi munite
e di fosse profonde e di trinciere,
che d'una parte a cittadine uscite,
da l'altra oppone a correrie straniere.
Ma poi che fur quest'opere fornite,
vols' egli il corpo di Dudon vedere,
e colà trasse ove il buon duce estinto
da mesta turba e lagrimosa è cinto.

67 Di nobil pompa i fidi amici ornaro
il gran ferètro ove sublime ei giace.
Quando Goffredo entrò, le turbe alzaro
la voce assai più flebile e loquace;
ma con volto né torbido né chiaro
frena il suo affetto il pio Buglione, e tace.
E poi che 'n lui pensando alquanto fisse
le luci ebbe tenute, al fin sì disse:

68 — Già non si deve a te doglia né pianto,
ché se mori nel mondo, in Ciel rinasci;
e qui dove ti spogli il mortal manto
di gloria impresse alte vestigia lasci.
Vivesti qual guerrier cristiano e santo,
e come tal sei morto; or godi, e pasci
in Dio gli occhi bramosi, o felice alma,
ed hai del bene oprar corona e palma.

66: 3. *cittadine uscite*: le sortite degli assediati. 4. *correrie straniere*: incursioni degli assedianti. 5. *fornite*: compiute. 7. *trasse*: si trasse, andò.
67: 2. *sublime*: in alto. 3-4. *le turbe* ecc.: la folla infittì le lamentazioni, miste di pianto e di parole. 5. *con volto* ecc.: con viso né troppo corrucciato o fosco per il cordoglio («né torbido») né impassibilmente sereno («né chiaro»), ma composto in una sorta di virile mestizia.
68: 3. *mortal manto*: il corpo. 8. *corona e palma*: premio di vincitore e premio di martire della fede.

Canto terzo

69 Vivi beata pur, ché nostra sorte,
non tua sventura, a lagrimar n'invita,
poscia ch'al tuo partir sì degna e forte
parte di noi fa co 'l tuo piè partita.
Ma se questa, che 'l vulgo appella morte,
privati ha noi d'una terrena aita,
celeste aita ora impetrar ne puoi
che 'l Ciel t'accoglie infra gli eletti suoi.

70 E come a nostro pro veduto abbiamo
ch'usavi, uom già mortal, l'arme mortali,
così vederti oprare anco speriamo,
spirto divin, l'arme del Ciel fatali.
Impara i voti omai, ch'a te porgiamo,
raccòrre, e dar soccorso a i nostri mali:
indi vittoria annunzio; a te devoti
solverem trionfando al tempio i voti. —

71 Così diss'egli; e già la notte oscura
avea tutti del giorno i raggi spenti,
e con l'oblio d'ogni noiosa cura
ponea tregua a le lagrime, a i lamenti.
Ma il capitan, ch'espugnar mai le mura
non crede senza i bellici tormenti,
pensa ond'abbia le travi, ed in quai forme
le machine componga; e poco dorme.

72 Sorse a pari co 'l sole, ed egli stesso
seguir la pompa funeral poi volle.

69: 2. *a lagrimar n'invita*: Dante, *Inf.,* VI, 59. 4. *co 'l tuo piè*: insieme con te.

70: 1. *pro*: vantaggio. 3-4. *così* ecc.: la speranza sarà un giorno esaudita. Cfr. XVIII, 95, 1-4. 5-6. *Impara...raccòrre*: apprendi a raccogliere. 8. *solverem*: scioglieremo.

71: 6. *bellici tormenti*: le macchine di guerra per espugnare la città assediata. 7. *ond'abbia*: da dove possa trarre.

72: 1. *a pari co 'l sole*: insieme al sole. Cfr. I, 15, 7. 2. *pompa*:

A Dudon d'odorifero cipresso
composto hanno un sepolcro a piè d'un colle,
non lunge a gli steccati; e sovra ad esso
un'altissima palma i rami estolle.
Or qui fu posto, e i sacerdoti intanto
quiete a l'alma gli pregàr co 'l canto.

73   Quinci e quindi fra i rami erano appese
insegne e prigioniere arme diverse,
già da lui tolte in più felici imprese
a le genti di Siria ed a le perse.
De la corazza sua, de l'altro arnese,
in mezzo il grosso tronco si coperse.
« Qui » vi fu scritto poi « giace Dudone:
onorate l'altissimo campione. »

74   Ma il pietoso Buglion, poi che da questa
opra si tolse dolorosa e pia,
tutti i fabri del campo a la foresta
con buona scorta di soldati invia.
Ella è tra valli ascosa, e manifesta
l'avea fatta a i Francesi uom di Soria.
Qui per troncar le machine n'andaro,
a cui non abbia la città riparo.

---

processione, corteo. 5. *steccati*: degli accampamenti. 6. *palma*: simbolo di vittoria; *estolle*: innalza.

73: 2. *prigioniere*: catturate ai nemici, bottino di guerra. 5. *de l'altro arnese*: della rimanente armatura. 6. *in mezzo*: nella parte di mezzo. 8. *onorate* ecc.: Dante, *Inf.*, IV, 80 («Onorate l'altissimo poeta»).

74: 3-6. *foresta* ecc.: Questa foresta distava sei miglia da Gerusalemme. Secondo Guglielmo Tirio fu realmente rivelata ai Crociati da un Siro (vv. 5-6). Altri ne attribuisce la scoperta a Tancredi. Cfr. anche 56, 7. Da notare *fabri* (v. 3): artieri. 7. *troncar le machine*: tagliare gli alberi con cui costruire le macchine di guerra.

75 L'un l'altro essorta che le piante atterri,
e faccia al bosco inusitati oltraggi.
Caggion recise da i pungenti ferri
le sacre palme e i frassini selvaggi,
i funebri cipressi e i pini e i cerri,
l'elci frondose e gli alti abeti e i faggi,
gli olmi mariti, a cui talor s'appoggia
la vite, e con piè torto al ciel se 'n poggia.

76 Altri i tassi, e le quercie altri percote,
che mille volte rinovàr le chiome,
e mille volte ad ogni incontro immote
l'ire de' venti han rintuzzate e dome;
ed altri impone a le stridenti rote
d'orni e di cedri l'odorate some.
Lasciano al suon de l'arme, al vario grido,
e le fère e gli augei la tana e 'l nido.

75: Per quest'ottava e la seguente, cfr. Virgilio, *Aen.*, VI, 179-82, e XI, 134-8. 2. *inusitati oltraggi*: perché era una foresta vergine dove mai l'uomo era penetrato e mai aveva alzato la scure contro le piante. 3. *ferri*: scuri. 7. *mariti*: delle viti. 8. *con piè torto*: tortuosamente salgono verso l'alto.

76: 2. *mille volte*: sono appunto piante millenarie. 5-6. *altri* ecc.. altri carica sui carri cigolanti (« stridenti rote ») il profumato carico (« odorate some ») degli « orni » e dei « cedri ». 7-8. *Lasciano* ecc.: Ariosto, *Orl.*, XXVII, 3-4 (« rimbombò il suon fin alla selva ardenna - sì che lasciàr tutte le fiere il nido »).

Canto quarto

1
  Mentre son questi a le bell'opre intenti,
  perché debbiano tosto in uso porse,
  il gran nemico de l'umane genti
  contra i cristiani i lividi occhi torse;
  e scorgendogli omai lieti e contenti,
  ambo le labra per furor si morse,
  e qual tauro ferito il suo dolore
  versò mugghiando e sospirando fuore.

2
  Quinci, avendo pur tutto il pensier vòlto
  a recar ne' cristiani ultima doglia,
  che sia, comanda, il popol suo raccolto
  (concilio orrendo!) entro la regia soglia;
  come sia pur leggiera impresa, ahi stolto!,
  il repugnare a la divina voglia:
  stolto, ch'al Ciel s'agguaglia, e in oblio pone
  come di Dio la destra irata tuone.

1: 1. *Mentre*: cfr. nota a II, 1, 1; *bell'opre*: le macchine di guerra destinate alla bella impresa, cioè alla conquista di Gerusalemme. 3. *gran nemico*: Lucifero. Cfr. Dante, *Inf.*, VI, 115 (« ... Pluto, il gran nemico »). 4. *torse*: volse torvamente. Cfr. Dante, *Inf.*, XIV, 47 (« ... giace dispettoso e torto »), già citato nella nota a II, 89, 4. 6. *ambo* ecc.: Dante, *Inf.*, XXXIII, 58 (« ambo le man per lo dolor mi morsi ». Cfr. XIV, 51, 5). 7-8. *qual tauro* ecc.: Virgilio, *Aen.*, II, 223-4 (« qualis mugitus, fugit cum saucius aram - taurus »).

2: 1. *Quinci*: poi. 2. *ultima doglia*: l'estremo dolore, il danno più grave e irreparabile. 5. *come sia pur*: nell'edizione Osanna del poema: « quasi che sia ». 6. *repugnare*: recalcitrare, opporsi. 8. *irata*: quando è irata. Cfr. III, 39, 1.

Canto quarto

3   Chiama gli abitator de l'ombre eterne
    il rauco suon de la tartarea tromba.
    Treman le spaziose atre caverne,
    e l'aer cieco a quel romor rimbomba;
    né sì stridendo mai da le superne
    regioni del cielo il folgor piomba,
    né sì scossa giamai trema la terra
    quando i vapori in sen gravida serra.

4   Tosto gli dèi d'Abisso in varie torme
    concorron d'ogn'intorno a l'alte porte.
    Oh come strane, oh come orribil forme!
    quant'è ne gli occhi lor terrore e morte!
    Stampano alcuni il suol di ferine orme,
    e 'n fronte umana han chiome d'angui attorte,
    e lor s'aggira dietro immensa coda
    che quasi sferza si ripiega e snoda.

5   Qui mille immonde Arpie vedresti e mille
    Centauri e Sfingi e pallide Gorgoni,
    molte e molte latrar voraci Scille,
    e fischiar Idre e sibilar Pitoni,

3: 1-8. *Chiama* ecc.: Virgilio, *Geor.*, IV, 70-2, e *Aen.*, VI, 513-15. Da notare *tartarea* (v. 2): infernale; *atre* (v. 3): orrendamente nere; *aer cieco* (v. 4): la tenebra dell'inferno; *né sì scossa* ecc. (vv. 7-8): si credeva che la causa dei terremoti fosse costituita dalla sovrabbondanza di vapori che violentemente cercavano un varco attraverso la terra.
4: 1. *gli dèi d'Abisso*: i demoni dell'Inferno. 2. *concorron* ecc.: accorrono contemporaneamente da ogni parte. 5. *ferine orme*: impronte di bestie. 6. *chiome* ecc.: chiome costituite da serpenti attorcigliati.
5: 1-8. *Arpie* ecc.: Virgilio, *Aen.*, VI, 286-89. Arpie, mostri con la testa di donna e il corpo di uccello rapace; Centauri, mostri mezzo uomini e mezzo cavalli; Sfingi, mostri con la testa di donna e il corpo di leone; Gorgoni, le tre mostruose anguicrinite (Medusa, Euriale e Stenio) impietravano chi le guardasse; Scille, mostri marini simili a Scilla che aveva sei teste e latranti cani ai fianchi e che divorava i naviganti nello stretto di Messina; Idre, serpenti con sette teste; Pitoni, altri serpenti terribili; Chimere, mostri che vomitavano fiamme e avevano la testa di capra, il corpo di leone e la coda di serpente; Poli-

    e vomitar Chimere atre faville,
    e Polifemi orrendi e Gerioni;
    e in novi mostri, e non più intesi o visti,
    diversi aspetti in un confusi e misti.

6   D'essi parte a sinistra e parte a destra
    a seder vanno al crudo re davante.
    Siede Pluton nel mezzo, e con la destra
    sostien lo scettro ruvido e pesante;
    né tanto scoglio in mar, né rupe alpestra,
    né pur Calpe s'inalza o 'l magno Atlante,
    ch'anzi lui non paresse un picciol colle,
    sì la gran fronte e le gran corna estolle.

7   Orrida maestà nel fero aspetto
    terrore accresce, e più superbo il rende:
    rosseggian gli occhi, e di veneno infetto
    come infausta cometa il guardo splende,
    gl'involve il mento e su l'irsuto petto
    ispida e folta la gran barba scende,
    e in guisa di voragine profonda
    s'apre la bocca d'atro sangue immonda.

8   Qual i fumi sulfurei ed infiammati
    escon di Mongibello e 'l puzzo e 'l tuono,
    tal de la fera bocca i negri fiati,
    tale il fetore e le faville sono.

---

femi, giganti antropofagi con un solo occhio in mezzo alla fronte; Gerioni, mostri con tre teste, tre corpi e sei ali (ma diversamente è raffigurato da Dante, *Inf.*, XVII).

6: 6. *Calpe*: promontorio di Gibilterra; *Atlante*: catena montuosa dell'Africa. 7. *anzi lui*: di fronte a lui, in confronto a lui. 8. *estolle*: innalza.

7: 3. *infetto*: iniettato (costruisci: il « guardo » iniettato di veneno). Cfr. Virgilio, *Aen.*, II, 210 (« ardentisque oculos suffecti sanguine et igni »). 4. *infausta*: annunciatrice di sventure.

8: 2. *Mongibello*: l'Etna. 5. *Cerbero*: cane infernale con tre teste. 7. *restò Cocito*: Cocito, uno dei fiumi infernali, arrestò il suo corso.

Canto quarto

Mentre ei parlava, Cerbero i latrati
ripresse, e l'Idra si fe' muta al suono;
restò Cocito, e ne tremàr gli abissi,
e in questi detti il gran rimbombo udissi:

9   — Tartarei numi, di seder più degni
là sovra il sole, ond'è l'origin vostra,
che meco già da i più felici regni
spinse il gran caso in questa orribil chiostra,
gli antichi altrui sospetti e i feri sdegni
noti son troppo, e l'alta impresa nostra;
or Colui regge a suo voler le stelle,
e noi siam giudicate alme rubelle.

10   Ed in vece del dì sereno e puro,
de l'aureo sol, de gli stellati giri,
n'ha qui rinchiusi in questo abisso oscuro,
né vuol ch'al primo onor per noi s'aspiri;
e poscia (ahi quanto a ricordarlo è duro!
quest'è quel che più inaspra i miei martìri)
ne' bei seggi celesti ha l'uom chiamato,
l'uom vile e di vil fango in terra nato.

11   Né ciò gli parve assai; ma in preda a morte,
sol per farne più danno, il figlio diede.
Ei venne e ruppe le tartaree porte,
e porre osò ne' regni nostri il piede,

9: 3. *felici regni*: il Paradiso. 4. *spinse*: sospinse, cacciò; *il gran caso*: la grande caduta (lat. *cadere*) dal cielo. Altri, meno persuasivamente: la sventura; *chiostra*: luogo di clausura, cioè l'Inferno. Cfr. 10,3. 5. *altrui*: di Dio. 6. *alta impresa*: la superba sfida a Dio. 7. *a suo voler*: a suo arbitrio, con potere illimitato.

10: 3. *abisso oscuro*: cfr. 9, 4 (« orribil chiostra »). 4. *primo onor*: l'onore primitivo, che già avevano in Cielo; *per noi*: da parte nostra. 5. *duro*: doloroso. Cfr. Dante, *Inf.*, I, 4 (« Ah quanto a dir qual era è cosa dura »).

11: 1. *assai*: sufficiente. 2. *il figlio*: Cristo, che fu sacrificato da Dio, secondo Plutone, per intensificare la sua persecuzione a danno degli angeli ribelli (« sol per farne più danno »). 3. *Ei*: Cristo; *venne*:

e trarne l'alme a noi dovute in sorte,
e riportarne al Ciel sì ricche prede,
vincitor trionfando, e in nostro scherno
l'insegne ivi spiegar del vinto Inferno.

12   Ma che rinovo i miei dolor parlando?
Chi non ha già l'ingiurie nostre intese?
Ed in qual parte si trovò, né quando,
ch'egli cessasse da l'usate imprese?
Non più déssi a l'antiche andar pensando,
pensar dobbiamo a le presenti offese.
Deh! non vedete omai com'egli tenti
tutte al suo culto richiamar le genti?

13   Noi trarrem neghittosi i giorni e l'ore,
né degna cura fia che 'l cor n'accenda?
e soffrirem che forza ognor maggiore
il suo popol fedele in Asia prenda?
e che Giudea soggioghi? e che 'l suo onore,
che 'l nome suo più si dilati e stenda?
che suoni in altre lingue, e in altri carmi
si scriva, e incida in novi bronzi e marmi?

---

scese all'inferno. 5-6. *e trarne* ecc.: Dante, *Inf.*, XII, 38-9 (« ... colui che la gran preda - levò a Dite). 8. *insegne* ecc.: « Qui *insegne* significa *segni*, *indizi*; e son le anime che Cristo strappò al Tartaro (vv. 5-6) e che *spiegate*, messe in mostra, in cielo (*ivi*), attestano della sua vittoria sull'inferno » (FERRARI). E così quasi tutti gli interpreti. È stato però anche proposto di vedere nelle « insegne » la Croce: « Alcuni interpretano ' le anime sottratte all'Inferno '; ma tale interpretazione non si accorda molto bene all'idea di *spiegare* come un'insegna, e dà all'espressione un valore troppo relativo. La vittoria sull'Inferno non è solo la violazione delle sue porte, ma la Redenzione la cui insegna è la Croce. Si noti come è veramente trionfale, pur nelle parole del demonio, l'immagine celeste della vittoria divina » (CHIAPPELLI).

12: 2. *ingiurie nostre*: i torti da noi subìti. 3. *né quando*: e quando. 4. *cessasse* ecc.: desistesse dal perseguitarci secondo il suo solito. 5. *déssi*: devesi.

13: 1. *trarrem*: trascineremo. Cfr. 51, 5; XVI, 27, 3. 2. *né degna cura*: « e neppure una degna impresa » (CHIAPPELLI). 3. *soffrirem*: sopporteremo. 5. *suo onore*: il culto di Dio. 6. *più si dilati e stenda*: si diffonda sempre di più.

14 Che sian gl'idoli nostri a terra sparsi?
   ch'i nostri altari il mondo a lui converta?
   ch'a lui sospesi i voti, a lui sol arsi
   siano gl'incensi, ed auro e mirra offerta?
   ch'ove a noi tempio non solea serrarsi,
   or via non resti a l'arti nostre aperta?
   che di tant'alme il solito tributo
   ne manchi, e in vòto regno alberghi Pluto?

15 Ah! non fia ver, ché non sono anco estinti
   gli spirti in voi di quel valor primiero,
   quando di ferro e d'alte fiamme cinti
   pugnammo già contra il celeste impero.
   Fummo, io no 'l nego, in quel conflitto vinti,
   pur non mancò virtute al gran pensiero.
   Diede che che si fosse a lui vittoria:
   rimase a noi d'invitto ardir la gloria.

16 Ma perché più v'indugio? Itene, o miei
   fidi consorti, o mia potenza e forze:
   ite veloci, ed opprimete i rei
   prima che 'l lor poter più si rinforze;
   pria che tutt'arda il regno de gli Ebrei,
   questa fiamma crescente omai s'ammorze;
   fra loro entrate, e in ultimo lor danno
   or la forza s'adopri ed or l'inganno.

14: 2. *a lui converta*: trasferisca, trasformandoli, al culto di Dio. 3. *sospesi i voti*: appesi gli ex-voto. 5. *ove*: proprio dove, cioè in Asia. 6. *arti*: sortilegi.

15: 2. *valor primiero*: quello dimostrato al momento della ribellione, come è detto subito appresso (vv. 3-4). 6. *virtute*: equivale al « valore » del v. 2; *gran pensiero*: il superbo disegno di abbattere Dio. 7. *Diede* ecc.: non il valore ma qualche cosa d'altro, il caso e la fortuna (« che si fosse »), diede la vittoria a Dio.

16: 1. *Ma perché* ecc.: Virgilio, *Aen.*, XI, 175 (« quid demoror armis? Vadite »). Da notare *v'indugio*: vi trattengo. 2. *fidi* ecc.: Virgilio, *Aen.*, I, 664 (« nate, meae vires, mea magna potentia solus »). Da notare *consorti*: partecipi della stessa sorte. 3. *opprimete*: sbaragliate, distruggete. Cfr. 40, 2, e ancora spesso altrove. 6. *s'ammorze*: si estingua.

17
    Sia destin ciò ch'io voglio: altri disperso
se 'n vada errando, altri rimanga ucciso,
altri in cure d'amor lascive immerso
idol si faccia un dolce sguardo e un riso.
Sia il ferro incontra 'l suo rettor converso
da lo stuol ribellante e 'n sé diviso:
pèra il campo e ruini, e resti in tutto
ogni vestigio suo con lui distrutto.

18
    Non aspettàr già l'alme a Dio rubelle
che fosser queste voci al fin condotte;
ma fuor volando a riveder le stelle
già se n'uscian da la profonda notte,
come sonanti e torbide procelle
che vengan fuor de le natie lor grotte
ad oscurar il cielo, a portar guerra
a i gran regni del mar e de la terra.

19
    Tosto, spiegando in vari lati i vanni,
si furon questi per lo mondo sparti,
e 'ncominciaro a fabricar inganni
diversi e novi, e ad usar lor arti.
Ma di' tu, Musa, come i primi danni
mandassero a i cristiani e di quai parti;
tu 'l sai, e di tant'opra a noi sì lunge
debil aura di fama a pena giunge.

20
    Reggea Damasco e le città vicine
Idraote, famoso e nobil mago,

17 : 1. *Sia destin* ecc.: la mia volontà si adempia irrevocabilmente come se fosse voluta dal destino. 5-6. *Sia il ferro*: siano le armi dell'esercito cristiano, divenuto ribelle e discorde, rivolte contro il lor reggitore Goffredo.
18 : 3. *a riveder le stelle*: Dante, *Inf.*, XXXIV, 139.
19 : 1. *vanni*: ali. 4. *diversi e novi*: strani e inusitati; *arti*: cfr. nota a 14, 6.
20 : 2. *Idraote*: personaggio immaginario. Non corrisponde perciò a verità che reggesse Damasco, capitale dell'odierna Siria. Nella *Conquistata* è trasformato in signore di Meraclea e di altre città vicine.

che fin da' suoi prim'anni a l'indovine
arti si diede, e ne fu ognor più vago.
Ma che giovàr, se non poté del fine
di quella incerta guerra esser presago?
Ned aspetto di stelle erranti o fisse,
né risposta d'inferno il ver predisse.

21   Giudicò questi (ahi, cieca umana mente,
come i giudizi tuoi son vani e torti!)
ch' a l'essercito invitto d'Occidente
apparecchiasse il Ciel ruine e morti;
però, credendo che l'egizia gente
la palma de l'impresa al fin riporti,
desia che 'l popol suo ne la vittoria
sia de l'acquisto a parte e de la gloria.

22   Ma perché il valor franco ha in grande stima,
di sanguigna vittoria i danni teme;
e va pensando con qual arte in prima
il poter de' cristiani in parte sceme,
sì che più agevolmente indi s'opprima
da le sue genti e da l'egizie insieme:
in questo suo pensier il sovragiunge
l'angelo iniquo, e più l'instiga e punge.

23   Esso il consiglia, e gli ministra i modi
onde l'impresa agevolar si pote.
Donna a cui di beltà le prime lodi
concedea l'Oriente, è sua nepote:
gli accorgimenti e le più occulte frodi
ch'usi o femina o maga a lei son note.

---

3. *indovine*: profetiche.   4. *vago*: curioso, amante.   7. *Ned aspetto di stelle* ecc.: né disposizione di pianeti o di stelle fisse.

21: 5. *però*: perciò.

22: 2. *sanguigna*: sanguinosa.   4. *sceme*: possa scemare.   8. *l'angelo iniquo*: il diavolo.

23: 1. *ministra*: suggerisce.   3. *Donna*: è Armida, altro personaggio immaginario; *di beltà* ecc.: lodi di beltà superiori alle altre,

Questa a sé chiama e seco i suoi consigli
comparte, e vuol che cura ella ne pigli.

24 Dice: — O diletta mia, che sotto biondi
capelli e fra sì tenere sembianze
canuto senno e cor virile ascondi,
e già ne l'arti mie me stesso avanze,
gran pensier volgo; e se tu lui secondi,
seguiteran gli effetti a le speranze.
Tessi la tela ch'io ti mostro ordita,
di cauto vecchio essecutrice ardita.

25 Vanne al campo nemico: ivi s'impieghi
ogn'arte feminil ch'amore alletti.
Bagna di pianto e fa' melati i preghi,
tronca e confondi co' sospiri i detti:
beltà dolente e miserabil pieghi
al tuo volere i più ostinati petti.
Vela il soverchio ardir con la vergogna,
e fa' manto del vero a la menzogna.

26 Prendi, s'esser potrà, Goffredo a l'esca
de' dolci sguardi e de' be' detti adorni,
sì ch'a l'uomo invaghito omai rincresca
l'incominciata guerra, e la distorni.
Se ciò non puoi, gli altri più grandi adesca:
menagli in parte ond'alcun mai non torni. —

---

le più alte lodi che una beltà possa meritar. 7-8. *seco...comparte*:
la fa partecipe dei suoi piani.

24: 3. *canuto senno*: matura prudenza. Cfr. Petrarca, *Rime*,
CCXIII, 3 («sotto biondi capei canuta mente»). 3. *ascondi*: racchiudi. 4. *avanze*: superi. 5. *secondi*: assecondi.

25: 2. *ogn'arte*: tutte le seduzioni. 3. *melati*: dolci come il miele.
5. *dolente e miserabil*: addolorata e che ispira compassione. 6. *ostinati*:
restii a commuoversi. 7. *vergogna*: pudore, riservatezza. 8. *fa' manto*:
conferisci apparenza.

26: 4. *distorni*: rivolga altrove, allontani. 5. *gli altri più grandi*:
gli altri maggiori, gli altri duci cristiani. 7. *distingue i consigli*: spiega
particolarmente i suoi piani. Per «consigli», cfr. anche 23, 7.

Poi distingue i consigli; al fin le dice:
— Per la fé, per la patria il tutto lice. —

27 La bella Armida, di sua forma altera
e de' doni del sesso e de l'etate,
l'impresa prende, e in su la prima sera
parte e tiene sol vie chiuse e celate;
e 'n treccia e 'n gonna feminile spera
vincer popoli inviti e schiere armate.
Ma son del suo partir tra 'l vulgo ad arte
diverse voci poi diffuse e sparte.

28 Dopo non molti dì vien la donzella
dove spiegate i Franchi avean le tende.
A l'apparir de la beltà novella
nasce un bisbiglio e 'l guardo ognun v'intende
sì come là dove cometa o stella,
non più vista di giorno, in ciel risplende;
e traggon tutti per veder chi sia
sì bella peregrina, e chi l'invia.

29 Argo non mai, non vide Cipro o Delo
d'abito o di beltà forme sì care:
d'auro ha la chioma, ed or dal bianco velo
traluce involta, or discoperta appare.
Così, qualor si rasserena il cielo,
or da candida nube il sol traspare,
or da la nube uscendo i raggi intorno
più chiari spiega e ne raddoppia il giorno.

27: 1. *forma*: bellezza. 3. *prende*: intraprende. 4. *chiuse e celate*: nascoste e segrete. 7. *ad arte*: a bella posta, per nascondere la vera ragione della partenza di Armida.
28: 3. *novella*: del tutto nuova, mai veduta. 4. *intende*: rivolge, fissa. 7. *traggon*: accorrono. 8. *peregrina*: forestiera.
29: 1. *Argo...Cipro...Delo*: Argo, patria di Elena e sacra a Giunone; Cipro, sacra a Venere; Delo, sacra a Diana. 2. *abito*: portamento. 4. *involta*: avvolta. 6. *candida nube*: corrisponde al « bianco velo » (v. 3). 8. *il giorno*: la luce.

30
Fa nove crespe l'aura al crin disciolto,
che natura per sé rincrespa in onde;
stassi l'avaro sguardo in sé raccolto,
e i tesori d'amore e i suoi nasconde.
Dolce color di rose in quel bel volto
fra l'avorio si sparge e si confonde,
ma ne la bocca, onde esce aura amorosa,
sola rosseggia e semplice la rosa.

31
Mostra il bel petto le sue nevi ignude,
onde il foco d'Amor si nutre e desta.
Parte appar de le mamme acerbe e crude,
parte altrui ne ricopre invida vesta:
invida, ma s'a gli occhi il varco chiude,
l'amoroso pensier già non arresta,
ché non ben pago di bellezza esterna
ne gli occulti secreti anco s'interna.

32
Come per acqua o per cristallo intero
trapassa il raggio, e no 'l divide o parte,
per entro il chiuso manto osa il pensiero
sì penetrar ne la vietata parte.
Ivi si spazia, ivi contempla il vero
di tante meraviglie a parte a parte;
poscia al desio le narra e le descrive,
e ne fa le sue fiamme in lui più vive.

---

30 : 3. *avaro* ritroso, maliziosamente sfuggente. 8. *semplice*: non mista al candore dell'« avorio » (vv. 5-6), schietta. Precisa il « sola ».
31 : 4. *altrui*: agli altri; *invida*: gelosa, perché sottrae allo sguardo le bellezze che essa racchiude (v. 5 « a gli occhi il varco chiude »).
32 : 1-2. *Come* ecc.: come raggio di luce attraversa l'acqua o il cristallo rimanendo « intero », perché l'acqua o il cristallo lo lasciano passare senza dividerlo o frantumarlo. Cfr. Dante, *Par.,* II, 34-6 (« Per entro sé l'etterna margarita - ne ricevette, com'acqua recepe - raggio di luce permanendo unita »). 3-4. *per entro* ecc.: così agevolmente, senza essere trattenuto o sviato dal « chiuso manto », l'immaginazione penetra oltre le vesti e contempla le segrete bellezze di Armida (cfr. 31, 4). 8. *sue...in lui*: da riferire a « desio » (v. 7).

33 Lodata passa e vagheggiata Armida
fra le cupide turbe, e se n'avede.
No 'l mostra già, benché in suo cor ne rida,
e ne disegni alte vittorie e prede.
Mentre, sospesa alquanto, alcuna guida
che la conduca al capitan richiede,
Eustazio occorse a lei, che del sovrano
principe de le squadre era germano.

34 Come al lume farfalla, ei si rivolse
a lo splendor de la beltà divina,
e rimirar da presso i lumi volse
che dolcemente atto modesto inchina;
e ne trasse gran fiamma e la raccolse
come da foco suole esca vicina,
e disse verso lei, ch'audace e baldo
il fea de gli anni e de l'amore il caldo:

35 — Donna, se pur tal nome a te conviensi,
ché non somigli tu cosa terrena,
né v'è figlia d'Adamo in cui dispensi
cotanto il Ciel di sua luce serena,
che da te si ricerca? ed onde viensi?
qual tua ventura o nostra or qui ti mena?
Fa' che sappia chi sei, fa' ch'io non erri
ne l'onorarti; e s'è ragion, m'atterri. —

---

33. 4. *ne disegni*: ne tragga motivo per progettare vittorie amorose e quindi prede di amanti. 5. *sospesa*: dubbiosa, esitante. 7. *Eustazio*: cfr. I, 54, 1; *occorse a lei*: le si fece incontro. 8. *germano*: fratello di Goffredo.

34: 3-4. *rimirar* ecc.: volle (« volse ») ammirare da vicino gli occhi (« i lumi ») di Armida che un atto di modestia fa dolcemente abbassare (« dolcemente... inchina »). Nota: « che » è oggetto di « inchina ». 6. *esca*: materia infiammabile.

35: 5. *che da te* ecc.: che cosa cerchi? e donde vieni? 8. *e s'è ragion, m'atterri*: e se è giusto che lo faccia, io mi prosterno innanzi a te come davanti ad una creatura celeste.

36   Risponde: — Il tuo lodar troppo alto sale,
né tanto in suso il merto nostro arriva.
Cosa vedi, signor, non pur mortale,
ma già morta a i diletti, al duol sol viva;
mia sciagura mi spinge in loco tale,
vergine peregrina e fuggitiva.
Ricovro al pio Goffredo, e in lui confido,
tal va di sua bontate intorno il grido.

37   Tu l'adito m'impetra al capitano,
s'hai, come pare, alma cortese e pia. —
Ed egli: — È ben ragion ch'a l'un germano
l'altro ti guidi, e intercessor ti sia.
Vergine bella, non ricorri in vano,
non è vile appo lui la grazia mia;
spender tutto potrai, come t'aggrada,
ciò che vaglia il suo scettro o la mia spada. —

38   Tace, e la guida ove tra i grandi eroi
allor dal vulgo il pio Buglion s'invola.
Essa inchinollo riverente, e poi
vergognosetta non facea parola.
Ma quei rossor, ma quei timori suoi
rassecura il guerriero e riconsola,
sì che i pensati inganni al fine spiega
in suon che di dolcezza i sensi lega.

36: 3. *Cosa*: creatura. 7. *Ricovro* ecc.: mi rifugio presso il pio Goffredo. 8. *grido*: fama.

37: 1. *l'adito* ecc.: ottienimi udienza, fa sì che io sia ricevuta da Goffredo. 3-4. *a l'un germano* ecc.: cfr. 33, 7-8. 6. *non è vile* ecc.: non è da poco il favore che io godo presso di lui. 7. *spender*: impiegare a tuo vantaggio. 8. *scettro*: potere, autorità.

38: 2. *dal vulgo...s'invola*: si sottrae alla turba dei soldati e dei capi minori. 3. *inchinollo*: lo onorò con un inchino. Cfr. VIII, 5, 3. 6. *il guerriero*: Goffredo. Altri intende: Eustazio. 7. *pensati*: meditati; *spiega*: mette in opera. 8. *in suon* ecc.: con una voce così dolce da incantare i sensi di quanti l'ascoltano.

39   — Principe invitto, — disse — il cui gran nome
se 'n vola adorno di sì ricchi fregi
che l'esser da te vinte e in guerra dome
recansi a gloria le provincie e i regi,
noto per tutto è il tuo valor; e come
sin da i nemici avien che s'ami e pregi,
così anco i tuoi nemici affida, e invita
di ricercarti e d'impetrarne aita.

40   Ed io, che nacqui in sì diversa fede
che tu abbassasti e ch'or d'opprimer tenti,
per te spero acquistar la nobil sede
e lo scettro regal de' miei parenti;
e s'altri aita a i suoi congiunti chiede
contra il furor de le straniere genti,
io, poi che 'n lor non ha pietà più loco,
contra il mio sangue il ferro ostile invoco.

41   Io te chiamo, in te spero; e in quella altezza
puoi tu sol pormi onde sospinta io fui,
né la tua destra esser dée meno avezza
di sollevar che d'atterrar altrui,
né meno il vanto di pietà si prezza
che 'l trionfar de gl'inimici sui;
e s'hai potuto a molti il regno tòrre,
fia gloria egual nel regno or me riporre.

39: 2. *ricchi fregi*: preziosa virtù. 7. *affida*: rende fiduciosi; *invita*: incoraggia a.
40: 2. *che tu abbassasti* ecc.: che tu hai prostrato a terra ed ora tenti di distruggere interamente (« opprimer », cfr. anche 16, 3). 3. *per te*: per mezzo tuo. 4. *parenti*: genitori. 8. *ferro ostile*: le armi dei nemici.
41: 1-2. *in quella altezza* ecc.: tu solo puoi restituirmi a quell'alto rango da cui fui scacciata (« sospinta »). 5. *si prezza*: si apprezza. 6. *sui*: propri.

42
    Ma se la nostra fé varia ti move
a disprezzar forse i miei preghi onesti,
la fé, c'ho certa in tua pietà, mi giove,
né dritto par ch'ella delusa resti.
Testimone è quel Dio ch'a tutti è Giove
ch'altrui più giusta aita unqua non désti.
Ma perché il tutto a pieno intenda, or odi
le mie sventure insieme e l'altrui frodi.

43
    Figlia i' son d'Arbilan, che 'l regno tenne
del bel Damasco e in minor sorte nacque,
ma la bella Cariclia in sposa ottenne,
cui farlo erede del suo imperio piacque.
Costei co 'l suo morir quasi prevenne
il nascer mio, ch'in tempo estinta giacque
ch'io fuori uscia de l'alvo; e fu il fatale
giorno ch'a lei diè morte, a me natale.

44
    Ma il primo lustro a pena era varcato
dal dì ch'ella spogliossi il mortal velo,
quando il mio genitor, cedendo al fato,
forse con lei si ricongiunse in Cielo,
di me cura lassando e de lo stato
al fratel, ch'egli amò con tanto zelo
che, se in petto mortal pietà risiede,
esser certo dovea de la sua fede.

42: 1. *varia*: diversa dalla tua. 4. *dritto*: giusto. 5. *Testimone* ecc.: « Sente quella sentenza d'Ennio tolta da Euripide, appo Cicerone, *De nat. Deor.*: 'Aspice hoc sublime candens quem invocare omnes Iovem'. Perciocché *Giove* è detto dal *giovare* che è proprio d'Iddio, e per tale è adorato da tutte le nazioni della terra » (GENTILI). Così anche GUASTAVINI. Evidentemente il Tasso e i suoi commentatori cinquecenteschi accoglievano la falsa derivazione varroniana di *Iuppiter* da *Iuvans pater*. 6. *ch'altrui* ecc.: perché tu non hai dato mai (« unqua ») a nessun altro un aiuto più giusto. E « giusto » si richiama a « Giove » (cfr. nota precedente).

43: 2. *in minor sorte*: in una condizione inferiore a quella di re. 4. *imperio*: « regno » nell'edizione Osanna. 7. *alvo*: grembo materno; *fatale*: funesto.

44: 2. *spogliossi* ecc.: si spogliò del corpo, si estinse. 3. *cedendo al fato*: morendo anche lui. 6. *fratel*: Idraote. 8. *fede*: lealtà.

45 Preso dunque di me questi il governo,
    vago d'ogni mio ben si mostrò tanto
    che d'incorrotta fé, d'amor paterno
    e d'immensa pietade ottenne il vanto,
    o che 'l maligno suo pensiero interno
    celasse allor sotto contrario manto,
    o che sincere avesse ancor le voglie,
    perch'al figliuol mi destinava in moglie.

46 Io crebbi, e crebbe il figlio; e mai né stile
    di cavalier, né nobil arte apprese,
    nulla di pellegrino o di gentile
    gli piacque mai, né mai troppo alto intese;
    sotto diforme aspetto animo vile,
    e in cor superbo avare voglie accese:
    ruvido in atti, ed in costumi è tale
    ch'è sol ne' vizi a se medesmo eguale.

47 Ora il mio buon custode ad uom sì degno
    unirmi in matrimonio in sé prefisse,
    e farlo del mio letto e del mio regno
    consorte; e chiaro a me più volte il disse.
    Usò la lingua e l'arte, usò l'ingegno
    perché 'l bramato effetto indi seguisse,
    ma promessa da me non trasse mai,
    anzi ritrosa ognor tacqui o negai.

45: 1. *governo*: cura, tutela. 2. *vago*: sollecito. 4. *vanto*: fama. 6 *sotto contrario manto*: sotto apparenza contraria ai suoi maligni pensieri interni (v. 5), cioè sotto apparenza onesta, disinteressata. 7. *sincere...voglie*: pure intenzioni.

46: 1. *stile*: comportamento. 3. *pellegrino*: non volgare, raffinato. 4. *intese*: volse l'animo, mirò. Non ebbe mai nobili e alte aspirazioni. 6. *avare voglie accese*: desideri accesamente («accese») cupidi. Sottinteso: ebbe. 8. *ch'è sol* ecc.: che nessun altro può eguagliarlo nei vizi.

4: 1. *buon...degno*: detto ironicamente. 2. *in sé prefisse*: stabilì secondo un suo personale disegno. 4. *consorte*: partecipe; *chiaro*: chiaramente. 5. *lingua e l'arte*: eloquenza e astuzia, cioè tutti gli artifizi della persuasione oratoria. 6. *indi seguisse*: da ciò (vale a dire: dalle lusinghe messe in opera) derivasse, prendesse vita. 7. *trasse*: riuscì a strappare.

48
Partissi alfin con un sembiante oscuro,
onde l'empio suo cor chiaro trasparve;
e ben l'istoria del mio mal futuro
leggergli scritta in fronte allor mi parve.
Quinci i notturni miei riposi furo
turbati ognor da strani sogni e larve,
ed un fatale orror ne l'alma impresso
m'era presagio de' miei danni espresso.

49
Spesso l'ombra materna a me s'offria,
pallida imago e dolorosa in atto,
quanto diversa, oimè!, da quel che pria
visto altrove il suo volto avea ritratto!
« Fuggi, figlia, » dicea « morte sì ria
che ti sovrasta omai, pàrtiti ratto,
già veggio il tòsco e 'l ferro in tuo sol danno
apparecchiar dal perfido tiranno. »

50
Ma che giovava, oimè!, che del periglio
vicino omai fosse presago il core,
s'irresoluta in ritrovar consiglio
la mia tenera età rendea il timore?
Prender fuggendo volontario essiglio,
e ignuda uscir del patrio regno fuore,
grave era sì ch'io fea minore stima
di chiuder gli occhi ove gli apersi in prima.

48 : 1. *oscuro* : bieco, corrucciato. 2. *chiaro* : palesemente. 5. *Quinci* : perciò. 6. *larve* : apparizioni, forme vane. 7. *fatale* : mortale. 8. *espresso* : manifesto.

49 : 1-2. *Spesso* ecc. : Virgilio, *Aen.,* I, 353 sgg. (« ipsa sed in somnis inhumati venit imago - coniugis... »). 3-4. *quanto diversa* ecc. : quanto mutata da come prima avevo veduto effigiato, altrove, il suo volto. Cfr. Virgilio, *Aen.,* II, 274-5 (« Ei mihi, qualis erat! quantum mutatus ab illo - Hectore,... »); Petrarca, *Rime,* XXXIII, 12 (« quanto cangiata, oimé, da quel di pria! »). 6. *ratto* : rapidamente. 8. *tiranno* : Idraote.

50 : 3-4. *s'irresoluta* ecc. : se il timore (sogg.) rendeva me giovinetta (« la mia tenera età ») irresoluta nel prendere una decisione, cioè nell'agire. 6. *ignuda* : spogliata di tutto. 7. *fea minore stima* : stimai minor male. 8. *ove* ecc. : dove avevo aperti gli occhi per la prima volta, dove ero nata.

Canto quarto

51 Temea, lassa!, la morte, e non avea
(chi 'l crederia?) poi di fuggirla ardire;
e scoprir la mia tema anco temea,
per non affrettar l'ore al mio morire.
Così inquieta e torbida traea
la vita in un continuo martìre,
qual uom ch'aspetti che su 'l collo ignudo
ad or ad or gli caggia il ferro crudo.

52 In tal mio stato, o fosse amica sorte
o ch'a peggio mi serbi il mio destino,
un de' ministri de la regia corte,
che 'l re mio padre s'allevò bambino,
mi scoperse che 'l tempo a la mia morte
dal tiranno prescritto era vicino,
e ch'egli a quel crudele avea promesso
di porgermi il venen quel giorno stesso.

53 E mi soggiunse poi ch'a la mia vita,
sol fuggendo, allungar poteva il corso;
e poi ch'altronde io non sperava aita,
pronto offrì se medesmo al mio soccorso,
e confortando mi rendé sì ardita
che del timor non mi ritenne il morso,
sì ch'io non disponessi a l'aer cieco,
la patria e 'l zio fuggendo, andarne seco.

54 Sorse la notte oltra l'usato oscura,
che sotto l'ombre amiche ne coperse,

51: 4. *per non affrettar* ecc.: per non avvicinare il momento della mia morte. 5. *traea*: trascinava. Cfr. 13, 1. 8. *caggia*: cada.
52: 3. *un de' ministri*: Aronte, cfr. 56, 1. 4. *che*: oggetto di «s'allevò». 5. *scoperse*: svelò.
53: 2. *sol fuggendo*: soltanto con la fuga; *poteva*: potevo. 3. *altronde*: da altre parti. 6. *del timor...il morso*: il freno del timore. 7. *l'aer cieco*: a notte fonda.
54: 2. *amiche*: protettrici e complici della fuga. 4. *elette*: scelte.

onde con due donzelle uscii secura,
compagne elette a le fortune averse;
ma pure indietro a le mie patrie mura
le luci io rivolgea di pianto asperse,
né de la vista del natio terreno
potea, partendo, saziarle a pieno.

55 Fea l'istesso camin l'occhio e 'l pensiero,
e mal suo grado il piede inanzi giva,
sì come nave ch'improviso e fero
turbine sciogia da l'amata riva.
La notte andammo e 'l dì seguente intero
per lochi ov'orma altrui non appariva;
ci ricovrammo in un castello al fine
che siede del mio regno in su 'l confine.

56 È d'Aronte il castel, ch'Aronte fue
quel che mi trasse di periglio e scòrse
Ma poiché me fuggito aver le sue
mortali insidie il traditor s'accorse,
acceso di furor contr'ambedue,
le sue colpe medesme in noi ritorse;
ed ambo fece rei di quell'eccesso
che commetter in me volse egli stesso.

57 Disse ch'Aronte i' avea con doni spinto
fra sue bevande a mescolar veneno
per non aver, poi ch'egli fosse estinto,
chi legge mi prescriva o tenga a freno;

55: 1-2. *Fea* ecc.: Petrarca, *Tr. Am.,* IV, 166 (« che 'l piè va innanzi, e l'occhio torna a dietro »). 6. *per lochi* ecc.: per luoghi impraticabili. 8. *siede*: è posta, si trova. Cfr. Dante, *Inf.,* V, 97 (« Siede la terra... »).

56: 1. *Aronte*: Cfr. 52 e 53. 2. *scòrse*: scortò, guidò. 6. *le sue colpe* ecc.: attribuì a noi i delittuosi progetti ch'egli aveva architettato. 7. *fece rei*: accusò. Cfr. V, 35, 6 (« reo »: accusato); *eccesso*: misfatto. 8. *in me*: contro di me.

e ch'io, seguendo un mio lascivo instinto,
volea raccòrmi a mille amanti in seno.
Ahi, che fiamma del cielo anzi in me scenda,
santa onestà, ch'io le tue leggi offenda!

58 Ch'avara fame d'oro e sete insieme
del mio sangue innocente il crudo avesse,
grave m'è sì; ma via più il cor mi preme
che 'l mio candido onor macchiar volesse.
L'empio, che i popolari impeti teme,
così le sue menzogne adorna e tesse
che la città, del ver dubbia e sospesa,
sollevata non s'arma a mia difesa.

59 Né, perch'or sieda nel mio seggio e 'n fronte
già gli risplenda la regal corona,
pone alcun fine a i miei gran danni, a l'onte,
sì la sua feritate oltra lo sprona.
Arder minaccia entro 'l castello Aronte,
se di proprio voler non s'imprigiona;
ed a me, lassa!, e 'nsieme a i miei consorti
guerra annunzia non pur, ma strazi e morti.

60 Ciò dice egli di far perché dal volto
così lavarsi la vergogna crede,

57: 7-8. *Ahi, che fiamma* ecc.: Virgilio, *Aen.*, IV, 25-7 (« vel pater omnipotens adigat me fulmine ad umbras - ... ante, Pudor, quam te violo aut tua iura resolvo »). Da notare *fiamma del cielo* (v. 7): fulmine (il virgiliano « fulmine »); *anzi...ch'io* (vv. 7-8): prima che io (il virgiliano « ante... quam »).

58: 1. *avara fame*: cupidigia, bramosia. 2. *il crudo*: il crudele tutore. 3. *il cor mi preme*: mi opprime il cuore. Cfr. Dante, *Inf.*, XXXIII, 5 (« disperato dolor che 'l cor mi preme »). 5. *popolari impeti*: la rivolta del popolo. 7. *la città* ecc.: la cittadinanza, incerta quale sia la verità e perciò esitante a prendere posizione. 8. *sollevata*: sollevandosi.

59: 1. *perch'or*: per il fatto che ora, sebbene ora. 7. *consorti*: partecipi della mia sorte, compagni fedeli o seguaci. 8. *non pur*: non solo.

e ritornar nel grado, ond'io l'ho tolto,
l'onor del sangue e de la regia sede;
ma il timor n'è cagion che non ritolto
gli sia lo scettro ond'io son vera erede,
ché sol s'io caggio por fermo sostegno
con le ruine mie pote al suo regno.

61 E ben quel fine avrà l'empio desire
che già il tiranno ha stabilito in mente,
e saran nel mio sangue estinte l'ire
che dal mio lagrimar non fiano spente,
se tu no 'l vieti. A te rifuggo, o sire,
io misera fanciulla, orba, innocente;
e questo pianto, ond'ho i tuoi piedi aspersi,
vagliami sì che 'l sangue io poi non versi.

62 Per questi piedi ond' i superbi e gli empi
calchi, per questa man che 'l dritto aita,
per l'alte tue vittorie, e per que' tèmpi
sacri cui désti e cui dar cerchi aita,
il mio desir, tu che puoi solo, adempi
e in un co 'l regno a me serbi la vita
la tua pietà; ma pietà nulla giove,
s'anco te il dritto e la ragion non move.

63 Tu, cui concesse il Cielo e dielti in fato
voler il giusto e poter ciò che vuoi,

60: 3. *ritornar* ecc.: ricondurre alla dignità ecc. Cfr. Ariosto, *Orl.*, XXXII, 20, 3 (« o tornami nel grado onde m'hai tolto »). 7. *caggio*: cado, muoio.

61: 1. *fine*: esito (oggetto di « avrà »). 6. *orba*: priva di genitori, orfana. 8. *vagliami*: possa valermi.

62: 1. *ond'*: con i quali. 2. *che 'l dritto aita*: che sostiene il diritto, la giustizia. 3. *tèmpi*: templi. 5. *adempi*: soddisfa. 7-8. *ma pietà* ecc.: « ma nulla mi giovi la tua pietà, se non debbano spingerti ad aiutarmi anche il diritto e la ragione » (FERRARI). Armida chiede giustizia, non pietà. Almeno così vuole far credere.

63: 1. *dielti in fato*: ti assegnò in sorte. 4. *ricovro*: ricupero.

a me salvar la vita, a te lo stato
(ché tuo fia s'io 'l ricovro) acquistar puoi.
Fra numero sì grande a me sia dato
diece condur de' tuoi più forti eroi,
ch'avendo i padri amici e 'l popol fido,
bastan questi a ripormi entro al mio nido.

64 Anzi un de' primi, a la cui fé commessa
è la custodia di secreta porta,
promette aprirla e ne la reggia stessa
pórci di notte tempo, e sol m'essorta
ch'io da te cerchi alcuna aita; e in essa,
per picciola che sia, si riconforta
più che s'altronde avesse un grande stuolo,
tanto l'insegne estima e 'l nome solo. —

65 Ciò detto, tace; e la risposta attende
con atto che 'n silenzio ha voce e preghi.
Goffredo il dubbio cor volve e sospende
fra pensier vari, e non sa dove il pieghi.
Teme i barbari inganni, e ben comprende
che non è fede in uom ch'a Dio la neghi.
Ma d'altra parte in lui pietoso affetto
si desta, che non dorme in nobil petto.

66 Né pur l'usata sua pietà natia
vuol che costei de la sua grazia degni,

---

7 *padri*: i più anziani e autorevoli cittadini; *fido*: fedele. 8. *nido*: patria.

64: *un de' primi*: uno dei « padri » (63, 7). 5. *alcuna aita*: un qualche aiuto, per quanto modesto (« per picciola che sia », v. 6). 7. *altronde*: da altre parti. Cfr. 53, 3. 8. *'l nome solo*: anche solo il nome.

65: 3. *il dubbio* ecc.: rivolge su se stessa e tiene sospesa la sua mente dubbiosa. 6. *fede*: fede religiosa, e anche lealtà. 7. *pietoso affetto*: sentimento di pietà.

66: 1. *pur*: solamente. 2. *vuol* ecc.: fa sì che Goffredo degni Armida del suo favore. 7. *ministri*: fornisca.

ma il move util ancor, ch'util gli fia
che ne l'imperio di Damasco regni
chi da lui dipendendo apra la via
ed agevoli il corso a i suoi disegni,
e genti ed arme gli ministri ed oro
contra gli Egizi e chi sarà con loro.

67 Mentre ei così dubbioso a terra vòlto
lo sguardo tiene, e 'l pensier volve e gira,
la donna in lui s'affissa, e dal suo volto
intenta pende e gli atti osserva e mira;
e perché tarda oltra 'l suo creder molto
la risposta, ne teme e ne sospira.
Quegli la chiesta grazia al fin negolle,
ma diè risposta assai cortese e molle:

68 — S'in servigio di Dio, ch'a ciò n'elesse,
non s'impiegasser qui le nostre spade,
ben tua speme fondar potresti in esse
e soccorso trovar, non che pietade;
ma se queste sue greggie e queste oppresse
mura non torniam prima in libertade,
giusto non è, con iscemar le genti,
che di nostra vittoria il corso allenti.

69 Ben ti prometto (e tu per nobil pegno
mia fé ne prendi, e vivi in lei secura)

67: 5. *oltra 'l suo creder*: più di quanto pensasse. 8. *molle*: non asciutta, ma espressa in modi affabili.
68: 1. *n'elesse*: ci scelse. 5. *sue greggie*: suoi fedeli (i cristiani di Gerusalemme). 6. *mura*: di Gerusalemme. Dice « mura » per significare la città di Gerusalemme oppressa dalla tirannia di Aladino; *torniam*: riportiamo. 8. *il corso allenti*: il corso rallenti (« corso » è sogg.; « allenti » è usato intransitivamente).
69: 2. *fé*: solenne promessa. 5. *ritornarti*: restituirti. 7-8. *Or mi farebbe* ecc.: « ...*pietà* e *pio* hanno senso diverso, e *dritto* serve a due sensi, donde nasce il gioco di parole. L'amore per gli uomini (*pietà*)

Canto quarto

che se mai sottrarremo al giogo indegno
queste sacre e dal Ciel dilette mura,
di ritornarti al tuo perduto regno,
come pietà n'essorta, avrem poi cura.
Or mi farebbe la pietà men pio,
s'anzi il suo dritto io non rendessi a Dio. —

70   A quel parlar chinò la donna e fisse
le luci a terra, e stette immota alquanto;
poi sollevolle rugiadose e disse,
accompagnando i flebil atti al pianto:
— Misera! ed a qual altra il Ciel prescrisse
vita mai grave ed immutabil tanto,
che si cangia in altrui mente e natura
pria che si cangi in me sorte sì dura?

71   Nulla speme più resta, in van mi doglio:
non han più forza in uman petto i preghi.
Forse lece sperar che 'l mio cordoglio,
che te non mosse, il reo tiranno pieghi?
Né già te d'inclemenza accusar voglio
perché 'l picciol soccorso a me si neghi,
ma il Cielo accuso, onde il mio mal discende,
che 'n te pietate innessorabil rende.

72   Non tu, signor, né tua bontade è tale,
ma 'l mio destino è che mi nega aita.

---

mi distorrebbe dall'amore divino (*mi farebbe...men pio*), se io prima (*anzi*) di rendere il tributo (*dritto*) che a Dio si spetta, rendessi a te ciò su cui hai diritto » (FERRARI). Cfr. 71, 7-8.

70: 4. *flebil*: dolenti. 5-8. *a qual altra* ecc.: a quale altra sua creatura Dio prescrisse una vita così dolorosa e senza speranza di mutamento che cambiano negli altri (« in altrui »: in Goffredo) le naturali inclinazioni alla pietà prima che cambi quel destino che tanto si accanisce contro di me (« in me »)?

71. 1. *Nulla*: nessuna. 3. *lece*: è lecito. 7-8. *il Cielo* ecc.: accuso il Cielo, da cui proviene la mia sventura, perché rende inesorabile, cioè insensibile, la tua pietà umana. Cfr. 69, 7-8.

72: 1. *tale*: così poco generosa da negarmi l'aiuto richiesto. 3. *fa-*

Crudo destino, empio destin fatale,
uccidi omai questa odiosa vita.
L'avermi priva, oimè!, fu picciol male
de' dolci padri in loro età fiorita,
se non mi vedi ancor, del regno priva,
qual vittima al coltello andar cattiva.

73 Ché, poi che legge d'onestate e zelo
non vuol che qui sì lungamente indugi,
a cui ricovro intanto? ove mi celo?
o quai contra il tiranno avrò rifugi?
Nessun loco sì chiuso è sotto il cielo
ch'a l'or non s'apra: or perché tanti indugi?
Veggio la morte, e se 'l fuggirla è vano,
incontro a lei n'andrò con questa mano. —

74 Qui tacque, e parve ch'un regale sdegno
e generoso l'accendesse in vista;
e 'l piè volgendo di partir fea segno,
tutta ne gli atti dispettosa e trista.
Il pianto si spargea senza ritegno,
com'ira suol produrlo a' dolor mista,
e le nascenti lagrime a vederle
erano a i rai del sol cristallo e perle.

75 Le guancie asperse di que' vivi umori
che giù cadean sin de la veste al lembo,

---

tale: funesto. 6. *padri*: genitori; *fiorita*: giovanile. 8. *cattiva*: avvinta in ceppi, incatenata.

73: 1. *legge* ecc.: la legge e la cura amorosa dell'onestà. Vale a dire: la legge dell'onestà fervidamente accolta e seguita. 3. *a cui ricovro*: a chi ricorro, presso chi mi rifugio? 5. *chiuso*: impenetrabile. 6. *ch'a l'or*: che non si apre di fronte alle lusinghe corruttrici dell'oro del tiranno. 7. *e se 'l fuggirla* ecc.: e se proprio è vano tentare di sottrarsi alla morte. 8. *con questa mano*: con le mie stesse mani, suicidandomi.

74: 2. *in vista*: nell'atteggiamento. 4. *dispettosa e trista*: sdegnosa e corrucciata.

75: 1. *umori*: lacrime. 4. *rugiadoso nembo*: pioggia di rugiada.

parean vermigli insieme e bianchi fiori,
se pur gli irriga un rugiadoso nembo,
quando su l'apparir de' primi albori
spiegano a l'aure liete il chiuso grembo;
e l'alba, che li mira e se n'appaga,
d'adornarsene il crin diventa vaga.

76 Ma il chiaro umor, che di sì spesse stille
le belle gote e 'l seno adorno rende,
opra effetto di foco, il qual in mille
petti serpe celato e vi s'apprende.
O miracol d'Amor, che le faville
tragge del pianto, e i cor ne l'acqua accende!
Sempre sovra natura egli ha possanza,
ma in virtù di costei se stesso avanza.

77 Questo finto dolor da molti elice
lagrime vere, e i cor più duri spetra.
Ciascun con lei s'affligge, e fra sé dice:
« Se mercé da Goffredo or non impetra,
ben fu rabbiosa tigre a lui nutrice,
e 'l produsse in aspr'alpe orrida pietra
o l'onda che nel mar si frange e spuma:
crudel, che tal beltà turba e consuma. »

78 Ma il giovenetto Eustazio, in cui la face
di pietade e d'amore è più fervente,
mentre bisbiglia ciascun altro, e tace,
si tragge avanti e parla audacemente:

76: 3. *opra* ecc.: suscita effetti di fuoco amoroso, il quale fuoco ecc. 4. *serpe*: serpeggia. 7-8. *Sempre* ecc.: « Amore (*egli*) sempre ha impèro sulla natura, ma in virtù di Armida (*di costei*) egli supera questa volta il suo solito potere » (FERRARI).

77: 1. *elice*: trae, strappa. Cfr. VII, 22, 6. 2. *spetra*: intenerisce. 4. *mercé...non impetra*: non ottiene grazia. 5-6. *ben fu* ecc.: Virgilio, *Aen.*, IV, 366-7 (« duris genuit te cautibus horrens - Caucasus, hyrcanaeque admorunt ubera tigres »). Cfr. XVI, 57, 4. 7. *spuma*: spumeggia. 8. *consuma*: strugge di dolore.

— O germano e signor, troppo tenace
del suo primo proposto è la tua mente,
s' al consenso comun, che brama e prega,
arrendevole alquanto or non si piega.

79 Non dico io già che i principi, ch' a cura
si stanno qui de' popoli soggetti,
torcano il piè da l'oppugnate mura,
e sian gli uffici lor da lor negletti;
ma fra noi, che guerrier siam di ventura,
senz'alcun proprio peso e meno astretti
a le leggi de gli altri, elegger diece
difensori del giusto a te ben lece;

80 ch'al servigio di Dio già non si toglie
l'uom ch'innocente vergine difende,
ed assai care al Ciel son quelle spoglie
che d'ucciso tiranno altri gli appende.
Quando dunque a l'impresa or non m'invoglie
quell'util certo che da lei s'attende,
mi ci move il dover, ch'a dar tenuto
è l'ordin nostro a le donzelle aiuto.

81 Ah! non sia ver, per Dio, che si ridica
in Francia, o dove in pregio è cortesia,
che si fugga da noi rischio o fatica
per cagion così giusta e così pia.

78: 5. *germano*: fratello. 5-6. *troppo* ecc.: troppo ostinatamente la tua mente resta attaccata al suo primo proponimento.

79: 1. *principi*: i duci che avevano responsabilità dirette di comando. 2. *popoli soggetti*: i sudditi che i « principi » avevano condotto e guidato nell'impresa. 3. *torcano* ecc.: si allontanino dalle mura assediate di Gerusalemme. 5. *guerrier* ecc.: gli « aventurieri » o cavalieri erranti. Cfr. I, 52, 3. 6. *senz'alcun proprio peso*: senza i doveri personali che incombono sugli altri « principi » (vv. 1-2). 8. *lece*: è lecito.

80: 3. *spoglie*: trofei. 4. *gli appende*: gli consacra. 5. *m'invoglie*: mi attiri. 6. *quell'util*: il vantaggio di avere alleato, d'ora in poi, il regno di Damasco. 8. *l'ordin nostro*: quello dei cavalieri erranti. Cfr. 81.

Io per me qui depongo elmo e lorica,
qui mi scingo la spada, e più non fia
ch'adopri indegnamente arme o destriero,
o 'l nome usurpi mai di cavaliero. —

82 Così favella; e seco in chiaro suono
tutto l'ordine suo concorde freme,
e chiamando il consiglio utile e buono
co' preghi il capitan circonda e preme.
— Cedo, — egli disse allora — e vinto sono
al concorso di tanti uniti insieme;
abbia, se parvi, il chiesto don costei,
da i vostri sì, non da i consigli miei.

82 Ma se Goffredo di credenza alquanto
pur trova in voi, temprate i vostri affetti. —
Tanto ei sol disse, e basta lor ben tanto
perché ciascun quel che concede accetti.
Or che non può di bella donna il pianto,
ed in lingua amorosa i dolci detti?
Esce da vaghe labra aurea catena
che l'alme a suo voler prende ed affrena.

84 Eustazio lei richiama, e dice: — Omai
cessi, vaga donzella, il tuo dolore,

81: 2. *dove*: dovunque. 5. *lorica*: corazza. 6. *mi scingo la spada*: mi sciolgo la spada dal fianco e la depongo.

82: 1-2: *seco* ecc.: l'intero « ordine » dei cavalieri erranti. (« suo »: di Eustazio) è concorde con Eustazio ed esprime la sua adesione agitandosi e mormorando apertamente (« in chiaro suono... freme »). 8 *consigli*: decisioni.

83: 1-2. *di credenza...in voi*: gode presso di voi di un po' di fiducia. 2. *temprate* ecc.: sforzatevi di moderare i vostri slanci. 3. *Tanto* ecc.: soltanto questo disse Goffredo. 7-8. *Esce* ecc.: « Allude a quello che gli antichi finsero di Ercole, cioè che dalla sua lingua uscivano molte catene d'oro attaccate agli orecchi de' popoli barbari, per dimostrare che la eloquenza rende gli uomini, da fieri che sono, piacevoli e umani » (Gentili). Da notare *affrena*: modera con il freno.

ché tal da noi soccorso in breve avrai
qual par che più 'l richieggia il tuo timore. —
Serenò allora i nubilosi rai
Armida, e sì ridente apparve fuore
ch'innamorò di sue bellezze il cielo
asciugandosi gli occhi co 'l bel velo.

85   Rendé lor poscia, in dolci e care note,
grazie per l'alte grazie a lei concesse,
mostrando che sariano al mondo note
mai sempre, e sempre nel suo core impresse;
e ciò che lingua esprimer ben non pote,
muta eloquenza ne' suoi gesti espresse,
e celò sì sotto mentito aspetto
il suo pensier ch'altrui non diè sospetto.

86   Quinci vedendo che fortuna arriso
al gran principio di sue frodi avea,
prima che 'l suo pensier le sia preciso,
dispon di trarre al fin opra sì rea,
e far con gli atti dolci e co 'l bel viso
più che con l'arti lor Circe o Medea,
e in voce di sirena a i suoi concenti
addormentar le più svegliate menti.

84: 5. *nubilosi rai*: occhi velati di pianto. 7-8. *innamorò* ecc.:
Petrarca, *Rime*, CXXVI, 38 (« ... e faccia forza al cielo - asciugandosi
gli occhi col bel velo »).
85: 1. *in dolci* ecc.: con parole dolci e gradite come una melodia.
2. *grazie* ecc.: ringraziamento per i favori ecc. 4. *mai sempre*: sempre.
86: 1. *Quinci*: poi. 3. *preciso*: troncato, interrotto. 6. *più* ecc.:
più di quanto riuscissero a fare con i loro sortilegi le maghe Circe
e Medea. Circe trasformò in porci i compagni di Ulisse; Medea favorì
l'impresa di Giasone addormentando il drago che custodiva il vello
d'oro. 7-8. *in voce* ecc.: « Allude alla favola delle sirene, le quali
sul mare di Toscana, con la dolcezza dei canti loro facevano addormentare i naviganti, e quindi sommergendo gli uccidevano; ma questa
donna volea addormentare le menti, cioè tor loro l'uso della ragione,
ch'è la vita dell'anima intellettiva, e ad esse portar morte » (GUASTAVINI).

Canto quarto

87 Usa ogn'arte la donna, onde sia colto
ne la sua rete alcun novello amante;
né con tutti, né sempre un stesso volto
serba, ma cangia a tempo atti e sembiante.
Or tien pudica il guardo in sé raccolto,
or lo rivolge cupido e vagante:
la sferza in quegli, il freno adopra in questi,
come lor vede in amar lenti o presti.

88 Se scorge alcun che dal suo amor ritiri
l'alma, e i pensier per diffidenza affrene,
gli apre un benigno riso, e in dolci giri
volge le luci in lui liete e serene;
e così i pigri e timidi desiri
sprona, ed affida la dubbiosa spene,
ed infiammando l'amorose voglie
sgombra quel gel che la paura accoglie.

89 Ad altri poi, ch'audace il segno varca
scòrto da cieco e temerario duce,
de' cari detti e de' begli occhi è parca,
e in lui timore e riverenza induce.
Ma fra lo sdegno, onde la fronte è carca,
pur anco un raggio di pietà riluce,
sì ch'altri teme ben, ma non dispera,
e più s'invoglia quanto appar più altera.

87: 6. *lo rivolge* ecc.: Dante, *Purg.*, XXXII, 154-5 (« Ma perché l'occhio cupido e vagante - a me rivolse... »). 7-8. *la sferza* ecc.: usa la sferza con gli amanti troppo timidi (« lenti ») e il freno con quelli troppo audaci (« presti »). Da notare *come lor vede* (v. 8): a seconda che li vede. Per i timidi, cfr. 88; per gli audaci, cfr. 89.

88: 2. *affrene*: freni. 6. *affida*: rende fiduciose, rinfranca. 8. *sgombra* ecc.: scioglie la freddezza che il timore di non essere corrisposto addensa nel cuore del timido amante.

89: 1. *il segno*: il limite del lecito. 2. *scòrto* ecc.: guidato (anzi, eccitato) da Amore, guida cieca e che rende temerari. Per « temerario », cfr. VI, 70, 2. 4. *induce*: ispira, impone. 7. *altri*: l'altro, l'innamorato. È soggetto di « teme » e poi di « s'invoglia » (v. 8). 8. *s'invoglia*: s'infervora nel desiderio; *appar*: sogg. la donna.

90
   Stassi tal volta ella in disparte alquanto
e 'l volto e gli atti suoi compone e finge
quasi dogliosa, e in fin su gli occhi il pianto
tragge sovente e poi dentro il respinge;
e con quest'arti a lagrimar intanto
seco mill'alme semplicette astringe,
e in foco di pietà strali d'amore
tempra, onde pèra a sì fort'arme il core.

91
   Poi, sì come ella a quei pensier s'invole
e novella speranza in lei si deste,
vèr gli amanti il piè drizza e le parole,
e di gioia la fronte adorna e veste;
e lampeggiar fa, quasi un doppio sole,
il chiaro sguardo e 'l bel riso celeste
su le nebbie del duolo oscure e folte,
ch'avea lor prima intorno al petto accolte.

92
   Ma mentre dolce parla e dolce ride,
e di doppia dolcezza inebria i sensi,
quasi dal petto lor l'alma divide,
non prima usata a quei diletti immensi.
Ahi crudo Amor, ch'egualmente n'ancide
l'assenzio e 'l mèl che tu fra noi dispensi,
e d'ogni tempo egualmente mortali
vengon da te le medicine e i mali!

90: 6. *astringe*: induce, costringe. 8. *onde*: affinché, così che.
91: 1. *s'invole*: si sottragga. 2. *si deste*: si desti, si risvegli. 3. *drizza*: dirige.
92: 1. *mentre* ecc.: Orazio, *Od.*, I, XXII, 23-4 (« dulce ridentem Lalagen amabo, - dulce loquentem »); Petrarca, *Rime*, CLIX, 13-4 (« chi non sa come dolce ella sospira - e come dolce parla e dolce ride »). 2. *doppia dolcezza*: la dolcezza delle parole e la dolcezza dei riso. 5. *ancide*: uccide. 6. *assenzio...mèl*: l'amaro e il dolce.

93   Fra sì contrarie tempre, in ghiaccio e in foco,
in riso e in pianto, e fra paura e spene,
inforsa ogni suo stato, e di lor gioco
l'ingannatrice donna a prender viene;
e s'alcun mai con suon tremante e fioco
osa parlando d'accennar sue pene,
finge, quasi in amor rozza e inesperta,
non veder l'alma ne' suoi detti aperta.

94   O pur le luci vergognose e chine
tenendo, d'onestà s'orna e colora,
sì che viene a celar le fresche brine
sotto le rose onde il bel viso infiora,
qual ne l'ore più fresche e matutine
del primo nascer suo veggiam l'aurora;
e 'l rossor de lo sdegno insieme n'esce
con la vergogna, e si confonde e mesce.

95   Ma se prima ne gli atti ella s'accorge
d'uom che tenti scoprir l'accese voglie,
or gli s'invola e fugge, ed or gli porge
modo onde parli e in un tempo il ritoglie;
così il dì tutto in vano error lo scorge
stanco, e deluso poi di speme il toglie.
Ei si riman qual cacciator ch'a sera
perda al fin l'orma di seguita fèra.

93 : 2-3. Petrarca, *Rime,* CLII, 3-4 (« in riso e 'n pianto fra paure
e spene - mi rota sì ch'ogni mio stato inforsa »). Da notare *inforsa*
(v. 2) : rende dubbioso.
94 : 2. *d'onestà* : del rossore della pudicizia. 3. *fresche brine* :
il fresco candore della carnagione.
95 : 5. *il dì tutto* : per tutto il giorno; *scorge* : guida e avvolge.
8. *seguita* : inseguita.

96 Queste fur l'arti onde mill'alme e mille
prender furtivamente ella poteo,
anzi pur furon l'arme onde rapille
ed a forza d'Amor serve le feo.
Qual meraviglia or fia s'il fero Achille
d'Amor fu preda, ed Ercole e Teseo,
s'ancor chi per Giesù la spada cinge
l'empio ne' lacci suoi talora stringe?

96: 3. *pur*: più propriamente. 5-6. *Achille...Ercole...Teseo*: Achille, Ercole e Teseo rispettivamente s'invaghirono di Briseide, Deianira ed Arianna. Per Ercole, il Tasso volle forse qui riferirsi all'amore per Iole, che lo ridusse ad indossare abiti femminili e a dedicarsi a umili lavori donneschi (cfr. VI, 92, 7-8 e XVI, 3); e per Teseo, alla passione improvvisa per Fedra che lo spinse ad abbandonare Arianna.

Canto quinto

1
Mentre in tal guisa i cavalieri alletta
ne l'amor suo l'insidiosa Armida,
né solo i diece a lei promessi aspetta
ma di furto menarne altri confida,
volge tra sé Goffredo a cui commetta
la dubbia impresa ov'ella esser dée guida,
ché de gli aventurier la copia e 'l merto
e 'l desir di ciascuno il fanno incerto.

2
Ma con provido aviso al fin dispone
ch'essi un di loro scelgano a sua voglia,
che succeda al magnanimo Dudone
e quella elezion sovra sé toglia.
Così non averrà ch'ei dia cagione
ad alcun d'essi che di lui si doglia,
e insieme mostrerà d'aver nel pregio,
in cui deve a ragion lo stuolo egregio.

---

1 : 1. *Mentre*: cfr. nota a II, 1, 1. 4. *di furto menarne*: portarne via furtivamente. 5. *volge*: medita, agita; *a cui* ecc.: a chi debba affidare. 6. *dubbia*: incerta nell'esito e un po' misteriosa. 7. *copia*: il gran numero.

2 : 1. *provido aviso*: prudente consiglio. 2. *a sua voglia*: a loro volontà. 4. *quella* ecc.: assuma la responsabilità di scegliere i dieci che seguiranno Armida. 6. *si doglia*: si dolga. 7-8. *d'aver...ragion*: di avere nella stima in cui deve (averla) a buon diritto. Più brevemente: di avere nella giusta stima.

3
    A sé dunque li chiama, e lor favella:
— Stata è da voi la mia sentenza udita,
ch'era non di negare a la donzella,
ma di darle in stagion matura aita.
Di novo or la propongo, e ben pote ella
esser dal parer vostro anco seguita,
ché nel mondo mutabile e leggiero
costanza è spesso il variar pensiero.

4
    Ma se stimate ancor che mal convegna
al vostro grado il rifiutar periglio,
e se pur generoso ardire sdegna
quel che troppo gli par cauto consiglio,
non sia ch'involontari io vi ritegna,
né quel che già vi diedi or mi ripiglio;
ma sia con esso voi, com'esser deve,
il fren del nostro imperio lento e leve.

5
    Dunque lo starne o 'l girne i' son contento
che dal vostro piacer libero penda:
ben vuo' che pria facciate al duce spento
successor novo, e di voi cura ei prenda,
e tra voi scelga i dieci a suo talento;
non già di diece il numero trascenda,
ch'in questo il sommo imperio a me riservo:
non fia l'arbitrio suo per altro servo. —

---

3 : 4. *stagion matura*: il momento proprizio, dopo la presa di Gerusalemme. 5. *la...ella*: la « sentenza » (v. 2) già pronunciata da Goffredo.
4 : 2. *vostro grado*: di cavalieri erranti; *il rifiutar*: il sottrarsi al. 5. *involontari* ecc.: vi trattenga a forza. 6. *quel che già vi diedi*: ciò che vi ho già concesso. 8. *lento e leve*: allentato e perciò blando.
5 : 2. *libero penda*: liberamente dipenda. 3. *duce spento*: Dudone, ucciso da Argante (III, 45 e 46). 8. *non fia* ecc.: per tutto il resto (« per altro »), che non sia il numero fissato di dieci, la sua volontà sarà libera (« non...servo »).

6   Così disse Goffredo; e 'l suo germano,
consentendo ciascun, risposta diede:
— Sì come a te conviensi, o capitano,
questa lenta virtù che lunge vede,
così il vigor del core e de la mano,
quasi debito a noi, da noi si chiede.
E saria la matura tarditate,
ch'in altri è providenza, in noi viltate.

7   E poi che 'l rischio è di sì leve danno
posto in lance co 'l pro che 'l contrapesa,
te permettente, i dieci eletti andranno
con la donzella a l'onorata impresa. —
Così conclude, e con sì adorno inganno
cerca di ricoprir la mente accesa
sotto altro zelo; e gli altri anco d'onore
fingon desio quel ch'è desio d'amore.

8   Ma il più giovin Buglione, il qual rimira
con geloso occhio il figlio di Sofia,
la cui virtute invidiando ammira
che 'n sì bel corpo più cara venia,
no 'l vorrebbe compagno, e al cor gli inspira
cauti pensier l'astuta gelosia,

6: 1. *germano*: il fratello Eustazio. 4. *lenta virtù*: cauta prudenza. 6. *quasi debito* ecc.: si richiede a noi come se il possederlo e il metterlo in opera sia per noi un dovere. 7-8. *matura tarditate* ecc.: e l'avveduta lentezza nell'agire (è la « lenta virtù » del v. 4), che in altri (in Goffredo, ad esempio) è saggia prudenza, sarebbe, in giovani cavalieri, una vera e propria viltà.

7: 2. *posto* ecc.: confrontato, come sopra una bilancia, con il vantaggio (cfr. nota a IV, 80, 6) che gli fa da contrappeso. Per l'espressione « in lance », cfr. anche XVII, 92, 7; XX, 50, 1. 3. *eletti*: scelti. 6 *accesa*: d'amore. 7. *sotto altro zelo*: sotto un diverso sentimento, e cioè sotto lo zelo cavalleresco e il « desio... d'onore » (vv. 7-8).

8: 1. *il più giovin* ecc.: Eustazio, fratello minore di Goffredo. 2. *il figlio* ecc.: Rinaldo, cfr. I, 59, 2. 3-4. *la cui virtute* ecc.: Virgilio, *Aen.,* V, 344 (« gratior et pulchro veniens in corpore virtus »). Da notare *virtute* (v. 3): valore. 4. *più cara venia*: riusciva più gradita. 8. *lusinghevol*: « carezzevole, ma con inganno » (FERRARI).

onde, tratto il rivale a sé in disparte,
ragiona a lui con lusinghevol arte:

9   — O di gran genitor maggior figliuolo,
che 'l sommo pregio in arme hai giovenetto,
or chi sarà del valoroso stuolo,
di cui parte noi siamo, in duce eletto?
Io, ch'a Dudon famoso a pena, e solo
per l'onor de l'età, vivea soggetto;
io, fratel di Goffredo, a chi più deggio
cedere omai? se tu non sei, no 'l veggio.

10 Te, la cui nobiltà tutt'altre agguaglia,
gloria e merito d'opre a me prepone,
né sdegnerebbe in pregio di battaglia
minor chiamarsi anco il maggior Buglione.
Te dunque in duce bramo, ove non caglia
a te di questa sira esser campione,
né già cred'io che quell'onor tu curi
che da' fatti verrà notturni e scuri;

11 né mancherà qui loco ove s'impieghi
con più lucida fama il tuo valore.

9: 3. *stuolo*: la schiera degli « aventurieri », rimasti senza capo dopo la morte di Dudone. 6. *per l'onor de l'età*: per il rispetto dovuto alla maggiore età di Dudone. 8. *se tu non sei* ecc.: se non sei tu, altri non vedo a cui io debba cedere il posto di comandante dello « stuolo » (v. 3).

10: 4. *il maggior* ecc.: Goffredo. 5. *ove non caglia*: a meno che a te non importi affatto. 6. *di questa sira*: di Armida, donna di Damasco che è in Siria. « D'Armida sovrana; e la nomina così da lungi co 'l nome del paese per dissimular l'amore » (GUASTAVINI). 8. *fatti...notturni e scuri*: imprese che, dovendosi svolgere con l'alleanza delle tenebre notturne, riusciranno poco gloriose (« scuri »). Per il modo in cui l'impresa avrebbe dovuto svolgersi, secondo il piano artificiosamente architettato da Armida, cfr. IV, 64.

11: 2. *lucida*: luminosa. Si oppone a « scuri » (10, 8). 6. *irresoluto...dubbioso*: incerto se seguire Armida oppure restare con Rinaldo e gli altri cavalieri di ventura. 7. *impetro*: chiedo.

Or io procurerò, se tu no 'l neghi,
ch'a te concedan gli altri il sommo onore;
ma perché non so ben dove si pieghi
l'irresoluto mio dubbioso core,
impetro or io da te, ch'a voglia mia
o segua poscia Armida o teco stia. —

12 Qui tacque Eustazio, e questi estremi accenti
non proferì senza arrossarsi in viso,
e i mal celati suoi pensier ardenti
l'altro ben vide, e mosse ad un sorriso;
ma perch'a lui colpi d'amor più lenti
non hanno il petto oltra la scorza inciso,
né molto impaziente è di rivale,
né la donzella di seguir gli cale

13 ben altamente ha nel pensier tenace
l'acerba morte di Dudon scolpita,
e si reca a disnor ch'Argante audace
gli soprastia lunga stagion in vita;
e parte di sentir anco gli piace
quel parlar ch'al dovuto onor l'invita,
e 'l giovenetto cor s'appaga e gode
del dolce suon de la verace lode.

14 Onde così rispose: — I gradi primi
più meritar che conseguir desio,

12: 4. *mosse* ecc.: si mosse ad un sorriso, abbozzò un sorriso. 5. *più lenti*: più blandi di quelli che hanno colpito Eustazio. 6. *non... oltra la scorza*: non profondamente; *inciso*: intaccato, ferito. 7. *impaziente*: insofferente. 8. *cale*: importa.

13: 1. *ben*: bensì, ma piuttosto. 1-2. *altamente...scolpita*: profondamente impressa. Si oppone a « non...oltra la scorza inciso » (12, 6). 3. *si reca* ecc.: considera come un proprio disonore. 4. *gli soprastia* ecc.: sopravviva (« soprastia...in vita ») a Dudone (« gli ») ancora a lungo. 6. *dovuto onor*: quello di succeder a Dudone.

14: *gradi primi*: il supremo comando. 6. *debito*: dovuto. Cfr. « dovuto onor » (13, 6). 7. *dimostro*: mostrato. 8. *segno*: riconoscimento; *nostro*: mio.

né, pur che me la mia virtù sublimi,
di scettri altezza invidiar degg'io;
ma s'a l'onor mi chiami, e che lo stimi
debito a me, non ci verrò restio,
e caro esser mi dée che sia dimostro
sì bel segno da voi del valor nostro.

15   Dunque io no 'l chiedo e no 'l rifiuto; e quando
duce io pur sia, sarai tu de gli eletti. —
Allora il lascia Eustazio, e va piegando
de' suoi compagni al suo voler gli affetti;
ma chiede a prova il principe Gernando
quel grado, e bench'Armida in lui saetti,
men può nel cor superbo amor di donna
ch'avidità d'onor che se n'indonna.

16   Sceso Gernando è da' gran re norvegi,
che di molte provincie ebber l'impero;
e le tante corone e' scettri regi
e del padre e de gli avi il fanno altero.
Altero è l'altro de' suoi propri pregi
più che de l'opre che i passati fèro,
ancor che gli avi suoi cento e più lustri
stati sian chiari in pace e 'n guerra illustri

17   Ma il barbaro signor, che sol misura
quanto l'oro o 'l domino oltre si stenda,
e per sé stima ogni virtute oscura
cui titolo regal chiara non renda,

---

15 : 2. *eletti*: i dieci cavalieri scelti per seguire Armida. Rinaldo ha interpretato il vero desiderio di Eustazio (cfr. 12, 3-4). 5. *a prova*: a gara; *Gernando*: cfr. I, 54, 3-4. 8. *se n'indonna*: se ne fa signora (« donna »), se ne impadronisce.
16 : 1-4. *Sceso* ecc.: cfr. III, 40, 1-4. 5. *l'altro*: Rinaldo. 6. *passati*: gli « avi » (v. 7). 8. *chiari*: famosi.
17 : 1. *barbaro*: Gernando è così detto perché nordico e anche perché apprezza maggiormente la potenza materiale dei beni posseduti che i meriti morali del valore cavalleresco (vv. 1-4). 3-4. *per sé* ecc.:

Canto quinto 135

non può soffrir che 'n ciò ch'egli procura
seco di merto il cavalier contenda,
e se ne cruccia sì ch'oltra ogni segno
di ragione il trasporta ira e disdegno.

18 Tal che 'l maligno spirito d'Averno,
ch'in lui strada sì larga aprir si vede,
tacito in sen gli serpe ed al governo
de' suoi pensieri lusingando siede.
E qui più sempre l'ira e l'odio interno
inacerbisce, e 'l cor stimola e fiede;
e fa che 'n mezzo a l'alma ognor risuona
una voce ch'a lui così ragiona:

19 « Teco giostra Rinaldo: or tanto vale
quel suo numero van d'antichi eroi?
Narri costui, ch'a te vuol farsi eguale,
le genti serve e i tributari suoi;
mostri gli scettri, e in dignità regale
paragoni i suoi morti a i vivi tuoi.
Ah quanto osa un signor d'indegno stato,
signor che ne la serva Italia è nato!

---

stima priva di valore in se stessa ogni virtù che non sia resa illustre dal titolo regale. Da notare l'opposizione « oscura » e « chiara ». 5. *procura*: cerca di ottenere. 7. *segno*: limite. 8. *disdegno*: disprezzo, orgoglio.

18: 1. *maligno* ecc.: uno dei diavoli che Plutone ha inviato sulla terra per recare danno ai Crociati. 2. *strada* ecc.: perché già « ira » e « disdegno » (17, 8) hanno sconvolto il cuore di Gernando e lo hanno così predisposto ad accogliere le infernali sobillazioni. 3. *serpe*: si insinua serpeggiando. 5. *qui*: nel seno; *più sempre*: sempre più. 6. *fiede*: ferisce, punge. 8. *una voce*: la insinuante voce del diavolo.

19: 1-2. *Teco* ecc.: « Quel numero di antichi eroi che Rinaldo vanta, numero *vano* perché non gli ha conquistato regni o imperi, è adunque di tanto peso da poterlo spingere ad agguagliarsi a te? » (FERRARI). Da notare *giostra* (v. 1): osa contendere. 5-6. *in dignità* ecc.: confronti, non in numero ma secondo il rango di re, i suoi parenti morti (che sono molti, ma di cui nessuno fu re) e i tuoi parenti vivi (che sono pochi, ma tutti insigniti di dignità regale). 7. *d'indegno stato*: di condizione così vile, cioè di così mediocre nobiltà.

20
Vinca egli o perda omai, ché vincitore
fu insino allor ch'emulo tuo divenne,
che dirà il mondo? (e ciò fia sommo onore):
"Questi già con Gernando in gara venne."
Poteva a te recar gloria e splendore
il nobil grado che Dudon pria tenne;
ma già non meno esso da te n'attese:
costui scemò suo pregio allor che 'l chiese.

21
E se, poi ch'altri più non parla o spira,
de' nostri affari alcuna cosa sente,
come credi che 'n Ciel di nobil ira
il buon vecchio Dudon si mostri ardente,
mentre in questo superbo i lumi gira
ed al suo temerario ardir pon mente,
che seco ancor, l'età sprezzando e 'l merto,
fanciullo osa agguagliarsi ed inesperto?

22
E l'osa pure e 'l tenta, e ne riporta
in vece di castigo onor e laude,
e v'è chi ne 'l consiglia e ne l'essorta
(o vergogna comune!) e chi gli applaude.
Ma se Goffredo il vede, e gli comporta
che di ciò ch'a te déssi egli ti fraude,
no 'l soffrir tu; né già soffrirlo déi,
ma ciò che puoi dimostra e ciò che sei. »

20: 1-8. *Vinca* ecc.: « vinca Rinaldo o perda questa prova, certo è che il maggiore onore di quest'uomo finora sempre vincitore sarà l'essere venuto a tenzone con Gernando; peraltro il grado di capo degli avventurieri, che da me avrebbe ricevuto altrettanto onore quanto me ne conferiva, chiesto da Rinaldo s'è per ciò stesso invilito » (Sozzi).

21: 1-2. *E se* ecc.: se uno (« altri »), dopo che è morto, ha ancora cognizione delle cose umane. 5. *superbo*: Rinaldo. 6. *pon mente*: presta attenzione. 7. *seco*: con lui, con Dudone. 8. *fanciullo...inesperto*: benché ancora inesperto giovinetto. Nota l'opposizione « il buon vecchio Dudon » (v. 4) e « fanciullo... inesperto ».

22: 1. *E l'osa*: e tuttavia osa paragonarsi a Dudone e aspirare a sostituirlo. Riprende l'« osa » del 21, 8. 5. *comporta*: permette. 6. *déssi*: devesi. 7. *soffrir*: sopportare; *déi*: devi.

Canto quinto

23 Al suon di queste voci arde lo sdegno
e cresce in lui quasi commossa face;
né capendo nel cor gonfiato e pregno,
per gli occhi n'esce e per la lingua audace.
Ciò che di riprensibile e d'indegno
crede in Rinaldo, a suo disnor non tace;
superbo e vano il finge, e 'l suo valore
chiama temerità pazza e furore.

24 E quanto di magnanimo e d'altero
e d'eccelso e d'illustre in lui risplende,
tutto adombrando con mal arti il vero,
pur come vizio sia, biasma e riprende,
e ne ragiona sì che 'l cavaliero,
emulo suo, publico il suon n'intende;
non però sfoga l'ira o si raffrena
quel cieco impeto in lui ch'a morte il mena,

25 ché 'l reo demon che la sua lingua move
di spirto in vece, e forma ogni suo detto,
fa che gl'ingiusti oltraggi ognor rinove,
esca aggiungendo a l'infiammato petto.

23: 2. *in lui*: in Gernando; *commossa*: agitata dal vento, attizzata. 3. *capendo*: potendo essere contenuto. 4. *per...per*: attraverso. 6. *disnor*: disonore. Cfr. 13, 3. 7. *finge*: rappresenta.

24: 2. *in lui*: in Rinaldo. 4. *riprende*: riprova, rimprovera. 5. *'l cavaliero*: Rinaldo. 7-8. *non però* ecc.: e tuttavia l'ira di Gernando non si sfoga né si frena in lui quell'impeto che lo acceca e lo conduce così a morte sicura. Invece che « ira » soggetto di « sfogo » (intransitivo), qualche interprete propone Gernando, sottinteso, soggetto di « sfoga l'ira ». Ma così viene meno l'allineamento sintattico con quel che segue: « si raffrena - quel cieco impeto ».

25: 1. *reo demon*: cfr. nota a 18, 1. 2. *di spirto in vece*: invece della mente, della ragione. 4. *petto*: di Gernando. Altri interpreta: di Rinaldo. Ma posseduto dal demonio è Gernando, non Rinaldo. Pertanto a me sembra che i versi 1-4 abbiano questo coerente significato: il diavolo maligno, che muove la lingua di Gernando, laddove dovrebbe essere la ragione a governarla, dando così forma ad ogni frase del nordico signore, procura di aggiungere nuovo alimento al fuoco che già ha acceso nel petto di Gernando sì che questi rinnova gli ingiusti

Loco è nel campo assai capace, dove
s'aduna sempre un bel drapello eletto,
e quivi insieme in torneamenti e in lotte
rendon le membra vigorose e dotte.

26   Or quivi, allor che v'è turba più folta,
pur, com'è suo destin, Rinaldo accusa,
e quasi acuto strale in lui rivolta
la lingua, del venen d'Averno infusa;
e vicino è Rinaldo e i detti ascolta,
né pote l'ira omai tener più chiusa,
ma grida: — Menti —, e adosso a lui si spinge,
e nudo ne la destra il ferro stringe.

27   Parve un tuono la voce, e 'l ferro un lampo
che di folgor cadente annunzio apporte.
Tremò colui, né vide fuga o scampo
da la presente irreparabil morte;
pur, tutto essendo testimonio il campo,
fa sembianti d'intrepido e di forte,
e 'l gran nemico attende, e 'l ferro tratto
fermo si reca di difesa in atto.

---

oltraggi contro Rinaldo. Da notare il rapporto di causalità e di effetto tra « esca aggiungendo » e « fa che...rinove ». Se mancasse quel demoniaco alimento, verrebbe anche meno la rinnovata lena di Gernando nel dare sfogo al suo « cieco impeto ». Si veda anche 26, 2 (« pur, *com'è suo destin*, Rinaldo accusa »).

26: 2. *com'è suo destin*: Gernando è ormai invasato e persiste nell'offendere Rinaldo sotto l'impulso interno del diavolo che ne attizza il cieco impulso e lo avvia così verso la morte prefissatagli dal destino. Cfr. 24, 8 (« quel cieco impeto...ch'a morte il mena ») e anche nota a 25, 4. 3. *rivolta*: rivolge. 4. *la lingua* ecc.: la lingua di Gernando è mossa dal diavolo (cfr. 25, 1-2) ed è perciò come se fosse imbevuta di veleno infernale. 8. *nudo...il ferro*: la spada snudata.

27: 2. *apporte*: porti. 4. *presente* ecc.: la morte ormai imminente e alla quale non potrà sfuggire. Sulla fatalità della fine di Gernando, cfr. 24, 8 e nota a 26, 2. 7. *'l ferro tratto*: avendo, a sua volta, sguainata la spada. 8. *si reca* ecc.: si mette in guardia.

28 Quasi in quel punto mille spade ardenti
furon vedute fiammeggiar insieme,
ché varia turba di mal caute genti
d'ogn'intorno v'accorre, e s'urta e preme.
D'incerte voci e di confusi accenti
un suon per l'aria si raggira e freme,
qual s'ode in riva al mare, ove confonda
il vento i suoi co' mormorii de l'onda.

29 Ma per le voci altrui già non s'allenta
ne l'offeso guerrier l'impeto e l'ira.
Sprezza i gridi e i ripari e ciò che tenta
chiudergli il varco, ed a vendetta aspira;
e fra gli uomini e l'armi oltre s'aventa,
e la fulminea spada in cerchio gira,
sì che le vie si sgombra e solo, ad onta
di mille difensor, Gernando affronta.

30 E con la man, ne l'ira anco maestra,
mille colpi vèr lui drizza e comparte:
or al petto, or al capo, or a la destra
tenta ferirlo, or a la manca parte,
e impetuosa e rapida la destra
è in guisa tal che gli occhi inganna e l'arte,
tal ch'improvisa e inaspettata giunge
ove manco si teme, e fère e punge.

28: 1. *Quasi in quel punto*: quasi contemporaneamente; *mille spade*: cfr. 29, 8 («mille difensor») e 30, 2 («mille colpi»). 3. *mal caute*: imprudenti, perché osano sfidare l'ira di Rinaldo. 5-8. *D'incerte voci* ecc.: cfr. nota a III, 6, 1-4. Da notare *ove* (v. 7): se, qualora (è stato anche proposto: là dove); *suoi* (v. 8): mormorii.

29: 6. *la fulminea* ecc.: Virgilio, *Aen.*, IX, 441-2 («... ac rotat ensem - fulmineum...»).

30: 1. *ne l'ira* ecc.: ancora abilissima nonostante l'ira. 2. *drizza e comparte*: «i due verbi suggeriscono l'avvicendarsi violento di colpi di punta (*drizza*) e di taglio (*comparte*)» (CHIAPPELLI). 6. *l'arte*: l'abilità difensiva dell'avversario.

31 Né cessò mai sin che nel seno immersa
gli ebbe una volta e due la fera spada.
Cade il meschin su la ferita, e versa
gli spirti e l'alma fuor per doppia strada.
L'arme ripone ancor di sangue aspersa
il vincitor, né sovra lui più bada;
ma si rivolge altrove, e insieme spoglia
l'animo crudo e l'adirata voglia.

32 Tratto al tumulto il pio Goffredo intanto,
vede fero spettacolo improviso:
steso Gernando, il crin di sangue e 'l manto
sordido e molle, e pien di morte il viso;
ode i sospiri e le querele e 'l pianto
che molti fan sovra il guerrier ucciso.
Stupido chiede: — Or qui, dove men lece,
chi fu ch'ardì cotanto e tanto fece? —

33 Arnalto, un de' più cari al prence estinto,
narra (e 'l caso in narrando aggrava molto)
che Rinaldo l'uccise e che fu spinto
da leggiera cagion d'impeto stolto,
e che quel ferro, che per Cristo è cinto,
ne' campioni di Cristo avea rivolto,
e sprezzato il suo impero e quel divieto
che fe' pur dianzi e che non è secreto;

31: 3. *su la ferita*: bocconi. 4. *per doppia strada*: attraverso le due ferite mortali (v. 2). 5. *aspersa*: intrisa. 6. *bada*: indugia. Cfr. nota a III, 46, 8. 7. *spoglia*: depone. Cfr. 47, 1.

32: *Tratto al tumulto*: attirato dal rumore del tumulto. 3-4. *il crin...molle*: con i capelli imbrattati (« sordido ») e il manto inzuppato (« molle ») di sangue. 7. *Stupido*: esterrefatto; *dove men lece*: nel luogo dove meno che in altri era consentito duellare mortalmente, e cioè nel campo destinato ai pacifici addestramenti. Cfr. 25, 5-8.

33: 2. *narra*: questo verbo regge tutta la serie delle proposizioni che seguono nelle ottave 33 e 34 (« che Rinaldo...e che fu spinto... e che quel ferro...e che per legge...e che per gli offesi »), sino al conclusivo « disse » (35, 3). 2. *e 'l caso* ecc.: e nel narrare aggrava fortemente le responsabilità di Rinaldo. 6. *ne'*: contro i. 7. *il suo impero*: l'ordine di Goffredo; *divieto*: la proibizione per i Crociati di fare duelli tra loro. 8. *non è secreto*: è noto a tutti.

Canto quinto

34   e che per legge è reo di morte e deve,
come l'editto impone, esser punito,
sì perché il fallo in se medesmo è greve,
sì perché 'n loco tale egli è seguito;
che se de l'error suo perdon riceve,
fia ciascun altro per l'essemplo ardito,
e che gli offesi poi quella vendetta
vorranno far ch'a i giudici s'aspetta;

35   onde per tal cagion discordie e risse
germoglieran fra quella parte e questa.
Rammentò i merti de l'estinto, e disse
tutto ciò ch'o pietate o sdegno desta.
Ma s'oppose Tancredi e contradisse,
e la causa del reo dipinse onesta.
Goffredo ascolta, e in rigida sembianza
porge più di timor che di speranza.

36   Soggiunse allor Tancredi: — Or ti sovegna,
saggio signor, chi sia Rinaldo e quale:
qual per se stesso onor gli si convegna,
e per la stirpe sua chiara e regale,
e per Guelfo suo zio. Non dée chi regna
nel castigo con tutti esser eguale:
vario è l'istesso error ne' gradi vari,
e sol l'egualità giusta è co' pari. —

34: 4. *'n loco tale*: cfr. nota a 32, 7 (« dove men lece »); *è seguito*: è accaduto. 7. *che gli offesi* ecc.: dipende sempre dal « narra » di 33, 2 (cfr. nota relativa). Come se dicesse: « e aggiunge che... ». 8. *s'aspetta*: spetta, appartiene. Cfr. VIII, 35, 7; X, 9, 7; XII, 36, 8, e 104, 5; XVI, 65, 7; XVII, 83, 8.

35: 6. *reo*: accusato. Cfr. IV, 56, 7 (« fece rei »: accusò); *onesta*: innocente, giusta.

36: 2. *chi...quale*: di quale nobile stirpe sia e quali meriti abbia. 5. *Guelfo*: cfr. I, 10, 8.

37 Risponde il capitan: — Da i più sublimi
ad ubidire imparino i più bassi.
Mal, Tancredi, consigli e male stimi
se vuoi ch'i grandi in sua licenza io lassi.
Qual fòra imperio il mio s'a vili ed imi,
sol duce de la plebe, io commandassi?
Scettro impotente e vergognoso impero:
se con tal legge è dato, io più no 'l chero.

38 Ma libero fu dato e venerando,
né vuo' ch'alcun d'autorità lo scemi.
E so ben io come si deggia e quando
ora diverse impor le pene e i premi,
ora, tenor d'egualità serbando,
non separar da gli infimi i supremi. —
Così dicea; né rispondea colui,
vinto da riverenza, a i detti sui.

39 Raimondo, imitator de la severa
rigida antichità, lodava i detti.
— Con quest'arti — dicea — chi bene impera
si rende venerabile a i soggetti,
ché già non è la disciplina intera
ov'uom perdono e non castigo aspetti.
Cade ogni regno, e ruinosa è senza
la base del timor ogni clemenza. —

40 Tal ei parlava, e le parole accolse
Tancredi, e più fra lor non si ritenne,

37: 1. *i più sublimi*: i più alti in grado. 4. *in sua licenza*: in loro licenza, arbitri di se stessi. 5. *vili ed imi*: oscuri e bassi (« imi » corrisponde a « bassi » del v. 2). 6. *plebe*: la turba dei soldati semplici. 8. *chero*: voglio.

38: 1. *libero*: lo « scettro » ovvero l'« impero » (37, 7). 6. *infimi... supremi*: cfr. 37, 1 (« sublimi »), 2 (« bassi »), 5 (« imi »).

39: 1. *Raimondo*: cfr. I, 61, 2-4; *imitator*: seguace. 4. *soggetti*: sudditi.

40: 1. *accolse*: ascoltò, e comprese il pericolo che ormai minac-

ma vèr Rinaldo immantinente volse
un suo destrier che parve aver le penne.
Rinaldo, poi ch'al fer nemico tolse
l'orgoglio e l'alma, al padiglion se 'n venne.
Qui Tancredi trovollo, e de le cose
dette e risposte a pien la somma espose.

41 Soggiunse poi: — Bench'io sembianza esterna
del cor non stimi testimon verace,
ché 'n parte troppo cupa e troppo interna
il pensier de' mortali occulto giace,
pur ardisco affermar, a quel ch'io scerna
nel capitan ch'in tutto anco no 'l tace,
ch'egli ti voglia a l'obligo soggetto
de' rei comune e in suo poter ristretto. —

42 Sorrise allor Rinaldo, e con un volto
in cui tra 'l riso lampeggiò lo sdegno:
— Difenda sua ragion ne' ceppi involto
chi servo è — disse — o d'esser servo è degno.
Libero i' nacqui e vissi, morrò sciolto
pria che man porga o piede a laccio indegno:
usa a la spada è questa destra ed usa
a le palme, e vil nodo ella ricusa.

43 Ma s'a i meriti miei questa mercede
Goffredo rende e vuol impregionarme
pur com'io fosse un uom del vulgo, e crede
a carcere plebeo legato trarme,

ciava Rinaldo. 5. *nemico*: Gernando. 6. *padiglion*: tenda. 8. *somma*: la sostanza, il sunto.
  41: 3. *cupa*: oscura. 5-8. *pur ardisco* ecc.: tuttavia, per quanto mi è dato scorgere in Goffredo (« capitan »), il quale del resto non celò del tutto quel pensiero, io oso affermare che egli ha intenzione di renderti soggetto alla comune legge (« obligo ») dei rei e quindi ridurti prigioniero (« ristretto ») in suo potere.
  42: 8. *palme*: vittoria; *vil nodo* ecc.: rifiuta di lasciarsi legare.
  43: 1. *mercede*: premio. Detto con amara ironia. 6. *la sorte e*

venga egli o mandi, io terrò fermo il piede.
Giudici fian tra noi la sorte e l'arme:
fera tragedia vuol che s'appresenti
per lor diporto a le nemiche genti. —

44 Ciò detto, l'armi chiede; e 'l capo e 'l busto
di finissimo acciaio adorno rende
e fa del grande scudo il braccio onusto,
e la fatale spada al fianco appende,
e in sembiante magnanimo ed augusto,
come folgore suol, ne l'arme splende.
Marte, e' rassembra te qualor dal quinto
cielo di ferro scendi e d'orror cinto.

45 Tancredi intanto i feri spirti e 'l core
insuperbito d'ammollir procura.
— Giovene invitto, — dice — al tuo valore
so che fia piana ogn'erta impresa e dura,
so che fra l'arme sempre e fra 'l terrore
la tua eccelsa virtute è più secura;
ma non consenta Dio ch'ella si mostri
oggi sì crudelmente a' danni nostri.

46 Dimmi, che pensi far? vorrai le mani
del civil sangue tuo dunque bruttarte?

---

l'arme: la sorte delle armi. 7. *s'appresenti*: si rappresenti. 8. *diporto*: diletto.

44: 1-2. *e 'l capo* ecc.: Ariosto, *Orl.*, XVII, 11, 1-2 (« Sta su la porta il re d'Algier, lucente - di chiaro acciar che 'l capo gli arma e 'l busto »). 3. *onusto*: carico. Più semplicemente: imbraccia il grande scudo. 4. *fatale*: « fatale ed essiziale al nemico, essendo dal Cielo dato che Rinaldo principalmente dovesse esser ministro dell'espugnazion Gierosolimitana...; la spada di Rinaldo non era incantata o fatata come di molti Cavalieri viene scritto da' Poeti » (BENI). 7. *rassembra te*: assomiglia a te. 7-8. *quinto* ecc.: il quinto cielo secondo Tolomeo è appunto il cielo di Marte.

45: 1. *feri spirti*: le bellicose intenzioni. 2. *ammollir*: calmare. 4. *erta*: ardua. 6. *virtute*: valore.

46: 2. *civil sangue tuo*: sangue dei tuoi compagni; *bruttarte*:

e con le piaghe indegne de' cristiani
trafigger Cristo, ond'ei son membra e parte?
Di transitorio onor rispetti vani,
che qual onda del mar se 'n viene e parte,
potranno in te più che la fede e 'l zelo
di quella gloria che n'eterna in Cielo?

47   Ah non, per Dio!, vinci te stesso e spoglia
questa feroce tua mente superba.
Cedi! non fia timor, ma santa voglia,
ch'a questo ceder tuo palma si serba.
E se pur degna ond'altri essempio toglia
è la mia giovenetta etate acerba,
anch'io fui provocato, e pur non venni
co' fedeli in contesa e mi contenni;

48   ch'avend'io preso di Cilicia il regno,
e l'insegne spiegatevi di Cristo,
Baldovin sopragiunse, e con indegno
modo occupollo e ne fe' vile acquisto;
ché, mostrandosi amico ad ogni segno,
del suo avaro pensier non m'era avisto.
Ma con l'arme però di ricovrarlo
non tentai poscia, e forse i' potea farlo.

---

macchiarti, insozzarti. 5-8. *Di transitorio* ecc.: le vane ragioni dell'onore mondano (« transitorio »), che ora viene ed ora va come l'onda del mare, avranno dunque in te più potere della fede cristiana e dell'amore per quella gloria che ci fa immortali (« n'eterna ») in cielo?

47: 1. *spoglia*: deponi, cfr. 31, 7. 2. *mente*: animo. 4. *palma*: ricompensa. 7-8. *anch'io* ecc.: i fatti a cui allude Tancredi e che si accinge ad esporre (ott. 48), sono esposti nel cap. 24 del libro III dell'*Historia* di Guglielmo Tirio (titolo del cap. 24 « Balduinus, Tarso capta, Mamistram venit. Pugnant invicem ipse et Tancredus: sed mox reconciliantur »).

48: 1-2. *avend'io* ecc.: cfr. VIII, 64, 5-8 e nota relativa. 3. *Baldovin*: cfr. I, 9, 1. 4. *vile*: perché avuto con l'inganno (vv. 5-6). 6. *avaro*: avido, cupido; *avisto*: accorto. 7. *ricovrarlo*: ricuperarlo.

49
    E se pur anco la prigion ricusi
e i lacci schivi, quasi ignobil pondo,
e seguir vuoi l'opinioni e gli usi
che per leggi d'onore approva il mondo,
lascia qui me ch'al capitan ti scusi,
e 'n Antiochia tu vanne a Boemondo,
ché né soppórti in questo impeto primo
a' suoi giudizi assai securo stimo.

50
    Ben tosto fia, se pur qui contra avremo
l'arme d'Egitto o d'altro stuol pagano,
ch'assai più chiaro il tuo valore estremo
n'apparirà mentre sarai lontano;
e senza te parranne il campo scemo,
quasi corpo cui tronco è braccio o mano. —
Qui Guelfo sopragiunge e i detti approva,
e vuol che senza indugio indi si mova.

51
    A i lor consigli la sdegnosa mente
de l'audace garzon si volge e piega,
tal ch'egli di partirsi immantinente
fuor di quell'oste a i fidi suoi non nega.
Molta intanto è concorsa amica gente,
e seco andarne ognun procura e prega;
egli tutti ringrazia e seco prende
sol duo scudieri, e su 'l cavallo ascende.

49: 2. *pondo*: peso. 6. *Boemondo*: cfr. I, 9, 5-8 e 10, 1-2. 7-8. *né soppórti* ecc.: neppure io giudico prudente (« securo stimo ») sottoporti al giudizio di Goffredo nel suo primo momento di indignazione.

50: 1. *Ben tosto fia*: presto avverrà. 3. *estremo*: sommo. Cfr. II, 63, 2 e 69, 8. 5. *scemo*: sminuito di forza. 7. *Guelfo*: cfr. I, 10, ?. 8. *indi*: di lì, dall'accampamento.

51: 1. *sdegnosa mente*: cfr. 47, 2 (« mente superba »). 2. *garzon*: Rinaldo. 4. *oste*: campo. 6. *procura e prega*: cerca di ottenere insistendo anche con preghiere. 8. *ascende*: monta.

52   Parte, e porta un desio d'eterna ed alma
gloria ch'a nobil core è sferza e sprone;
a magnanime imprese intent'ha l'alma,
ed insolite cose oprar dispone:
gir fra i nemici, ivi o cipresso o palma
acquistar per la fede ond'è campione,
scorrer l'Egitto, e penetrar sin dove
fuor d'incognito fonte il Nilo move.

53   Ma Guelfo, poi che 'l giovene feroce
affrettato al partir preso ha congedo,
quivi non bada, e se ne va veloce
ove egli stima ritrovar Goffredo,
il qual, come lui vede, alza la voce:
— Guelfo, — dicendo — a punto or te richiedo,
e mandato ho pur ora in varie parti
alcun de' nostri araldi a ricercarti. —

54   Poi fa ritrarre ogn'altro, e in basse note
ricomincia con lui grave sermone:
— Veracemente, o Guelfo, il tuo nepote
troppo trascorre, ov'ira il cor gli sprone,
e male addursi a mia credenza or pote
di questo fatto suo giusta cagione.
Ben caro avrò ch'ella ci rechi tale,
ma Goffredo con tutti è duce eguale;

52: 1. *alma*: alta e nobile. 4. *insolite*: straordinarie. 5. *cipresso o palma*: morte o trionfo. 7-8. *sin dove* ecc.: sino alle ancora sconosciute sorgenti (« incognito fonte ») da cui scende (« muove ») il Nilo.
53: 2. *affrettato*: sollecitato da Tancredi e Guelfo (cfr. 49, 5-6 e 50, 7-8). 3. *bada*: indugia. Cfr. nota a III, 46, 8.
54: 1. *in basse note*: a voce bassa. In opposizione a 53, 5 (« alza la voce »). 4. *trascorre*: va oltre il segno; *ov'ira*: quando l'ira. 5. *male*: difficilmente. 6. *fatto*: colpa, delitto. 7. *Ben caro* ecc.: mi sarebbe caro che egli ci recasse una ragione giusta (« tale ») del suo comportamento.

55 e sarà del legitimo e del dritto
custode in ogni caso e difensore,
serbando sempre al giudicare invitto
da le tiranne passioni il core.
Or se Rinaldo a violar l'editto
e de la disciplina il sacro onore
costretto fu, come alcun dice, a i nostri
giudizi venga ad inchinarsi, e 'l mostri.

56 A sua retenzion libero vegna:
questo, ch'io posso, a i merti suoi consento.
Ma s'egli sta ritroso e se ne sdegna
(conosco quel suo indomito ardimento),
tu di condurlo a proveder t'ingegna
ch'ei non isforzi uom mansueto e lento
ad esser de le leggi e de l'impero
vendicator, quanto è ragion, severo. —

57 Così disse egli; e Guelfo a lui rispose:
— Anima non potea d'infamia schiva
voci sentir di scorno ingiuriose,
e non farne repulsa ove l'udiva.
E se l'oltraggiatore a morte ei pose,
chi è che meta a giust'ira prescriva?
chi conta i colpi o la dovuta offesa,
mentre arde la tenzon, misura e pesa?

55: 3-4. *invitto* ecc.: il cuore libero dalle passioni che tiranneggiano e quindi alterano il retto «giudicare». 8. *e 'l mostri*: e dimostri che fu indotto («costretto») dalle circostanze a violare l'editto (cfr. 34, 2 «come l'editto impone»).

56: 1. *retenzion*: arresto. Si consegni prigioniero spontaneamente («libero»). 6. *uom*: Goffredo; *lento*: prudente. 8. *quanto è ragion*: nella misura richiesta dalla giustizia.

57: 3. *scorno*: diffamazione. 4. *farne repulsa*: rigettarle, rintuzzarle; *ove l'udiva*: nello stesso luogo in cui le udiva pronunciare. Per il luogo, cfr. 25, 5-8 e 26. Con queste parole Guelfo tenta di scagionare Rinaldo dall'accusa di avere ingaggiato un mortale duello in un luogo vietato (per questo divieto, cfr. 32, 7 e 34, 4). 6. *meta*: giusto limite. 7. *dovuta offesa*: la debita ritorsione, la doverosa vendetta.

Canto quinto

58 Ma quel che chiedi tu, ch'al tuo soprano
arbitrio il garzon venga a sottoporse,
duolmi ch'esser non può, ch'egli lontano
da l'oste immantinente il passo torse.
Ben m'offro io di provar con questa mano
a lui ch'a torto in falsa accusa il morse,
o s'altri v'è di sì maligno dente,
ch'ei punì l'onta ingiusta giustamente.

59 A ragion, dico, al tumido Gernando
fiaccò le corna del superbo orgoglio.
Sol, s'egli errò, fu ne l'oblio del bando;
ciò ben mi pesa, ed a lodar no 'l toglio. —
Tacque, e disse Goffredo: — Or vada errando,
e porti risse altrove; io qui non voglio
che sparga seme tu di nove liti:
deh, per Dio, sian gli sdegni anco forniti. —

60 Di procurare il suo soccorso intanto
non cessò mai l'ingannatrice rea.
Pregava il giorno, e ponea in uso quanto
l'arte e l'ingegno e la beltà potea;
ma poi, quando stendendo il fosco manto
la notte in occidente il dì chiudea,
tra duo suoi cavalieri e due matrone
ricovrava in disparte al padiglione.

58: 1. *soprano*: sovrano. 2. *arbitrio*: giudizio; *garzon*: Rinaldo. Cfr. 51, 2. 4. *oste*: campo. Cfr. 51, 4; *torse*: volse. 5. *provar* ecc.: dimostrare con la forza delle armi, cioè con un nuovo duello. 6. *a lui* ecc.: ad Arnaldo. Cfr. 33-35. 8. *ch'ei punì* ecc.: dipende da « m'offro...di provar » (v. 5).

59: 1. *tumido*: gonfio di superbia e d'ira. 3. *bando*: l'editto, per cui cfr. nota a 33, 7 (« divieto »). 4. *a lodar* ecc.: non prendo a lodarlo. 7. *che sparga* ecc.: che anche tu vada suscitando nuove contese (proponendo un duello con Arnaldo, 58, 5-6). 8. *forniti*: finiti.

60: 2. *l'ingannatrice*: Armida. 4. *l'arte e l'ingegno*: le ingegnose arti, le astute malizie. 8. *ricovrava...al padiglione*: si ritirava sotto la tenda.

Gerusalemme liberata

61
    Ma benché sia mastra d'inganni, e i suoi
modi gentili e le maniere accorte,
e bella sì che 'l ciel prima né poi
altrui non diè maggior bellezza in sorte,
tal che del campo i più famosi eroi
ha presi d'un piacer tenace e forte;
non è però ch'a l'esca de' diletti
il pio Goffredo lusingando alletti.

62
    In van cerca invaghirlo, e con mortali
dolcezze attrarlo a l'amorosa vita,
ché qual saturo augel, che non si cali
ove il cibo mostrando altri l'invita,
tal ei sazio del mondo i piacer frali
sprezza, e se 'n poggia al Ciel per via romita,
e quante insidie al suo bel volo tende
l'infido amor, tutte fallaci rende.

63
    Né impedimento alcun torcer da l'orme
pote, che Dio ne segna, i pensier santi.
Tentò ella mill'arti, e in mille forme
quasi Proteo novel gli apparse inanti,
e desto Amor, dove più freddo ei dorme,
avrian gli atti dolcissimi e i sembianti,
ma qui (grazie divine) ogni sua prova
vana riesce, e ritentar non giova.

61: 1. *mastra*: maestra. 4. *altrui*: ad altra creatura. 6. *ha presi* ecc.: ha avvinto a sé con una passione tenace e forte.

62: 1. *mortali*: terrestri. Perché legano l'uomo all'« amorosa vita » (v. 2). 3. *saturo*: sazio (v. 5 « sazio »). 5. *frali*: effimeri. 6. *se 'n poggia*: s'alza; *romita*: poco battuta dagli uomini. 7. *suo*: di Goffredo. 8. *fallaci*: vane.

63: 1-2. *Né impedimento* ecc.: « Costruisci: né impedimento alcuno puote torcer i pensier santi da l'orme che Dio ne segna » (FERRARI). 4. *Proteo*: Dio marino che aveva il potere di assumere diverse forme. 5. *desto*: destato.

64 La bella donna, ch'ogni cor più casto
arder credeva ad un girar di ciglia,
oh come perde or l'alterezza e 'l fasto!
e quale ha di ciò sdegno e meraviglia!
Rivolger le sue forze ove contrasto
men duro trovi al fin si riconsiglia,
qual capitan ch'inespugnabil terra
stanco abbandoni, e porti altrove guerra.

65 Ma contra l'arme di costei non meno
si mostrò di Tancredi invitto il core,
però ch'altro desio gli ingombra il seno,
né vi può loco aver novello ardore;
ché sì come da l'un l'altro veneno
guardar ne suol, tal l'un da l'altro amore.
Questi soli non vinse: o molto o poco
avampò ciascun altro al suo bel foco.

66 Ella, se ben si duol che non succeda
sì pienamente il suo disegno e l'arte,
pur fatto avendo così nobil preda
di tanti eroi, si riconsola in parte.
E pria che di sue frodi altri s'aveda,
pensa condurgli in più secura parte,
ove gli stringa poi d'altre catene
che non son quelle ond'or presi li tiene.

67 E sendo giunto il termine che fisse
il capitano a darle alcun soccorso,

64: 3. *fasto*: superbo orgoglio, ostentata sicurezza.
65: 3. *altro desio*: l'amore per Clorinda. 4. *novello*: altro. 6. *guardar ne suol*: suole guardarci, difenderci. 7. *Questi soli*: Goffredo e Tancredi.
66: 1. *succeda*: abbia successo. 2. *arte*: inganno. 5. *altri*: qualcuno. 7. *altre catene*: con catene di ferro, con vere catene. 8. *quelle* ecc.: le dolci catene d'amore.
67: 1. *sendo*: essendo; *fisse*: prefisse. 5. *reo tiranno*: Idraote, presentato da Armida come usurpatore del suo regno (cfr. IV, 44 sgg.).

a lui se 'n venne riverente e disse:
— Sire, il dì stabilito è già trascorso,
e se per sorte il reo tiranno udisse
ch' i' abbia fatto a l'arme tue ricorso,
prepareria sue forze a la difesa,
né così agevol poi fòra l'impresa.

68 Dunque, prima ch'a lui tal nova apporti
voce incerta di fama o certa spia,
scelga la tua pietà fra i tuoi più forti
alcuni pochi, e meco or or gli invia,
ché se non mira il Ciel con occhi torti
l'opre mortali o l'innocenza oblia,
sarò riposta in regno, e la mia terra
sempre avrai tributaria in pace e in guerra. —

69 Così diceva, e 'l capitano a i detti
quel che negar non si potea concede,
se ben, ov'ella il suo partir affretti,
in sé tornar l'elezion ne vede;
ma nel numero ognun de' dieci eletti
con insolita instanza esser richiede,
e l'emulazion che 'n lor si desta
più importuni li fa ne la richiesta.

70 Ella, che 'n essi mira aperto il core,
prende vedendo ciò novo argomento,
e su 'l lor fianco adopra il rio timore
di gelosia per ferza e per tormento;

68: 5. *torti*: torvi, avversi. Cfr. II, 89, 4; IV, 1, 4, e note relative.
69: 3. *ov'ella*: qualora Armida. 4. *in sé* ecc.: « ricadere su di sé, in conseguenza di ciò, la scelta degli accompagnatori: perché non si farà in tempo a eleggere il successore di Dudone, su cui egli sperava di stornare tale incarico » (Sozzi). 6. *con insolita instanza*: con straordinaria insistenza. 7. *emulazion*: rivalità amorosa.
70: 1. *aperto*: apertamente. E anche: aperto alle armi della gelosia. 2. *novo argomento*: una nuova arma di seduzione, e cioè la gelosia (vv. 3-4 « il rio timore - di gelosia »). 5. *s'invecchia*: si raffredda e perde vigore.

sapendo ben ch'al fin s'invecchia Amore
senza quest'arti e divien pigro e lento,
quasi destrier che men veloce corra
se non ha chi lui segua e chi 'l precorra.

71 E in tal modo comparte i detti sui
e 'l guardo lusinghiero e 'l dolce riso,
ch'alcun non è che non invidii altrui,
né il timor de la speme è in lor diviso.
La folle turba de gli amanti, a cui
stimolo è l'arte d'un fallace viso,
senza fren corre, e non li tien vergogna,
e loro indarno il capitan rampogna.

72 Ei ch'egualmente satisfar desira
ciascuna de le parti e in nulla pende,
se ben alquanto or di vergogna or d'ira
al vaneggiar de' cavalier s'accende,
poi ch'ostinati in quel desio li mira,
novo consiglio in accordarli prende:
— Scrivansi i vostri nomi ed in un vaso
pongansi, — disse — e sia giudice il caso. —

73 Subito il nome di ciascun si scrisse,
e in picciol' urna posti e scossi foro,
e tratti a sorte; e 'l primo che n'uscisse
fu il conte di Pembrozia Artemidoro.
Legger poi di Gherardo il nome udisse,
ed uscì Vincilao dopo costoro:
Vincilao che, sì grave e saggio inante,
canuto or pargoleggia e vecchio amante.

71: 1. *comparte*: distribuisce. 4. *de la speme*: dalla speranza.
72: 2. *in nulla*: verso nessuna delle parti. 6. *consiglio*: decisione; *in accordarli*: per metterli d'accordo.
73: 8. *pargoleggia*: si comporta come un ragazzo.

74   Oh come il volto han lieto, e gli occhi pregni
di quel piacer che dal cor pieno inonda,
questi tre primi eletti, i cui disegni
la fortuna in amor destra seconda!
D'incerto cor, di gelosia dan segni
gli altri il cui nome avien che l'urna asconda,
e da la bocca pendon di colui
che spiega i brevi e legge i nomi altrui.

75   Guasco quarto fuor venne, a cui successe
Ridolfo ed a Ridolfo indi Olderico,
quinci Guglielmo Ronciglion si lesse,
e 'l bavaro Eberardo, e 'l franco Enrico.
Rambaldo ultimo fu, che farsi elesse
poi, fé cangiando, di Giesù nemico
(tanto pote Amor dunque?); e questi chiuse
il numero de' dieci, e gli altri escluse.

76   D'ira, di gelosia, d'invidia ardenti,
chiaman gli altri Fortuna ingiusta e ria,
a te accusano, Amor, che le consenti
che ne l'imperio tuo giudice sia.
Ma perché instinto è de l'umane genti
che ciò che più si vieta uom più desia,
dispongon molti ad onta di fortuna
seguir la donna come il ciel s'imbruna.

77   Voglion sempre seguirla a l'ombra al sole,
e per lei combattendo espor la vita.

74: 4. *destra seconda*: favorevole asseconda. 5. *d'incerto cor*: d'animo dubbioso, ansioso. 6. *asconda*: continui a celare in se stesso. 8. *brevi*: i cartigli con i nomi.

75: 5-6. *Rambaldo* ecc.: Rambaldo, per amore di Armida, cambiò poi religione e rinnegò la fede cristiana. Cfr. VII, 31 sgg.

76: 1. *D'ira* ecc.: Petrarca, *Tr. Am.*, III, 105 (« D'amor, di gelosia, d'invidia ardendo »). 5. *instinto*: inclinazione. 6. *uom più desia*: si desideri maggiormente. 8. *come il ciel* ecc.: all'imbrunire.

77: 1. *a l'ombra al sole*: di notte e di giorno. Cfr. Petrarca, *Rime*, XXII, 21 (« come costei ch'i' piango a l'ombra e al sole »,).

Ella fanne alcun motto, e con parole
tronche e dolci sospir a ciò gli invita,
ed or con questo ed or con quel si duole
che far conviene senza lui partita.
S'erano armati intanto, e da Goffredo
toglieano i dieci cavalier congedo.

78 Gli ammonisce quel saggio a parte a parte
come la fé pagana è incerta e leve,
e mal securo pegno; e con qual arte
l'insidie e i casi aversi uom fuggir deve;
ma son le sue parole al vento sparte,
né consiglio d'uom sano Amor riceve.
Lor dà commiato al fine, e la donzella
non aspetta al partir l'alba novella.

79 Parte la vincitrice, e quei rivali
quasi prigioni al suo trionfo inanti
seco n'adduce, e tra infiniti mali
lascia la turba poi de gli altri amanti.
Ma come uscì la notte, e sotto l'ali
menò il silenzio e i levi sogni erranti,
secretamente, com'Amor gl'informa,
molti d'Armida seguitaron l'orma.

80 Segue Eustazio il primiero, e pote a pena
aspettar l'ombre che la notte adduce;

---

6. *che far* ecc.: di essere costretta a partire («far...partita») senza di lui.
78: 1. *a parte a parte*: uno alla volta, distintamente. 2. *fé*: lealtà; *leve*: facilmente mutabile. 3. *mal securo pegno*: e perciò costituisca una incerta garanzia. 4. *uom...deve*: si deve. 5. *sparte*: sparse, gettate.
79: 2. *al suo trionfo inanti*: innanzi al suo trionfo, cioè davanti al suo carro di vincitrice. 5-6. *Ma come uscì* ecc.: Ovidio, *Fasti*, IV, 661-2 («Interea placidam redimita papavere frontem - nox venit, et secum somnia nigra trahit»). 7. *gl'informa*: suggerisce loro.

vassene frettoloso ove ne 'l mena
per le tenebre cieche un cieco duce.
Errò la notte tepida e serena;
ma poi ne l'apparir de l'alma luce
gli apparse insieme Armida e 'l suo drapello,
dove un borgo lor fu notturno ostello.

81   Ratto ei vèr lei si move, ed a l'insegna
tosto Rambaldo il riconosce, e grida
che ricerchi fra loro e perché vegna.
— Vengo — risponde — a seguitarne Armida,
ned ella avrà da me, se non la sdegna,
men pronta aita o servitù men fida. —
Replica l'altro: — Ed a cotanto onore,
di', chi t'elesse? — Egli soggiunge: — Amore.

82   Me scelse Amor, te la Fortuna: or quale
da più giusto elettore eletto parti? —
Dice Rambaldo allor: — Nulla ti vale
titolo falso, ed usi inutil arti;
né potrai de la vergine regale
fra i campioni legitimi meschiarti,
illegitimo servo. — E chi — riprende
cruccioso il giovenetto — a me il contende?

83   — Io te 'l difenderò — colui rispose,
e feglisi a l'incontro in questo dire,
e con voglie egualmente in lui sdegnose
l'altro si mosse e con eguale ardire;

80: 4. *cieco duce*: amore. Cfr. IV, 89, 2 (« cieco e temerario duce »).   8. *ostello*: albergo, asilo.

81: 4. *a seguitarne*: per seguire.   6. *servitù*: d'amore.

82: 2. *parti*: ti sembra.   4. *titolo falso*: « il titolo di eletto d'Amore, che è abusivo, illegittimo » (CHIAPPELLI).   7. *servo*: d'amore. Si richiama alla « servitù » di 81, 6.

83: 1. *difenderò*: impedirò.   3. *con voglie* ecc.: con intenzioni al-

ma qui stese la mano, e si frapose
la tiranna de l'alme in mezzo a l'ire,
ed a l'uno dicea: — Deh! non t'incresca
ch'a te compagno, a me campion s'accresca.

84 S'ami che salva i' sia, perché mi privi
in sì grand'uopo de la nova aita? —
Dice a l'altro: — Opportuno e grato arrivi
difensor di mia fama e di mia vita;
né vuol ragion, né sarà mai ch'io schivi
compagnia nobil tanto e sì gradita. —
Così parlando, ad or ad or tra via
alcun novo campion le sorvenia.

85 Chi di là giunge e chi di qua, né l'uno
sapea de l'altro, e il mira bieco e torto.
Essa lieta gli accoglie, ed a ciascuno
mostra del suo venir gioia e conforto.
Ma già ne lo schiarir de l'aer bruno
s'era del lor partir Goffredo accorto,
e la mente, indovina de' lor danni,
d'alcun futuro mal par che s'affanni.

86 Mentre a ciò pur ripensa, un messo appare
polveroso, anelante, in vista afflitto,
in atto d'uom ch'altrui novelle amare
porti, e mostri il dolore in fronte scritto.
Disse costui: — Signor, tosto nel mare
la grande armata apparirà d'Egitto;

---

trettanto ostili verso di lui. 6. *la tiranna*: Armida. 7. *a l'uno*: a Rambaldo. 7-8. *non t'incresca* ecc.: non ti dispiaccia che anche Eustazio si aggiunga al drappello come tuo compagno d'armi e mio campione.

84: 1-2. *perché* ecc.: perché vuoi privarmi, in tanto bisogno (« uopo ») del nuovo aiuto recatomi da Eustazio? 3. *a l'altro*: a Eustazio. 4. *fama*: onore. 5. *schivi*: eviti, rifiuti. 8. *le sorvenia*: la raggiungeva.

85: 7. *indovina*: presaga.

e l'aviso Guglielmo, il qual comanda
a i liguri navigli, a te ne manda. —

87 Soggiunse a questo poi che, da le navi
sendo condotta vettovaglia al campo,
i cavalli e i cameli onusti e gravi
trovato aveano a mezza strada inciampo,
e ch'i lor difensori uccisi o schiavi
restàr pugnando, e nessun fece scampo,
da i ladroni d'Arabia in una valle
assaliti a la fronte ed a le spalle;

88 e che l'insano ardire e la licenza
di que' barbari erranti è omai sì grande
ch'in guisa d'un diluvio intorno senza
alcun contrasto si dilata e spande,
onde convien ch'a porre in lor temenza
alcuna squadra di guerrier si mande,
ch'assecuri la via che da l'arene
del mar di Palestina al campo viene.

89 D'una in un'altra lingua in un momento
ne trapassa la fama e si distende,
e 'l vulgo de' soldati alto spavento
ha de la fame che vicina attende.

86: 7-8. *Guglielmo* ecc.: « È questi Guglielmo Embriaco di nazion genovese, uomo nell'arte marinaresca e nelle meccaniche oltre ad ogn'altro di que' tempi eccellentissimo, che poi nel tempo dell'assalto fabricò quella mirabil torre, di cui nel canto 18 » (GUASTAVINI). Per la flotta, cfr. I, 78 e 79; per Guglielmo e la costruzione della torre, cfr. XVIII, 41 sgg.

87: 2. *sendo*: essendo. 4. *inciampo*: agguato. 6. *fece scampo*: scampò.

88: 1. *licenza*: sfrontata insolenza. 2. *barbari erranti*: beduini nomadi. 5. *porre* ecc.: incutere loro timore. 7. *assecuri*: renda sicura.

89: 1. *D'una...lingua*: i Crociati erano di varie nazionalità e perciò parlavano lingue diverse. 2. *si distende*: si diffonde e cresce.

Il saggio capitan, che l'ardimento
solito loro in essi or non comprende,
cerca con lieto volto e con parole
come li rassecuri e riconsole:

90 — O per mille perigli e mille affanni
meco passati in quelle parti e in queste,
campion di Dio, ch'a ristorare i danni
de la cristiana sua fede nasceste;
voi, che l'arme di Persia e i greci inganni,
e i monti e i mari e 'l verno e le tempeste,
de la fame i disagi e de la sete
superaste, voi dunque ora temete?

91 Dunque il Signor che v'indirizza e move,
già conosciuto in caso assai più rio,
non v'assecura, quasi or volga altrove
la man de la clemenza e 'l guardo pio?
Tosto un dì fia che rimembrar vi giove
gli scorsi affanni, e sciòrre i voti a Dio.
Or durate magnanimi, e voi stessi
serbate, prego, a i prosperi successi. —

---

6. *non comprende*: non scorge. 8. *come*: ecc.: di rassicurarli e rianimarli.

90-92: *O per mille* ecc.: Virgilio, *Aen.*, VI, 83 (« o tandem magnis palagi defuncte periclis »); poi, per le ott. 91-92, Virgilio, *Aen.*, I, 198-227. Da notare *ristorare* (90, 3): risarcire; *arme di Persia* (90, 5): cfr. I, 6, 5-6, e 42, 8; *ora* (90, 8): proprio ora che siete prossimi alla mèta; *conosciuto* ecc. (91, 2): la cui protezione abbiamo sperimentata in pericoli più gravi; *quasi* (91, 3): come se; *sciòrre* (91, 6)· sciogliere; *durate magnanimi* ecc. (91, 7-8): resistete con spirito magnanimo ecc. (*Aen.*, I, 207: « durate, et vosmet rebus servate secundis »); *egre* (92, 3): tormentose (per i vv. 92, 3-4, cfr. *Aen.*, I, 209. « ... premit altum corde dolorem »); *penuria...difetto* (92, 6): la « penuria » delle risorse locali, a causa della desolazione dei luoghi e il « difetto » dei rifornimenti dal mare, a causa dell'azione di intercettamento dei « ladroni d'Arabia »; *armata* (92, 7): la flotta egiziana.

92 Con questi detti le smarrite menti
consola e con sereno e lieto aspetto,
ma preme mille cure egre e dolenti
altamente riposte in mezzo al petto.
Come possa nutrir sì varie genti
pensa fra la penuria e tra 'l difetto,
come a l'armata in mar s'opponga, e come
gli Arabi predatori affreni e dome.

Canto sesto

1   Ma d'altra parte l'assediate genti
    speme miglior conforta e rassecura,
    ch'oltra il cibo raccolto altri alimenti
    son lor dentro portati a notte oscura,
    ed han munite d'arme e d'instrumenti
    di guerra verso l'Aquilon le mura,
    che d'altezza accresciute e sode e grosse
    non mostran di temer d'urti o di scosse.

2   E 'l re pur sempre queste parti e quelle
    lor fa inalzare e rafforzare i fianchi,
    o l'aureo sol risplenda od a le stelle
    ed a la luna il fosco ciel s'imbianchi;
    e in far continuamente arme novelle
    sudano i fabri affaticati e stanchi.
    In sì fatto apparecchio intolerante
    a lui se 'n venne, e ragionolli Argante:

---

1 : 1. *Ma*: così iniziano anche i cc. IX, XI, XIII. 6. *verso l'Aquilon*: verso nord. Gerusalemme offriva tre lati ben protetti dalla natura aspra e malagevole, e il quarto lato (quello settentrionale) più accessibile ai nemici e per questo più robustamente fortificato. Cfr. I, 90, 4; III, 55, 7-8, e 64, 5. 8. *urti...scosse*: provocati dalle **macchine di guerra** (arieti, torri, ecc.).

2 : 2. *lor*: alle mura (1, 6 e 7-8). 6. *fabri*: artieri. Cfr. III, 74, 3. 7. *In sì fatto apparecchio*: mentre fervono questi preparativi; *intolerante*: insofferente d'ogni indugio.

3   — E insino a quando ci terrai prigioni
    fra queste mura in vile assedio e lento?
    Odo ben io stridere incudi, e suoni
    d'elmi e di scudi e di corazze sento,
    ma non veggio a qual uso; e quei ladroni
    scorrono i campi e i borghi a lor talento,
    né v'è di noi chi mai lor passo arresti,
    né tromba che dal sonno almen gli desti.

4   A lor né i prandi mai turbati e rotti,
    né molestate son le cene liete,
    anzi egualmente i dì lunghi e le notti
    traggon con securezza e con quiete.
    Voi da i disagi e da la fame indotti
    a darvi vinti a lungo andar sarete
    od a morirne qui, come codardi,
    quando d'Egitto pur l'aiuto tardi.

5   Io per me non vuo' già ch'ignobil morte
    i giorni miei d'oscuro oblio ricopra,
    né vuo' ch'al novo dì fra queste porte
    l'alma luce del sol chiuso mi scopra.
    Di questo viver mio faccia la sorte
    quel che già stabilito è là di sopra;
    non farà già che senza oprar la spada
    inglorioso e invendicato io cada.

3: 1. *prigioni*: rinchiusi e inattivi come prigionieri. 2. *vile assedio*: perché si oppone al combattimento in campo aperto; *lento*: interminabile. 8. *né tromba* ecc.: né mai li desti dal sonno uno squillo d'allarme che annunci loro una nostra improvvisa sortita.

4: 1. *prandi*: pranzi; *rotti*: interrotti. 4. *traggon*: trascorrono. 8. *quando*: se mai; *pur*: ancora.

5: 6. *quel* ecc.: « Opinione di Circasso, che dal cielo, ogni cosa che avviene, immutabilmente e necessariamente dipenda; come anco in altri luoghi di questo poema si può vedere » (GUASTAVINI). 7. *non farà*: sogg. « la sorte » (v. 5).

6   Ma quando pur del valor vostro usato
    così non fosse in voi spento ogni seme,
    non di morir pugnando ed onorato,
    ma di vita e di palma anco avrei speme.
    A incontrare i nemici e 'l nostro fato
    andianne pur deliberati insieme,
    ché spesso avien che ne' maggior perigli
    sono i più audaci gli ottimi consigli.

7   Ma se nel troppo osar tu non isperi,
    né sei d'uscir con ogni squadra ardito,
    procura almen che sia per duo guerrieri
    questo tuo gran litigio or difinito.
    E perch'accetti ancor più volentieri
    il capitan de' Franchi il nostro invito,
    l'arme egli scelga e 'l suo vantaggio toglia,
    e le condizion formi a sua voglia.

8   Ché se 'l nemico avrà due mani ed una
    anima solo, ancor ch'audace e fera,
    temer non déi, per isciagura alcuna,
    che la ragion da me difesa pèra.
    Pote in vece di fato e di fortuna
    darti la destra mia vittoria intera,
    ed a te se medesma or porge in pegno
    che se 'l confidi in lei salvo è il tuo regno. —

6: 3. *non*: non solo (v. 3, « non »; v. 4 « ma...anco »). 4. *palma*: vittoria. 6. *deliberati*: ben fermi nel nostro proposito, risoluti. 8. *sono* ecc.: le decisioni più audaci sono anche le migliori.

7: 2. *ogni squadra*: tutto l'esercito. 3. *per*: « per mezzo di; oppure : da » (Sozzi). 4. *difinito*: risolto, deciso. 7. *toglia*: prenda.

8: 1-2. *se 'l nemico* ecc.: se l'avversario sarà uomo normale, e mortale come Argante. Cfr. Virgilio, *Aen.*, X, 375-6 (« ... mortali urguemur ab hoste - mortales, totidem nobis animaeque manusque »). Da notare *solo* (v. 2): solamente. 4. *ragion*: causa. *pèra*: perisca, soccomba. 7. *porge*: sogg. « la destra mia » (v. 6). 8. *se 'l confidi in lei*: se affidi il tuo regno alla mia mano.

9 Tacque, e rispose il re: — Giovene ardente,
se ben me vedi in grave età senile,
non sono al ferro queste man sì lente,
né sì quest'alma è neghittosa e vile
ch'anzi morir volesse ignobilmente
che di morte magnanima e gentile,
quando io temenza avessi o dubbio alcuno
de' disagi ch'annunzii e del digiuno.

10 Cessi Dio tanta infamia! Or quel ch'ad arte
nascondo altrui, vuo' ch'a te sia palese.
Soliman di Nicea, che brama in parte
di vendicar le ricevute offese,
de gli Arabi le schiere erranti e sparte
raccolte ha fin dal libico paese,
e i nemici assalendo a l'aria nera
darne soccorso e vettovaglia spera.

11 Tosto fia che qui giunga; or se fra tanto
son le nostre castella oppresse e serve,
non ce ne caglia, pur che 'l regal manto
e la mia nobil reggia io mi conserve
Tu l'ardimento e questo ardore alquanto
tempra, per Dio, che 'n te soverchio ferve,
ed opportuna la stagione aspetta
a la tua gloria ed a la mia vendetta. —

9: 5. *anzi*: piuttosto. 6 *gentile*: nobile. 8. *digiuno*. carestia. Cfr. 4, 5-8.

10: 1. *Cessi*: tolga, non permetta. 3. *Soliman*: anche nell'*Historia* di Guglielmo Tirio incontriamo Solimano come sultano di Nicea e quindi capo degli Arabi erranti. In realtà colui che combatté contro l'esercito cristiano fu il figlio di Solimano, che i Crociati sconfissero due volte e a cui tolsero, facendoli prigionieri, la moglie e i figli (v. 4 « le ricevute offese »). 3. *in parte*: almeno in parte. 5. *sparte*: sparse, disseminate qua e là. 6. *libico paese*: Africa. 7. *a l'aria nera*: col favore della notte.

11: 3. *caglia*: importi; *regal manto*: dignità reale. 4. *reggia*: la residenza reale, per dire Gerusalemme. 6. *tempra*: modera, frena. 7. *opportuna* ecc.: attendi il momento opportuno, l'occasione propizia.

Canto sesto

12 Forte sdegnossi il saracino audace,
ch'era di Solimano emulo antico,
sì amaramente ora d'udir gli spiace
che tanto se 'n prometta il rege amico.
— A tuo senno — risponde — e guerra e pace
farai, signor: nulla di ciò più dico.
S'indugi pure, e Soliman s'attenda;
ei, che perdé il suo regno, il tuo difenda.

13 Vengane a te quasi celeste messo,
liberator del popolo pagano,
ch'io, quanto a me, bastar credo a me stesso,
e sol vuo' libertà da questa mano.
Or nel riposo altrui siami concesso
ch'io ne discenda a guerreggiar nel piano:
privato cavalier, non tuo campione,
verrò co' Franchi a singolar tenzone. —

14 Replica il re: — Se ben l'ire e la spada
dovresti riserbare a migliore uso,
che tu sfidi però, se ciò t'aggrada,
alcun guerrier nemico, io non ricuso. —
Così gli disse, ed ei punto non bada:
— Va' — dice ad un araldo — or colà giuso,
ed al duce de' Franchi, udendo l'oste,
fa' queste mie non picciole proposte:

---

12 : 4. *che tanto* ecc.: che Aladino, amico di Solimano (« il rege amico ») si riprometta di ricevere da Solimano un aiuto decisivo. Cfr. X, 53, 3, dove Aladino chiama Solimano « diletto amico ».

13 : 1. *quasi celeste messo*: l'ironia è rivolta alla fiducia di Aladino nell'aiuto provvidenziale di Solimano (cfr. 12, 4). 5. *nel riposo altrui*: mentre gli altri poltriscono (cfr. 3, 1-2).

14 : 4. *non ricuso*: non proibisco. 5. *ei punto non bada*: Argante non indugia un attimo. Per « bada » cfr. nota a III, 46, 8. 7. *udendo l'oste*: in modo che senta tutto l'esercito.

15
    ch'un cavalier, che d'appiattarsi in questo
forte cinto di muri a sdegno prende,
brama di far con l'armi or manifesto
quanto la sua possanza oltra si stende;
e ch'a duello di venirne è presto
nel pian ch'è fra le mura e l'alte tende
per prova di valore, e che disfida
qual più de' Franchi in sua virtù si fida;

16
    e che non solo è di pugnare accinto
e con uno e con duo del campo ostile,
ma dopo il terzo, il quarto accetta e 'l quinto,
sia di vulgare stirpe o di gentile:
dia, se vuol, la franchigia, e serva il vinto
al vincitor come di guerra è stile. —
Così gli impose, ed ei vestissi allotta
la purpurea de l'arme aurata cotta.

17
    E poi che giunse a la regal presenza
del principe Goffredo e de' baroni,
chiese: — O signore, a i messagger licenza
dassi tra voi di liberi sermoni? —
— Dassi, — rispose il capitano — e senza
alcun timor la tua proposta esponi. —
Riprese quegli: — Or si parrà se grata
o formidabil fia l'alta ambasciata. —

15: 2. *forte*: fortezza. 5. *presto*: pronto. 7. *per prova di valore*: a singolar tenzone. Cfr. 13, 8. 8. *in sua virtù*: nel proprio valore.
16: 1. *accinto*: pronto. 4. *gentile*. Cfr. 9, 6. 5. *vuol*: sogg. Goffredo; *franchigia*: campo franco, dove cioè i duellanti possano sicuramente battersi. Cfr. 19, 2 (« campo libero e securo ») 20, 7 (« loco securo »). 5-6. *serva...vincitor*: il patto sia che lo sconfitto diventi schiavo del vincitore. 7. *ei*: l'araldo (cfr. 14, 6); *allotta*: allora. 8. *la purpurea* ecc.: la rossa sopravveste (cotta d'arme) che gli araldi indossavano sopra l'armatura. Cfr. Ariosto, *Orl.*, XXVII, 52, 5-7 (« Già, con la cotta d'arme alla divisa - del re Agramante, in campo venut'era - l'araldo... »).
17: 4. *di liberi sermoni*: di parlare liberamente. 7. *si parrà*: apparirà, sarà chiaro. 8. *formidabil*: tale da incutere terrore.

Canto sesto

18   E seguì poscia, e la disfida espose
con parole magnifiche ed altere.
Fremer s'udiro, e si mostràr sdegnose
al suo parlar quelle feroci schiere;
e senza indugio il pio Buglion rispose:
— Dura impresa intraprende il cavaliere;
e tosto io creder vuo' che glie ne incresca
sì che d'uopo non fia che 'l quinto n'esca.

19   Ma venga in prova pur, che d'ogn'oltraggio
gli offero campo libero e securo;
e seco pugnerà senza vantaggio
alcun de' miei campioni, e così giuro. —
Tacque, e tornò il re d'arme al suo viaggio
per l'orme ch'al venir calcate furo,
e non ritenne il frettoloso passo
sin che non diè risposta al fier circasso.

20   — Àrmati, — dice — alto signor; che tardi?
la disfida accettata hanno i cristiani,
e d'affrontarsi teco i men gagliardi
mostran desio, non che i guerrier soprani.
E mille i' vidi minacciosi sguardi,
e mille al ferro apparecchiate mani:
loco securo il duce a te concede. —
Così gli dice; e l'arme esso richiede,

18: 4. *feroci*: bellicose. 7-8. *tosto* ecc.: io credo che se ne pentirà tanto presto che («tosto...sì che») non sarà necessario che scenda in campo il nostro quinto campione. L'ironia è rivolta alle tracotanti parole di Argante (16, 1-4) che l'araldo evidentemente ha riferito fedelmente.
19: 1. *in prova*: al paragone, cioè a singolar tenzone. Cfr. 15, 7. 2. *campo* ecc.: cfr. nota a 16, 5 («franchigia»). 3. *senza vantaggio*: ad armi pari. Il vantaggio era stato offerto da Argante (7, 7). 5. *il re d'arme*: l'araldo. Per la «cotta d'arme», cfr. nota a 16, 8.
20: 1. *che tardi?*: a che indugi? 4. *i guerrier soprani*: i guerrieri più eletti, i più forti. 7. *loco securo*: cfr. nota a 16, 5 («franchigia»), e 19, 2.

21
 e se ne cinge intorno e impaziente
di scenderne s'affretta a la campagna.
Disse a Clorinda il re, ch'era presente:
— Giusto non è ch'ei vada e tu rimagna.
Mille dunque con te di nostra gente
prendi in sua securezza, e l'accompagna;
ma vada inanzi a giusta pugna ei solo,
tu lunge alquanto a lui ritien lo stuolo. —

22
 Tacque ciò detto; e poi che furo armati,
quei del chiuso n'uscivano a l'aperto,
e giva inanzi Argante e de gli usati
arnesi in su 'l cavallo era coperto.
Loco fu tra le mura e gli steccati
che nulla avea di diseguale e d'erto:
ampio e capace, e parea fatto ad arte
perch'egli fosse altrui campo di Marte.

23
 Ivi solo discese, ivi fermosse
in vista de' nemici il fero Argante,
per gran cor, per gran corpo e per gran posse
superbo e minaccievole in sembiante,
qual Encelado in Flegra, o qual mostrosse
ne l'ima valle il filisteo gigante;
ma pur molti di lui tema non hanno,
ch'anco quanto sia forte a pien non sanno.

21: 2. *a la campagna*: nel campo che si estendeva tra le mura di Gerusalemme e l'accampamento dei Cristiani. 6. *in sua securezza*: per sua sicurezza, per sua protezione. 7. *a giusta pugna*: a scontro leale e regolato dagli accordi fissati. 8. *lunge...a lui*: lontano da lui.
 22: 2. *del*: dal. 3-4. *usati arnesi*: consuete armi. 5. *steccati*: del campo cristiano. 7. *ad arte*: proprio, a bella posta. 8. *egli*: il « loco » (v. 5); *altrui*: a qualcuno; *campo di Marte*: campo per duello, per cavalleresca tenzone.
 23: 5. *Encelado in Flegra*: il gigante Encelado fu fulminato da Giove nei campi di Flegra cioè nel territorio di Cuma in Campania. 6. *ne l'ima valle* ecc.: Golia (« il filisteo gigante ») nella valle di Terebintona dove fu abbattuto da David. Cfr. VII, 78, 1-4.

24 Alcun però, dal pio Goffredo eletto
come il miglior, ancor non è fra molti.
Ben si vedean con desioso affetto
tutti gli occhi in Tancredi esser rivolti,
e dichiarato infra i miglior perfetto
dal favor manifesto era de' volti;
e s'udia non oscuro anco il bisbiglio,
e l'approvava il capitan co 'l ciglio.

25 Già cedea ciascun altro, e non secreto
era il volere omai del pio Buglione:
— Vanne, — a lui disse — a te l'uscir non vieto,
e reprimi il furor di quel fellone. —
E tutto in volto baldanzoso e lieto
per sì alto giudizio, il fer garzone
a lo scudier chiedea l'elmo e 'l cavallo,
poi seguito da molti uscia del vallo.

26 Ed a quel largo pian fatto vicino,
ov'Argante l'attende, anco non era,
quando in leggiadro aspetto e pellegrino
s'offerse a gli occhi suoi l'alta guerriera.
Bianche via più che neve in giogo alpino
avea le sopraveste, e la visiera
alta tenea dal volto; e sovra un'erta,
tutta, quanto ella è grande, era scoperta.

24: 1-2: *Alcun* ecc.: però nessuno è stato ancora eletto (« Alcun... eletto...ancor non è ») ecc. 5-6. *dichiarato* ecc.: « Costruisci: era dichiarato perfetto infra i migliori dal favore manifesto dei volti (volti che chiaramente mostravano preferenza per lui) » (FERRARI). 7. *non oscuro*: manifesto, come il favore espresso dai volti (v. 6), anche il favore espresso dalle voci bisbiglianti.

25: 4. *fellone*: scellerato. Cfr. 36, 1 « infellonisce ». 6. *garzone*: giovane. 8. *vallo*: steccato.

26: 3. *pellegrino*: singolare (« leggiadro...e pellegrino »: singolarmente leggiadro, d'una rara leggiadria). 4. *alta guerriera*: Clorinda, che spicca tra gli altri. 7. *erta*: altura. 8. *scoperta*: interamente visibile.

27
　　Già non mira Tancredi ove il circasso
la spaventosa fronte al cielo estolle,
ma move il suo destrier con lento passo,
volgendo gli occhi ov'è colei su 'l colle;
poscia immobil si ferma, e pare un sasso:
gelido tutto fuor, ma dentro bolle.
Sol di mirar s'appaga, e di battaglia
sembiante fa che poco or più gli caglia.

28
　　Argante, che non vede alcun ch'in atto
dia segno ancor d'apparecchiarsi in giostra:
— Da desir di contesa io qui fui tratto; —
grida — or chi viene inanzi, e meco giostra? —
L'altro, attonito quasi e stupefatto,
pur là s'affissa e nulla udir ben mostra.
Ottone inanzi allor spinse il destriero,
e ne l'arringo vòto entrò primiero.

29
　　Questi un fu di color cui dianzi accese
di gir contra il pagano alto desio;
pur cedette a Tancredi, e 'n sella ascese
fra gli altri che seguìrlo e seco uscìo.
Or veggendo sue voglie altrove intese
e starne lui quasi al pugnar restio,
prende, giovene audace e impaziente,
l'occasione offerta avidamente;

27: 2. *estolle*: leva in alto. 6. *gelido* ecc.: « Nell'incontrarsi nella cosa amata, per la riverenza che ad essa si porta, e per la paura che per diverse cagioni può nascer nell'amante in quel tempo, il sangue si ritira al cuore: perché rimanendo freddissime le parti di fuori, quelle di dentro ardono maggiormente » (GUASTAVINI). 8. *sembiante fa*: mostra; *caglia*: importi.

28: 1. *in atto*: nell'atteggiamento. 2. *d'apparecchiarsi* ecc.: di prepararsi al duello. 6. *pur là s'affissa*: soltanto là (verso Clorinda) continua a fissare il proprio sguardo. 7. *Ottone*: Ottone Visconti. Cfr. nota a I, 55, 7-8. 8. *arringo*: « lo spazio dove si corre giostrando » (VARCHI, *Ercolano*).

29: 1. *cui*: che (oggetto di « accese », il cui soggetto è « alto desio », v. 2). 4. *seco*: con Tancredi. 5. *altrove intese*: rivolte altrove (cioè, a Clorinda e non ad Argante). 7-8. *prende...avidamente*: coglie impetuosamente, con slancio.

30 e veloce così che tigre o pardo
    va men ratto talor per la foresta,
    corre a ferire il saracin gagliardo,
    che d'altra parte la gran lancia arresta.
    Si scote allor Tancredi, e dal suo tardo
    pensier, quasi da un sonno, al fin si desta,
    e grida ei ben: — La pugna è mia; rimanti. —
    Ma troppo Ottone è già trascorso inanti.

31 Onde si ferma; e d'ira e di dispetto
    avampa dentro, e fuor qual fiamma è rosso,
    perch'ad onta si reca ed a difetto
    ch'altri si sia primiero in giostra mosso.
    Ma intanto a mezzo il corso in su l'elmetto
    dal giovin forte è il saracin percosso;
    egli a l'incontro a lui co 'l ferro nudo
    fende l'usbergo, e pria rompe lo scudo.

32 Cade il cristiano, e ben è il colpo acerbo
    poscia ch'avien che da l'arcion lo svella.
    Ma il pagan di più forza e di più nerbo
    non cade già, né pur si torce in sella;
    indi con dispettoso atto superbo
    sovra il caduto cavalier favella:
    — Renditi vinto, e per tua gloria basti
    che dir potrai che contra me pugnasti. —

30: 1. *pardo*: leopardo. 4. *arresta*: mise la lancia in resta. Cfr. III, 16, 8. 5. *tardo*: che attarda, paralizza ogni suo movimento. 7. *è mia*: spetta a me; *rimanti*: fermati.
31: 3. *ad onta* ecc.: considera sua vergogna e colpa. 7. *a l'incontro*: a sua volta, come risposta; *ferro nudo*: spada sguainata. 8. *usbergo*: corazza.
32: 1. *acerbo*: violento. 2. *poscia ch'*: dal momento che (causale). 3. *nerbo*: robustezza, vigoria muscolare. 4. *né pur*: e neppure. 5. *dispettoso*: sprezzante. 7-8. *Renditi* ecc.: Virgilio, *Aen.*, X, 829-30 («hoc tamen infelix miseram solabere mortem: - Aeneae magni dextra cadis...»).

33 — No, — gli risponde Otton — fra noi non s'usa
così tosto depor l'arme e l'ardire;
altri del mio cader farà la scusa,
io vuo' far la vendetta o qui morire. —
In sembianza d'Aletto e di Medusa
freme il circasso, e par che fiamma spire:
— Conosci or — dice — il mio valor a prova,
poi che la cortesia sprezzar ti giova. —

34 Spinge il destrier in questo, e tutto oblia
quanto virtù cavaleresca chiede.
Fugge il franco l'incontro e si desvia,
e 'l destro fianco nel passar gli fiede,
ed è sì grave la percossa e ria
che 'l ferro sanguinoso indi ne riede;
ma che pro, se la piaga al vincitore
forza non toglie e giunge ira e furore?

35 Argante il corridor dal corso affrena,
e indietro il volge; e così tosto è vòlto,
che se n'accorge il suo nemico a pena,
e d'un grand'urto a l'improvviso è colto.
Tremar le gambe, indebolir la lena,
sbigottir l'alma e impallidir il volto
fègli l'aspra percossa, e frale e stanco
sovra il duro terren battere il fianco.

33: 3. *farà la scusa*: farà l'ammenda, cioè si comporterà meglio di me. 5. *In sembianza* ecc.: furioso come Aletto (una delle Furie, cfr. II, 91, 4) e terribile come Medusa (una delle Gorgoni, cfr. nota a IV, 5, 1-8). 6. *spire*: spiri. 7. *Conosci*: impara a conoscere (imperativo); *a prova*: per prova diretta, per esperienza personale. 8. *ti giova*: ti piace.

34: 1. *in questo*: in questo mezzo, frattanto. 2. *chiede*: esige. Essendo appiedato il Visconti, anche Argante dovrebbe scendere da cavallo. 3. *si desvia*: balza da un lato, schiva. 4. *fiede*: ferisce. 6. *sanguinoso*: insanguinato; *indi ne riede*: ritorna, esce dal « destro fianco » (v. 4). 8. *giunge*: « aggiunge, somma » (CHIAPPELLI).

35: 1. *dal corso affrena*: frena il cavallo arrestandone la corsa. 7. *frale*: fiaccato.

36 Ne l'ira Argante infellonisce, e strada
sovra il petto del vinto al destrier face;
e: — Così — grida — ogni superbo vada,
come costui che sotto i piè mi giace. —
Ma l'invitto Tancredi allor non bada,
ché l'atto crudelissimo gli spiace,
e vuol che 'l suo valor con chiara emenda
copra il suo fallo e, come suol, risplenda.

37 Fassi inanzi gridando: — Anima vile,
che ancor ne le vittorie infame sei,
qual titolo di laude alto e gentile
da modi attendi sì scortesi e rei?
Fra i ladroni d'Arabia o fra simìle
barbara turba avezzo esser tu déi.
Fuggi la luce, e va' con l'altre belve
a incrudelir ne' monti e tra le selve. —

38 Tacque; e 'l pagano, al sofferir poco uso,
morde le labra e di furor si strugge.
Risponder vuol, ma il suono esce confuso
sì come strido d'animal che rugge;
o come apre le nubi ond'egli è chiuso
impetuoso il fulmine, e se 'n fugge,
così pareva a forza ogni suo detto
tonando uscir da l'infiammato petto.

39 Ma poi ch'in ambo il minacciar feroce
a vicenda irritò l'orgoglio e l'ira,

36: 1. *infellonisce*: si comporta da «fellone» (e tale lo aveva definito Goffredo, 25, 4), cioè incrudelisce barbaramente. 5. *non bada*: non si trattiene più, non indugia. Per «bada» cfr. nota a III, 46, 8. 7 *chiara emenda*: ammenda manifesta a tutti.

37: 2. *infame*: indegno di fama, di gloria, come spiega e ribadisce nei vv. 3-4.

38: 1. *al sofferir*: all'esercizio della pazienza. 5. *ond'egli*: da cui il fulmine.

l'un come l'altro rapido e veloce,
spazio al corso prendendo, il destrier gira.
Or qui, Musa, rinforza in me la voce,
e furor pari a quel furor m'inspira,
sì che non sian de l'opre indegni i carmi
ed esprima il mio canto il suon de l'armi.

40   Posero in resta e dirizzaro in alto
i duo guerrier le noderose antenne;
né fu di corso mai, né fu di salto,
né fu mai tal velocità di penne,
né furia eguale a quella ond'a l'assalto
quinci Tancredi e quindi Argante venne.
Rupper l'aste su gli elmi, e volàr mille
tronconi e scheggie e lucide faville.

41   Sol de i colpi il rimbombo intorno mosse
l'immobil terra, e risonàrne i monti;
ma l'impeto e 'l furor de le percosse
nulla piegò de le superbe fronti.
L'uno e l'altro cavallo in guisa urtosse
che non fur poi cadendo a sorger pronti.
Tratte le spade, i gran mastri di guerra
lasciàr le staffe e i piè fermaro in terra.

39: 5-8. *Or qui, Musa* ecc.: il poeta chiede alla Musa che gli conceda un ardore d'ispirazione pari al furore epico che anima i due contendenti, sì che la poesia non sia indegna dell'evento ed esprima compiutamente il fragore delle armi. Cfr. Dante, *Inf.*, XXXII, 10-12 (« ma quelle donne aiutino il mio verso - ch'aiutaro Anfione a chiuder Tebe, - sì che dal fatto il dir non sia diverso »).

40: 1. *in alto*: per colpire l'elmo dell'avversario (v. 7). 2. *noderose antenne*: le lance costruite di legno nodoso e perciò robustissimo. 8. *tronconi*: tronchi.

41: 2. *l'immobil terra*: « concessivo; la terra, per quanto la sua enorme massa la rendesse immobile » (CHIAPPELLI). 5. *L'uno* ecc.: è un verso ariostesco (*Orl.*, XXXI, 14, 1). 6. *sorger*: rialzarsi. 8. *lasciar* ecc.: Ariosto, *Orl.*, XXXI, 14, 8 (« lascia le staffe, et è subito in piede »).

42 Cautamente ciascuno a i colpi move
la destra, a i guardi l'occhio, a i passi il piede;
si reca in atti vari, in guardie nove:
or gira intorno, or cresce inanzi, or cede,
or qui ferire accenna e poscia altrove,
dove non minacciò ferir si vede,
or di sé discoprire alcuna parte
e tentar di schernir l'arte con l'arte.

43 De la spada Tancredi e de lo scudo
mal guardato al pagan dimostra il fianco;
corre egli per ferirlo, e intanto nudo
di riparo si lascia il lato manco.
Tancredi con un colpo il ferro crudo
del nemico ribatte, e lui fère anco;
né poi, ciò fatto, in ritirarsi tarda,
ma si raccoglie e si ristringe in guarda.

44 Il fero Argante, che se stesso mira
del proprio sangue suo macchiato e molle,
con insolito orror freme e sospira,
di cruccio e di dolor turbato e folle;
e portato da l'impeto e da l'ira,
con la voce la spada insieme estolle,
e torna per ferire, ed è di punta
piagato ov'è la spalla al braccio giunta.

42: 3. *atti...guardie*: movimenti d'attacco e movimenti di difesa. 4. *cresce inanzi*: si allunga in avanti nella tipica posizione dell'*a fondo*. 8. *schernir*: deluder l'abilità dell'avversario con altra e maggiore abilità.
43: 1-2. *De la spada* ecc.: « Costruisci: Tancredi dimostra al Pagano il fianco *mal guardato* (difeso) dalla (*de la*) spada e dallo (*de lo*) scudo » (FERRARI). 3. *egli*: Argante. 3-4. *nudo di riparo*: indifeso, scoperto. 8. *in guarda*: in guardia, in posizione di difesa.
44: 2. *molle*: intriso. 3. *insolito*: straordinario. Cfr. III, 52, 4. 6. *estolle*: alza. 7. *ed*: ma. 8. *giunta*: congiunta.

45
Qual ne l'alpestri selve orsa, che senta
duro spiedo nel fianco, in rabbia monta,
e contra l'arme se medesma aventa
e i perigli e la morte audace affronta,
tale il circasso indomito diventa:
giunta or piaga a la piaga, ed onta a l'onta,
e la vendetta far tanto desia
che sprezza i rischi e le difese oblia.

46
E congiungendo a temerario ardire
estrema forza e infaticabil lena,
vien che sì impetuoso il ferro gire
che ne trema la terra e 'l ciel balena;
né tempo ha l'altro ond'un sol colpo tire,
onde si copra, onde respiri a pena,
né schermo v'è ch'assecurar il possa
da la fretta d'Argante e da la possa.

47
Tancredi, in sé raccolto, attende in vano
che de' gran colpi la tempesta passi.
Or v'oppon le difese, ed or lontano
se 'n va co' giri e co' veloci passi;
ma poi che non s'allenta il fer pagano,
è forza al fin che trasportar si lassi,
e cruccioso egli ancor con quanta pote
violenza maggior la spada rote.

48
Vinta da l'ira è la ragione e l'arte,
e le forze il furor ministra e cresce.

45: 1-4: *Qual* ecc.: Virgilio, *Aen.*, IX, 551-3; XII, 4-8. Da notare *spiedo* (v. 2): una corta lancia usata dai cacciatori. 6. *giunta*: essendovi aggiunta.

46: 3. *vien*: accade; *gire*: faccia disordinatamente ruotare. Cfr. 47, 8 (« la spada rote »). 7. *schermo*: difesa.

47: 5. *s'allenta*: rallenta l'assalto. 8. *rote*: ruoti. Cfr. 46, 3 (« il ferro gire »).

48: 1. *arte*: ogni accorgimento tecnico del duellare. 2. *le forze* ecc.: Virgilio, *Aen.*, I, 150 (« furor arma ministrat »). Da notare

Sempre che scende, il ferro o fóra o parte
o piastra o maglia, e colpo in van non esce.
Sparsa è d'arme la terra, e l'arme sparte
di sangue, e 'l sangue co 'l sudor si mesce
Lampo nel fiammeggiar, nel romor tuono,
fulmini nel ferir le spade sono.

49 Questo popolo e quello incerto pende
da sì novo spettacolo ed atroce,
e fra tema e speranza il fin n'attende,
mirando or ciò che giova, or ciò che noce;
e non si vede pur, né pur s'intende
picciol cenno fra tanti o bassa voce,
ma se ne sta ciascun tacito e immoto,
se non se in quanto ha il cor tremante in moto.

50 Già lassi erano entrambi, e giunti forse
sarian pugnando ad immaturo fine,
ma sì oscura la notte intanto sorse
che nascondea le cose anco vicine.
Quinci un araldo e quindi un altro accorse
per dipartirli, e li partiro al fine.
L'uno è il franco Arideo, Pindoro è l'altro,
che portò la disfida, uom saggio e scaltro.

---

ministra e cresce: somministra (cfr. III, 49, 4) e accresce. 3. *Sempre che*: ogni volta che. Cfr. 63, 7; *parte*: divide, spezza.

49: 1. *Questo...quello*: i Cristiani e i Pagani. 4. *giova*: giova al proprio campione. 8. *se non se in quanto*: eccetto che.

50: 1. *lassi*: stanchi, sfiniti. 2. *ad immaturo fine*: a morte per entrambi prematura. 3-8. *ma sì oscura* ecc.: « Da Omero è tolto lo scioglimento di questo duello, il quale somigliante fine diede a quello che fra Ettore e Aiace introdusse nel 7 dell'Iliade, facendo che per lo sopravenir della notte da gli araldi Ideo e Taltibio, co 'l metter essi gli scettri in mezzo, fussero que' guerrieri partiti » (GUASTAVINI). Da notare *Quinci...quindi* (v. 5): dal campo cristiano e da Gerusalemme; *dipartirli* (v. 6): dividerli; *Arideo, Pindoro* (v. 7): personaggi immaginari (per la « disfida » portata da Pindoro a Goffredo, cfr. 16, 6-20).

51
>   I pacifici scettri osàr costoro
>   fra le spade interpor de' combattenti,
>   con quella securtà che porgea loro
>   l'antichissima legge de le genti.
>   — Sète, o guerrieri, — incominciò Pindoro —
>   con pari onor, di pari ambo possenti;
>   dunque cessi la pugna, e non sian rotte
>   le ragioni e 'l riposo de la notte.

52
>   Tempo è da travagliar mentre il sol dura,
>   ma ne la notte ogni animale ha pace,
>   e generoso cor non molto cura
>   notturno pregio che s'asconde e tace. —
>   Risponde Argante: — A me per ombra oscura
>   la mia battaglia abbandonar non piace,
>   ben avrei caro il testimon del giorno!
>   Ma che giuri costui di far ritorno! —

53
>   Soggiunse l'altro allora: — E tu prometti
>   di tornar rimenando il tuo prigione,
>   perch'altrimenti non fia mai ch'aspetti
>   per la nostra contesa altra stagione. —
>   Così giuraro; e poi gli araldi, eletti
>   a prescriver il tempo a la tenzone,

51: 1. *pacifici scettri*: gli scettri con cui gli araldi ponevano termine ai duelli cavallereschi. Cfr. nota a 50, 3-8. 4. *antichissima legge*: la secolare consuetudine secondo cui le persone degli araldi erano sacre. 8. *le ragioni* ecc.: i diritti del riposo notturno.

52: 1. *travagliar*: operare. 2. *animale*: creatura mortale. 3. *generoso*: desideroso di gloria. 4. *notturno* ecc.: una vittoria conseguita nelle tenebre notturne e che perciò resta nascosta e silenziosa, non ha cioè pubblico di ammiratori e successo di pubblica fama. Altrove il T. esprime il rammarico che un duello eccezionale come quello di Clorinda e Tancredi si svolga di notte e affida alla sua poesia il compito di trarlo dall'oscurità e dall'oblìo (XII, 54). 5. *ombra oscura*: la notte. 8. *Ma che*: e tuttavia accetto di rinviare il duello purché ecc.

53: 1. *l'altro*: Tancredi. 2. *prigione*: Ottone Visconti, il quale evidentemente non era rimasto ucciso (36, 1-4). 4. *stagione*: tempo,

per dare spazio a le lor piaghe onesto,
stabiliro il mattin del giorno sesto.

54 Lasciò la pugna orribile nel core
de' saracini e de' fedeli impressa
un'alta meraviglia ed un orrore
che per lunga stagione in lor non cessa.
Sol de l'ardir si parla e del valore
che l'un guerriero e l'altro ha mostro in essa,
ma qual si debbia di lor due preporre,
vario e discorde il vulgo in sé discorre;

55 e sta sospeso in aspettando quale
avrà la fera lite avenimento,
e se 'l furore a la virtù prevale
o se cede l'audacia e l'ardimento.
Ma più di ciascun altro a cui ne cale,
la bella Erminia n'ha cura e tormento,
che da i giudizi de l'incerto Marte
vede pender di sé la miglior parte.

56 Costei, che figlia fu del re Cassano
che d'Antiochia già l'imperio tenne,
preso il suo regno, al vincitor cristiano
fra l'altre prede anch'ella in poter venne.

---

momento. 7. *spazio* ecc.: uno spazio di tempo conveniente (« onesto ») a risanare le ferite.
54: 6. *mostro*: mostrato.
55: 2. *avenimento*: esito, conclusione. 3-4. *se 'l furore* ecc.: « Qui si può conoscere la differenza che faccia il Poeta tra la fierezza e gagliardia d'Argante, e quelle di Tancredi, come che tutte due le finga per molto eccellenti e sovrane, avvegna che l'una per esser senza considerazione, e temeraria, è perciò detta *furore* e *audacia*, e l'altra per esser considerata, e ragionevole, è detta *virtù* e *ardimento* » (GUASTAVINI). Cfr. Petrarca, *Rime*, CXXVIII, 93 (« virtù contra furor... »). 5. *ne cale*: ne importa. 6. *cura e tormento*: angoscioso tormento. 7. *Marte*: duello. 8. *di sé* ecc.: il proprio cuore.
56: 1. *Cassano*: cfr. cfr. II, 71, 4 e nota relativa; III, 12, 7-8.

Ma fulle in guisa allor Tancredi umano
che nulla ingiuria in sua balia sostenne;
ed onorata fu, ne la ruina
de l'alta patria sua, come reina.

57   L'onorò, la servì, di libertate
dono le fece il cavaliero egregio,
e le furo da lui tutte lasciate
le gemme e gli ori e ciò ch'avea di pregio.
Ella vedendo in giovanetta etate
e in leggiadri sembianti animo regio,
restò presa d'Amor, che mai non strinse
laccio di quel più fermo onde lei cinse.

58   Così se 'l corpo libertà riebbe,
fu l'alma sempre in servitute astretta.
Ben molto a lei d'abbandonar increbbe
il signor caro e la prigion diletta;
ma l'onestà regal, che mai non debbe
da magnanima donna esser negletta,
la costrinse a partirsi, e con l'antica
madre a ricoverarsi in terra amica.

59   Venne a Gierusalemme, e quivi accolta
fu dal tiranno del paese ebreo;
ma tosto pianse in nere spoglie avolta
de la sua genitrice il fato reo.
Pur né 'l duol che le sia per morte tolta,
né l'essiglio infelice, unqua poteo
l'amoroso desio sveller dal core,
né favilla ammorzar di tanto ardore.

---

5. *fulle*: fu verso di lei.   6. *nulla* ecc.: nessuna offesa Erminia ebbe a patire durante il periodo che fu sua prigioniera.

57: 6. *regio*: nobile.

58: 5. *onestà*: dignità.   6. *negletta*: trascurata.   7. *antica*: vecchia.

59: 2. *tiranno* ecc.: Aladino, sovrano della Palestina (« paese ebreo »).   3. *nere spoglie*: vesti a lutto.   4. *fato reo*: la morte.   6. *unqua*: mai.   7. *sveller*: sradicare.   8. *ammorzar*: estinguere.

Canto sesto

60 Ama ed arde la misera, e sì poco
in tale stato che sperar le avanza
che nudrisce nel sen l'occulto foco
di memoria via più che di speranza;
e quanto è chiuso in più secreto loco,
tanto ha l'incendio suo maggior possanza.
Tancredi al fine a risvegliar sua spene
sovra Gierusalemme ad oste viene.

61 Sbigottìr gli altri a l'apparir di tante
nazioni, e sì indomite e sì fere;
fe' sereno ella il torbido sembiante
e lieta vagheggiò le squadre altere,
e con avidi sguardi il caro amante
cercando gio fra quelle armate schiere.
Cercollo in van sovente ed anco spesso:
— Eccolo — disse, e 'l riconobbe espresso.

62 Nel palagio regal sublime sorge
antica torre assai presso a le mura,
da la cui sommità tutta si scorge
l'oste cristiana, e 'l monte e la pianura.

60: 1-2. *sì poco...che sperar*: così poco in cui sperare. 3-4. *nudrisce* ecc.: « Due sono i cibi e i sostentamenti degli innamorati assenti dalle sue donne: memoria e speranza; l'una delle quali riguarda le cose passate, e l'altra quelle c'hanno a venire. Ma sì come con più fervore assai, e con maggior piacere, s'aspettano le future che si rammentino le state, quindi è che ne gli affari d'amore maggior luogo posegga la speranza che la memoria... Ma qui la povera Erminia più si regge sopra il sostegno men forte e più vive del meno sostanziale cibo, cioè co 'l rammentar le amorose cose viste nell'amato Tancredi; e con la memoria di queste sì focosamente mantiene l'amore che con notabile animosità ad alcuna sola favilluzza di speranza si dispone all'importante effetto che segue » (GUASTAVINI). 8. *sovra Gierusalemme ad oste*: a portare guerra a Gerusalemme.

61: 3. *torbido*: turbato. 4. *vagheggiò*: guardò amorosamente, con piacere. 6. *gio*: andò. 8. *espresso*: chiaramente.

62: 1. *sublime*: altissima, nel luogo più alto. 2. *antica torre* ecc.: cfr. III, 12, 1-4. 3-4. *da la cui sommità* ecc.: cfr. III, 9, 1-2. Da notare *oste cristiana* (v. 4): accampamento militare dei Cristiani.

Quivi, da che il suo lume il sol ne porge
in sin che poi la notte il mondo oscura,
s'asside, e gli occhi verso il campo gira
e co' pensieri suoi parla e sospira.

63 Quinci vide la pugna, e 'l cor nel petto
sentì tremarsi in quel punto sì forte
che parea che dicesse: « Il tuo diletto
è quegli là ch'in rischio è de la morte. »
Così d'angoscia piena e di sospetto
mirò i successi de la dubbia sorte,
e sempre che la spada il pagan mosse,
sentì ne l'alma il ferro e le percosse.

64 Ma poi ch'il vero intese, e intese ancora
che dée l'aspra tenzon rinovellarsi,
insolito timor così l'accora
che sente il sangue suo di ghiaccio farsi.
Talor secrete lagrime e talora
sono occulti da lei gemiti sparsi:
pallida, essangue e sbigottita in atto,
lo spavento e 'l dolor v'avea ritratto.

65 Con orribile imago il suo pensiero
ad or ad or la turba e la sgomenta,
e via più che la morte il sonno è fero,
sì strane larve il sogno le appresenta.
Parle veder l'amato cavaliero
lacero e sanguinoso, e par che senta
ch'egli aita le chieda; e desta intanto,
si trova gli occhi e 'l sen molle di pianto.

63: 1. *Quinci*: di qui, dalla torre. 2. *sentì tremarsi*: si sentì tremare. Cfr. XII, 64, 7-8 (« sente - morirsi »). 6. *i successi* ecc.: i vari casi dell'incerto duello. 7. *sempre che*: ogni volta che. Cfr. 48, 3.

64: 3-4. *insolito timor* ecc.: Virgilio, *Aen.*, III, 29-30, e 259. 8. *lo spavento* ecc.: aveva dipinto nell'atteggiamento (« v'avea ritratto » vi aveva dipinto, cioè nell'« atto » del v. 7) ecc.

65: 3. *fero*: crudele, insopportabile. 4. *larve*: forme vane. 6. *sanguinoso*: insanguinato. 8. *molle*: intriso.

66 Né sol la tema di futuro danno
con sollecito moto il cor le scote,
ma de le piaghe ch'egli avea l'affanno
è cagion che quetar l'alma non pote;
e i fallaci romor, ch'intorno vanno,
crescon le cose incognite e remote,
sì ch'ella avisa che vicino a morte
giaccia oppresso languendo il guerrier forte.

67 E però ch'ella da la madre apprese
qual più secreta sia virtù de l'erbe,
e con quai carmi ne le membra offese
sani ogni piaga e 'l duol si disacerbe
(arte che per usanza in quel paese
ne le figlie de i re par che si serbe),
vorria di sua man propria a le ferute
del suo caro signor recar salute.

68 Ella l'amato medicar desia,
e curar il nemico a lei conviene;
pensa talor d'erba nocente e ria
succo sparger in lui che l'avelene,
ma schiva poi la man vergine e pia
trattar l'arti maligne, e se n'astiene.
Brama ella almen ch'in uso tal sia vòta
di sua virtute ogn'erba ed ogni nota.

66: 1. *Né sol* ecc.: Ariosto, *Orl.*, XXVIII, 164 (« Ma più è la tema del futuro danno »). 5. *fallaci romor*: voci ingannevoli e allarmanti. 7. *avisa*: pensa, crede.

67: 2. *qual più secreta sia*: anche la più segreta. 3. *carmi*: formule magiche. Cfr. II, 1, 5. 4. *sani ogni piaga*: ogni piaga (sogg.) guarisca (« sani » intrans.: si risani). 4. *'l duol si disacerbe*: il dolore si mitighi. Cfr. Petrarca, *Rime*, XXIII, 4 (« perché cantando il duol si disacerba »).

68: 2. *curar* ecc.: è necessario che essa curi il nemico del suo « amato » (v. 1), cioè Argante avversario di Tancredi, e quindi anche nemico suo. 3. *nocente*: nociva, velenosa. 5. *schiva*: rifiuta (sogg. « la man »). 7-8. *Brama* ecc.: ma essa desidera almeno che nell'uso che ne fa ora (« in uso tal ») curando Argante, sia priva di efficacia ogni erba e ogni formula magica. Da notare *nota* (v. 8): formula magica (come « carmi », 67, 3), per cui cfr. anche XVI, 37, 1.

69 Né già d'andar fra la nemica gente
temenza avria, ché peregrina era ita,
e viste guerre e stragi avea sovente,
e scorsa dubbia e faticosa vita,
sì che per l'uso la feminea mente
sovra la sua natura è fatta ardita,
e di leggier non si conturba e pave
ad ogni imagin di terror men grave.

70 Ma più ch'altra cagion, dal molle seno
sgombra Amor temerario ogni paura,
e crederia fra l'ugne e fra 'l veneno
de l'africane belve andar secura;
pur se non de la vita, avere almeno
de la sua fama dée temenza e cura,
e fan dubbia contesa entro al suo core
duo potenti nemici, Onore e Amore.

71 L'un così le ragiona: « O verginella,
che le mie leggi insino ad or serbasti,
io mentre ch'eri de' nemici ancella
ti conservai la mente e i membri casti;
e tu libera or vuoi perder la bella
verginità ch'in prigionia guardasti?
Ahi! nel tenero cor questi pensieri
chi svegliar può? che pensi, oimè? che speri?

72 Dunque il titolo tu d'esser pudica
sì poco stimi, e d'onestate il pregio,

69: 4. *scorsa*: trascorsa; *dubbia*: incerta, pericolosa. 5. *uso*: dolorosa esperienza. 6. *sovra* ecc.: è divenuta coraggiosa oltre quanto per natura è concesso alle donne. 7. *pave*: teme. 8. *men grave*: meno che grave.
70: 1. *molle seno*: tenero cuore. 2. *temerario*: che rende temerari. Cfr. IV, 89, 2. 3. *crederia*: crederebbe. 7. *dubbia*: incerta.
71: 1. *L'un*: l'onore. 2. *serbasti*: conservasti, osservasti. 6. *guardasti*: custodisti, difendesti.
72: 2. *pregio*: vanto. 7-8. *ti conceda*: ti consegni agli altri come preda spregevole (« vulgare ») e a lui sgradita.

che te n'andrai fra nazion nemica,
notturna amante, a ricercar dispregio?
Onde il superbo vincitor ti dica:
"Perdesti il regno, e in un l'animo regio;
non sei di me tu degna", e ti conceda
vulgare a gli altri e mal gradita preda. »

73   Da l'altra parte, il consiglier fallace
con tai lusinghe al suo piacer l'alletta:
« Nata non sei tu già d'orsa vorace,
né d'aspro e freddo scoglio, o giovanetta,
ch'abbia a sprezzar d'Amor l'arco e la face
ed a fuggir ognor quel che diletta,
né petto hai tu di ferro o di diamante
che vergogna ti sia l'esser amante.

74   Deh! vanne omai dove il desio t'invoglia.
Ma qual ti fingi vincitor crudele?
Non sai com'egli al tuo doler si doglia,
come compianga al pianto, a le querele?
Crudel sei tu, che con sì pigra voglia
movi a portar salute al tuo fedele.
Langue, o fera ed ingrata, il pio Tancredi,
e tu de l'altrui vita a cura siedi!

75   Sana tu pur Argante, acciò che poi
il tuo liberator sia spinto a morte:

73: 1. *il consiglier fallace*: l'amore che consigliando inganna. 2. *al suo piacer*: a ciò che a lei piace. 3. *Nata* ecc.: Ariosto, *Orl.*, II, 32, 5-6 (« e costei, che né d'orso né di fiero - leone uscì... »). 5. *l'arco e la face*: le saette d'amore e la face d'Imene. Per le « nozze », cfr. 77, 5-7. 8. *che vergogna* ecc.: che debba essere per te motivo di vergogna l'essere innamorato.

74: 1. *t'invoglia*: ti attira, ti chiama. 2. *ti fingi*: ti immagini. 4. *compianga* ecc.: partecipi al tuo pianto ecc.: 8. *de l'altrui vita a cura*: a cura della vita di Argante.

75: 2. *liberator*: Tancredi, che restituì a libertà Erminia prigioniera. Cfr. 57, 1-2 (« ... di libertate - dono le fece il cavaliero egre-

così disciolti avrai gli oblighi tuoi,
e sì bel premio fia ch'ei ne riporte.
È possibil però che non t'annoi
quest'empio ministero or così forte
che la noia non basti e l'orror solo
a far che tu di qua te 'n fugga a volo?

76 Deh! ben fòra, a l'incontra, ufficio umano,
e ben n'avresti tu gioia e diletto,
se la pietosa tua medica mano
avicinassi al valoroso petto;
ché per te fatto il tuo signor poi sano
colorirebbe il suo smarrito aspetto,
e le bellezze sue, che spente or sono,
vagheggiaresti in lui quasi tuo dono.

77 Parte ancor poi ne le sue lodi avresti,
e ne l'opre ch'ei fèsse alte e famose,
ond'egli te d'abbracciamenti onesti
faria lieta, e di nozze aventurose.
Poi mostra a dito ed onorata andresti
fra le madri latine e fra le spose
là ne la bella Italia, ov'è la sede
del valor vero e de la vera fede. »

gic »); *spinto a morte*: portato violentemente a morire. 5-8. *È possibil* ecc.: ma è possibile che questo ampio servizio, di curare Argante, non ti ripugni (« non t'annoi ») ora così fortemente (« forte ») che la ripugnanza e l'onore non bastino di per sé (« solo ») a farti fuggire precipitosamente di qui? Da notare *empio* (v. 6): perché reso a chi, una volta risanato, minaccia di ucciderle l'essere amato.

76: 1. *fòra*: sarebbe; *a l'incontra*: al contrario; *umano*: si oppone a « empio » (75, 6). 8. *vagheggiaresti*: vagheggeresti, contempleresti amorosamente; *dono*: perché resuscitato dalla tua « medica mano » (v. 3).

77: 1. *ne le sue lodi*: nelle lodi a lui tributate. 2. *fèsse*: facesse. 4. *aventurose*: felici. 5. *mostra*: mostrata. 6. *latine*: italiane.

78   Da tai speranze lusingata (ahi stolta!)
somma felicitate a sé figura;
ma pur si trova in mille dubbi avolta
come partir si possa indi secura,
perché vegghian le guardie e sempre in volta
van di fuori al palagio e su le mura,
né porta alcuna, in tal rischio di guerra,
senza grave cagion mai si disserra.

79   Soleva Erminia in compagnia sovente
de la guerriera far lunga dimora.
Seco la vide il sol da l'occidente,
seco la vide la novella aurora;
e quando son del dì le luci spente,
un sol letto le accolse ambe talora:
e null'altro pensier che l'amoroso
l'una vergine a l'altra avrebbe ascoso.

80   Questo sol tiene Erminia a lei secreto
e s'udita da lei talor si lagna,
reca ad altra cagion del cor non lieto
gli affetti, e par che di sua sorte piagna.
Or in tanta amistà senza divieto
venir sempre ne pote a la compagna,
né stanza al giunger suo giamai si serra,
siavi Clorinda, o sia in consiglio o 'n guerra.

78: 2. *a sé figura*: immagina, dipinge per sé. Oppure: prefigura, presagisce a sé. 4. *indi*: di lì, da Gerusalemme. 5. *vegghian*: vegliano; *in volta*: in giro. 8. *si disserra*: si dischiude, si apre.
79: 2. *guerriera*: Clorinda. 3. *il sol* ecc.: il tramonto. 4. *la novella aurora*: l'alba seguente. Erminia e Clorinda vegliavano dunque, conversando la notte intera. Oppure dormivano insieme (vv. 5-6).
80: 1. *Questo sol*: il « pensier...amoroso » (79, 7). 3. *reca*: riferisce, attribuisce. 5. *amistà*: amicizia, familiarità.

81
Vennevi un giorno ch'ella in altra parte
si ritrovava, e si fermò pensosa,
pur tra sé rivolgendo i modi e l'arte
de la bramata sua partenza ascosa.
Mentre in vari pensier divide e parte
l'incerto animo suo che non ha posa,
sospese di Clorinda in alto mira
l'arme e le sopraveste: allor sospira.

82
E tra sé dice sospirando: « O quanto
beata è la fortissima donzella!
quant'io la invidio! e non l'invidio il vanto
o 'l feminil onor de l'esser bella.
A lei non tarda i passi il lungo manto,
né 'l suo valor rinchiude invida cella,
ma veste l'armi, e se d'uscirne agogna,
vassene e non la tien tema o vergogna.

83
Ah perché forti a me natura e 'l cielo
altrettanto non fèr le membra e 'l petto,
onde potessi anch'io la gonna e 'l velo
cangiar ne la corazza e ne l'elmetto?
Ché sì non riterrebbe arsura o gelo,
non turbo o pioggia il mio infiammato affetto,
ch'al sol non fossi ed al notturno lampo,
accompagnata o sola, armata in campo.

81: 1. *ella*: Clorinda. 3. *i modi e l'arte*: i modi possibili e gli accorgimenti. 5-6. *Mentre* ecc.: Virgilio, *Aen.*, IV, 285-6 (« atque animum nunc huc celerem, nunc dividit illuc, - in partisque rapit varias »). 7. *sospese...in alto*: appese in alto.
82: 3. *il vanto*: la fama. È stato proposto « l'onore militare » (CHIAPPELLI). 6. *invida cella*: una stanza, segreta come tutte quelle destinate alle donne, tale da impedirle di andare e venire liberamente. 8. *tien*: trattiene.
83: 1. *natura e 'l cielo*: la natura favorita dagli influssi degli astri. 6. *turbo*: turbine, tempesta. 7. *notturno lampo*: i raggi della luna.

84 Già non avresti, o dispietato Argante,
co 'l mio signor pugnato tu primiero,
ch'io sarei corsa ad incontrarlo inante;
e forse or fòra qui mio prigionero
e sosterria da la nemica amante
giogo di servitù dolce e leggiero,
e già per li suoi nodi i' sentirei
fatti soavi e alleggeriti i miei.

85 O vero a me da la sua destra il fianco
sendo percosso, e riaperto il core,
pur risanata in cotal guisa almanco
colpo di ferro avria piaga d'Amore;
ed or la mente in pace e 'l corpo stanco
riposariansi, e forse il vincitore
degnato avrebbe il mio cenere e l'ossa
d'alcun onor di lagrime e di fossa.

86 Ma lassa! i' bramo non possibil cosa,
e tra folli pensier in van m'avolgo;
io mi starò qui timida e dogliosa
com'una pur del vil femineo volgo.
Ah! non starò: cor mio, confida ed osa.
Perch'una volta anch'io l'arme non tolgo?
perché per breve spazio non potrolle
sostener, benché sia debile e molle?

84: 3. *inante*: prime di te. 4. *fòra*: sarebbe. 7-8. *e già* ecc.: e anche soltanto per i suoi «nodi» di prigionia, io sentirei addolciti e resi più lievi i miei «nodi» amorosi.

85: 2. *sendo*: essendo; *riaperto il core*: «riaperto, cioè aperto di nuovo la prima volta da Amore, e la seconda dal ferro. Fa un dilemma in questo modo: o io avrei vinto lui o esso me; ma in qual si voglia modo io m'avrei fatto beneficio, ché vincendolo era mio prigione, e i suoi alleggerivano i miei (ott. 84); ed essendo vinta, e ferita nel cuore, mi moriva e andava a riposare (ott. 85)» (GUASTAVINI). 6. *riposariansi*: si riposerebbero, avrebbero tregua.

86: 2. *m'avolgo*: mi raggiro e mi perdo. 6. *tolgo*: prendo, indosso. 7. *spazio*: tempo. 8. *molle*: fragile.

87

Sì potrò, sì, ché mi farà possente
a tolerarne il peso Amor tiranno,
da cui spronati ancor s'arman sovente
d'ardire i cervi imbelli e guerra fanno.
Io guerreggiar non già, vuo' solamente
far con quest'armi un ingegnoso inganno:
finger mi vuo' Clorinda; e ricoperta
sotto l'imagin sua, d'uscir son certa.

88

Non ardirieno a lei far i custodi
de l'alte porte resistenza alcuna.
Io pur ripenso, e non veggio altri modi:
aperta è, credo, questa via sol una.
Or favorisca l'innocenti frodi
Amor che le m'inspira e la Fortuna.
E ben al mio partir commoda è l'ora,
mentre co 'l re Clorinda anco dimora. »

89

Così risolve; e stimolata e punta
da le furie d'Amor, più non aspetta,
ma da quella a la sua stanza congiunta
l'arme involate di portar s'affretta.
E far lo può, ché quando ivi fu giunta,
diè loco ogn'altro, e si restò soletta;
e la notte i suoi furti ancor copria,
ch'a i ladri amica ed a gli amanti uscia.

87: 2. *tiranno*: perché la tiranneggia, la fa soffrire. 3-4. *da cui spronati* ecc.: « Boccaccio nella *Fiammetta*: ' E ne' boschi i timidi cervi fatti fra sé feroci, quando costui (Amore) gli tocca, per le desiderate cerve combattendo e mugghiando, del costui caldo mostrano ecc. ' » (GUASTAVINI). 8. *imagin*: aspetto.

88: 1. *ardirieno*: ardirebbero. 3. *pur ripenso*: continuo a pensare e ripensare. 4. *questa* ecc.: soltanto quest'unica via. 5. *innocenti*: innocue. 6. *le m'inspira*: me le ispira, suggerisce. 7. *commoda*: opportuna, favorevole. 8. *dimora*: si intrattiene.

89: 3. *da quella* ecc.: dalla stanza di Clorinda che era attigua (« congiunta ») alla sua. 6. *diè loco*: si ritira. 7. *copria*: copriva, proteggeva. 8. *uscia*: proprio allora sopraggiungeva.

Canto sesto

90 Essa veggendo il ciel d'alcuna stella
già sparso intorno divenir più nero,
senza fraporvi alcuno indugio appella
secretamente un suo fedel scudiero
ed una sua leal diletta ancella,
e parte scopre lor del suo pensiero.
Scopre il disegno de la fuga, e finge
ch'altra cagion a dipartir l'astringe.

91 Lo scudiero fedel sùbito appresta
ciò ch'al lor uopo necessario crede.
Erminia intanto la pomposa vesta
si spoglia, che le scende insino al piede,
e in ischietto vestir leggiadra resta
e snella sì ch'ogni credenza eccede;
né, trattane colei ch'a la partita
scelta s'avea, compagna altra l'aita.

92 Co 'l durissimo acciar preme ed offende
il delicato collo e l'aurea chioma,
e la tenera man lo scudo prende,
pur troppo grave e insopportabil soma.
Così tutta di ferro intorno splende,
e in atto militar se stessa doma.
Gode Amor ch'è presente, e tra sé ride,
come allor già ch'avolse in gonna Alcide.

90: 5. *leal*: fedele. 8. *astringe*: costringe.
91: 5. *ischietto*: semplice (in opposizione a « pomposa vesta »,
v. 3); ma anche: succinto. 6. *ogni* ecc.: che non si sarebbe potuto
credere. 7. *trattane*: tranne; *partita*: partenza. 8. *aita*: aiuta.
92: 4. *soma*: peso. 6. *in atto* ecc.: si costringe ecc. « Doma,
cioè forza e violenta se stessa, e la natura sua, co 'l vestirsi a quel
modo da guerriero » (GUASTAVINI). Cfr. Petrarca, *Tr. Am.*, III (« Or
in atto servil se stessa doma »). 7-8. *ride* ecc.: ride come quando
costrinse Ercole a indossare vesti femminili. Cfr. IV, 96, 5-6; XVI, 3
e note relative.

93   Oh! con quanta fatica ella sostiene
l'inegual peso e move lenti i passi,
ed a la fida compagnia s'attiene
che per appoggio andar dinanzi fassi.
Ma rinforzan gli spiriti Amore e spene
e ministran vigore a i membri lassi,
sì che giungono al loco ove le aspetta
lo scudiero, e in arcion sagliono in fretta.

94   Travestiti ne vanno, e la più ascosa
e più riposta via prendono ad arte,
pur s'avengono in molti e l'aria ombrosa
veggon lucer di ferro in ogni parte;
ma impedir lor viaggio alcun non osa,
e cedendo il sentier ne va in disparte,
ché quel candido ammanto e la temuta
insegna anco ne l'ombra è conosciuta.

95   Erminia, benché quinci alquanto sceme
del dubbio suo, non va però secura,
ché d'essere scoperta a la fin teme
e del suo troppo ardir sente or paura;
ma pur, giunta a la porta, il timor preme
ed inganna colui che n'ha la cura.
— Io son Clorinda, — disse — apri la porta,
ché 'l re m'invia dove l'andare importa. —

93 : 2. *inegual*: sproporzionato alle sue forze. 3. *s'attiene*: s'appoggia. 4. *fassi*: si fa. 5. *Amore e spene*: sogg. di « rinforzan » (v. 5) e « ministran » (v. 6). 6. *ministran*: somministrano, infondono. 8. *sagliono*: salgono.
94 : 1. *Travestiti*: Erminia, l'ancella e la scudiera. 2. *via*: di Gerusalemme. 3. *s'avengono*: s'imbattono; *ombrosa*: oscura, tenebrosa. 4. *lucer di ferro*: illuminarsi dello scintillio delle armi. 6. *cedendo il sentier*: cedendo il passo, sgombrando la strada. 7-8. *temuta insegna*: la tigre. Cfr. II, 38, 5.
95 : 1. *quinci*: per questo (94, 5-6). Altri intende: da questo momento, vedendo che l'inganno è riuscito. 1-2. *alquanto...suo*: una parte del suo timore diminuisca. 5. *preme*: reprime, soffoca. 6. *n'ha la cura*: ha la custodia della porta.

96 La voce feminil sembiante a quella
de la guerriera agevola l'inganno
(chi crederia veder armata in sella
una de l'altre ch'arme oprar non sanno?),
sì che 'l portier tosto ubidisce, ed ella
n'esce veloce e i duo che seco vanno;
e per lor securezza entro le valli
calando prendon lunghi obliqui calli.

97 Ma poi ch'Erminia in solitaria ed ima
parte si vede, alquanto il corso allenta,
ch' i primi rischi aver passati estima,
né d'esser ritenuta omai paventa.
Or pensa a quello a che pensato in prima
non bene aveva; ed or le s'appresenta
difficil più ch'a lei non fu mostrata
dal frettoloso suo desir, l'entrata.

98 Vede or che sotto il militar sembiante
ir tra feri nemici è gran follia;
né d'altra parte palesarsi, inante
ch'al suo signor giungesse, altrui vorria.
A lui secreta ed improvisa amante
con secura onestà giunger desia;
onde si ferma, e da miglior pensiero
fatta più cauta parla al suo scudiero:

99 — Essere, o mio fedele, a te conviene
mio precursor, ma sii pronto e sagace.

96: 1. *sembiante*: somigliante. 8. *lunghi* ecc.: sentieri tortuosi e perciò più lunghi della strada diretta.
97: 1-2. *in solitaria...parte*: in una parte solitaria del fondo valle. 2. *allenta*: rallenta. 3. *estima*: giudica. 4. *ritenuta*: trattenuta. 8. *l'entrata*: nel campo cristiano.
98: 1. *sembiante*: aspetto. 4. *al suo signor*: a Tancredi. 5. *improvisa*: inaspettata. 6. *con secura onestà*: con sicurezza del suo onore.
99: 1-2. *a te...precursor*: conviene che tu mi sia annunziatore,

7 — TASSO.

Vattene al campo, e fa' ch'alcun ti mene
e t'introduca ove Tancredi giace,
a cui dirai che donna a lui ne viene
che gli apporta salute e chiede pace:
pace, poscia ch'Amor guerra mi move,
ond'ei salute, io refrigerio trove;

100 e ch'essa ha in lui sì certa e viva fede
ch'in suo poter non teme onta né scorno.
Di' sol questo a lui solo; e s'altro ei chiede,
di' non saperlo e affretta il tuo ritorno.
Io (ché questa mi par secura sede)
in questo mezzo qui farò soggiorno. —
Così disse la donna, e quel leale
già veloce così come avesse ale.

101 E 'n guisa oprar sapea, ch'amicamente
entro a i chiusi ripari era raccolto,
e poi condotto al cavalier giacente,
che l'ambasciata udia con lieto volto;
e già lasciando ei lui, che ne la mente
mille dubbi pensier avea rivolto,
ne riportava a lei dolce risposta:
ch'entrar potrà, quanto più lice, ascosta.

102 Ma ella intanto impaziente, a cui
troppo ogni indugio par noioso e greve,
numera fra se stessa i passi altrui
e pensa: «or giunge, or entra, or tornar deve».

cioè che tu mi preceda. 4. *giace*: ferito per i colpi ricevuti nel duello con Argante. 5. *a cui*: e a lui. 6. *salute*: guarigione.

100: 1. *fede*: fiducia. 3. *questo*: questo mi sembra un luogo sicuro per attendere il tuo ritorno. 6. *in questo mezzo*: frattanto. 7. *leale*: fedele. 8. *già veloce*: correva.

101: 1. *amicamente*: amichevolmente. 2. *entro* ecc.: accolto entro gli steccati del campo cristiano. 3. *cavalier giacente*: Tancredi (cfr. 99, 4). 8. *quanto più lice*: quanto più è possibile.

102: 2. *noioso*: increscioso. 8. *onde*: da cui.

E già le sembra, e se ne duol, colui
men del solito assai spedito e leve.
Spingesi al fine inanti, e 'n parte ascende
onde comincia a discoprir le tende.

103   Era la notte, e 'l suo stellato velo
chiaro spiegava e senza nube alcuna,
e già spargea rai luminosi e gelo
di vive perle la sorgente luna.
L'innamorata donna iva co 'l cielo
le sue fiamme sfogando ad una ad una,
e secretari del suo amore antico
fea i muti campi e quel silenzio amico.

104   Poi rimirando il campo ella dicea:
— O belle a gli occhi miei tende latine!
Aura spira da voi che mi ricrea
e mi conforta pur che m'avicine;
così a mia vita combattuta e rea
qualche onesto riposo il Ciel destine,
come in voi solo il cerco, e solo parmi
che trovar pace io possa in mezzo a l'armi.

105   Raccogliete me dunque, e in voi si trove
quella pietà che mi promise Amore
e ch'io già vidi, prigioniera altrove,
nel mansueto mio dolce signore.

---

103 : 2. *chiaro*: luminoso. 5-8. *L'innamorata* ecc.: Petrarca, *Rime,* CCXXIII, 3-6 («col cielo e co le stelle e co la luna - un'angosciosa e dura notte innarro; - poi, lasso, a tal che non m'ascolta narro - tutte le mie fatiche ad una ad una»). Da notare *iva...sfogando* (vv. 5-6): andava sfogando; *secretari* (v. 7): confidenti; *silenzio amico* (v. 8): cfr. II, 95, 5-6 e nota relativa.
104 : 2. *latine*: italiane. Le tende dei crociati italiani comandati da Tancredi. 4. *pur che m'avicine*: soltanto che m'avvicini. 5. *rea*: dolorosa.
105 : 1. *Raccogliete*: accogliete. 2. *che*: ogg. di «promise». 4. *signore*: Tancredi. 6. *favor vostro*: l'aiuto dei cavalieri italiani

Né già desio di racquistar mi move
co 'l favor vostro il mio regale onore;
quando ciò non avenga, assai felice
io mi terrò se 'n voi servir mi lice. —

106   Così parla costei, che non prevede
qual dolente fortuna a lei s'appreste.
Ella era in parte ove per dritto fiede
l'armi sue terse il bel raggio celeste,
sì che da lunge il lampo lor si vede
co 'l bel candor che le circonda e veste,
e la gran tigre ne l'argento impressa
fiammeggia sì ch'ognun direbbe: « È dessa. »

107   Come volle sua sorte, assai vicini
molti guerrier disposti avean gli aguati;
e n'eran duci duo fratei latini,
Alcandro e Poliferno, e fur mandati
per impedir che dentro a i saracini
greggie non siano e non sian buoi menati;
e se 'l servo passò, fu perché torse
più lunge il passo e rapido trascorse.

---

accolti in quelle tende. 8. *mi terrò*: mi considererò; *se 'n voi* ecc.: se mi è almeno accordato di vivere tra voi come schiava di Tancredi.

106: 3-5. *Ella* ecc.: Virgilio, *Aen.*, IX, 373-4 (« et galea Euryalum sublustri noctis in umbra - prodidit immemorem, radiisque adversa refulsit »). Da notare *per dritto fiede* (v. 3): colpisce direttamente; *terse* (v. 4): forbite; *il bel raggio* (v. 4): il raggio lunare (103, 3-4); *lampo* (v. 5): lo scintillio. 6-7. *bel candor...tigre*: la bianca sopravveste e l'insegna. Cfr. 94, 7-8 e nota relativa. 8. *È dessa*: è lei, è Clorinda.

107: 2. *aguati*: posti segreti di guardia che vigilavano affinché non entrassero rifornimenti in Gerusalemme (vv. 5-6). Cfr. III, 65, 5-8. 3. *latini*: italiani. 4. *Alcandro e Poliferno*: cfr. III, 35, 5-8. 7. *servo*: lo scudiero di Erminia. 7-8. *torse...il passo*: passò lontano dagli « aguati »; *rapido* ecc.: passò oltre velocemente.

108 Al giovin Poliferno, a cui fu il padre
su gli occhi suoi già da Clorinda ucciso,
viste le spoglie candide e leggiadre,
fu di veder l'alta guerriera aviso,
e contra le irritò l'occulte squadre;
né frenando del cor moto improviso
(com' era in suo furor sùbito e folle)
gridò: — Sei morta —, e l'asta in van lanciolle.

109 Sì come cerva ch'assetata il passo
mova a cercar d'acque lucenti e vive,
ove un bel fonte distillar da un sasso
o vide un fiume tra frondose rive,
s'incontra i cani allor che 'l corpo lasso
ristorar crede a l'onde, a l'ombre estive,
volge indietro fuggendo, e la paura
la stanchezza obliar face e l'arsura;

110 così costei, che de l'amor la sete,
onde l'infermo core è sempre ardente,
spegner ne l'accoglienze oneste e liete
credeva, e riposar la stanca mente,
or che contra gli vien chi glie 'l diviete,
e 'l suon del ferro e le minaccie sente,
se stessa e 'l suo desir primo abbandona,
e 'l veloce destrier timida sprona.

108: 1-2. *a cui* ecc.: cfr. III, 35, 1-2. 3. *spoglie candide*: la bianca sopravveste. 4. *fu...aviso*: fu persuaso, credette proprio. 5. *irritò*: incitò; *occulte squadre*: i soldati che stanno nascosti negli « aguati » (107,2). 7. *com'* ecc.: siccome era sempre, per natura, sconsideratamente impetuoso (« sùbito e folle ») nelle sue manifestazioni di furore.
109: 2. *vive*: scorrenti. 5. *lasso*: sfinito. 7. *volge*: si volge. 7-8. *la paura* ecc.: il timore fa dimenticare (« obliar face ») la stanchezza e l'arsura.
110: 3. *accoglienze* ecc.: Dante, *Purg.*, VII, 1 (« Poscia che l'accoglienze oneste e liete). 5. *diviete*: impedisce. 8. *timida*: intimidita, spaventata.

111
Fugge Erminia infelice, e 'l suo destriero
con prontissimo piede il suol calpesta.
Fugge ancor l'altra donna, e lor quel fero
con molti armati di seguir non resta.
Ecco che da le tende il buon scudiero
con la tarda novella arriva in questa,
e l'altrui fuga ancor dubbio accompagna,
e gli sparge il timor per la campagna.

112
Ma il più saggio fratello, il quale anch'esso
la non vera Clorinda avea veduto,
non la volle seguir, ch'era men presso,
ma ne l'insidie sue s'è ritenuto;
e mandò con l'aviso al campo un messo
che non armento od animal lanuto,
né preda altra simìl, ma ch'è seguita
dal suo german Clorinda impaurita;

113
e ch'ei non crede già, né 'l vuol ragione,
ch'ella, ch'è duce e non è sol guerriera,
elegga a l'uscir suo tale stagione
per opportunità che sia leggiera;
ma giudichi e comandi il pio Buglione,
egli farà ciò che da lui s'impera.

111: 2. *prontissimo piede*: velocissime zampe. 3. *ancor*: anche; *altra donna*: la fedele ancella di Erminia; *quel fero*: l'impetuoso Poliferno. 4. *di seguir* ecc.: non cessa di inseguire. 6. *tarda novella*: messaggio ormai tardivo perché Erminia non è più qui a riceverla. Per il messaggio, cfr. 101, 7-8 (« ne riportava a lei dolce risposta... »); *in questa*: frattanto. 7-8. *l'altrui* ecc.: asseconda anche lui, senza rendersi ragione di quel che accade, la fuga altrui, cioè di Erminia e dell'ancella, e così lo spavento disperde per la campagna tutti e tre i protagonisti della segreta sortita di Gerusalemme (« gli »: Erminia, l'ancella e lo scudiero).
112: 1. *il più saggio* ecc.: Alcandro. 4. *insidie*: gli « aguati » (107, 2). 6. *armento...animal lanuto*: cfr. 107, 6 (« buoi » e « greggie »). 7. *seguita*: inseguita. 8. *german*: fratello.
113: 3. *elegga*: scelga; *stagione*: ora, momento. 4. *per opportunità* ecc.: per una ragione di scarsa importanza. 6. *egli*: Alcandro;

Giunge al campo tal nova, e se ne intende
il primo suon ne le latine tende.

114 Tancredi, cui dinanzi il cor sospese
quell'aviso primiero, udendo or questo,
pensa: « Deh! forse a me venia cortese,
e 'n periglio è per me », né pensa al resto.
E parte prende sol del grave arnese,
monta a cavallo e tacito esce e presto;
e seguendo gli indizi e l'orme nove,
rapidamente a tutto corso il move.

---

da lui s'impera: sarà comandato da Goffredo. 8. *latine*: italiane.
114: 1-2. *cui...primiero*: al quale il primo messaggio dello scudiero di Erminia (101, 4-6) aveva turbato e reso dubbioso il cuore (« il cor sospese ». Cfr. 101, 5-6: « ... ne la mente - mille dubbi pensier avea rivolto »). 2. *questo*: « aviso ». 5. *grave arnese*: pesante armatura.
6. *tacito...presto*: silenziosamente e rapidamente. 7. *orme nove*: le orme recenti del cavallo di Erminia. 8. *a tutto corso*: a corsa sfrenata, a briglia sciolta.

Canto settimo

1
Intanto Erminia infra l'ombrose piante
d'antica selva dal cavallo è scòrta,
né più governa il fren la man tremante,
e mezza quasi par tra viva e morta.
Per tante strade si raggira e tante
il corridor ch'in sua balia la porta,
ch'al fin da gli occhi altrui pur si dilegua,
ed è soverchio omai ch'altri la segua.

2
Qual dopo lunga e faticosa caccia
tornansi mesti ed anelanti i cani
che la fèra perduta abbian di traccia,
nascosa in selva da gli aperti piani,
tal pieni d'ira e di vergogna in faccia
riedono stanchi i cavalier cristiani.
Ella pur fugge, e timida e smarrita
non si volge a mirar s'anco è seguita.

1: 1-8. *Intanto Erminia* ecc.: Ariosto, *Orl.,* I, 33 sgg. Da notare *scòrta* (v. 2): condotta, trascinata (VI, 110, 7: « se stessa...abbandona »); *la man* (v. 3): sogg. di « governa »; *corridor* (v. 6): cavallo; *ch'al fin* (v. 7): « Il sogg. di questa proposiz. consequenziale non è il corridore, ma Erminia, come dimostra il verso successivo » (FERRARI); *soverchio* (v. 8): superfluo, inutile; *segua*: insegua.

2: 1-8, *Qual dopo* ecc.: Ariosto, *Orl.,* XXXIX, 69. Da notare *Qual dopo* ecc. (vv. 1-3): cfr. IV, 95, 5-8; *nascosa* ecc. (v. 4): essendosi andata a nascondere dagli aperti piani entro la selva; *riedono* (v. 6): ritornano; *pur fugge* (v. 7): continua a fuggire; *timida* (v. 7): spaurita (cfr. VI, 110, 8); *s'anco* (v. 8): se è ancora inseguita.

Canto settimo

3   Fuggì tutta la notte, e tutto il giorno
errò senza consiglio e senza guida,
non udendo o vedendo altro d'intorno,
che le lagrime sue, che le sue strida.
Ma ne l'ora che 'l sol dal carro adorno
scioglie i corsieri e in grembo al mar s'annida,
giunse del bel Giordano a le chiare acque
e scese in riva al fiume, e qui si giacque.

4   Cibo non prende già, ché de' suoi mali
solo si pasce e sol di pianto ha sete;
ma 'l sonno, che de' miseri mortali
è co 'l suo dolce oblio posa e quiete,
sopì co' sensi i suoi dolori, e l'ali
dispiegò sovra lei placide e chete;
né però cessa Amor con varie forme
la sua pace turbar mentre ella dorme.

5   Non si destò fin che garrir gli augelli
non sentì lieti e salutar gli albori,
e mormorar il fiume e gli arboscelli,
e con l'onda scherzar l'aura e co i fiori.
Apre i languidi lumi e guarda quelli
alberghi solitari de' pastori,
e parle voce udir tra l'acqua e i rami
ch'a i sospiri ed al pianto la richiami.

3: 1-2. *Fuggì* ecc.: Ariosto, *Orl.*, I, 35, 1-2 («Quel dì e la notte e mezzo l'altro giorno - s'andò aggirando, e non sapeva dove»). Il tassiano «senza consiglio» (v. 2) equivale all'ariostesco «non sapeva dove». 3. *altro*: di umano. 5-6. *ne l'ora* ecc.: al tramonto. 7. *Giordano*: cfr. III, 57, 2. 8. *si giacque*: si lasciò cadere.
 4: 1-2. *Cibo* ecc.: Petrarca, *Rime*, CXXX, 5-6 («Pasco 'l cor di sospir, ch'altro non chiede, - e di lagrime vivo...»). 3-6. *ma 'l sonno* ecc.: Ovidio, *Met.*, XI, 62, 3-5. 7. *forme*: immagini di sogno. 8. *turbar*: agitare.
 5: 1-2. *Non si destò* ecc.: Virgilio, *Aen.*, VIII, 455-56. Da notare *lieti* (v. 2): lietamente; *albori* (v. 2): il primo albeggiare. 5. *lumi*: occhi. 6. *alberghi*: dimore.

6   Ma son, mentr'ella piange, i suoi lamenti
rotti da un chiaro suon ch'a lei ne viene,
che sembra ed è di pastorali accenti
misto e di boscareccie inculte avene.
Risorge, e là s'indrizza a passi lenti,
e vede un uom canuto a l'ombre amene
tesser fiscelle a la sua greggia a canto
ed ascoltar di tre fanciulli il canto.

7   Vedendo quivi comparir repente
l'insolite arme, sbigottìr costoro;
ma li saluta Erminia e dolcemente
gli affida, e gli occhi scopre e i bei crin d'oro:
— Seguite, — dice — aventurosa gente
al Ciel diletta, il bel vostro lavoro,
ché non portano già guerra quest'armi
a l'opre vostre, a i vostri dolci carmi. —

8   Soggiunse poscia: — O padre, or che d'intorno
d'alto incendio di guerra arde il paese,
come qui state in placido soggiorno
senza temer le militari offese?
— Figlio, — ei rispose — d'ogni oltraggio e scorno
la mia famiglia e la mia greggia illese

6: 3. *pastorali accenti*: melodie pastorali. 4. *boscareccie*: boscherecce, rustiche zampogne. 5. *s'indrizza*: si dirige. 7. *tesser fiscelle*: intrecciare vimini per fare canestri.

7: 1. *repente*: improvvisamente. 2. *insolite*: non frequenti a vedersi in quel luogo; *sbigottir*: si sgomentarono. 4. *gli affida*: li rassicura. 5. *Seguite*: seguitate; *aventurosa*: fortunata. Poi chiamerà « fortunato » il vecchio pastore (15, 1). Cfr. anche VI, 77, 4. 8. *carmi*: canti.

8: 5-8. *Figlio* ecc.: « Risponde con titolo corrispondente il pastore, e dice *figlio* essendo stato chiamato *padre* (v. 1); ne ci dia fastidio l'esser detto *figlio* nel genere de' maschi a colei ch'era donzella perché, oltre che la vedeva in abito da guerriero come andava Clorinda le cui vesti essa aveva allora intorno (e non aveva forse badato a' capelli ch'ella s'aveva scoperto dinanzi), sì si prende tal voce anco in questo significato di femina appo noi, come appo i Latini » (GUA-

sempre qui fur, né strepito di Marte
ancor turbò questa remota parte.

9   O sia grazia del Ciel che l'umiltade
d'innocente pastor salvi e sublime,
o che, sì come il folgore non cade
in basso pian ma su l'eccelse cime,
così il furor di peregrine spade
sol de' gran re l'altere teste opprime,
né gli avidi soldati a preda alletta
la nostra povertà vile e negletta.

10 Altrui vile e negletta, a me sì cara
che non bramo tesor né regal verga,
né cura o voglia ambiziosa o avara
mai nel tranquillo del mio petto alberga.
Spengo la sete mia ne l'acqua chiara,
che non tem'io che di venen s'asperga,
e questa greggia e l'orticel dispensa
cibi non compri a la mia parca mensa.

11 Ché poco è il desiderio, e poco è il nostro
bisogno onde la vita si conservi.

STAVINI). Da notare *strepito di Marte* (v.° 7): fragore di armi; *remota* (v. 8): appartata.

9 : 2. *innocente*: innocuo; *sublime*: sublimi, innalzi. 5. *peregrine spade*: armi straniere. Cfr. Petrarca, *Rime*, CXVIII, 20. 6. *opprime*: travolge. Cfr. IV, 16, 3 e 40, 2. 8. *vile*: umile, modesta, e perciò disprezzata dai soldati « avidi ».

10 : 1. *Altrui*: per gli « avidi soldati » (9, 7; e cfr. nota a 9, 8) e per quanti aspirano alla ricchezza. 2. *regal verga*: scettro. 3. *né cura* ecc.: né preoccupazione ambiziosa («cura...ambiziosa») né avido desiderio («voglia...avara»). Cfr. II, 83, 1 («non ambiziosi avari affetti»). 4. *tranquillo*: tranquillità. 6. *s'asperga*: venga spruzzata, inquinata. 7. *dispensa*: dispensano (sogg. « greggia » e « orticel »). 8. *cibi non compri*: vivande non comprate. Cfr. Orazio, *Epod.*, II, 48 (« dapes inemptas »).

11 : 1. *Ché*: « spiega *parca* del verso precedente » (CHIAPPELLI); *poco...poco*: modesto. 2. *onde*: di cose con le quali. 5. *solitario*

Son figli miei questi ch'addito e mostro,
custodi de la mandra, e non ho servi.
Così me 'n vivo in solitario chiostro,
saltar veggendo i capri snelli e i cervi,
ed i pesci guizzar di questo fiume
e spiegar gli augelletti al ciel le piume.

12   Tempo già fu, quando più l'uom vaneggia
ne l'età prima, ch'ebbi altro desio
e disdegnai di pasturar la greggia;
e fuggii dal paese a me natio,
e vissi in Menfi un tempo, e ne la reggia
fra i ministri del re fui posto anch'io,
e benché fossi guardian de gli orti
vidi e conobbi pur l'inique corti.

13   Pur lusingato da speranza ardita
soffrii lunga stagion ciò che più spiace;
ma poi ch'insieme con l'età fiorita
mancò la speme e la baldanza audace,
piansi i riposi di quest'umil vita
e sospirai la mia perduta pace,
e dissi: « O corte, a Dio. » Così, a gli amici
boschi tornando, ho tratto i dì felici. —

14   Mentre ei così ragiona, Erminia pende
da la soave bocca intenta e cheta;

---

chiostro: « ... *solitario chiostro* vale luogo appartato e solitario; e *solitudine secreta* è chiamato questo luogo alla st. 14, 6 » (FERRARI).
12: 1. *vaneggia*: si abbandona fiducioso a sogni fallaci. 2. *altro*: diverso. 5. *Menfi*: in verità Menfi era già stata distrutta e la capitale d'Egitto era, a quei tempi, il Cairo. 6. *ministri*: servi. 7. *benché* ecc.: benché fossi soltanto ecc. 8. *l'inique corti*: le iniquità che regnano nelle corti.
13: 1. *da speranza ardita*: dalla temeraria fiducia giovanile (« quando...l'uom vaneggia », 12, 1). 2. *soffrii* ecc.: sopportai per lungo tempo (« stagion ») la condizione di servo (« ciò che più spiace »). 5. *piansi*: rimpiansi intensamente (cfr. « sospirai » v. 6). 8. *tratto*: trascorso.

e quel saggio parlar, ch'al cor le scende,
de' sensi in parte le procelle acqueta.
Dopo molto pensar, consiglio prende
in quella solitudine secreta
insino a tanto almen farne soggiorno
ch'agevoli fortuna il suo ritorno.

15 Onde al buon vecchio dice: — O fortunato,
ch'un tempo conoscesti il male a prova,
se non t'invidii il Ciel sì dolce stato,
de le miserie mie pietà ti mova;
e me teco raccogli in così grato
albergo ch'abitar teco mi giova.
Forse fia che 'l mio core infra quest'ombre
del suo peso mortal parte disgombre.

16 Ché se di gemme e d'or, che 'l vulgo adora
sì come idoli suoi, tu fossi vago,
potresti ben, tante n'ho meco ancora,
renderne il tuo desio contento e pago. —
Quinci, versando da' begli occhi fora
umor di doglia cristallino e vago,
parte narrò di sue fortune, e intanto
il pietoso pastor pianse al suo pianto.

17 Poi dolce la consola e sì l'accoglie
come tutt'arda di paterno zelo,

14: 4. *de' sensi...le procelle*: le tempeste della passione. 5. *consiglio prende*: saggiamente decide. 6. *solitudine secreta*: cfr. 11, 5 (« solitario chiostro ») e nota relativa.
15: 2. *a prova*: per prova, per esperienza. 3. *se...il Ciel*: così il Cielo non ti tolga ecc. Da notare il classico « se » deprecativo. 4. *mova*: commuova. 5. *raccogli*: accogli; *grato*. gradito. 6. *mi giova*: mi piace. 7. *fia*: avverrà. 8. *del suo suo peso mortal*: dal peso degli affanni che minacciano di spezzare il cuore di Erminia. Il « peso mortal » corrisponde a « de' sensi...le procelle » (14, 4).
16: 2. *vago*: desideroso. 6. *umor di doglia*: lacrime di dolore; *vago*: leggiadro. 7. *fortune*: traversie.
17: 1. *dolce*: dolcemente. 2. *come tutt'arda*: come se ardesse ecc.;

e la conduce ov'è l'antica moglie
che di conforme cor gli ha data il Cielo.
La fanciulla regal di rozze spoglie
s'ammanta, e cinge al crin ruvido velo;
ma nel moto de gli occhi e de le membra
non già di boschi abitatrice sembra.

18   Non copre abito vil la nobil luce
e quanto è in lei d'altero e di gentile,
e fuor la maestà regia traluce
per gli atti ancor de l'essercizio umile.
Guida la greggia a i paschi e la riduce
con la povera verga al chiuso ovile,
e da l'irsute mamme il latte preme
e 'n giro accolto poi lo stringe insieme.

19   Sovente, allor che su gli estivi ardori
giacean le pecorelle a l'ombra assise,
ne la scorza de' faggi e de gli allori
segnò l'amato nome in mille guise,
e de' suoi strani ed infelici amori
gli aspri successi in mille piante incise,

---

zelo: sollecitudine, affetto. 3. *antica*: vecchia. 4. *di conforme cor*: di sentimenti eguali ai suoi. 5-8. *La fanciulla* ecc.: Ariosto, *Orl.*, XI, II, 3-8. Da notare *spoglie* (v. 5): vesti; *s'ammanta* (v. 6): si avvolge, si veste.

18: 1. *Non copre* ecc.: l'abito umile non basta a nascondere ecc. 2. *altero...gentile*: aristocraticamente nobile. 4. *per* ecc.: anche attraverso gli atti dell'umile operazione. Quale sia questo «esercizio» è detto nei vv. 5-8. 5. *riduce*: riconduce. 7. *irsute mamme*: le pelose mammelle delle pecore (19, 2 «pecorelle»); *preme*: spreme, munge. 8. *e 'n giro* ecc.: cagliato il latte, lo comprime in forme rotonde per farne formaggio.

19: 1. *su gli estivi ardori*: nelle calde ore meridiane. 2. *assise*: sdraiate. 3-6. *ne la scorza* ecc.: Ariosto, *Orl.*, XIX, 36. Da notare *segnò* (v. 4): incise; *amato nome* (v. 4): quello di Tancredi; *strani* (v. 5): «valore multiplo si accentra in questa parola che ha un accenno forte e durativo nel verso: strani perché stranieri (Tancredi essendo forestiero), contradditori perché è un nemico, e poi strani pro-

e in rileggendo poi le proprie note
rigò di belle lagrime le gote.

20 Indi dicea piangendo: — In voi serbate
questa dolente istoria, amiche piante;
perché se fia ch'a le vostr'ombre grate
giamai soggiorni alcun fedele amante,
senta svegliarsi al cor dolce pietate
de le sventure mie sì varie e tante,
e dica: « Ah troppo ingiusta empia mercede
diè Fortuna ed Amore a sì gran fede! »

21 Forse averrà, se 'l Ciel benigno ascolta
affettuoso alcun prego mortale,
che venga in queste selve anco tal volta
quegli a cui di me forse or nulla cale:
e rivolgendo gli occhi ove sepolta
giacerà questa spoglia inferma e frale,
tardo premio conceda a i miei martìri
di poche lagrimette e di sospiri;

22 onde se in vita il cor misero fue,
sia lo spirito in morte almen felice,
e 'l cener freddo de le fiamme sue
goda quel ch'or godere a me non lice. —

---

priamente per i loro avventurosi sviluppi » (CHIAPPELLI). 6. *aspri successi*: dolorosi casi. 7. *note*: parole intagliate negli alberi.

20: 3. *grate*: gradite. 4. *giamai*: alcuna volta. 7. *empia mercede*: crudele ricambio. 8. *diè*: diedero (sogg. « Fortuna » e « amore »).

21: 1-8. *Forse averrà* ecc.: Petrarca, *Rime*, CXXVI, 27 sgg. (« Tempo verrà... »). Da notare *affettuoso...prego* (v. 2): una preghiera fervida; *tal volta* (v. 3): un giorno. 4. *quegli*: Tancredi; *cale*: importa; *spoglia* (v. 6): corpo; *di poche* ecc.: (v. 8): Petrarca, *Rime*, CVIII, 14 (« di qualche lagrimetta o d'un sospiro »).

22: 1. *onde*: cosicché; *misero fue*: fu infelice. 3-4. *e 'l cener* ecc.: « Cioè, io morta goda dell'amor mio quello ch'ora non posso godere, cioè pietà e vicendevole amore da Tancredi: il che sarebbe seguito s'egli avesse pianta e sospirata la sua morte » (GUASTAVIN). Ma « de le fiamme sue » può intendersi anche: goda dell'amore di Tancredi ecc.

Così ragiona a i sordi tronchi, e due
fonti di pianto da' begli occhi elice.
Tancredi intanto, ove fortuna il tira
lunge da lei, per lei seguir, s'aggira.

23 Egli, seguendo le vestigia impresse,
rivolse il corso a la selva vicina;
ma quivi da le piante orride e spesse
nera e folta così l'ombra dechina
che più non può raffigurar tra esse
l'orme novelle, e 'n dubbio oltre camina,
porgendo intorno pur l'orecchie intente
se calpestio, se romor d'armi sente.

24 E se pur la notturna aura percote
tenera fronde mai d'olmo o di faggio,
o se fèra od augello un ramo scote,
tosto a quel picciol suon drizza il viaggio.
Esce al fin de la selva, e per ignote
strade il conduce de la luna il raggio
verso un romor che di lontano udiva,
insin che giunse al loco ond'egli usciva.

25 Giunse dove sorgean da vivo sasso
in molta copia chiare e lucide onde,
e fattosene un rio volgeva a basso
lo strepitoso piè tra verdi sponde.
Quivi egli ferma addolorato il passo
e chiama, e sola a i gridi Ecco risponde;

6. *elice*: trae, spreme. Cfr. IV, 77, 1. 7. *ove* ecc.: dove il destino lo trae.
23: 1. *le vestigia* ecc.: le orme lasciate sul terreno dal cavallo di Erminia, che Tancredi crede Clorinda. 3. *spesse*: folte. 4. *dechina*: declina, discende. 5. *raffigurar*: distinguere. 6. *orme novelle*: orme recenti. Cfr. VI, 114, 7. 7. *pur*: sempre.
24: 4. *drizza* ecc.: si dirige. 8. *egli*: il « romor » (v. 7).
25: 1. *sorgean*: scaturivano. 4. *piè*: il corso. 6. *Ecco*: Eco, la mitica ninfa che si consumò d'amore per Narciso di cui non restò

e vede intanto con serene ciglia
sorger l'aurora candida e vermiglia.

26   Geme cruccioso, e 'ncontra il Ciel si sdegna
che sperata gli neghi alta ventura;
ma de la donna sua, quand'ella vegna
offesa pur, far la vendetta giura.
Di rivolgersi al campo al fin disegna,
benché la via trovar non s'assecura,
ché gli sovien che presso è il dì prescritto
che pugnar dée co 'l cavalier d'Egitto.

27   Partesi, e mentre va per dubbio calle
ode un corso appressar ch'ognor s'avanza,
ed al fine spuntar d'angusta valle
vede uom che di corriero avea sembianza.
Scotea mobile sferza, e da le spalle
pendea il corno su 'l fianco a nostra usanza.
Chiede Tancredi a lui per quale strada
al campo de' cristiani indi si vada.

28   Quegli italico parla: — Or là m'invio
dove m'ha Boemondo in fretta spinto. —
Segue Tancredi lui che del gran zio
messaggio stima, e crede al parlar finto.

che la voce. Cfr. XI, 11, 4 e XIV, 63, 7. 8. *l'aurora* ecc.: Ariosto, *Orl.*, IV, 60, 1-2 («Poi che la luce candida e vermiglia - de l'altro giorno... »).
26: 2. *sperata...alta ventura*: la sperata grandissima fortuna, cioè quella di trovare la donna amata. 4. *offesa pur*: anche solo offesa. 6. *non s'assecura*: non è sicuro. 8. *cavalier d'Egitto*: Argante, col quale doveva riprendere il duello «il dì prescritto» (v. 7), cioè il «giorno sesto» dalla sua interruzione. Cfr. VI, 53, 5-8.
27: 1. *dubbio*: a lui sconosciuto. 2. *un corso*: il rumore d'un cavallo in corsa. 4. *corriero*: messaggero. 5. *mobile sferza*: flessibile scudiscio. 6. *a nostra usanza*: secondo l'uso degli occidentali. 8. *indi*: di lì, da quel punto.
28: 1. *italico*: in italiano; *m'invio*: sono diretto. 2. *spinto*: inviato. 3. *gran zio*: Boemondo. 4. *messaggio*: messaggero; *finto*: falso, insidioso. L'insidia è mossa da Armida per fare prigioniero

Giungono al fin là dove un sozzo e rio
lago impaluda, ed un castel n'è cinto,
ne la stagion che 'l sol par che s'immerga
ne l'ampio nido ove la notte alberga.

29   Suona il corriero in arrivando il corno,
e tosto giù calar si vede un ponte:
— Quando latin sia tu, qui far soggiorno
potrai — gli dice — in fin che 'l sol rimonte,
ché questo loco, e non è il terzo giorno,
tolse a i pagani di Cosenza il conte. —
Mira il loco il guerrier, che d'ogni parte
inespugnabil fanno il sito e l'arte.

30   Dubita alquanto poi ch'entro sì forte
magione alcuno inganno occulto giaccia;
ma come avezzo a i rischi de la morte,
motto non fanne, e no 'l dimostra in faccia,
ch'ovunque il guidi elezione o sorte,
vuol che securo la sua destra il faccia.
Pur l'obligo ch'egli ha d'altra battaglia
fa che di nova impresa or non gli caglia;

Tancredi. 5-6. *un sozzo* ecc.: un fangoso e tristo lago si impaluda.
È la palude Asfaltide, dalle acque bituminose (« sozzo ») e dai vapori
mefitici (« rio »), cioè il Mar Morto. Cfr. X, 61, 5-8 (« acque son
bituminose... e grave il puzzo spira »). 7. *stagion*: ora. 8. *nido*:
l'Oceano.

29: 2. *ponte*: ponte levatoio. 3. *latin*: italiano. 4. *rimonte*:
risalga all'orizzonte. 5. *e non è il terzo giorno*: e non sono passati
ancora tre giorni da quando il castello è stato occupato dai Cristiani.
6. *di Cosenza il conte*: personaggio immaginario che ricorre solo qui.
Nella *Conquistata* diventa « de' Carnuti il conte », per il quale cfr.
nota a I, 40, 5. 7. *che*: ogg. di « inespugnabil fanno » (sogg. « il
sito e l'arte »). 8. *il sito e l'arte*: la natura del luogo e le fortificazioni. Cfr. III, 54, 8 e nota relativa.

30: 2. *magione*: dimora; *giaccia*: si nasconda. 5. *elezione o
sorte*: sua scelta o volontà del destino. 6. *la sua destra*: la sua forza,
il suo valore. 7. *altra battaglia*: il duello con Argante. Cfr. nota
a 26, 8. 8. *caglia*: importi.

31 sì ch'incontra al castello, ove in un prato
il curvo ponte si distende e posa,
ritiene alquanto il passo, ed invitato
non segue la sua scorta insidiosa.
Su 'l ponte intanto un cavaliero armato
con sembianza apparia fera e sdegnosa,
ch'avendo ne la destra il ferro ignudo
in suon parlava minaccioso e crudo:

32 — O tu, che (siasi tua fortuna o voglia)
al paese fatal d'Armida arrive,
pensi indarno al fuggir; or l'arme spoglia
e porgi a i lacci suoi le man cattive,
ed entra pur ne la guardata soglia
con queste leggi ch'ella altrui prescrive,
né più sperar di riveder il cielo
per volger d'anni o per cangiar di pelo,

33 se non giuri d'andar con gli altri sui
contra ciascun che da Giesù s'appella. —
S'affisa a quel parlar Tancredi in lui
e riconosce l'arme e la favella.
Rambaldo di Guascogna era costui
che partì con Armida, e sol per ella

31: 1. *incontra*: proprio di fronte. 1-2. *ove* ecc.: sul terrapieno su cui il ponte levatoio, una volta abbassato, si è posato. 3. *invitato*: benché invitato ad entrare. 4. *scorta insidiosa*: il messaggero che gli aveva fatto da guida sin qui e tentava di trarlo nell'agguato. 6. *sembianza*: aspetto. 7. *ferro ignudo*: spada sguainata.

32: 1. *fortuna o voglia*: il caso o la tua volontà, cfr. 30, 5 (« elezione o sorte »). 2. *fatal*: dove Armida impera come la forza del destino. 4. *cattive*: prigioniere. 5. *pur*: ormai; *guardata*: custodita. 7. *né più sperar* ecc.: Dante, *Inf.*, III, 85 (« Non isperate mai veder lo cielo »). 8. *per volger* ecc.: per trascorrere d'anni o addirittura per il sopravvenire della canuta vecchiaia, cioè sino al termine della vita. Cfr. 48, 1-2 (« Qui menerai... - nel sepolcro de' vivi i giorni e gli anni »).

33: 1. *sui*: i seguaci di Armida. 2. *ciascun* ecc.: i Cristiani. 3. *S'affisa...in lui*: fissa gli occhi attentamente in lui. 4. *favella*: il modo di parlare, che è di guascone sfrontato. 5. *Rambaldo*: cfr.

pagan si fece e difensor divenne
di quell'usanza rea ch'ivi si tenne.

34 Di santo sdegno il pio guerrier si tinse
nel volto, e gli rispose: — Empio fellone,
quel Tancredi son io che 'l ferro cinse
per Cristo sempre, e fui di lui campione;
e in sua virtute i suoi rubelli vinse,
come vuo' che tu vegga al paragone,
ché da l'ira del Ciel ministra eletta
è questa destra a far in te vendetta. —

35 Turbossi udendo il glorioso nome
l'empio guerriero, e scolorissi in viso.
Pur celando il timor, gli disse: — Or come,
misero, vieni ove rimanga ucciso?
Qui saran le tue forze oppresse e dome,
e questo altero tuo capo reciso;
e manderollo a i duci franchi in dono,
s'altro da quel che soglio oggi non sono. —

36 Così dicea il pagano; e perché il giorno
spento era omai sì che vedeasi a pena,
apparìr tante lampade d'intorno
che ne fu l'aria lucida e serena.

V, 75, 5-6 (e nota relativa) e 81-83. 8. *usanza rea*: molti intendono la rea religione mussulmana. Più persuasivamente altri: l'usanza che vige in quel castello, e cioè la legge esposta da Rambaldo che stabilisce prigionia senza speranza (32, 7-8) oppure abiura della propria fede e alleanza coi Pagani contro i Cristiani (33, 1-2).

34: 2. *fellone*: traditore, non solo perché apostata, ma anche perché strumento docile delle insidie di Armida. 5. *in sua virtute*: per grazia di Cristo, col suo favore; *suoi rubelli*: i ribelli a Cristo. 6. *al paragone*: alla prova. 7. *ministra*: esecutrice. 8. *in te*: contro di te.

35: 4. *ove ecc.*: dove tu rimanga ucciso, cioè dove rimarrai ucciso. 5. *oppresse*: distrutte. Cfr. nota a IV, 16, 3. 8. *altro*: un altro, cioè diverso.

36: 2. *vedeasi*: ci si vedeva. 6. *pompe*: grandiosi apparati; *altera*: magnifica, sontuosa. 7. *eccelsa*: eminente.

Splende il castel come in teatro adorno
suol fra notturne pompe altera scena,
ed in eccelsa parte Armida siede,
onde senz'esser vista e ode e vede.

37 Il magnanimo eroe fra tanto appresta
a la fera tenzon l'arme e l'ardire,
né su 'l debil cavallo assiso resta
già veggendo il nemico a piè venire.
Vien chiuso ne lo scudo e l'elmo ha in testa,
la spada nuda, e in atto è di ferire.
Gli move incontra il principe feroce
con occhi torvi e con terribil voce.

38 Quegli con larghe rote aggira i passi
stretto ne l'arme, e colpi accenna e finge;
questi, se ben ha i membri infermi e lassi,
va risoluto e gli s'appressa e stringe,
e là donde Rambaldo a dietro fassi
velocissimamente egli si spinge,
e s'avanza e l'incalza, e fulminando
spesso a la vista gli dirizza il brando.

39 E più ch'altrove impetuoso fère
ove più di vital formò natura,
a le percosse le minaccie altere
accompagnando, e 'l danno a la paura.

37: 3. *debil*: stanco. 4. *nemico*: Rambaldo. 5. *Vien*: sogg.
« il nemico » (v. 4); *chiuso ne lo scudo*: rannicchiato dietro lo scudo.
6. *spada nuda*: cfr. 31, 7. 7. *principe*: Tancredi.
38: 1. *con larghe* ecc.: Rambaldo muove i passi con larghi giri,
cioè gira intorno a Tancredi tenendosi però a una certa distanza. 2. *accenna e finge*: proprio perché si tiene lontano, i suoi colpi sono ancora
semplici schermaglie e finte. 3. *infermi e lassi*: feriti e stanchi, per
il duello sostenuto con Argante. 4. *va* ecc.: al contrario di Rambaldo,
Tancredi rompe subito gli indugi e cerca il corpo a corpo. 7. *fulminando*: con la velocità del fulmine. 8. *a la vista*: alla visiera dell'elmo.
39: 1. *fère*: colpisce. 2. *ove* ecc.: le parti più vitali del corpo.

Di qua di là si volge, e sue leggiere
membra il presto guascone a i colpi fura,
e cerca or con lo scudo or con la spada
che 'l nemico furore indarno cada;

40 ma veloce a lo schermo ei non è tanto
che più l'altro non sia pronto a l'offese.
Già spezzato lo scudo e l'elmo infranto
e forato e sanguigno avea l'arnese,
e colpo alcun de' suoi che tanto o quanto
impiagasse il nemico anco non scese;
e teme, e gli rimorde insieme il core
sdegno, vergogna, conscienza, amore.

41 Disponsi al fin con disperata guerra
far prova omai de l'ultima fortuna.
Gitta lo scudo, e a due mani afferra
la spada ch'è di sangue ancor digiuna;
e co 'l nemico suo si stringe e serra
e cala un colpo, e non v'è piastra alcuna
che gli resista sì che grave angoscia
non dia piagando a la sinistra coscia.

42 E poi su l'ampia fronte il ripercote
sì ch' il picchio rimbomba in suon di squilla;

---

6. *il presto guascone*: il rapido « Rambaldo di Guascogna » (33, 5);
fura: sottrae. 8. *indarno cada*: vada a vuoto.

40: 1. *a lo schermo*: a questa tattica difensiva basata sull'arte
dello schivare i colpi. 4. *arnese*: corazza. 5. *tanto o quanto*: per un
poco, anche solo un poco. 6. *impiagasse*: ferisse; *anco*: ancora.
8. « *sdegno* ecc.: di non vincere; *vergogna*: di lasciarsi vincere; *conscienza* (rimorso): della sua apostasia; *amore*: per Armida di cui
vede di non riuscire troppo valente campione » (Della Torre).

41: 1. *guerra*: assalto. 2. *far prova* ecc.: tentare ormai l'ultima
sorte, cioè fare l'ultimo tentativo per vincere (lat. *experiri fortunam*).
4. *di sangue...digiuna*: non ha ancora bevuto il sangue dell'avversario. 7. *angoscia*: dolore.

42: 2. *picchio*: il gran colpo; *squilla*: campana. Cfr. IX, 23, 7.

l'elmo non fende già, ma lui ben scote,
tal ch'egli si rannicchia e ne vacilla.
Infiamma d'ira il principe le gote,
e ne gli occhi di foco arde e sfavilla;
e fuor de la visiera escono ardenti
gli sguardi, e insieme lo stridor de' denti.

43   Il perfido pagan già non sostiene
la vista pur di sì feroce aspetto.
Sente fischiare il ferro, e tra le vene
già gli sembra d'averlo e in mezzo al petto.
Fugge dal colpo, e 'l colpo a cader viene
dove un pilastro è contra il ponte eretto;
ne van le scheggie e le scintille al cielo,
e passa al cor del traditor un gelo,

44   onde al ponte rifugge, e sol nel corso
de la salute sua pone ogni speme.
Ma 'l seguita Tancredi, e già su 'l dorso
la man gli stende e 'l piè co 'l piè gli preme,
quando ecco (al fuggitivo alto soccorso)
sparir le faci ed ogni stella insieme,
né rimaner a l'orba notte alcuna,
sotto povero ciel, luce di luna.

---

4. *si rannicchia*: « si ristringe, ritira, o raccorcia. Dante nel X (115-6) del Purgatorio: ' ... La grave condizione - di lor tormento a terra li rannicchia ' » (GUASTAVINI). 5-8. *Infiamma* ecc.: Virgilio, *Aen.*, XII, 101-2 (« ... totoque ardentis ab ore - scintillae absistunt, oculis micat acribus ignis »).

43: 1-2. *non... pur*: neppure.

44: 1. *corso*: corsa, fuga, cfr. 27, 2. 2. *de la salute* ecc.: ripone ogni speranza di salvezza. 3-4. *Ma 'l seguita* ecc.: ma Tancredi lo insegue, lo incalza ecc. Cfr. Virgilio, *Aen.*, II, 529-30 (« illum ardens infesto vulnere Pyrrhus - insequitur, iam iamque manu tenet, et premit hasta »), e XII, 748 (« insequitur, trepidique pedem pede fervidus urguet »). 5. *alto*: che proveniva dalla potente Armida. 6. *faci*: le « lampade » di 36, 3. 7. *orba*: rimasta priva di ogni luce e perciò buia. 8. *povero ciel*: cielo senza stelle. Cfr. Dante, *Purg.*, XVI, 2.

45 Fra l'ombre de la notte e de gli incanti
il vincitor no 'l segue più né 'l vede,
né può cosa vedersi a lato o inanti,
e muove dubbio e mal securo il piede.
Su l'entrare d'un uscio i passi erranti
a caso mette, né d'entrar s'avede,
ma sente poi che suona a lui di dietro
la porta, e 'n loco il serra oscuro e tetro.

46 Come il pesce colà dove impaluda
ne i seni di Comacchio il nostro mare,
fugge da l'onda impetuosa e cruda
cercando in placide acque ove ripare,
e vien che da se stesso ei si rinchiuda
in palustre prigion né può tornare,
ché quel serraglio è con mirabil uso
sempre a l'entrare aperto, a l'uscir chiuso;

47 così Tancredi allor, qual che si fosse
de l'estrania prigion l'ordigno e l'arte,
entrò per se medesmo, e ritrovosse
poi là rinchiuso ov'uom per sé non parte.
Ben con robusta man la porta scosse,
ma fur le sue fatiche indarno sparte,

---

45 : 5. *entrare*: soglia, entrata; *erranti*: incerti, malsicuri. 8. *serra*: rinserra; *oscuro e tetro*: tetramente oscuro, tenebroso.
46 : 1. *impaluda*: si fa palude. Cfr. 28, 6. 2. *ne i seni* ecc.: il mare Adriatico nelle Valli di Comacchio (« nostro » perché familiare alla corte estense). 4. *ove ripare*: dove possa rifugiarsi. 5. *vien*: avviene. 6. *in palustre prigion*: nella palude come in una prigione. 7-8. *quel serraglio* ecc.: il « serraglio » (chiusura speciale), che permette ai pesci di entrare ma non di uscire, altro non è che la nassa. Da notare *uso* (v. 7): funzionamento.
47 : 2. *estrania*: insolita, straordinaria. 2. *l'ordigno e l'arte*: il congegno meccanico e l'insidia che lo faceva funzionare. Corrisponde in qualche modo all'altra espressione: « il sito e l'arte » (29, 8), dove il primo termine significa la natura in sé del luogo, mentre il secondo allude all'artificio umano che vi ha apprestato i suoi accorgimenti. Cfr. nota a III, 54, 8. 4. *per sé* ecc.: non si parte con le sole sue

e voce intanto udì che: — Indarno — grida —
uscir procuri, o prigionier d'Armida.

48 Qui menerai (non temer già di morte)
nel sepolcro de' vivi i giorni e gli anni. —
Non risponde, ma preme il guerrier forte
nel cor profondo i gemiti e gli affanni,
e fra se stesso accusa Amor, la sorte,
la sua sciocchezza e gli altrui feri inganni;
e talor dice in tacite parole:
« Leve perdita fia perdere il sole,

49 ma di più vago sol più dolce vista,
misero! i' perdo, e non so già se mai
in loco tornerò che l'alma trista
si rasereni a gli amorosi rai. »
Poi gli sovien d'Argante, e più s'attrista
e: « Troppo » dice « al mio dover mancai;
ed è ragion ch'ei mi disprezzi e scherna!
O mia gran colpa! o mia vergogna eterna! »

50 Così d'amor, d'onor cura mordace
quinci e quindi al guerrier l'animo rode.

---

forze, senza aiuto. 6. *indarno sparte*: spese inutilmente, sprecate.
8. *procuri*: tenti.
48: 1-2. *Qui menerai* ecc.: cfr. 32, 7-8 e nota relativa. 3. *preme*:
reprime, soffoca. 4. *nel cor profondo*: nel fondo del suo cuore. Cfr.
Virgilio, *Aen.*, I, 209 (« premit altum corde dolorem ») 5-6 *accusa* ecc.: « incolpa *Amore* che lo ha attirato fuori dell'accampamento,
la *sorte* che lo ha tratto lontano da Clorinda, la *sua sciocchezza* che
gli ha fatto seguire il corriere, gli *inganni* di Armida » (RICCARDI).
7. *in tacite parole*: « fra se stesso » (v. 5). Cfr. XII, 23, 8 (« tacite
colpe »).
49: 1. *più vago sol*: Clorinda, che agli occhi di Tancredi è luce
più cara e leggiadra di quella del sole perché i suoi raggi sono « amorosi rai » (v. 4). 3. *trista*: afflitta. 5. *d'Argante*: dell'impegno assunto con Argante per la ripresa del duello; *e più*: e ancor più.
7. *scherna*: schernisca, derida.
50: 1. *amor...onor*: l'amore per Clorinda, l'onore cavalleresco;
cura mordace: pungente preoccupazione. 2. *quinci e quindi*: da una

Or mentre egli s'afflige, Argante audace
le molli piume di calcar non gode;
tanto è nel crudo petto odio di pace,
cupidigia di sangue, amor di lode,
che, de le piaghe sue non sano ancora,
brama che 'l sesto dì porti l'aurora.

51 La notte che precede, il pagan fero
a pena inchina per dormir la fronte;
e sorge poi che 'l cielo anco è sì nero
che non dà luce in su la cima al monte.
— Recami — grida — l'arme — al suo scudiero,
ed esso aveale apparecchiate e pronte:
non le solite sue, ma dal re sono
dategli queste, e prezioso è il dono.

52 Senza molto mirarle egli le prende
né dal gran peso è la persona onusta,
e la solita spada al fianco appende,
ch'è di tempra finissima e vetusta.
Qual con le chiome sanguinose orrende
splender cometa suol per l'aria adusta,
che i regni muta e i feri morbi adduce,
a i purpurei tiranni infausta luce;

parte e dall'altra. 4. *le molli* ecc.: non riesce a restare nel letto dove è curato per le ferite riportate nel duello con Tancredi. 8. *'l sesto dì*: il giorno stabilito per la ripresa del duello.
51: 2. *a pena* ecc.: chiude appena gli occhi, cioè prende un brevissimo riposo. 4. *la cima al monte*: che è la prima a ricevere la luce dell'aurora quando la pianura a valle è ancora buia.
52: 2. *né* ecc.: benché Argante sia ancora convalescente, la sua persona non sembra troppo aggravata dal grande peso delle armi. 4. *vetusta*: antica. 5-8. *Qual* ecc.: Virgilio, *Aen.*, X, 272-5. Era opinione popolare che le comete fossero apportatrici di sanguinosi eventi («chiome sanguinose» v. 5), di rivolgimenti di regni («i regni muta» v. 7), e gravi pestilenze («feri morbi» v. 7). Da notare *chiome* (v. 5): la coda della cometa; *orrende* (v. 5): che suscitano orrore, spavento; *adusta* (v. 6): bruciata, ardente; *purpurei tiranni* (v. 8): perché avvolti nella porpora e perché si macchiano di sangue (Orazio, *Od.*, I, 35, 12 «purpurei metuunt tyranni»).

53   tal ne l'arme ei fiammeggia, e bieche e torte
volge le luci ebre di sangue e d'ira.
Spirano gli atti feri orror di morte,
e minaccie di morte il volto spira.
Alma non è così secura e forte
che non paventi, ove un sol guardo gira.
Nuda ha la spada e la solleva e scote
gridando, e l'aria e l'ombre in van percote.

54   — Ben tosto — dice — il predator cristiano,
ch'audace è sì ch'a me vuole agguagliarsi,
caderà vinto e sanguinoso al piano,
bruttando ne la polve i crini sparsi;
e vedrà vivo ancor da questa mano
ad onta del suo Dio l'arme spogliarsi,
né morendo impetrar potrà co' preghi
ch' in pasto a' cani le sue membra i' neghi. —

55   Non altramente il tauro, ove l'irriti
geloso amor co' stimuli pungenti,
orribilmente mugge, e co' muggiti
gli spirti in sé risveglia e l'ire ardenti,
e 'l corno aguzza a i tronchi, e par ch'inviti
con vani colpi a la battaglia i venti:
sparge co 'l piè l'arena, e 'l suo rivale
da lunge sfida a guerra aspra e mortale.

53: 2. *ebre* ecc.: iniettate di sangue e sfavillanti d'ira. 6. *ove*: « se quando, ma in questo senso condizionale e temporale più spesso col congiuntivo. Altri potrebbe intenderlo come avverbio di luogo: là ove » (FERRARI). 8. *ombre*: « ambigue; le ' tenebre ' della notte, e anche ' l'ombre ' di guerrieri immaginari » (CHIAPPELLI).

54: 1. *predator*: invasore. Tancredi. Cfr. VI, 3, 5, dove Argante definisce « ladroni » i Cristiani. 4. *bruttando*: imbrattando, insozzando.

55: 1-8. *Non altramente* ecc.: Virgilio, *Aen.*, XII, 103-6, e *Georg.*, III, 232-4; Lucano, *Phars.*, II, 601-3. Da notare *aguzza a i tronchi* (v. 5): affila fregandolo ai tronchi; *sparge...l'arena* (v. 7): solleva la polvere.

56

Da sì fatto furor commosso, appella
l'araldo; e con parlar tronco gli impone:
— Vattene al campo, e la battaglia fella
nunzia a colui ch'è di Giesù campione. —
Quinci alcun non aspetta e monta in sella,
e fa condursi inanzi il suo prigione;
esce fuor de la terra, e per lo colle
in corso vien precipitoso e folle.

57

Dà fiato intanto al corno, e n'esce un suono
che d'ogn'intorno orribile s'intende
e 'n guisa pur di strepitoso tuono
gli orecchi e 'l cor de gli ascoltanti offende.
Già i principi cristiani accolti sono
ne la tenda maggior de l'altre tende:
qui fe' l'araldo sue disfide e incluse
Tancredi pria, né però gli altri escluse.

58

Goffredo intorno gli occhi gravi e tardi
volge con mente allor dubbia e sospesa,
né, perché molto pensi e molto guardi,
atto gli s'offre alcuno a tanta impresa.
Vi manca il fior de' suoi guerrier gagliardi:
di Tancredi non s'è novella intesa,
e lunge è Boemondo, ed ito è in bando
l'invitto eroe ch'uccise il fier Gernando.

56: 1. *commosso*: eccitato (il che spiega il suo « parlar tronco »,
v. 2). 3. *fella*: spietata, all'ultimo sangue. 4. *a colui* ecc.: al cristiano Tancredi. Altrove i Cristiani erano definiti « ciascun che da
Giesù s'appella » (33, 2). 5. *Quinci*: quindi. 6. *prigione*: Ottone
Visconti. Cfr. VI, 53, 2 e nota relativa. 7. *terra*: città, Gerusalemme.
8. *corso*: corsa. Cfr. 27, 2, e 44, 1.

57: 4. *offende*: colpisce violentemente, ferisce. 5. *accolti*: raccolti, riuniti. 6. *tenda maggior*: quella del capo supremo, Goffredo.

58: 1. *gravi e tardi*: dicono la dignitosa maestà (« gravi ») ma
anche, in questo caso, l'esitazione (« tardi ») di Goffredo (v. 2 « con
mente ecc. »). 3. *perché*: per quanto. 4. *s'offre*: appare. 8. *l'invitto eroe*: Rinaldo.

Canto settimo

59
Ed oltre i diece che fur tratti a sorte,
i migliori del campo e i più famosi
seguìr d'Armida le fallaci scorte,
sotto il silenzio de la notte ascosi.
Gli altri di mano e d'animo men forte
taciti se ne stanno e vergognosi,
né vi è chi cerchi in sì gran rischio onore,
ché vinta la vergogna è dal timore.

60
Al silenzio, a l'aspetto, ad ogni segno,
di lor temenza il capitan s'accorse,
e tutto pien di generoso sdegno
dal loco ove sedea repente sorse,
e disse: — Ah! ben sarei di vita indegno
se la vita negassi or porre in forse,
lasciando ch'un pagan così vilmente
calpestasse l'onor di nostra gente!

61
Sieda in pace il mio campo, e da secura
parte miri ozioso il mio periglio.
Su su, datemi l'arme —; e l'armatura
gli fu recata in un girar di ciglio.
Ma il buon Raimondo, che in età matura
parimente maturo avea il consiglio,
e verdi ancor le forze a par di quanti
erano quivi, allor si trasse avanti,

59: 1. *diece*: i dieci cavalieri di ventura estratti a sorte per seguire Armida. 3. *fallaci scorte*: la guida ingannevole. Cfr. V, 79, 8 (« molti d'Armida seguitaron l'orma »). 4. *il silenzio de la notte*: cfr. II, 95, 5-6 (« amico - silenzio de le stelle ») e nota relativa; *ascosi*: furtivamente. Cfr. V, 79, 5-7 (« Ma come uscì la notte... - secretamente... »).
60: 2. *temenza*: timore. 4. *repente*: subitamente. 6. *porre in forse*: gettare allo sbaraglio. 8. *nostra gente*: i Cristiani.
61: 4. *in un girar di ciglio*: in un batter d'occhio. 5. *buon*: valoroso. 6. *consiglio*: il senno. 7. *a par*: non meno.

62
    e disse a lui rivolto: — Ah non sia vero
ch'in un capo s'arrischi il campo tutto!
Duce sei tu, non semplice guerriero:
publico fòra e non privato il lutto.
In te la fé s'appoggia e 'l santo impero,
per te fia il regno di Babèl distrutto.
Tu il senno sol, lo scettro solo adopra;
ponga altri poi l'ardire e 'l ferro in opra.

63
    Ed io, bench'a gir curvo mi condanni
la grave età, non fia che ciò ricusi.
Schivino gli altri i marziali affanni,
me non vuo' già che la vecchiezza scusi.
Oh! foss'io pur su 'l mio vigor de gli anni
qual sète or voi, che qui temendo chiusi
vi state e non vi move ira o vergogna
contra lui che vi sgrida e vi rampogna,

64
    e quale allora fui, quando al cospetto
di tutta la Germania, a la gran corte
del secondo Corrado, apersi il petto
al feroce Leopoldo e 'l posi a morte!
E fu d'alto valor più chiaro effetto
le spoglie riportar d'uom così forte,
che s'alcun or fugasse inerme e solo
di questa ignobil turba un grande stuolo.

62: 2. *ch'in un capo* ecc.: che nella vita di uno solo si arrischi la sorte dell'intero esercito cristiano. 5. *In te*: su te. 6. *per te*: da te; *il regno di Babèl*: regno di Babilonia, qui tratto a simbolo della potenza maomettana.

63: 2. *ciò ricusi*: ricusi di porre « l'ardire e 'l ferro in opra » (62, 8). 3. *i marziali affanni*: i rischi della guerra. 5-8. *Oh! foss'io* ecc.: Virgilio, *Aen.*, VIII, 560-3. Da notare *pur* (v. 5): ancora; *su 'l* (v. 5): nel; *lui* (v. 8): Argante.

64: 1-4. *e quale* ecc.: l'impresa di cui parla qui il T. è una delle tante invenzioni del poema perché Corrado II il Salico morì nell'anno 1039 e Raimondo IV di Tolosa, marchese di Provenza, visse dal 1024 al 1110. Da notare *Leopoldo* (v. 4): personaggio ignoto. 6. *le spoglie riportar* ecc.: riportare vittoria contro un uomo così valoroso. 7. *fugasse*: mettesse in fuga.

Canto settimo

65
Se fosse in me quella virtù, quel sangue,
di questo alter l'orgoglio avrei già spento.
Ma qualunque io mi sia, non però langue
il core in me, né vecchio anco pavento.
E s'io pur rimarrò nel campo essangue,
né il pagan di vittoria andrà contento
Armarmi i' vuo': sia questo il dì ch'illustri
con novo onor tutti i miei scorsi lustri. —

66
Così parla il gran vecchio, e sproni acuti
son le parole, onde virtù si desta.
Quei che fur prima timorosi e muti
hanno la lingua or baldanzosa e presta.
Né sol non v'è chi la tenzon rifiuti,
ma ella omai da molti a prova è chiesta:
Baldovin la domanda, e con Ruggiero
Guelfo, i due Guidi, e Stefano e Gerniero,

67
e Pirro, quel che fe' il lodato inganno
dando Antiochia presa a Boemondo;
ed a prova richiesta anco ne fanno
Eberardo, Ridolfo e 'l pro' Rosmondo,

65: 1-2. *Se fosse* ecc.: Virgilio, *Aen.*, V, 397-8 (« si mihi, quae quondam fuerat, quaque improbus iste - exsultat fidens, si nunc foret illa iuventas... »). Da notare *virtù...sangue* (v. 1): valore...vigore fisico; *di questo* ecc. (v. 2): avrei già fiaccato la superbia di quel tracotante, cioè d'Argante. 3. *non però*: non per questo. 4. *core*: coraggio; *vecchio*: benché vecchio. 6. *né il pagan*: neppure Argante. 8. *i miei scorsi lustri*: « *lustro* va inteso qui non come ' anni passati ', ma ' azione brillante ', ' decoro ', ' titolo di vanto '. Nella lettera del 15 ottobre 1576 il Tasso scrive: ' *Lustri,* intendo non lo spazio di tempo ' » (CHIAPPELLI).

66: 1. *gran*: generoso, magnanimo. 2. *onde*: con cui. 5. *Né sol non v'è*: non soltanto non v'è. 6. *ella*: la « tenzon » (v. 5). 6. *a prova*: a gara. 7-8. *Baldovin...Ruggiero* ecc.: guerrieri già incontrati (cfr. I, 9, 56 e 62).

67: 1-2. *Pirro* ecc.: Pirro è l'armeno rinnegato che col suo tradimento permise a Boemondo di occupare Antiochia (1098). È più volte citato da Guglielmo Tirio col nome di Emirferro. Cfr. I, 6, 4 e nota relativa. 3. *a prova*: cfr. nota a 66, 6. 4. *Rosmondo*: cfr. I, 55, 1

un di Scozia, un d'Irlanda, ed un britanno,
terre che parte il mar dal nostro mondo;
e ne son parimente anco bramosi
Gildippe ed Odoardo, amanti e sposi.

68   Ma sovra tutti gli altri il fero vecchio
se ne dimostra cupido ed ardente.
Armato è già; sol manca a l'apparecchio
de gli altri arnesi il fino elmo lucente.
A cui dice Goffredo: — O vivo specchio
del valor prisco, in te la nostra gente
miri e virtù n'apprenda: in te di Marte
splende l'onor, la disciplina e l'arte.

69   Oh! pur avessi fra l'etade acerba
diece altri di valor al tuo simìle,
come ardirei vincer Babèl superba
e la Croce spiegar da Battro a Tile.
Ma cedi or, prego, e te medesmo serba
a maggior opre e di virtù senile.
Pongansi poi tutti i nomi in un vaso,
come è l'usanza, e sia giudice il caso;

---

8. *Gildippe ed Odoardo*: cfr. I, 56, 5-8 e 57.

68: 1. *il fero vecchio*: Raimondo. 3-4. *a l'apparecchio...arnesi*: all'apparecchiatura di tutte le altre parti dell'armatura. 4. *fino*: ben temprato. 5. *A cui*: e a lui, cioè a Raimondo. 6. *prisco*: antico. 7 *di Marte*: del perfetto guerriero.

69: 1. *fra l'etade acerba*: tra coloro che sono ancora di età acerba, cioè tra i giovani. 3. *Babèl*: cfr. nota a 62, 6. 4. *da Battro a Tile*: dall'oriente più remoto all'estremo occidente. « Battro » indica infatti la Battriana, provincia orientale della Persia in cui scorre il fiume « Battro », mentre « Tile » (o Thule) è probabilmente l'Islanda. Queste regioni rappresentano per i latini i limiti estremi del mondo conosciuto. 6. *opre...di virtù senile*: opere a cui occorra la prudente saggezza (« virtù senile ») e che ad essa più convengano. 7. *i nomi*: le schede coi nomi ovvero i cartigli (cfr. 70, 5 « i brevi ») per la estrazione a sorte.

Canto settimo

70 anzi giudice Dio, de le cui voglie
ministra e serva è la fortuna e 'l fato. —
Ma non però dal suo pensier si toglie
Raimondo, e vuol anch'egli esser notato.
Ne l'elmo suo Goffredo i brevi accoglie;
e poi che l'ebbe scosso ed agitato,
nel primo breve che di là traesse,
del conte di Tolosa il nome lesse.

71 Fu il nome suo con lieto grido accolto,
né di biasmar la sorte alcun ardisce.
Ei di fresco vigor la fronte e 'l volto
riempie; e così allor ringiovenisce
qual serpe fier che in nove spoglie avolto
d'oro fiammeggi e 'ncontra il sol si lisce.
Ma più d'ogn'altro il capitan gli applaude
e gli annunzia vittoria, e gli dà laude.

72 E la spada togliendosi dal fianco,
e porgendola a lui, così dicea:
— Questa è la spada che 'n battaglia il franco
rubello di Sassonia oprar solea,
ch'io già gli tolsi a forza, e gli tolsi anco
la vita allor di mille colpe rea;

70: 1. *anzi giudice Dio*: non il caso sia giudice (69, 8), ma Dio stesso; *voglie*: volontà. 2. *ministra e serva*: obbediente esecutrice. Cfr. IX, 56, 7-8. 4. *notato*: annotato sulle schede. 5. *brevi*: cartigli. Cfr. V, 74, 8. 7. *breve*: cfr. v. 5. 8. *conte di Tolosa*: proprio Raimondo, il quale aveva insistito perché anche il suo nome figurasse nelle schede da estrarre (cfr. vv. 3-4).
71: 5-6. *qual serpe* ecc.: Virgilio, *Aen.*, II, 471-5; Ariosto, *Orl.*, XVII, 11. Da notare *in nove spoglie* (v. 5): nella mutata pelle; *gli applaude* (v. 7): gli rivolge il suo plauso.
72: 4. *rubello di Sassonia*: Rodolfo di Svevia (« franco » perché si rese indipendente dall'imperatore e « rubello di Sassonia » perché soprattutto in Sassonia si svolse la ribellione capeggiata da Rodolfo), il quale fu opposto come nuovo imperatore di Germania a Enrico IV quando questi fu scomunicato dal papa. Fu ucciso da Goffredo sui campi di Volksein quando Goffredo militava ancora contro il papa

8 — TASSO.

226   *Gerusalemme liberata*

   questa, che meco ognor fu vincitrice,
   prendi, e sia così teco ora felice. —

73   Di loro indugio intanto è quell'altero
   impaziente, e li minaccia e grida:
   — O gente invitta, o popolo guerriero
   d'Europa, un uomo solo è che vi sfida.
   Venga Tancredi omai che par sì fero,
   se ne la sua virtù tanto si fida;
   o vuol, giacendo in piume, aspettar forse
   la notte ch'altre volte a lui soccorse?

74   Venga altri, s'egli teme; a stuolo a stuolo
   venite insieme, o cavalieri, o fanti,
   poi che di pugnar meco a solo a solo
   non v'è fra mille schiere uom che si vanti.
   Vedete là il sepolcro ove il figliuolo
   di Maria giacque: or ché non gite avanti?
   ché non sciogliete i voti? Ecco la strada!
   A qual serbate uopo maggior la spada? —

75   Con tali scherni il saracin atroce
   quasi con dura sferza altrui percote,
   ma più ch'altri Raimondo a quella voce
   s'accende, e l'onte sofferir non pote.
   La virtù stimolata è più feroce,
   e s'aguzza de l'ira a l'aspra cote,

Gregorio VII; *oprar*: adoperare. 8. *così...felice*: altrettanto fortunata.
   73: 1. *quell'altero*: Argante. 2. *impaziente*: insofferente (« Di loro indugio », v. 1). 6. *virtù*: valore. 7. *in piume*: in letto. 8. *la notte*: la notte infatti aveva sospeso precedentemente il duello tra Tancredi e Argante (cfr. VI, 50-53).
   74: 1. *a stuolo a stuolo*: a schiere intere. 8. *A qual...uopo maggior*: a quale impresa più alta.
   75: 1. *atroce*: oltre che feroce, anche empio nei suoi « scherni » provocatori. 2. *altrui*: i guerrieri Cristiani. 4. *onte*: oltraggi; *sof-*

sì che tronca gli indugi e preme il dorso
del suo Aquilino, a cui diè 'l nome il corso.

76 Questo su 'l Tago nacque, ove talora
l'avida madre del guerriero armento,
quando l'alma stagion che n'innamora
nel cor le instiga il natural talento,
volta l'aperta bocca incontra l'òra,
raccoglie i semi del fecondo vento,
e de' tepidi fiati (oh meraviglia!)
cupidamente ella concipe e figlia.

77 E ben questo Aquilin nato diresti
di quale aura del ciel più lieve spiri,
o se veloce sì ch'orma non resti
stendere il corso per l'arena il miri,
o se 'l vedi addoppiar leggieri e presti
a destra ed a sinistra angusti giri.

ferir: sopportare. 5. *virtù...più feroce*: valore più gagliardo. 6. *cote*: pietra per affilare la mola. Cfr. X, 10, 6. 8. *Aquilino* ecc.: « il corso veloce come quello del vento aquilone gli dette il nome. È l'unico cavallo nella *Gerus.* che abbia un nome e su cui il T. si soffermi » (FERRARI). Da notare *corso*: velocità della corsa.

76: 1-8. *Questo* ecc.: questa favola trova riscontro in Virgilio (*Georg.*, III, 271 sgg.) e in Plinio (*Hist. Nat.*, VIII, 42: « Constat in Lusitania circa Olisiponem oppidum et Tagum amnem equas favonio flante obversas animalem concipere spiritum, idque partum fieri et gigni pernicissum »), ma il T. poté leggerla anche nei versi di suo padre Bernardo che scrisse nell'*Amadigi* (XXIX, 17, 1-6), accennando al Tago: « Su le cui verdi sponde la giumenta - pascente (se non è vano il romore) - dal fiato solo gravida diventa - del vento, e partorisce un coridore, - a lato a cui par sonnacchiosa, e lenta, - qual di velocitate aura è maggiore ». Da notare *Tago* (v. 1): fiume della Spagna; *madre* ecc. (v. 2): cavalla genitrice di puledri atti alla guerra; *alma stagion* (v. 3): stagion fecondatrice, la primavera; *natural talento* (v. 4): istinto amoroso, brama dei sensi. 5. *òra*: aura. Cfr. XII, 90, 6; XVI, 12, 8; XVIII, 15, 6; *concipe e figlia* (v. 8): concepisce e partorisce (cfr. Dante, *Purg.*, XXVIII, 113: « per sé e per suo ciel, concepe e figlia »).

77: 3. *o se*: sia che. E così anche al v. 5. 4. *stendere il corso*: si allunga nella corsa, a tutta carriera. 5. *addoppiar*: raddoppiare, inanellare « giri »; *leggieri e presti*: eseguiti agilmente e velocemente.

Sovra tal corridore il conte assiso
move a l'assalto, e volge al cielo il viso:

78 — Signor, tu che drizzasti incontra l'empio
Golia l'arme inesperte in Terebinto,
sì ch'ei ne fu, che d'Israel fea scempio,
al primo sasso d'un garzone estinto;
tu fa' ch'or giaccia (e fia pari l'essempio)
questo fellon da me percosso e vinto,
e debil vecchio or la superbia opprima
come debil fanciul l'oppresse in prima. —

79 Così pregava il conte, e le preghiere
mosse da la speranza in Dio secura
s'alzàr volando a le celesti spere,
come va foco al ciel per sua natura.
L'accolse il Padre eterno, e fra le schiere
de l'essercito suo tolse a la cura
un che 'l difenda, e sano e vincitore
da le man di quell'empio il tragga fuore.

80 L'angelo, che fu già custode eletto
da l'alta Providenza al buon Raimondo

---

6. *angusti*: stretti. Gli « angusti giri » sono le difficili evoluzioni, con mutamento di direzione, che solo un cavallo addestratissimo è in grado di compiere.

78: 1-4. *l'empio* ecc.: Golia che fu ucciso (« fu...estinto », vv. 3-4) nella valle di Terebinto dalle « arme inesperte » (v. 2) del giovane David (« garzone » v. 4). Cfr. Petrarca, *Tr. Pud.*, 100-3 (« non giacque sì smarrito ne la valle - di Terebinto quel gran Filisteo - a cui tutto Israel dava le spalle, - al primo sasso del garzon ebreo »); cfr. anche VI, 23, 6 e nota relativa. 5-6. *giaccia...vinto*: resti vinto. 6. *fellon*: così lo ha già definito Goffredo (cfr. VI, 25, 4). 7. *opprima*: abbatta. Cfr. IV, 16, 3 e nota relativa.

79: 2. *in Dio secura*: sicuramente fiduciosa in Dio. 3. *spere*: sfere. 4. *come* ecc.: « seguita la scienza medievale che metteva la sede del fuoco nella sfera al di sopra dell'aria. Così Dante dice che la folgore scendendo a terra, va contro sua natura » (FERRARI). 5-7. *fra le schiere* ecc.: fra le schiere angeliche scelse per la custodia di Raimondo (« tolse a la cura ») un angelo che lo difenda (« un che 'l difenda ») ecc. 8. *empio*: Argante.

insin dal primo dì che pargoletto
se 'n venne a farsi peregrin del mondo,
or che di novo il Re del Ciel gli ha detto
che prenda in sé de la difesa il pondo,
ne l'alta rocca ascende, ove de l'oste
divina tutte son l'arme riposte.

81   Qui l'asta si conserva onde il serpente
percosso giacque, e i gran fulminei strali,
e quegli ch'invisibili a la gente
portan l'orride pesti e gli altri mali;
e qui sospeso è in alto il gran tridente,
primo terror de' miseri mortali
quando egli avien che i fondamenti scota
de l'ampia terra, e le città percota.

82   Si vedea fiammeggiar fra gli altri arnesi
scudo di lucidissimo diamante,
grande che può coprir genti e paesi
quanti ve n'ha fra il Caucaso e l'Atlante;
e sogliono da questo esser difesi
principi giusti e città caste e sante.
Questo l'angelo prende, e vien con esso
occultamente al suo Raimondo appresso.

83   Piene intanto le mura eran già tutte
di varia turba, e 'l barbaro tiranno

80: 4. *peregrin*: pellegrino. 6. *prenda in sé*: assuma; *pondo*: peso, l'incarico e la responsabilità. 7. *alta rocca*: fortezza celeste; *oste*: esercito, milizia.

81: 1-2. *l'asta* ecc.: la lancia con cui l'arcangelo Michele trafisse il demonio. 2. *i gran* ecc.: i fulmini divini. Ricordano i fulmini di Giove. 3-4. *quegli* ecc.: i fulmini invisibili che recano pestilenze e altre mortifere calamità ai mortali. Ricordano i fulmini di Apollo. 5. *tridente*: ricorda quello con cui Nettuno, secondo antica credenza, procurava i terremoti (vv. 7-8). 6. *primo*: principale, massimo.

82: 1. *arnesi*: armi. 4. *fra il Caucaso e l'Atlante*: tra l'Asia e l'Africa. 6. *caste e sante*: oneste e pie.

83: 1. *le mura*: di Gerusalemme. 2. *barbaro tiranno*: Aladino.

manda Clorinda e molte genti instrutte,
che ferme a mezzo il colle oltre non vanno.
Da l'altro lato in ordine ridutte
alcune schiere di cristiani stanno,
e largamente a' duo campioni il campo
vòto riman fra l'uno e l'altro campo.

84   Mirava Argante, e non vedea Tancredi,
ma d'ignoto campion sembianze nove.
Fecesi il conte inanzi, e: — Quel che chiedi,
è — disse a lui — per tua ventura altrove.
Non superbir però, ché me qui vedi
apparecchiato a riprovar tue prove,
ch'io di lui posso sostener la vice
o venir come terzo a me qui lice. —

85   Ne sorride il superbo, e gli risponde:
— Che fa dunque Tancredi? e dove stassi?
Minaccia il ciel con l'arme, e poi s'asconde
fidando sol ne' suoi fugaci passi;
ma fugga pur nel centro e 'n mezzo l'onde,
ché non fia loco ove securo il lassi.
— Menti — replica l'altro — a dir ch'uom tale
fugga da te, ch'assai di te più vale. —

---

3. *instrutte*: ordinate (equivale a « in ordine ridutte », v. 5).   5. *in ordine ridutte*: disposte in ordinato schieramento.   7. *campo*: spazio.   8. *campo*: esercito.

84: 1. *Mirava*: scrutava con attenzione.   2. *sembianze*: fattezze.
3. *chiedi*: cerchi con lo sguardo. Cfr. VIII, 45, 5.   4. *ventura*: fortuna.   5. *superbir*: insuperbire.   6. *apparecchiato* ecc.: pronto con le armi a esperimentare, a mia volta, le prove del tuo valore, come già Ottone Visconti e Tancredi (cfr. « venir come terzo » v. 8). Altri, meno persuasivamente, intende: a rintuzzare o provar false le tue ardite asserzioni.   7. *di lui*: di Tancredi; *la vice*: le veci.   8. *terzo*: dopo Ottone Visconti e Tancredi, che già s'erano battuti con Argante.

85: 4. *fugaci passi*: passi di fuga.   5. *centro*: della terra. Cfr. XVI, 31, 8.   6. *lassi*: lasci.

Canto settimo

86   Freme il circasso irato, e dice: — Or prendi
del campo tu, ch'in vece sua t'accetto;
e tosto e' si parrà come difendi
l'alta follia del temerario detto. —
Così mossero in giostra, e i colpi orrendi
parimente drizzaro ambi a l'elmetto;
e 'l buon Raimondo ove mirò scontrollo,
né dar gli fece ne l'arcion pur crollo.

87   Da l'altra parte il fero Argante corse
(fallo insolito a lui) l'arringo in vano,
ché 'l difensor celeste il colpo torse
dal custodito cavalier cristiano.
Le labra il crudo per furor si morse,
e ruppe l'asta bestemmiando al piano.
Poi tragge il ferro, e va contra Raimondo
impetuoso al paragon secondo.

88   E 'l possente corsiero urta per dritto,
quasi monton ch'al cozzo il capo abbassa.
Schiva Raimondo l'urto, al lato dritto
piegando il corso, e 'l fère in fronte e passa.
Torna di novo il cavalier d'Egitto,
ma quegli pur di novo a destra il lassa,

86: 1-2. *prendi* ecc.: prendi la parte di spazio che occorre per iniziare il duello, cioè preparati a combattere. 3. *e' si parrà*: si vedrà. 4. *l'alta* ecc.: il tuo « detto » follemente temerario (e cioè che Argante mente e che Tancredi vale più di lui, cfr. 85, 7-8). 6. *drizzaro*: indirizzarono. 7. *scontrollo*: lo colpì. 8. *né dar* ecc.: e tuttavia non lo fece neppur vacillare in sella.
87: 1-2. *corse...l'arringo in vano*: percorse il campo senza colpire l'avversario. Per « arringo », cfr. VI, 28, 8. 3. *difensor celeste*: l'angelo custode che protegge Raimondo; *torse*: volse altrove, sviò. 5. *le labra* ecc.: cfr. IV, 1, 6 e nota relativa. 6. *al piano*: al suolo. 7. *tragge il ferro*: snuda la spada. 7-8. *va...al paragon secondo*: si slancia al secondo assalto.
88: 3-4. *al lato...il corso*: piegando a destra lo slancio del suo cavallo. 4. *fère*: colpisce; *passa*: passa oltre. 6-7. *pur...pur*: an-

e pur su l'elmo il coglie, e 'ndarno sempre
ché l'elmo adamantine avea le tempre.

89 Ma il feroce pagan, che seco vòle
più stretta zuffa, a lui s'aventa e serra.
L'altro, ch'al peso di sì vasta mole
teme d'andar co 'l suo destriero a terra,
qui cede, ed indi assale, e par che vóle,
intorniando con girevol guerra,
e i lievi imperii il rapido cavallo
segue del freno, e non pone orma in fallo.

90 Qual capitan ch'oppugni eccelsa torre
infra paludi posta o in alto monte,
mille, aditi ritenta, e tutte scorre
l'arti e le vie, cotal s'aggira il conte;
e poi che non può scaglia d'arme tòrre
ch'armano il petto e la superba fronte,
fère i men forti arnesi, ed a la spada
cerca tra ferro e ferro aprir la strada.

cora...ancora. 8. *adamantine* ecc.: aveva tempre dure come il diamante.

89: 2. *stretta*: ravvicinata; *a lui* ecc.: si avventa contro di lui e lo incalza molto da presso. 3. *al peso*: al pesante urto. 5. *qui cede, ed indi assale*: da una parte si ritira, dall'altra incalza; *vóle*: voli. 6. *intorniando* ecc.: volteggiando intorno ad Argante con sempre mobile assalto. Raimondo sfrutta abilmente la virtuosa docilità di Aquilino (cfr. 77, 5-6). 7-8. *i lievi imperii...del freno*: i più impercettibili comandi suggeriti dal cavaliere mediante il «freno» (redini e morso). 8. *orma*: zampa.

90: 1-8. *Qual capitan* ecc.: Virgilio, *Aen.*, V, 439-42; ma soprattutto Ariosto, *Orl.*, XLV, 75, 1-8. Da notare *oppugni* (v. 1): assalga; *aditi* (v. 3): vie di accesso, entrate; *scorre* (v. 3): esamina, tenta; *arti* (v. 4): stratagemmi; *non può* ecc. (v. 5): non riesce a togliere una sola scaglia dalle armi (elmo e corazza, v. 6) di Argante; *fère* ecc. (v. 7): colpisce i punti meno resistenti dell'armatura, le giunture (v. 8); *tra ferro e ferro* (v. 8): nelle giunture delle varie parti dell'armatura.

91   Ed in due parti o in tre forate e fatte
l'arme nemiche ha già tepide e rosse,
ed egli ancor le sue conserva intatte,
né di cimier, né d'un sol fregio scosse.
Argante indarno arrabbia, a vòto batte
e spande senza pro l'ire e le posse;
non si stanca però, ma raddoppiando
va tagli e punte e si rinforza errando.

92   Al fin tra mille colpi il saracino
cala un fendente, e 'l conte è così presso
che forse il velocissimo Aquilino
non sottraggeasi e rimaneane oppresso;
ma l'aiuto invisibile vicino
non mancò lui di quel superno messo,
che stese il braccio e tolse il ferro crudo
sovra il diamante del celeste scudo.

93   Fragile è il ferro allor (ché non resiste
di fucina mortal tempra terrena
ad armi incorrottibili ed immiste
d'eterno fabro) e cade in su l'arena.
Il circasso, ch'andarne a terra ha viste
minutissime parti, il crede a pena;

91: 1-2. *fatte...tepide e rosse*: arrossate di tiepido sangue. 3. *le sue*: armi. 4. *scosse*: private. 5. *arrabbia*: s'arrabbia, infuria. 6. *posse*: forze. 8. *si rinforza errando*: « e non cogliendo ove avea disegnato, rinfresca e rinnova i colpi » (GUASTAVINI).

92: 1-8. *Al fin* ecc.: Virgilio, *Aen.*, IX, 743-6. Da notare *'l conte* ecc. (vv. 2-4): Raimondo è così vicino che forse Aquilino, benché velocissimo, non si sarebbe potuto sottrarre ed egli (Raimondo) ne sarebbe rimasto schiacciato; *lui* (v. 6): a lui; *superno messo* (v. 6): l'angelo custode; *tolse* ecc. (vv. 7-8): si interpose e perciò ricevette (« tolse ») il crudele colpo della spada di Argante (« il ferro crudo ») sullo scudo divino fatto di diamante (cfr. 82, 2 « scudo di lucidissimo diamante »).

93: 1-4. *Fragile* ecc.: Virgilio, *Aen.*, XII, 731-5. Da notare *immiste* (v. 3): non costituite dalla fusione di vari metalli terreni ma formate dagli elementi primi allo stato puro; *eterno fabro* (v. 4): artefice divino; *arena* (v. 4): sabbia (cfr. 55, 6). 8. *ferme*: salve.

stupisce poi, scorta la mano inerme,
ch'arme il campion nemico abbia sì ferme;

94   e ben rotta la spada aver si crede
su l'altro scudo, onde è colui difeso,
e 'l buon Raimondo ha la medesma fede,
ché non sa già chi sia dal ciel disceso.
Ma però ch'egli disarmata vede
la man nemica, si riman sospeso,
ché stima ignobil palma e vili spoglie
quelle ch'altrui con tal vantaggio toglie.

95   — Prendi — volea già dirgli — un'altra spada —,
quando novo pensier nacque nel core,
ch'alto scorno è de' suoi dove egli cada,
che di publica causa è difensore.
Così né indegna a lui vittoria aggrada,
né in dubbio vuol porre il comune onore.
Mentre egli dubbio stassi, Argante lancia
il pomo e l'else a la nemica guancia,

96   e in quel tempo medesmo il destrier punge
e per venirne a lotta oltra si caccia.
La percossa lanciata a l'elmo giunge,
sì che ne pesta al tolosan la faccia;
ma però nulla sbigottisce, e lunge
ratto si svia da le robuste braccia,
ed impiaga la man ch'a dar di piglio
venia più fera che ferino artiglio.

94: 3. *ha* ecc.: crede come lui. 7. *palma*: vittoria. 8. *toglie*: si tolgono. Cfr. V, 76, 6 («uom più desia»: più si desidera).
95: 3. *scorno*: vergogna; *dove*: se, qualora. 4. *publica causa*: «comune onore» (v. 6). 6. *in dubbio...porre*: mettere a repentaglio. 8. *l'else*: l'elsa. Cfr. II, 93, 2.
96: 1. *punge*: sprona. 3. *la percossa lanciata*: il colpo inferto dal pomo e dall'elsa della spada lanciati da Argante contro Raimondo (cfr. 95, 7-8). 4. *tolosan*: Raimondo conte di Tolosa. 5. *nulla*: per nulla; *sbigottisce*: sogg. Raimondo. 6. *ratto* ecc.: rapidamente si sottrae alla stretta delle robuste braccia di Argante. 7. *impiaga*: ferisce. 8. *ferino*: d'uccello rapace.

97
　　　Poscia gira da questa a quella parte,
　　　e rigirasi a questa indi da quella;
　　　e sempre, e dove riede e donde parte,
　　　fère il pagan d'aspra percossa e fella.
　　　Quanto avea di vigor, quanto avea d'arte,
　　　quanto può sdegno antico, ira novella,
　　　a danno del circasso or tutto aduna,
　　　e seco il Ciel congiura e la fortuna.

98
　　　Quei di fine arme e di se stesso armato,
　　　a i gran colpi resiste e nulla pave;
　　　e par senza governo in mar turbato,
　　　rotte vele ed antenne, eccelsa nave,
　　　che pur contesto avendo ogni suo lato
　　　tenacemente di robusta trave,
　　　sdrusciti i fianchi al tempestoso flutto
　　　non mostra ancor, né si dispera in tutto.

99
　　　Argante, il tuo periglio allor tal era,
　　　quando aiutarti Belzebù dispose.
　　　Questi di cava nube ombra leggiera
　　　(mirabil mostro) in forma d'uom compose;
　　　e la sembianza di Clorinda altera
　　　gli finse, e l'arme ricche e luminose:

97: 2. *rigirasi*: gira di nuovo. 3. *dove* ecc.: dovunque ritorni e da qualunque parte muova. 5. *arte*: abilità schermistica. 6. *novella*: recente. 8. *seco*: con lui; *congiura*: collaborano (sogg. «il Ciel» e «la fortuna»).

98: 1. *fine*: ben temprate; *di se stesso*: del proprio valore. 2. *nulla pave*: per niente è spaventato. 3. *senza governo*: senza timone. Cfr. Ariosto, *Orl.*, XXXII, 62, 3 («va di nocchiero e di governo privo»). 4. *rotte vele*: con le vele sdrucite e gli alberi spezzati; *eccelsa*: «nave che pur avendo gli alberi spezzati appare altissima sulle onde» (CHIAPPELLI). 5-8. *che pur...non mostra ancor*: che, tuttavia («pur») avendo ogni fianco costruito («contesto») di legno robusto, non mostra ancora ecc. 8. *né si dispera* ecc.: né abbandona ogni speranza.

99: 1-8. *Argante* ecc.: Virgilio, *Aen.*, X, 936-9. Da notare *Belzebù* (v. 2): il demonio, Plutone; *cava* (v. 3): vuota, inconsistente (corrisponde al virgiliano «nube cava», X, 6); *mostro* (v. 4): portento; *finse* (v. 6): compose, formò; *mente* (v. 7): anima.

diegli il parlare e senza mente il noto
suon de la voce, e 'l portamento e 'l moto.

100   Il simulacro ad Oradin, esperto
sagittario famoso, andonne e disse:
— O famoso Oradin, ch'a segno certo,
come a te piace, le quadrella affisse,
ah! gran danno saria s'uom di tal merto,
difensor di Giudea, così morisse,
e di sue spoglie il suo nemico adorno
securo ne facesse a i suoi ritorno.

101   Qui fa' prova de l'arte, e le saette
tingi nel sangue del ladron francese,
ch'oltra il perpetuo onor vuo' che n'aspette
premio al gran fatto egual dal re cortese. —
Così parlò, né quegli in dubbio stette,
tosto che 'l suon de le promesse intese;
da la grave faretra un quadrel prende
e su l'arco l'adatta, e l'arco tende.

102   Sibila il teso nervo, e fuore spinto
vola il pennuto stral per l'aria e stride,
ed a percoter va dovè del cinto
si congiungon le fibbie e le divide;

100: 1. *simulacro*: fantasma. 3. *a segno certo*: a bersaglio sicuro. 4. *le quadrella affisse*: le frecce configgi. 7-8. *e di sue* ecc.: e il suo nemico, Raimondo, adorno delle spoglie di lui, Argante (« difensor di Giudea », v. 6), facesse ritorno incolume (« securo ») tra i suoi commilitoni.

101: 1. *arte*: abilità. 2. *ladron*: Raimondo. Cfr. 54, 1 (« predator cristiano ») e nota relativa. 3. *vuo'* ecc.: voglio che te ne aspetti. 4. *al gran fatto egual*: pari alla grandezza dell'impresa; *re cortese*: Aladino. 7. *grave*: pesante perché piena di frecce; *un quadrel*: una freccia. 8. *l'adatta*: la incocca.

102: 1-2. *Sibila* ecc.: Virgilio, Aen., XII, 267-8. Da notare *nervo* (v. 1): la corda dell'arco; *pennuto* (v. 2): perché reca una sorta di alette nella cocca a meglio regolare la propria direzione. 5. *usbergo*:

passa l'usbergo, e in sangue a pena tinto
qui su si ferma e sol la pelle incide,
ché 'l celeste guerrier soffrir non volse
ch'oltra passasse, e forza al colpo tolse.

103   Da l'usbergo lo stral si tragge il conte
ed ispicciarne fuori il sangue vede;
e con parlar pien di minaccie ed onte
rimprovera al pagan la rotta fede.
Il capitan, che non torcea la fronte
da l'amato Raimondo, allor s'avede
che violato è il patto, e perché grave
stima la piaga, ne sospira e pave;

104   e con la fronte le sue genti altere
e con la lingua a vendicarlo desta.
Vedi tosto inchinar giù le visiere,
lentare i freni e por le lancie in resta,
e quasi in un sol punto alcune schiere
da quella parte moversi e da questa.
Sparisce il campo, e la minuta polve
con densi globi al ciel s'inalza e volve.

---

corazza. 7. *'l celeste guerrier*: l'angelo custode di Raimondo; *soffrir non volse*: non volle sopportare.
103: 3. *onte*: ingiurie infamanti. 4. *la rotta fede*: i patti violati, cioè la tregua tra gli eserciti per tutta la durata del duello. 5. *Il capitan*: Goffredo; *non torcea la fronte*: non distoglieva lo sguardo. 8. *piaga*: la ferita di Raimondo, che invece era leggera (cfr. 102, 6); *pave*: paventa, teme.
104: 1-2. *con la fronte* ecc.: Goffredo, con l'espressione del volto (« fronte ») e con le parole, incita (« desta ») i suoi soldati a vendicare Raimondo. 3. *inchinar giù*: abbassare. 4. *lentare i freni*: allentare le redini ai cavalli. 6. *da quella parte...e da questa*: dalla parte dei Cristiani e da quella dei Pagani. 7. *Sparisce il campo*: le opposte schiere galoppano l'una contro l'altra e perciò colmano rapidamente lo spazio che le divideva. 8. *con densi* ecc.: s'innalza al cielo avvolgendosi in dense nubi rotanti.

105 D'elmi e scudi percossi e d'aste infrante
ne' primi scontri un gran romor s'aggira.
Là giacere un cavallo, e girne errante
un altro là senza rettor si mira;
qui giace un guerrier morto, e qui spirante
altri singhiozza e geme, altri sospira.
Fera è la pugna, e quanto più si mesce
e stringe insieme, più s'inaspra e cresce.

106 Salta Argante nel mezzo agile e sciolto,
e toglie ad un guerrier ferrata mazza;
e rompendo lo stuol calcato e folto,
la rota intorno e si fa larga piazza.
E sol cerca Raimondo, e in lui sol vòlto
ha il ferro e l'ira impetuosa e pazza,
e quasi avido lupo ei par che brame
ne le viscere sue pascer la fame.

107 Ma duro ad impedir viengli il sentiero
e fero intoppo, acciò che 'l corso ei tardi.
Si trova incontra Ormanno, e con Ruggiero
di Balnavilla un Guido e duo Gherardi.
Non cessa, non s'allenta, anzi è più fero
quanto ristretto è più da que' gagliardi,
sì come a forza da rinchiuso loco
se n'esce e move alte ruine il foco.

108 Uccide Ormanno, piaga Guido, atterra
Ruggiero infra gli estinti egro e languente,

105: 3. *girne errante*: andare errando. 4. *senza rettor*: senza reggitore, cioè senza cavaliere. 6. *singhiozza*: rantola. 8. *più s'inaspra e cresce*: si inasprisce, si fa più crudele e spietata.
106: 3. *lo stuol* ecc.: la fitta calca dei combattenti. 4. *larga piazza*: il vuoto intorno.
107: 1-2. *duro...e fero intoppo*: ostacolo assai difficile da superare. 5. *Non* ecc.: non desiste, e neppure rallenta l'impeto. 6. *ristretto*: pressante da vicino.
108: 1. *piaga*: ferisce. 2. *egro*: ferito. 5. *in virtù di lui*: per il suo valore, per merito suo; *pari*: incerta. 7. *il fratello*: Baldovino.

ma contra lui crescon le turbe, e 'l serra
d'uomini e d'arme cerchio aspro e pungente.
Mentre in virtù di lui pari la guerra
si mantenea fra l'una e l'altra gente,
il buon duce Buglion chiama il fratello,
ed a lui dice: — Or movi il tuo drapello,

109 e là dove battaglia è più mortale
vattene ad investir nel lato manco. —
Quegli si mosse, e fu lo scontro tale
ond'egli urtò de gli nemici al fianco,
che parve il popol d'Asia imbelle e frale,
né poté sostener l'impeto franco,
che gli ordini disperde, e co' destrieri
l'insegne insieme abbatte e i cavalieri.

110 Da l'impeto medesmo in fuga è vòlto
il destro corno; e non v'è alcun che faccia
fuor ch'Argante difesa, a freno sciolto
così il timor precipiti li caccia.
Egli sol ferma il passo e mostra il volto,
né chi con mani cento e cento braccia
cinquanta scudi insieme ed altrettante
spade movesse, or più faria d'Argante.

111 Ei gli stocchi e le mazze, egli de l'aste
e de' corsieri l'impeto sostenta;
e solo par che 'ncontra tutti baste,
ed ora a questo ed ora a quel s'aventa.
Peste ha le membra e rotte l'arme e guaste,
e sudor versa e sangue, e par no 'l senta.

109: 4. *ond'egli*: col quale egli. 5. *imbelle e frale*: ignaro e debole. 7. *gli ordini disperde*: scompiglia le ordinate schiere dei nemici. 8. *insieme*: nello stesso tempo.
110: 2. *destro corno*: l'ala destra dello schieramento pagano. 4. *precipiti*: precipitosamente.
111: 1. *stocchi*: spade corte; *aste*: lance. 2. *sostenta*: sostiene

Ma così l'urta il popol denso e 'l preme
ch'al fin lo svolge e seco il porta insieme.

112
Volge il tergo a la forza ed al furore
di quel diluvio che 'l rapisce e 'l tira;
ma non già d'uom che fugga ha i passi e 'l core,
s'a l'opre de la mano il cor si mira.
Serbano ancora gli occhi il lor terrore
e le minaccie de la solita ira;
e cerca ritener con ogni prova
la fuggitiva turba, e nulla giova.

113
Non può far quel magnanimo ch'almeno
sia lor fuga più tarda e più raccolta,
ché non ha la paura arte né freno,
né pregar qui né comandar s'ascolta.
Il pio Buglion, ch'i suoi pensieri a pieno
vede fortuna a favorir rivolta,
segue de la vittoria il lieto corso
e invia novello a i vincitor soccorso.

114
E se non che non era il dì che scritto
Dio ne gli eterni suoi decreti avea,
quest'era forse il dì che 'l campo invitto
de le sante fatiche al fin giungea.

---

6. *sudor* ecc.: Virgilio, *Aen.*, IX, 812-3. 7. *preme*: spinge, incalza. 8. *svolge*: travolge; *porta*: trascina.

112: 4. *s'a l'opre* ecc.: se l'animo si giudica dalle opere della mano, cioè dal modo di agire. 5. *terrore*: virtù di incutere terrore. 7. *ritener*: trattenere; *prova*: tentativo, sforzo. 8. *turba*: dei suoi.

113: 2. *raccolta*: ordinata, meno dispersa. 3. *arte*: regola, disciplina. 5-6. *ch'i suoi* ecc.: che vede la fortuna rivolta a favorire pienamente i suoi pensieri. 8. *novello...soccorso*: nuovo rinforzo.

114: 1-4. *E se non che* ecc.: Virgilio, *Aen.*, IX, 757-9; Ariosto, *Orl.*, VIII, 69, 5-8. Da notare *se non che non era* ecc. (v. 1): se non fosse stato che non era ancora il giorno stabilito ecc.; *campo invitto* (v. 3): l'invitto esercito cristiano. 4. *de le sante* ecc.: avrebbe concluso con la vittoria le sue fatiche rivolte a liberare il sepolcro di

Ma la schiera infernal, ch'in quel conflitto
la tirannide sua cader vedea,
sendole ciò permesso, in un momento
l'aria in nube ristrinse e mosse il vento.

115   Da gli occhi de' mortali un negro velo
rapisce il giorno e 'l sole, e par ch'avampi
negro via più ch'orror d'inferno il cielo,
così fiammeggia infra baleni e lampi.
Fremono i tuoni, e pioggia accolta in gelo
si versa, e i paschi abbatte e inonda i campi.
Schianta i rami il gran turbo, e par che crolli
non pur le quercie ma le rocche e i colli.

116   L'acqua in un tempo, il vento e la tempesta
ne gli occhi a i Franchi impetuosa fère,
e l'improvisa violenza arresta
con un terror quasi fatal le schiere.
La minor parte d'esse accolta resta
(ché veder non le puote) a le bandiere.
Ma Clorinda, che quindi alquanto è lunge,
prende opportuno il tempo e 'l destrier punge.

117   Ella gridava a i suoi: — Per noi combatte,
compagni, il Cielo, e la giustizia aita;

Cristo. 7-8. *sendole* ecc.: Dante, *Purg.*, V, 112-4. Da notare *sendole* ecc. (v. 7): essendole questo concesso « per la virtù che sua natura diede » (*Purg.* V, 114); *ristrinse* (v. 8): condensò.

115: 1-4. *Da gli occhi* ecc.: Virgilio, *Aen.*, I, 88-90. 5. *accolta in gelo*: raggelata in forma di grandine. 6. *paschi*: pascoli. 7. *turbo*: turbine; *crolli*: scrolli, faccia crollare (trans.). 8. *pur*: soltanto.

116: 2. *impetuosa fère*: batte furiosamente. 4. *quasi fatal*: « quasi vi avessero distinto un segno del fato » (CHIAPPELLI). 5-6. *accolta* ecc.: resta accolta intorno alle bandiere perché la tempesta ormai impedisce di vederle. 7. *quindi*: di lì. 8. *prende* ecc.: coglie l'occasione favorevole e sprona il cavallo.

117: 1-2. *Per noi* ecc.: il Cielo, compagni, combatte in nostro favore e aiuta il trionfo della giustizia (« la giustizia » ogg. di « aita » che ha per sogg. « il Cielo »). Si potrebbe intendere: e anche la

da l'ira sua le faccie nostre intatte
sono, e non è la destra indi impedita,
e ne la fronte solo irato ei batte
de la nemica gente impaurita,
e la scote de l'arme, e de la luce
la priva: andianne pur, ché '! fato è duce. —

118 Così spinge le genti, e ricevendo
sol nelle spalle l'impeto d'inferno,
urta i Francesi con assalto orrendo,
e i vani colpi lor si prende a scherno.
Ed in quel tempo Argante anco volgendo
fa de' già vincitor aspro governo,
e quei lasciando il campo a tutto corso
volgono al ferro, a le procelle il dorso.

119 Percotono le spalle a i fuggitivi
l'ire immortali e le mortali spade,
e 'l sangue corre e fa, commisto a i rivi
de la gran pioggia, rosseggiar le strade.

giustizia (sogg.) aiuta, cioè concorre col Cielo a favorirci. E questa seconda interpretazione potrebbe trovare sostegno nella *Conquistata* (VIII, 125, 1-2): « ... Per noi guerreggia - la *fortuna*, o compagni, e 'l *Cielo* istesso », se non ci inducessero alla prudenza i versi seguenti, assai mutati nella *Conquistata* («da l'ira sua», «solo irato ei batte», «e la scote...la priva») che tendono a confermare anche per i verbi « combatte » (v. 1) e « aita » (v. 2) come unico soggetto « il Cielo ». 3. *da l'ira sua*: dalla tempesta suscitata dal Cielo. 4. *indi*: dalla tempesta stessa. 5., *ei*: il Cielo con la sua ira. 7. *la scote*: la priva delle armi, la disarma. Cfr. 91, 4 («scosse»: private). 8. *'l fato* ecc.: il destino ci guida.

118: 2. *impeto d'inferno*: tempesta suscitata dal demonio. 4. *vani*: fallaci, che non vanno a segno. 5. *volgendo*: tornando indietro. 6. *aspro governo*: crudele trattamento. Cfr. Dante, *Purg.*, V, 108 («... io farò dell'altro altro governo»). 7. *quei*: i «Francesi» (v. 3); *corso*: corsa.

119: 2. *l'ire* ecc.: la tempesta suscitata dagli immortali demoni e le spade dei mortali Pagani. 5. *vulgo*: massa; *mal vivi*: moribondi. 6. *Pirro...Ridolfo*: cfr. 67, 1 e 4. 7. *alma*: vita. 8. *ha... palma*: riporta vittoria.

Qui tra 'l vulgo de' morti e de' mal vivi
e Pirro e 'l buon Ridolfo estinto cade;
e toglie a questo il fier circasso l'alma,
e Clorinda di quello ha nobil palma.

120   Così fuggiano i Franchi, e di lor caccia
non rimaneano i Siri anco o i demoni.
Sol contra l'arme e contra ogni minaccia
di gragnuole, di turbini e di tuoni
volgea Goffredo la secura faccia,
rampognando aspramente i suoi baroni;
e, fermo anzi la porta il gran cavallo,
le genti sparse raccogliea nel vallo.

121   E ben due volte il corridor sospinse
contra il feroce Argante e lui ripresse,
ed altrettante il nudo ferro spinse
dove le turbe ostili eran più spesse;
al fin con gli altri insieme ei si ristrinse
dentro a i ripari, e la vittoria cesse.
Tornano allora i saracini, e stanchi
restan nel vallo e sbigottiti i Franchi.

122   Né quivi ancor de l'orride procelle
ponno a pieno schivar la forza e l'ira,

120: 1-2. *Così* ecc.: « E i Siri (i mussulmani) o i demoni non ristavano ancora dal dar loro la caccia » (FERRARI). 6. *baroni*: condottieri. 7. *fermo*: avendo fermato; *anzi la porta*: davanti all'entrata del « vallo » (v. 8). 8. *raccogliea nel vallo*: accoglieva nel campo fortificato, oltre lo steccato.

121: 1-4. *E ben due volte* ecc.: Virgilio, *Aen.*, IX, 799-800 (« qui etiam bis tum medios invaserat hostis, - bis confusa fuga per muros agmina vertit »). Da notare *corridor* (v. 1): cavallo; *ripresse* (v. 2): respinse; *ostili* (v. 4): nemiche. 5. *si ristrinse*: si raccolse. 6. *la vittoria cesse*: cedette la vittoria al nemico. 8. *vallo*: cfr. nota a 120. 8. *Franchi*: i Crociati.

122: 1. *quivi*: « nel vallo » (121, 8). 2. *ponno*: riescono. 3. *faci*: i fuochi e le torce dell'accampamento. 5. *tele...pali*: tele e pali delle tende. 6. *e lunge* ecc.: « e avvolgendole nella sua rapina le spinge lontano di lì » (FERRARI).

ma sono estinte or queste faci or quelle,
e per tutto entra l'acqua e 'l vento spira.
Squarcia le tele e spezza i pali, e svelle
le tende intere e lunge indi le gira;
la pioggia a i gridi, a i venti, a i tuon s'accorda
d'orribile armonia che 'l mondo assorda.

Canto ottavo

1   Già cheti erano i tuoni e le tempeste
    e cessato il soffiar d'Austro e di Coro,
    e l'alba uscia de la magion celeste
    con la fronte di rose e co' piè d'oro.
    Ma quei che le procelle avean già deste
    non rimaneansi ancor da l'arti loro,
    anzi l'un d'essi, ch'Astragorre è detto,
    così parlava a la compagna Aletto:

2   — Mira, Aletto, venirne (ed impedito
    esser non può da noi) quel cavaliero
    che da le fere mani è vivo uscito
    del sovran difensor del nostro impero.
    Questi, narrando del suo duce ardito
    e de' compagni a i Franchi il caso fero,

1: *Già*: cfr. nota a III, 1, 1. 2. *Austro...Coro*: vento che spira da mezzogiorno e vento che spira tra ponente e maestro. 3-4. *l'alba* ecc.: Petrarca, *Rime,* CCXCI, 1-2 (« Quand'io veggio dal Ciel scender l'aurora - con la fronte di rose e co' crin d'oro »). Da notare *de la* (v. 3): dalla. 5. *quei*: i demoni; *deste*: destate, suscitate. 6. *non rimaneansi* ecc.: non desistevano ancora dall'esercitare le loro arti malefiche. 8. *Aletto*: una delle Furie. Cfr. II, 91, 4.

2: 2. *quel cavaliero*: il danese Carlo, unico superstite della sua schiera (cfr. 27, 1-2: « Fra gli estinti compagni io sol cadei - vivo... »), come sarà narrato più oltre (cfr. 6 sgg.). 4. *sovran difensor*: il più valido difensore, Solimano. 5. *duce ardito*: Sveno. Cfr. 6, 1. 6. *Franchi*: i Crociati; *caso fero*: la crudele strage. Allude all'imboscata tesa da Solimano a Sveno e ai suoi compagni. 7. *gran*: importanti,

paleserà gran cose; onde è periglio
che si richiami di Bertoldo il figlio.

3   Sai quanto ciò rilevi e se conviene
a i gran princìpi oppor forza ed inganno.
Scendi tra i Franchi adunque, e ciò ch'a bene
colui dirà tutto rivolgi in danno:
spargi le fiamme e 'l tòsco entro le vene
del Latin, de l'Elvezio e del Britanno,
movi l'ire e i tumulti e fa' tal opra
che tutto vada il campo al fin sossopra.

4   L'opra è degna di te, tu nobil vanto
te 'n désti già dinanzi al signor nostro. —
Così le parla, e basta ben sol tanto
perché prenda l'impresa il fero mostro.
Giunto è su 'l vallo de' cristiani intanto
quel cavaliero il cui venir fu mostro,
e disse lor: — Deh, sia chi m'introduca
per mercede, o guerrieri, al sommo duca. —

5   Molti scorta gli furo al capitano,
vaghi d'udir del peregrin novelle.

---

cioè tali che sarebbe bene che i Cristiani le ignorassero; *è periglio*: c'è pericolo. 8. *di Bertoldo il figlio*: Rinaldo.

3: 1. *rilevi*: importi; *se*: quanto. 2. *princìpi*: inizi. 3. *Franchi*: i Crociati; *a bene*: con buone intenzioni, a vantaggio dei Cristiani. 4. *rivolgi* ecc.: fa in modo che si risolva a danno dei Cristiani. 5. *fiamme...tòsco*: le fiamme dell'ira e il veleno del sospetto. 6. *del Latin* ecc.: delle schiere italiane, svizzere e britanniche. Nell'elenco sono esclusi i francesi perché sono proprio coloro contro i quali si accenderanno « l'ire e i tumulti » (v. 7). Cfr. 72.

4: 2. *signor nostro*: Plutone. Cfr. IV, 6 sgg. 3. *sol tanto*: queste parole soltanto. 4. *prenda*: intraprenda; *mostro*: Aletto. 5. *su 'l vallo*: di fronte all'accampamento. 6. *fu mostro*: fu mostrato da Astagone ad Aletto (cfr. 2, 1-4: « Mira, Aletto, venirne... - ... quel cavaliero »). 8. *per mercede*: per grazia vostra, per favore; *sommo duca*: Goffredo.

5: 1. *scorta gli furo*: lo scortarono, lo accompagnarono. 2. *vaghi*: desiderosi, curiosi. 2. *peregrin*. forestiero. 3. *inchinollo*: onorò Gof-

Egli inchinollo, e l'onorata mano
volea baciar che fa tremar Babelle;
— Signor, — poi dice — che con l'oceano
termini la tua fama e con le stelle,
venirne a te vorrei più lieto messo. —
Qui sospirava, e soggiungeva appresso:

6   — Sveno, del re de' Dani unico figlio,
gloria e sostegno a la cadente etade,
esser tra quei bramò che 'l tuo consiglio
seguendo han cinto per Giesù le spade;
né timor di fatica o di periglio,
né vaghezza del regno, né pietade
del vecchio genitor, sì degno affetto
intepidìr nel generoso petto.

7   Lo spingeva un desio d'apprender l'arte
de la milizia faticosa e dura
da te, sì nobil mastro, e sentia in parte
sdegno e vergogna di sua fama oscura,

---

fredo con un inchino. Cfr. IV, 38, 3. 4. *Babelle*: Cfr. nota a VII, 62, 6. 5-6. *Signor* ecc.: la tua fama ha per confini i termini ultimi del mondo. Cfr. Virgilio, *Aen.*, I, 287 (« imperium Oceano, famam qui terminet astris »). 7. *più lieto messo*: messaggero di più liete notizie.
    6: 1. *Sveno* ecc.: il T. in un primo tempo aveva chiamato « Dano » questo personaggio. Poi, sulla scorta di Guglielmo Tirio, lo ribattezzò « Sveno ». E tale è rimasto anche nella *Conquistata*. Figlio del re di Danimarca, era partito per la Terra Santa al comando di duemila Danesi. La sua tragica fine è storica. Ma il T. finge poeticamente che sia avvenuta nel tempo in cui i Cristiani assediavano Gerusalemme, mentre in realtà essa risaliva a due anni prima. 2. *a la cadente etade*: al vecchio padre (v. 7 « vecchio genitor »). 3. *consiglio*: decisione. 4. *han cinto* ecc.: cfr. IV, 96, 7. 5-8. *né timor* ecc.: Dante, Inf. XXVI, 94-5. Da notare *vaghezza* (v. 6): desiderio; *pietade* (v. 6): pietoso affetto per ecc.: *degno affetto* (v. 7): l'alto sentimento, cioè l'aspirazione a farsi crociato agli ordini di Goffredo (vv. 3-4; e poi 7, 1-4).
    7: 1-3. *l'arte* ecc.: l'arte faticosa e dura della guerra da un maestro così nobile come te. Cfr. Virgilio, *Aen.*, VIII, 515-7 (« ... sub te tolerare magistro - militiam et grave Martis opus, tua cernere facta - adsuescat... »). 4. *sdegno e vergogna*: sdegno verso se stesso e ver-

già di Rinaldo il nome in ogni parte
con gloria udendo in verdi anni matura;
ma più ch'altra cagione, il mosse il zelo
non del terren ma de l'onor del Cielo.

8 Precipitò dunque gli indugi, e tolse
stuol di scelti compagni audace e fero,
e dritto invèr la Tracia il camin volse
a la città che sede è de l'impero.
Qui il greco Augusto in sua magion l'accolse,
qui poi giunse in tuo nome un messaggiero.
Questi a pien gli narrò come già presa
fosse Antiochia, e come poi difesa;

9 difesa incontra al Perso, il qual con tanti
uomini armati ad assediarvi mosse,
che sembrava che d'arme e d'abitanti
vòto il gran regno suo rimaso fosse.
Di te gli disse, e poi narrò d'alquanti
sin ch'a Rinaldo giunse, e qui fermosse;
contò l'ardita fuga, e ciò che poi
fatto di glorioso avea tra voi.

10 Soggiunse al fin come già il popol franco
veniva a dar l'assalto a queste porte;

gogna di fronte agli altri. 6. *con gloria* ecc.: con gloria già degna d'un eroe maturo benché in realtà Rinaldo fosse ancora in giovanissima età. 7. *il zelo* ecc.: il desiderio di conseguire la gloria celeste e non quella terrena.

8: 1. *Precipitò...gli indugi*: ruppe gli indugi. Cfr. Virgilio, *Aen.*, VIII, 443 («praecipitate moras»); *tolse*: prese con sé. 3. *Tracia*: la regione immediatamente a Oriente della penisola balcanica. 4. *città* ecc.: Costantinopoli. 5. *greco Augusto*: l'imperatore bizantino; *magion*: reggia. 6. *messaggiero*: Enrico. Cfr. I, 67, 8.

9: 1. *difesa* ecc.: cfr. I, 6, 5-6 e nota relativa. 5. *alquanti*: guerrieri. 6. *qui fermosse*: e a questo punto indugiò, cioè si soffermò alquanto a parlare di Rinaldo. 7-8. *l'ardita fuga* ecc.: cfr. I, 60.

10: 1. *popol franco*: i Crociati. 2. *porte*: di Gerusalemme. 4. *de l'ultima* ecc.: essere partecipe della vittoria finale. 5-6. *Questo* ecc.:

e invitò lui ch'egli volesse almanco
de l'ultima vittoria esser consorte.
Questo parlare al giovenetto fianco
del fero Sveno è stimolo sì forte,
ch'ogn'ora un lustro pargli infra pagani
rotar il ferro e insanguinar le mani.

11   Par che la sua viltà rimproverarsi
senta ne l'altrui gloria, e se ne rode;
e ch'il consiglia e ch'il prega a fermarsi,
o che non l'essaudisce o che non l'ode.
Rischio non teme, fuor che 'l non trovarsi
de' tuoi gran rischi a parte e di tua lode;
questo gli sembra sol periglio grave,
de gli altri o nulla intende o nulla pave.

12   Egli medesmo sua fortuna affretta,
fortuna che noi tragge e lui conduce,
però ch'a pena al suo partire aspetta
i primi rai de la novella luce.
È per miglior la via più breve eletta;
tale ei la stima, ch'è signor e duce,
né i passi più difficili o i paesi
schivar si cerca de' nemici offesi.

---

queste parole sono stimolo così forte al giovane cuore (« fianco ») di Sveno ecc. 7-8. *ch'ogn'ora* ecc.: « parer ogni ora un lustro vale (come i modi più frequenti *parer mill'anni,* e *ogni ora mille*) aspettare con grande ansietà che una cosa accada, non veder l'ora ch'ella sia » (Ferrari).

11: 6. *de' tuoi* ecc.: a condividere (« a parte ») i tuoi grandi rischi ecc.   8. *altri*: pericoli;   *pave*: paventa, teme.

12: 1. *fortuna*: destino.   2. *fortuna* ecc.: « *tragge* noi, ch'eravamo più lenti e meno volonterosi; lui *conduce,* che le andava velocissimamente dietro; e sente l'antico proverbio (Seneca): ' Fata volentes ducunt, nolentes trahunt ' » (Guastavini).   5. *È per miglior* ecc.: viene scelta come migliore la via più breve.   7. *passi*: passaggi, valichi.   8. *offesi*: sconfitti e quindi desiderosi di vendetta.

13   Or difetto di cibo, or camin duro
trovammo, or violenza ed or aguati;
ma tutti fur vinti i disagi, e furo
or uccisi i nemici ed or fugati.
Fatto avean ne' perigli ogn'uom securo
le vittorie e insolenti i fortunati,
quando un dì ci accampammo ove i confini
non lunge erano omai de' Palestini.

14   Quivi da i precursori a noi vien detto
ch'alto strepito d'arme avean sentito,
e viste insegne e indizi onde han sospetto
che sia vicino essercito infinito.
Non pensier, non color, non cangia aspetto,
non muta voce il signor nostro ardito,
benché molti vi sian ch'al fero aviso
tingan di bianca pallidezza il viso.

15   Ma dice: « Oh quale omai vicina abbiamo
corona o di martirio o di vittoria!
L'una spero io ben più, ma non men bramo
l'altra ove è maggior merto e pari gloria.
Questo campo, o fratelli, ove or noi siamo,
fia tempio sacro ad immortal memoria,
in cui l'età futura additi e mostri
le nostre sepolture e i trofei nostri. »

13 : 1. *difetto*: mancanza; *duro*: aspro, difficile. 5. *Fatto* ecc.: le vittorie avevano data sicurezza nei pericoli e avevano reso temerari i fortunati vincitori.

14 : 1. *precursori*: esploratori. 3. *onde* ecc.: dai quali traggono il sospetto. 5-6. *Non pensier* ecc.: Dante, *Inf.*, X, 74-5 (« ... non mutò aspetto - né mosse collo, né piegò sua costa »). 7. *aviso*: annunzio. 8. *tingan* ecc.: Petrarca, *Rime*, CXCVII, 13 (« e di bianca paura il viso tinge »).

15 : 3. *L'una*: la corona di « vittoria » (v. 2). 4. *l'altra*: la corona di « martirio » (v. 2). 6. *fia*: sarà. 8. *le nostre* ecc.: le nostre tombe gloriose, se saremo periti, o le insegne della nostra vittoria, se sopravviveremo. Cfr. Ennio, *Annal.*, XIV, 391-2 (« Nunc est ille dies cum gloria maxima sese - nobis ostendat si vivimus sive morimur »).

16 Così parla, e le guardie indi dispone
   e gli uffici comparte e la fatica.
   Vuol ch'armato ognun giaccia, e non depone
   ei medesmo gli arnesi o la lorica.
   Era la notte ancor ne la stagione
   ch'è più del sonno e del silenzio amica,
   allor che d'urli barbareschi udissi
   romor che giunse al cielo ed a gli abissi.

17 Si grida «A l'armi! a l'armi!», e Sveno involto
   ne l'armi inanzi a tutti oltre si spinge,
   e magnanimamente i lumi e 'l volto
   di color d'ardimento infiamma e tinge.
   Ecco siamo assaliti, e un cerchio folto
   da tutti i lati ne circonda e stringe,
   e intorno un bosco abbiam d'aste e di spade
   e sovra noi di strali un nembo cade.

18 Ne la pugna inegual (però che venti
   gli assalitori sono incontra ad uno)
   molti d'essi piagati e molti spenti
   son da cieche ferite a l'aer bruno;
   ma il numero de gli egri e de' cadenti
   fra l'ombre oscure non discerne alcuno:
   copre la notte i nostri danni, e l'opre
   de la nostra virtute insieme copre.

19 Pur sì fra gli altri Sveno alza la fronte
   ch'agevol cosa è che veder si possa,

16: 2. *comparte*: ripartisce, distribuisce. 3. *giaccia*: dorma. 4. *arnesi*: armi; *lorica*: corazza. 5-6. *ne la stagione* ecc.: nell'ora più fonda della notte. 8. *abissi*: infernali.
17: 3. *lumi*: occhi. 8. *strali*: frecce.
18: 3. *piagati*: feriti. 4. *cieche*: date alla cieca a causa del-l'«aer bruno». Cfr Ovidio, *Met.*, VII, 342 («Caecaque dant saevis aversae vulnera dextris»). 5. *egri*: feriti. 8. *virtute*: valore.
19: 1. *alza la fronte*: emerge. 3. *nel buio...anco*: persino nel

e nel buio le prove anco son conte
a chi vi mira, e l'incredibil possa.
Di sangue un rio, d'uomini uccisi un monte
d'ogni intorno gli fanno argine e fossa;
e dovunque ne va, sembra che porte
lo spavento ne gli occhi, e in man la morte.

20 Così pugnato fu sin che l'albore
rosseggiando nel ciel già n'apparia.
Ma poi che scosso fu il notturno orrore
che l'orror de le morti in sé copria,
la desiata luce a noi terrore
con vista accrebbe dolorosa e ria,
ché pien d'estinti il campo e quasi tutta
nostra gente vedemmo omai destrutta.

21 Duomila fummo, e non siam cento. Or quando
tanto sangue egli mira e tante morti,
non so se 'l cuor feroce al miserando
spettacolo si turbi e si sconforti;
ma già no 'l mostra, anzi la voce alzando:
« Seguiam » ne grida « que' compagni forti
ch'al Ciel lunge da i laghi averni e stigi
n'han segnati co 'l sangue alti vestigi. »

22 Disse, e lieto (credo io) de la vicina
morte così nel cor come al sembiante,
incontra alla barbarica ruina

---

buio; *conte*: manifeste. 6. *argine e fossa*: « argine » rinvia a « monte » (v. 5) e « fossa » rinvia a « rio » (v. 5). 7. *porte*: porti.

20: 3. *scosso*: rimosso, allontanato; *orrore*: le tenebre. 6. *vista*: visione.

21: 2. *egli*: Sveno. 3. *feroce*: animoso. 7-8. *ch'al Ciel* ecc.: che ci hanno (« n'han ») indicato col sangue nobili tracce sulla via che conduce al Cielo, lontano dall'inferno (« lunge da i laghi ecc. »).

22: 2. *sembiante*: aspetto. 3. *barbarica ruina*: i barbari che ci piombavano sopra. 4. *costante*: saldo, incrollabile. 5. *fina*: robusta.

portonne il petto intrepido e costante.
Tempra non sosterrebbe, ancor che fina
fosse e d'acciaio no, ma di diamante,
i feri colpi, onde egli il campo allaga,
e fatto è il corpo suo solo una piaga.

23 La vita no, ma la virtù sostenta
quel cadavero indomito e feroce.
Ripercote percosso e non s'allenta,
ma quanto offeso è più tanto più noce.
Quando ecco furiando a lui s'aventa
uom grande, c'ha sembiante e guardo atroce;
e dopo lunga ed ostinata guerra
con l'aita di molti al fin l'atterra.

24 Cade il garzone invitto (ahi caso amaro!),
né v'è fra noi chi vendicare il possa.
Voi chiamo in testimonio, o del mio caro
signor sangue ben sparso e nobil ossa,
ch'allor non fui de la mia vita avaro,
né schivai ferro né schivai percossa;
e se piaciuto pur fosse là sopra
ch'io vi morissi, il meritai con l'opra.

---

7. *allaga*: col sangue delle molte ferite ricevute. — 8. *solo una piaga*: tutta una ferita. Cfr. Ovidio, *Met.*, XV, 528-9 (« ... nullasque in corpore partes, - noscere quas posses, unumque erat omnia vulnus »).
23: 1-2. *La vita* ecc.: « non gli spiriti vitali, ma la sola virtù dell'animo sostenta quel corpo, che, quantunque sia ormai quasi un cadavere, pure resta indomito e animoso » (FERRARI). 3. *Ripercote* ecc.: risponde colpo su colpo e non rallenta la sua foga. 6. *uom grande*: Solimano. Cfr. 36, 1 (« Soliman Sveno uccise... »); *sembiante*: aspetto; *atroce*: crudele, assetato di sangue. 8. *aita*: aiuto.
24: 1. *il garzone invitto*: il giovinetto Sveno, non sconfitto (« invitto ») perché vittima di un agguato, sopraffatto da molti (« con l'aita di molti » 23, 8) e caduto da eroe combattendo sino all'ultimo; *caso*: caduta, rovina. 3-8. *Voi chiamo* ecc.: Virgilio, *Aen.*, 431-4. Da notare *ben sparso* (v. 4): onoratamente sparso, e per un nobile fine; *là sopra* (v. 7): in Cielo.

25   Fra gli estinti compagni io sol cadei
vivo, né vivo forse è chi mi pensi;
né de' nemici più cosa saprei
ridir, sì tutti avea sopiti i sensi.
Ma poi che tornò il lume a gli occhi miei,
ch'eran d'atra caligine condensi,
notte mi parve, ed a lo sguardo fioco
s'offerse il vacillar d'un picciol foco.

26   Non rimaneva in me tanta virtude
ch'a discerner le cose io fossi presto,
ma vedea come quei ch'or apre or chiude
gli occhi, mezzo tra 'l sonno e l'esser desto;
e 'l duolo omai de le ferite crude
più cominciava a farmisi molesto,
ché l'inaspria l'aura notturna e 'l gelo
in terra nuda e sotto aperto cielo.

27   Più e più ognor s'avicinava intanto
quel lume e insieme un tacito bisbiglio,
sì ch'a me giunse e mi si pose a canto.
Alzo allor, bench'a pena, il debil ciglio
e veggio due vestiti in lungo manto
tener due faci, e dirmi sento: « O figlio,
confida in quel Signor ch'a' pii soviene,
e con la grazia i preghi altrui previene. »

25: 4. *sopiti*: smarriti, venuti meno. 5. *lume*: vista. 6. *condensi*: coperti, offuscati. 7. *parve*: apparve. Perché è notte veramente (26, 7 « l'aura notturna »); *fioco*: debole. 8. *foco*: lume.

26: 1. *virtude*: forza, vitalità. 2. *presto*: pronto, capace. 4. *mezzo* ecc.: nel dormiveglia.

27: 3. *sì ch'a me* ecc.: fino a che giunse presso di me. 4. *a pena*: a stento, a fatica; *debil ciglio*: corrisponde allo « sguardo fioco » di 25, 7. 5. *due* ecc.: due santi eremiti (cfr. 29, 6-8). 7. *a' pii soviene*: soccorre chi ha fede in lui.

28   In tal guisa parlommi: indi la mano
benedicendo sovra me distese;
e susurrò con suon devoto e piano
voci allor poco udite e meno intese.
« Sorgi », poi disse; ed io leggiero e sano
sorgo, e non sento le nemiche offese
(oh miracol gentile!), anzi mi sembra
piene di vigor novo aver le membra.

29   Stupido lor riguardo, e non ben crede
l'anima sbigottita il certo e il vero;
onde l'un d'essi a me: « Di poca fede,
che dubbii? o che vaneggia il tuo pensiero?
Verace corpo è quel che 'n noi si vede:
servi siam di Giesù, che 'l lusinghiero
mondo e 'l suo falso dolce abbiam fuggito,
e qui viviamo in loco erto e romito.

30   Me per ministro a tua salute eletto
ha quel Signor che 'n ogni parte regna,
ché per ignobil mezzo oprar effetto
meraviglioso ed alto egli non sdegna,

28: 1. *parlommi*: soggetto è uno dei « due vestiti in lungo manto » (27, 5) come esplicitamente più avanti: « l'un d'essi » (29, 3). 4. *voci allor* ecc.: parole che in quel momento, ancora stordito e confuso qual'ero, furono da me poco udite e ancor meno comprese. 6. *le nemiche offese*: le ferite infertemi dal nemico. 7. *miracol gentile*: miracolo di alta virtù. Cfr. 30, 3-4 (« effetto - meraviglioso ed alto »).

29: 1. *Stupido*: stupefatto. 1-2. *non ben crede* ecc.: l'anima, come trasognata, non è ben convinta che ciò che sta accadendo sia cosa vera e reale. 3. *Di poca fede*: uomo di poca fede. 4. *che dubbii?*: perché dubiti?; *che vaneggia*: che cosa vanamente immagina. 5. *Verace corpo*: corpo materiale, e non ombra o parvenza illusoria. 7. *falso dolce*: ingannevole dolcezza. Cfr. Petrarca, *Rime*, CCLXIV, 27-9 (« ... fastidita e lassa - se' di quel falso dolce fuggitivo - che 'l mondo traditor può dare altrui »). 8. *erto e romito*: alpestre e solitario.

30: 1-2. *Me* ecc.: Dio mi ha scelto (« eletto ») come colui che deve provvedere alla tua salvezza. 3. *per ignobil mezzo*: con un mezzo modesto come possa essere io, umile eremita. 3-4. *effetto* ecc.: cfr.

né men vorrà che sì resti negletto
quel corpo in cui già visse alma sì degna,
lo qual con essa ancor, lucido e leve
e immortal fatto, riunir si deve.

31   Dico il corpo di Sveno a cui fia data
tomba, a tanto valor conveniente,
la qual a dito mostra ed onorata
ancor sarà da la futura gente.
Ma leva omai gli occhi a le stelle, e guata
là splender quella, come un sol lucente;
questa co' vivi raggi or ti conduce
là dove è il corpo del tuo nobil duce. »

32   Allor vegg'io che da la bella face,
anzi dal sol notturno, un raggio scende
che dritto là dove il gran corpo giace,
quasi aureo tratto di pennel, si stende;
e sovra lui tal lume, e tanto face
ch'ogni sua piaga ne sfavilla e splende,

28, 7 (« miracol gentile »). 6. *quel corpo*: il corpo di Sveno. Cfr. 31, 1. 7-8. *lo qual* ecc.: il corpo si riunirà all'anima nel giorno del Giudizio Universale. « Dice *lucido* e *leve*, in the modo gli filosofi cristiani diffiniscono il corpo glorificato; e gli Stoici i loro Dii. Cicerone, *De Nat. Deor.*, lib. I: ' Illud video pugnare te, species ut quaedam sit Deorum, quae nihil concreti habeat, nihil solidi, nihil expressi, nihil eminentis; sitque pura, *levis, perlucida* ' » (Gentili).

31: 1. *fia*: sarà. 3. *a dito mostra*: mostrata a dito, additata. Cfr. 15, 7-8 (« in cui l'età futura additi e mostri ecc. »). 5. *guata*: osserva. 6. *quella*: quella stella; *un sol lucente*: cfr. 32, 2 (« sol notturno »). 7. *vivi raggi*: « animati da una vita superiore, come quelli della stella che condusse i magi a Betlem » (Chiappelli).

32: 1. *face*: stella. 2. *sol notturno*: la stella è già stata definita « sol lucente » (31, 6). 4. *quasi* ecc.: « cioè quasi aurea linea, la quale non è altro che un tratto o flusso del punto. Ed apprese questa similitudine da Dante, *Purg.*, XXIX (73-5): ' e vidi le fiammelle andar davante, - lasciando dietro a sé l'aere dipinto, - e di tratti pennelli avean sembiante ' » (Gentili). 5. *e sovra* ecc.: e fa (« face »), cioè produce, sopra il corpo di Sveno una luce così intensa e luminosa (« tal lume e tanto »). 7. *subito*: subitamente; *da me* ecc.: il corpo

e subito da me si raffigura
ne la sanguigna orribile mistura.

33   Giacea, prono non già, ma come vòlto
ebbe sempre a le stelle il suo desire,
dritto ei teneva inverso il cielo il volto
in guisa d'uom che pur là suso aspire.
Chiusa la destra e 'l pugno avea raccolto
e stretto il ferro, e in atto è di ferire;
l'altra su 'l petto in modo umile e pio
si posa, e par che perdon chieggia a Dio.

34   Mentre io le piaghe sue lavo co 'l pianto,
né però sfogo il duol che l'alma accora,
gli aprì la chiusa destra il vecchio santo,
e 'l ferro che stringea trattone fora:
« Questa » a me disse « ch'oggi sparso ha tanto
sangue nemico, e n'è vermiglia ancora,
è come sai perfetta, e non è forse
altra spada che debba a lei preporse.

35   Onde piace là su che, s'or la parte
dal suo primo signor acerba morte,
oziosa non resti in questa parte,
ma di man passi in mano ardita e forte

---

di Sveno viene da me ravvisato. 8. *ne la sanguigna* ecc.: nell'orribile confusione dei cadaveri insaguinati.

33: 1. *prono non già*: cioè supino, com'è detto appresso (v. 3 « dritto ei teneva inverso il cielo il volto »). 4. *pur* ecc.: costantemente aspiri al Cielo (« là suso »; cfr. 24, 7 « là sopra », 35, 1 « là su », 76, 7 « costà sopra »). 5-6. *Chiusa* ecc.: « aveva la destra chiusa e il pugno raccolto, cioè serrato, e in questa teneva il ferro stretto, ed era in atto di ferire » (FERRARI). 7. *l'altra*: l'altra mano (v. 5 « chiusa la destra »).

34: 2. *né però sfogo*: senza tuttavia riuscire a sfogare. 3. *vecchio santo*: il santo eremita. 7. *perfetta*: senza difetto alcuno, di tempra eccellente. E anche resa tale dall'eroismo di Sveno. 8. *a lei preporse*: preferirsi a lei.

35: 1. *la sù*: in Cielo. Cfr. nota a 33, 4; *parte*: divide, separa. 2. *acerba*: dolorosa e immatura insieme. 3. *in questa parte*: in questo

che l'usi poi con egual forza ed arte,
ma più lunga stagion con lieta sorte;
e con lei faccia, perché a lei s'aspetta,
di chi Sveno le uccise aspra vendetta.

36 Soliman Sveno uccise, e Solimano
dée per la spada sua restarne ucciso.
Prendila dunque, e vanne ov'il cristiano
campo fia intorno a l'alte mura assiso;
e non temer che nel paese estrano
ti sia il sentier di novo anco preciso,
ché t'agevolerà per l'aspra via
l'alta destra di Lui ch'or là t'invia.

37 Quivi Egli vuol che da cotesta voce,
che viva in te servò, si manifesti
la pietate, il valor, l'ardir feroce
che nel diletto tuo signor vedesti,
perché a segnar de la purpurea Croce
l'arme con tale essempio altri si desti,
ed ora e dopo un corso anco di lustri
infiammati ne sian gli animi illustri.

---

luogo, proprio qui dove Sveno è stato ucciso, e quindi contro il suo uccisore e per la stessa causa per cui Sveno è caduto. 5. *arte*: abilità. 6. *più lunga stagion*: per più lungo tempo. 7. *s'aspetta*: spetta, appartiene. Cfr. nota a V, 34, 8.
36: 1. *Soliman*: Cfr. 23, 6 e nota relativa. 2. *per la*: per mezzo della. 4. *fia...assiso*: è accampato per l'assedio intorno alle mura di Gerusalemme. Cfr. Dante, *Inf.*, XIV, 68-9 («... quel fu l'un de' sette regi - ch'assiser Tebe... »). 5. *estrano*: straniero. 6. *sentier*: cammino; *preciso*: tagliato, interrotto. 7. *t'agevolerà* ecc.: Dante, *Purg.*, IX, 57 (« sì l'agevolerò per la sua via »). 8. *di Lui*: di Dio.
37: 1. *Quivi*: nel campo cristiano; *da cotesta voce*: dalla tua voce. 2. *servò*: conservò, preservò dal silenzio della morte; *si manifesti*: siano manifestati, illustrati. 3. *pietate*: zelo religioso; *feroce*: fiero. 5-6. *perché* ecc.: affinché anche altri siano stimolati, seguendo l'esempio di Sveno, a inscrivere la rossa croce sulle loro armi e insegne, cioè a farsi crociati. 7. *e dopo* ecc.: e anche in futuro (dopo una lunga serie di anni). Quasi a dire: ora e sempre. 8. *animi illustri*: gli animi delle persone nobili e meritevoli di fama.

38   Resta che sappia tu chi sia colui
che deve de la spada esser erede.
Questi è Rinaldo, il giovenetto a cui
il pregio di fortezza ogn'altro cede.
A lui la porgi, e di' che sol da lui
l'alta vendetta il Cielo e 'l mondo chiede. »
Or mentre io le sue voci intento ascolto,
fui da miracol novo a sé rivolto,

39   ché là dove il cadavero giacea
ebbi improviso un gran sepolcro scorto,
che sorgendo rinchiuso in sé l'avea,
come non so né con qual arte sorto;
e in brevi note altrui vi si sponea
il nome e la virtù del guerrier morto.
Io non sapea da tal vista levarmi,
mirando ora le lettere ed ora i marmi.

40   « Qui » disse il vecchio « appresso a i fidi amici
giacerà del tuo duce il corpo ascoso,
mentre gli spiriti amando in Ciel felici
godon perpetuo bene e glorioso.
Ma tu co 'l pianto omai gli estremi uffici
pagato hai loro, e tempo è di riposo.
Oste mio ne sarai sin ch'al viaggio
matutin ti risvegli il novo raggio. »

38: 4. *pregio*: primato. 7. *sue voci*: le parole del santo eremita 8. *a sé*: al « miracol novo ».

39: 5. *brevi note*: poche parole. 7. *Io non sapea* ecc.: Petrarca, *Tr. Fam.*, III, 1 (« Io non sapea da tal vista levarme »). 8. *lettre*: lettere, parole (« le brevi note » del v. 5).

40: 1. *i fidi amici*: i fedeli compagni caduti insieme a Sveno. 3. *gli spirti*: le loro anime. 5-6. *gli estremi...loro*: hai tributato loro le estreme onoranze. 7. *Oste*: ospite. 8. *matutin...raggio*: il nuovo raggio mattutino. Cfr. 42, 4 (« i raggi del mattin »).

41
    Tacque, e per lochi ora sublimi or cupi
mi scòrse onde a gran pena il fianco trassi,
sin ch'ove pende da selvaggie rupi
cava spelonca raccogliemmo i passi.
Questo è il suo albergo: ivi fra gli orsi e i lupi
co 'l discepolo suo securo stassi,
ché difesa miglior ch'usbergo e scudo
è la santa innocenza al petto ignudo.

42
    Silvestre cibo e duro letto porse
quivi a le membra mie posa e ristoro.
Ma poi ch'accesi in oriente scorse
i raggi del mattin purpurei e d'oro,
vigilante ad orar subito sorse
l'uno e l'altro eremita, ed io con loro.
Dal santo vecchio poi congedo tolsi
e qui, dov'egli consigliò, mi volsi. —

43
    Qui si tacque il tedesco, e gli rispose
il pio Buglione. — O cavalier, tu porte
dure novelle al campo e dolorose
onde a ragion si turbi e si sconforte,
poi che genti sì amiche e valorose
breve ora ha tolte e poca terra absorte,
e in guisa d'un baleno il signor vostro
s'è in un sol punto dileguato e mostro.

41: 1. *lochi ora sublimi or cupi*: luoghi che ora si ergevano altissimi ed ora sprofondavano in oscuri abissi. 2. *scòrse*: guidò; *onde*: sì che; *il fianco trassi*: trascinai il corpo, mi trascinai. Cfr. XII, 19, 1-2; XIX, 28, 1. 4. *raccogliemmo i passi*: ci fermammo. 5. *albergo*: dimora. 7-8. *difesa* ecc.: Orazio, *Od.*, I. XXII, 1-4; Dante, *Inf.*, XXVIII, 115-7.
42: 2. *posa*: riposo. 5. *vigilante* ecc.: sollecito a pregare; *subito*: subitamente. 8. *qui*: al campo cristiano.
43: 1. *il tedesco*: è il « dano » o danese di 46, 6, considerato di stirpe germanica. 3. *dure...dolorose*: acerbamente dolorose. 6. *breve* ecc.: breve spazio di tempo ha uccise e poca terra ha inghiottite. Per « absorte » cfr. I, 4, 4 e nota relativa. 8. *dileguato e mostro*: mostrato e dileguato. Dice la fugacità dell'apparizione di Sveno sulla terra.

44   Ma che? felice è cotal morte e scempio
     via più ch'acquisto di provincie e d'oro,
     né dar l'antico Campidoglio essempio
     d'alcun può mai sì glorioso alloro.
     Essi del ciel nel luminoso tempio
     han corona immortal del vincer loro:
     ivi credo io che le sue belle piaghe
     ciascun lieto dimostri e se n'appaghe.

45   Ma tu, che a le fatiche ed al periglio
     ne la milizia ancor resti del mondo,
     devi gioir de' lor trionfi, e 'l ciglio
     render quanto conviene omai giocondo;
     e perché chiedi di Bertoldo il figlio,
     sappi ch'ei fuor de l'oste è vagabondo,
     né lodo io già che dubbia via tu prenda
     pria che di lui certa novella intenda. —

46   Questo lor ragionar ne l'altrui mente
     di Rinaldo l'amor desta e rinova,
     e v'è chi dice: — Ahi! fra pagana gente
     il giovenetto errante or si ritrova. —

44: 3-4. *né dar* ecc.: né l'antico Campidoglio, ove erano incoronati i vincitori pagani, può offrire l'esempio di qualche trionfo così glorioso perché il trionfo di Sveno e dei suoi compagni è il trionfo del martirio cristiano e merita perciò premio ben maggiore (cfr. vv. 5-8). 6. *del vincer loro*: della loro vittoria, che è appunto il trionfo del martirio. 7. *belle piaghe*: cfr. 32, 6 (« ogni sua piaga ne sfavilla e splende »). 8. *lieto* ecc.: lietamente mostri e ne gioisca.

45: 2. *milizia...del mondo*: vita terrena che è in se stessa una battaglia per il trionfo del bene. 4. *quanto conviene*: quanto s'addice alla loro presente condizione di beati. 5. *chiedi*: cerchi. Cfr. VII, 84, 3; *di Bertoldo* ecc.: Rinaldo. 6. *fuor de l'oste*: lontano dall'esercito; *vagabondo*: errante. Cfr. 46, 4 (« giovenetto errante »). 7. *né lodo*: non approvo. 8. *certa*. sicura.

46: 1-2. *ne l'altrui* ecc.: ridesta e rinnova, nell'animo dei Cristiani (« ne l'altrui mente »), l'amore per Rinaldo. 3-4. *fra pagana* ecc.: « Questa fu opera della furia (Aletto) ad instanza d'Astagorre per commover la sedizione; come anco fu opera sua il particolar dell'armi di Rinaldo e di quel corpo morto, che parve quello del mede-

E non v'è quasi alcun che non rammente,
narrando al dano, i suoi gran fatti a prova;
e de l'opere sue la lunga tela
con istupor gli si dispiega e svela.

47   Or quando del garzon la rimembranza
avea gli animi tutti intereriti,
ecco molti tornar, che per usanza
eran d'intorno a depredare usciti.
Conducean questi seco in abbondanza
e mandre di lanuti e buoi rapiti
e biade ancor, benché non molte, e strame
che pasca de' corsier l'avida fame.

48   E questi di sciagura aspra e noiosa
segno portàr che 'n apparenza è certo:
rotta del buon Rinaldo e sanguinosa
la sopravesta ed ogni arnese aperto.
Tosto si sparse (e chi potria tal cosa
tener celata?) un romor vario e incerto.
Corre il vulgo dolente a le novelle
del guerriero e de l'arme, e vuol vedelle.

---

simo cavaliere » (GJASTAVINI). 6. *dano*: cfr. nota a 43, 1; *i suoi gran fatti*: le grandi imprese di Rinaldo; *a prova*: a gara (narrando a gara). 7. *sue*: sempre di Rinaldo. 8. *gli*: a quelli stessi che narrano, e che nel rievocare le imprese di Rinaldo ne ammirano stupefatti la grandiosità quasi la scoprissero per la prima volta, e al danese che ascolta.

47: 1. *garzon*: Rinaldo. 3. *per usanza*: secondo il solito. Sia perché al campo cristiano mancavano vettovaglie, sia perché dovevano essere intercettati i rifornimenti a Gerusalemme. 6. *lanuti*: ovini. 7. *strame*: foraggio.

48: 1. *questi*: i predatori; *noiosa*: dolorosa. 2. *che* ecc.: il segno, cioè la testimonianza, appare proprio sicuro indizio di sciagura. 3. *rotta*: lacerata; *buon*: valoroso; *sanguinosa*: insanguinata. 4. *ogni arnese aperto*: ogni parte dell'armatura spezzata. 6. *romor*: diceria. 7. *vulgo*: la folla dei soldati. 8. *vedelle*: vederle.

49
Vede, e conosce ben l'immensa mole
del grand'usbergo e 'l folgorar del lume,
e l'arme tutte ove è l'augel ch'al sole
prova i suoi figli e mal crede a le piume;
ché di vederle già primiere o sole
ne le imprese più grandi ebbe in costume,
ed or non senza alta pietate ed ira
rotte e sanguigne ivi giacer le mira.

50
Mentre bisbiglia il campo, e la cagione
de la morte di lui varia si crede,
a sé chiama Aliprando il pio Buglione,
duce di quei che ne portàr le prede,
uom di libera mente e di sermone
veracissimo e schietto, ed a lui chiede:
— Di' come e donde tu rechi quest'arme,
e di buono o di reo nulla celarme. —

51
Gli rispose colui: — Di qui lontano
quanto in duo giorni un messaggiero andria,
verso il confin di Gaza un picciol piano
chiuso tra colli alquanto è fuor di via;
e in lui d'alto deriva e lento e piano
tra pianta e pianta un fiumicel s'invia,

49: 1. *Vede, e conosce*: guarda e subito riconosce. Cfr. XII, 67, 7 (« La vide, la conobbe... »). 2. *usbergo*: corazza; *'l folgorar del lume*: lo sfolgorio delle armi lucenti. 3-4. *ove è l'augel* ecc.: « ov'è l'aquila che riconosce i suoi figli, più che dalle piume, dal fatto che possano sostenere la vista del sole » (FERRARI). L'aquila era l'insegna degli Estensi e fregiava le armi di Rinaldo. 5. *primiere*: davanti a tutte, primeggianti. 6. *ebbe in costume*: era solito (sogg. « il vulgo », 48, 7). 7. *alta*: profonda; *pietate ed ira*: pietà per Rinaldo e ira per chi ne ha provocato la morte. 8. *rotte* ecc.: spezzate e insanguinate.

50: 2. *varia si crede*: si fanno varie congetture. 3. *chiama*: sogg. « il pio Buglione ». 4. *duce* ecc.: Aliprando, comandante dei predatori (cfr. 47, 3-4). 5. *mente*: animo; *sermone*: parola. 8. *reo*: cattivo, funesto; *nulla celarme*: non celarmi nulla.

51: 3. *Gaza*: cfr. nota a I, 67, 3. 3-8. *un picciol piano* ecc.: Virgilio, *Aen.*, XI, 522-4. Da notare *fuor di via* (v. 4): appartato;

e d'arbori e di macchie ombroso e folto
opportuno a l'insidie il loco è molto.

52 Qui greggia alcuna cercavam che fosse
venuta a i paschi de l'erbose sponde,
e in su l'erbe miriam di sangue rosse
giacerne un guerrier morto in riva a l'onde.
A l'arme ed a l'insegne ogn'uom si mosse,
che furon conosciute ancor che immonde.
Io m'appressai per discoprirgli il viso,
ma trovai ch'era il capo indi reciso.

53 Mancava ancor la destra, e 'l busto grande
molte ferite avea dal tergo al petto;
e non lontan, con l'aquila che spande
le candide ali, giacea il vòto elmetto.
Mentre cerco d'alcuno a cui dimande,
un villanel sopragiungea soletto
che 'ndietro il passo per fuggirne torse
subitamente che di noi s'accorse.

54 Ma seguitato e preso, a la richiesta
che noi gli facevamo, al fin rispose
che 'l giorno inanti uscir de la foresta
scorse molti guerrieri, onde ei s'ascose;
e ch'un d'essi tenea recisa testa
per le sue chiome bionde e sanguinose,

---

d'alto deriva (v. 5): dall'alto affluisce; *s'invia* (v. 6): serpeggia, si snoda.

52: 2. *paschi*: pascoli. 5. *A l'arme* ecc.: nel vedere quelle armi e le insegne di cui erano fregiate (cioè l'aquila estense) ogni uomo si commosse, si turbò. 6. *immonde*: imbrattate di sangue. 8. *indi*: di lì, cioè dal « guerrier morto » (v. 4).

53: 1. *ancor*: anche. 2. *dal tergo al petto*: alle spalle. Era stato, dunque, assalito a tradimento. 4. *vòto*: vuoto del « capo » dell'ucciso. 5. *a cui* ecc.: a cui fare delle domande, da interrogare. 7. *'ndietro ... torse*: rivolse indietro il passo, tornò sui suoi passi. 8. *subitamente che*: non appena.

54: 1. *seguitato*: inseguito. 5-6. *tenea* ecc.: teneva per i capelli

la qual gli parve, rimirando intento,
d'uom giovenetto e senza peli al mento;

55 e che 'l medesmo poco poi l'avolse
in un zendado da l'arcion pendente.
Soggiunse ancor ch'a l'abito raccolse
ch'erano i cavalier di nostra gente.
Io spogliar feci il corpo, e sì me 'n dolse
che piansi nel sospetto amaramente,
e portai meco l'arme e lasciai cura
ch'avesse degno onor di sepoltura.

56 Ma se quel nobil tronco è quel ch'io credo,
altra tomba, altra pompa egli ben merta. —
Così detto, Aliprando ebbe congedo,
però che cosa non avea più certa.
Rimase grave e sospirò Goffredo;
pur nel tristo pensier non si raccerta,
e con più chiari segni il monco busto
conoscer vuole e l'omicida ingiusto.

57 Sorgea la notte intanto, e sotto l'ali
ricopriva del cielo i campi immensi;

---

biondi e insanguinati una testa recisa. 8. *senza peli al mento*: altrove è detto di Rinaldo che « intempestiva - molle piuma del mento a pena usciva » (I, 60, 7-8).

55: 2 *zendado*: drappo sottile di lino o seta. 3. *raccolse*: arguì, comprese. 4. *cavalier* ecc.: cavalieri cristiani. 6. *nel sospetto*: che si trattasse di Rinaldo e che i suoi uccisori fossero cristiani. 7. *cura*: incarico, disposizione.

56: 1. *è quel* ecc.: è quello di Rinaldo. 2. *pompa*: onoranze funebri. 4. *cosa* ecc.: non aveva notizia più certa da riferire. 5. *grave*: triste. Cfr. Petrarca, *Tr. Am.*, II, 131 (« rimasi grave, e sospirando andai »). 6. *non si raccerta*: non si ferma con sicurezza, cioè non è sicuro che l'ucciso sia proprio Rinaldo. 7. *con più chiari segni*: sul fondamento di prove più evidenti. 8. *conoscer*: riconoscere; *ingiusto*: perché ha assalito alle spalle (53, 2), pur essendo un compagno d'arme (55, 4), e perché aveva trattato così barbaramente il cadavere (54, 5-6).

57: 1-2. *Sorgea* ecc.: Virgilio, *Aen.*, II, 250-1 (« ... ruit Oceano

e 'l sonno, ozio de l'alme, oblio de' mali,
lusingando sopia le cure e i sensi.
Tu sol punto, Argillan, d'acuti strali
d'aspro dolor, volgi gran cose e pensi,
né l'agitato sen né gli occhi ponno
la quiete raccòrre o 'l molle sonno.

58 Costui pronto di man, di lingua ardito,
impetuoso e fervido d'ingegno,
nacque in riva del Tronto e fu nutrito
ne le risse civil d'odio e di sdegno;
poscia in essiglio spinto, i colli e 'l lito
empié di sangue e depredò quel regno,
sin che ne l'Asia a guerraggiar se 'n venne
e per fama miglior chiaro divenne.

59 Al fin questi su l'alba i lumi chiuse;
né già fu sonno il suo queto e soave,
ma fu stupor ch'Aletto al cor gl'infuse,
non men che morte sia profondo e grave.
Sono le interne sue virtù deluse
e riposo dormendo anco non have,

nox - involvens umbra magna terramque polumque »). 3-4. *e 'l sonno* ecc.: Virgilio, *Aen.,* II, 268-9 (« Tempus erat, quo prima quies mortalibus aegris - incipit, et dono divum gravissima serpit »). Da notare *ozio* (v. 3): riposo; *lusingando* (v. 4): facendo nascere la speranza per l'indomani. 5-8. *Tu sol* ecc.: Ariosto, *Orl.,* VII, 79-82. Da notare *volgi* (v. 6): agiti in te stesso (v. 7 « agitato sen »); cfr. V, 1, 5 « volge tra sé »); *raccòrre*: accogliere.

58: 2. *ingegno*: temperamento. 3. *Tronto*: fiume tra le Marche e gli Abruzzi « Questo mi fa credere che Argillano fosse della nobilissima ed antichissima città d'Ascoli, la quale posta nella riva del fiume Tronto sopra tutte l'altre città d'Italia per le civili sedizioni è stata chiara in ogni tempo ecc. » (GENTILI). 5. *spinto*: cacciato. 6. *quel regno*: lo stato o città da cui fu cacciato. È probabile che, nonostante il tentativo di precisazione storica compiuto dal Gentili (cfr. nota a v. 3), Argillano e la sua storia siano elementi immaginari del poema. 8. *chiaro*: famoso.

59: 1. *i lumi chiuse*: si addormentò. 3. *stupor*: torpore, sopore; *Aletto*: cfr. 1, 8 e nota relativa. 4. *non men* ecc.: profondo e pesante non meno di quello che sia la morte. 5. *virtù*: facoltà di immaginazione e di sentimento; *deluse*: ingannate. 6. *have*: ha, trova.

ché la furia crudel gli s'appresenta
sotto orribili larve e lo sgomenta.

60 Gli figura un gran busto, ond'è diviso
il capo e de la destra il braccio è mozzo,
e sostien con la manca il teschio inciso,
di sangue e di pallor livido e sozzo.
Spira e parla spirando il morto viso,
e 'l parlar vien co 'l sangue e co 'l singhiozzo:
— Fuggi, Argillan; non vedi omai la luce?
Fuggi le tende infami e l'empio duce.

61 Chi dal fero Goffredo e da la frode
ch'uccise me, voi, cari amici, affida?
D'astio dentro il fellon tutto si rode,
e pensa sol come voi meco uccida.
Pur, se cotesta mano a nobil lode
aspira, e in sua virtù tanto si fida,
non fuggir, no; plachi il tiranno essangue
lo spirto mio co 'l suo maligno sangue.

62 Io sarò teco, ombra di ferro e d'ira
ministra, e t'armerò la destra e 'l seno. —

---

7. *furia*: Aletto (v. 3). 8. *larve*: forme spettrali.
60: 2. *de la destra* ecc.: il braccio destro è privo della mano. 3. *con la manca* ecc.: con la mano sinistra, il capo reciso. Cfr. Dante, *Inf.*, XXVIII, 121 («e 'l capo tronco tenea per le chiome». Per «inciso», cfr. anche 85, 7; XI, 64, 5; XX, 128, 5. 4. *di sangue* («di sangue...sozzo») e livido del pallore della morte («di pallor livido»). 5. *Spira*: respira. Forse anche: sospira (v. 6 «'l parlar vien co 'l sangue e co 'l singhiozzo»). 7. *la luce*: dell'alba. 8. *tende infami*: quelle dei Francesi che avrebbero provocato la morte di Rinaldo, secondo l'insinuazione calcolata di Aletto.
61: 2. *affida*: assicura, protegge. 3. *fellon*: traditore. 4. *meco* come ha fatto con me. 5. *cotesta*: codesta tua. 6.. *in sua virtù*: nel proprio valore. 7. *tiranno*: Goffredo; *essangue*: colpito a morte e dissanguato. 8. *maligno*: «malvagio», come reca l'edizione Osanna del poema.
62: 1-2. *Io sarò* ecc.: Virgilio, *Aen.*, VII, 454-5. Da notare *ombra* ecc. (vv. 1-2): ombra sollecita a fornirti («ministra») armi

Così gli parla, e nel parlar gli spira
spirito novo di furor ripieno.
Si rompe il sonno, e sbigottito ei gira
gli occhi gonfi di rabbia e di veneno;
ed armato ch'egli è, con importuna
fretta i guerrier d'Italia insieme aduna.

63 Gli aduna là dove sospese stanno
l'arme del buon Rinaldo, e con superba
voce il furore e 'l conceputo affanno
in tai detti divulga e disacerba:
— Dunque un popolo barbaro e tiranno,
che non prezza ragion, che fé non serba,
che non fu mai di sangue e d'or satollo,
ne terrà 'l freno in bocca e 'l giogo al collo?

64 Ciò che sofferto abbiam d'aspro e d'indegno
sette anni omai sotto sì iniqua soma,
è tal ch'arder di scorno, arder di sdegno
potrà da qui a mill'anni Italia e Roma.
Taccio che fu da l'arme e da l'ingegno
del buon Tancredi la Cilicia doma,

---

e furore: armi alla tua destra e furore al tuo cuore (« sen »). 3. *spira*: ispira. 4. *spirito* ecc.: Dante, *Purg.*, XXV, 71 (« spira Spirto novo di virtù repleto »). Da notare *novo*: insolito. 7. *importuna*: intempestiva, precipitosa.

63: 2. *buon*: valoroso. 3. *conceputo*: concepito, cioè accolto in sé durante l'agitato sonno. 4. *divulga* ecc.: manifesta e, così sfogandosi, lo mitiga, lo rende più sopportabile. 5. *popolo barbaro*: quello francese. Così parla un latino discendente da Roma. 6. *non prezza ragion*: non apprezza, cioè non osserva il diritto; *fé*: la fede giurata, la parola data. 8. *ne*: a noi.

64: 2. *sette anni*: cfr. I, 6, 1-2 (« Già 'l sesto anno volgea... »); *soma*: il peso della servitù. 5-8. *Taccio che* ecc.: anche a non voler dire che ecc. « Ciò dice apertamente l'Arcivescovo di Tiro nel 4. libro al cap. 8. Con queste parole in nostra lingua: ' Era in quei giorni medesimamente ritornato in Cilicia Tancredi, andatovi con la medesima imposizione, avendo intieramente soggiogata tutta quella provincia ' » (GUASTAVINI). Cfr. V, 48. Da notare *il Franco* (v. 7): i Fran-

Canto ottavo 269

e ch'ora il Franco a tradigion la gode,
e i premi usurpa del valor la frode.

65   Taccio ch'ove il bisogno e 'l tempo chiede
pronta man, pensier fermo, animo audace,
alcuno ivi di noi primo si vede
portar fra mille morti o ferro o face;
quando le palme poi, quando le prede
si dispensan ne l'ozio e ne la pace,
nostri in parte non son, ma tutti loro
i trionfi, gli onor, le terre e l'oro.

66   Tempo forse già fu che gravi e strane
ne potevan parer sì fatte offese;
quasi lievi or le passo: orrenda, immane
ferità leggierissime l'ha rese.
Hanno ucciso Rinaldo, e con l'umane
l'alte leggi divine han vilipese.
E non fulmina il Cielo? e non l'inghiotte
la terra entro la sua perpetua notte?

---

cesi, perché Baldovino tolse con inganno la Cilicia a Tancredi (V, 48, 3-4); *a tradigion* (v. 7): a tradimento; *i premi* (v. 8): la frode (sogg.) usurpa i frutti conquistati col valore.
65: 1. *chiede*: richiede, esige. 3. *ivi*: allora, in queste estreme circostanze; *primo*: sempre innanzi agli altri. 4. *ferro o face*: la spada per colpire il nemico o la torcia per incendiarne le macchine di guerra. 5. *le palme*: gli onori, le ricompense militari. 6. *ozio*: riposo. 7. *nostri* ecc.: non toccano almeno in parte a noi, ecc.
66: 1. *strane*: straordinarie, inaudite. 3. *quasi*, ecc.: ora le tralascio come se si trattasse di ingiurie irrilevanti. 4. *ferità*: crudeltà ferina, addirittura bestiale; *leggierissime* ecc.: ha fatto sì che a confronto del presente atto crudele (l'uccisione e lo strazio di Rinaldo) le precedenti ingiurie appaiono trascurabili. 6. *leggi* ecc.: perché hanno ucciso Rinaldo, il campione della Fede (« il qual fu spada e scudo - di nostra fede », 67, 1-2), il prediletto del Cielo (« sol da lui - l'alta vendetta il Cielo e 'l mondo chiede », 38, 5-6). 7. *E non* ecc.: che cosa attende ancora il cielo per scagliare i suoi fulmini?; *l'inghiotte*: inghiotte coloro che « hanno ucciso Rinaldo » (v. 5).

67 Rinaldo han morto, il qual fu spada e scudo
di nostra fede; ed ancor giace inulto?
inulto giace, e su 'l terreno ignudo
lacerato il lasciaro ed insepulto.
Ricercate saper chi fosse il crudo?
A chi pote, o compagni, esser occulto?
Deh! chi non sa quanto al valor latino
portin Goffredo invidia e Baldovino?

68 Ma che cerco argomenti? Il Cielo io giuro
(il Ciel che n'ode e ch'ingannar non lice),
ch'allor che si rischiara il mondo oscuro,
spirito errante il vidi ed infelice.
Che spettacolo, oimè, crudele e duro!
Quai frode di Goffredo a noi predice!
Io 'l vidi, e non fu sogno; e ovunque or miri,
par che dinanzi a gli occhi miei s'aggiri.

69 Or che faremo noi? dée quella mano,
che di morte sì ingiusta è ancora immonda,
reggerci sempre? o pur vorrem lontano
girne da lei, dove l'Eufrate inonda,
dove a popolo imbelle in fertil piano
tante ville e città nutre e feconda,
anzi a noi pur? Nostre saranno, io spero,
né co' Franchi comune avrem l'impero.

67: 1. *morto*: ucciso. Riprende 66, 4 (« Hanno ucciso Rinaldo... »).
2. *inulto*: invendicato. 5. *il crudo*: il crudele assassino. 7. *latino*: italiano.

68: 1. *Il Cielo* ecc.: al Cielo io giuro, giuro per il Cielo. 3. *allor* ecc.: sul far dell'alba. 4. *errante*: perché invendicato. 7-8. *non fu sogno* ecc.: Virgilio, *Aen.*, III, 173-4 (« nec sopor illud erat, sed coram adgnoscere vultus - velatasque comas praesentiaque ora videbar »).

69: 2. *ingiusta*: anche Goffredo aveva dichiarato « ingiusto » l'omicida (cfr. 56, 8 e nota relativa); *immonda*: insozzata, contaminata. 3. *reggerci sempre*: continuare a governarci. 4. *dove* ecc.: la Mesopotamia, cioè il « fertil piano » del v. 5. 5. *imbelle*: inadatto alla guerra. 8. *né co' Franchi* ecc.: né, questa volta, spartiremo con i Francesi le terre conquistate della Mesopotamia.

70 Andianne, e resti invendicato il sangue
(se così parvi) illustre ed innocente,
benché, se la virtù che fredda langue
fosse ora in voi quanto dovrebbe ardente,
questo che divorò, pestifero angue,
il pregio e 'l fior de la latina gente,
daria con la sua morte e con lo scempio
a gli altri mostri memorando essempio.

71 Io, io vorrei, se 'l vostro alto valore,
quanto egli può, tanto voler osasse,
ch'oggi per questa man ne l'empio core,
nido di tradigion, la pena entrasse. —
Così parla agitato, e nel furore
e ne l'impeto suo ciascuno ei trasse.
— Arme! arme! — freme il forsennato, e insieme
la gioventù superba — Arme! arme! — freme.

72 Rota Aletto fra lor la destra armata,
e co 'l foco il venen ne' petti mesce.
Lo sdegno, la follia, la scelerata
sete del sangue ognor più infuria e cresce;
e serpe quella peste e si dilata,
e de gli alberghi italici fuor n'esce,
e passa fra gli Elvezi, e vi s'apprende,
e di là poscia a gli Inghilesi tende.

70: 1. *Andianne*: andiamocene. 3. *virtù*: valore. 5. *pestifero angue*: serpente velenoso. 6. *il pregio* ecc.: Rinaldo, onore e fiore della gente italiana.
71: 2. *egli*: il « valore » (v. 1). 4. *tradigion*: tradimento. Cfr. 64, 7; *pena*: castigo. 7-8. *Arme!* ecc.: Virgilio, *Aen.*, VII, 460 (« Arma amens fremit »), e XI, 453 (« arma manu trepidi poscunt, fremit arma iuventus »).
72: 1. *armata*: che impugna la fiaccola come un'arma. 2. *venen*: il veleno dell'ira, del furore; *mesce*: rimescola. 5. *serpe*: serpeggia. 6. *alberghi*: tende. 7. *s'apprende*: s'appicca. 8. *tende*: si indirizza, si dirige.

73
    Né sol l'estrane genti avien che mova
il duro caso e 'l gran publico danno,
ma l'antiche cagioni a l'ira nova
materia insieme e nutrimento danno.
Ogni sopito sdegno or si rinova:
chiamano il popol franco empio e tiranno,
e in superbe minaccie esce diffuso
l'odio che non può starne omai più chiuso.

74
    Così nel cavo rame umor che bolle
per troppo foco, entro gorgoglia e fuma;
né capendo in se stesso, al fin s'estolle
sovra gli orli del vaso, e inonda e spuma.
Non bastano a frenare il vulgo folle
que' pochi a cui la mente il vero alluma;
e Tancredi e Camillo eran lontani,
Guglielmo e gli altri in podestà soprani.

75
    Corrono già precipitosi a l'armi
confusamente i popoli feroci,
e già s'odon cantar bellici carmi
sediziose trombe in fere voci.

73: 1-2. *Né sol* ecc.: non soltanto il recente doloroso caso (cioè la crudele uccisione di Rinaldo) e il danno generale che ne deriva commuovono, ovvero eccitano, le genti non francesi («estranee»: «Elvezii», «Inghilesi», dopo gli Italiani), ma anche ecc. 6. *franco*: francese.
74: 1-4. *Così* ecc.: Virgilio, *Aen.*, VII, 462-6. Da notare *cavo rame* (v. 1): caldaia; *umor* (v. 1): liquido; *né capendo in se stesso* (v. 3): e non potendo contenersi ecc.; *s'estolle* (v. 3): si innalza; *inonda* (v. 4): trabocca. 6. *a cui* ecc.: ai quali la verità illumina la mente. Ma anche: ai quali la mente non ottenebrata mostra la verità. Cfr. 76, 5 («... squarcia a questi de la mente il velo»). 7. *Tancredi e Camillo*: cioè coloro che per la loro autorità avrebbero potuto frenare gli italiani. Per Camillo, cfr. I, 64, 3-8. 8. *Guglielmo*: il quale avrebbe potuto far sentire la propria autorità sugli Inglesi. Cfr. I, 44. 3-4. *in podestà soprani*: i più autorevoli, i capi supremi.
75: 1-4. *Corrono* ecc.: Virgilio, *Aen.*, VII, 519-22. Da notare *precipitosi* (v. 1): precipitosamente; *feroci* (v. 2): inferociti; *cantar* ecc. (vv. 3-4): trombe, eccitanti alla rivolta, suonare inni di guerra («cantar

Gridano intanto al pio Buglion che s'armi
molti di qua di là nunzi veloci,
e Baldovin inanzi a tutti armato
gli s'appresenta e gli si pone a lato.

76 Egli, ch'ode l'accusa, i lumi al cielo
drizza e pur come suole a Dio ricorre:
— Signor, tu che sai ben con quanto zelo
la destra mia del civil sangue aborre,
tu squarcia a questi de la mente il velo,
e reprimi il furor che sì trascorre;
e l'innocenza mia, che costà sopra
è nota, al mondo cieco anco si scopra. —

77 Tacque, e dal Cielo infuso ir fra le vene
sentissi un novo inusitato caldo.
Colmo d'alto vigor, d'ardita spene
che nel volto si sparge e 'l fa più baldo,
e da' suoi circondato, oltre se 'n viene
contra chi vendicar credea Rinaldo;
né, perché d'arme e di minaccie ei senta
fremito d'ogni intorno, il passo allenta.

78 Ha la corazza indosso, e nobil veste
riccamente l'adorna oltra 'l costume.
Nudo è le mani e 'l volto, e di celeste
maestà vi risplende un novo lume:

bellici carmi ») con suoni violenti. 7. *Baldovin*: fratello di Goffredo. Cfr. I, 9, 1 e altrove.

76: 1. *lumi*: occhi. 4. *del civil sangue*: dallo spargimento del sangue fraterno, dalla guerra civile. 5. *de la mente il velo*: il velo che ottenebra la loro mente impedendo loro di scorgere la verità. Cfr. 76, 6 e nota relativa. 6. *sì trascorre*: eccede ogni limite. 7. *costà sopra*: in Cielo. Cfr. nota a 33, 4. 8. *cieco*: accecato dall'ira.

77: 1. *dal Cielo infuso*: inviato dal Cielo; *ir*: dipende da « sentissi » (v. 2). 6. *contra*: verso. 7. *perché*: benché, 8. *allenta*: rallenta.

78: 2. *oltra 'l costume*: insolitamente. 3-4. *Nudo* ecc.: ha le mani e il capo nudi (senz'armi e senza elmo) e sul viso gli risplende

scote l'aurato scettro, e sol con queste
arme acquetar quegli impeti presume.
Tal si mostra a coloro e tal ragiona,
né come d'uom mortal la voce suona:

79 — Quali stolte minaccie e quale or odo
vano strepito d'arme? e chi il commove?
Così qui riverito e in questo modo
noto son io, dopo sì lunghe prove,
ch'ancor v'è chi sospetti e chi di frodo
Goffredo accusi? e chi l'accuse approve?
Forse aspettate ancor ch'a voi mi pieghi,
e ragioni v'adduca e porga preghi?

80 Ah non sia ver che tanta indignitate
la terra piena del mio nome intenda.
Me questo scettro, me de l'onorate
opre mie la memoria e 'l ver difenda;
e per or la giustizia a la pietate
ceda, né sovra i rei la pena scenda.
A gli altri merti or questo error perdono,
ed al vostro Rinaldo anco vi dono.

una straordinaria (« novo ») luce di divina maestà. Cfr. Virgilio, *Aen.*,
XII, 311-2 (« At pius Aeneas dextram tendebat inermem - nudato ca-
pite... »). 6. *presume*: confida. 8. *né come* ecc.: Virgilio, *Aen.*, I,
328 (« nec vox hominem sonat ») e VI, 50 (« nec mortale sonans »);
Petrarca, *Rime,* XC, 10-1 (« ...e le parole - sonavan altro che pur
voce umana »).

79: 2. *vano*: inutile, senza scopo e significato; *commove*: suscita.
3. *riverito*: rispettato. 5-6. *di frodo...accusi*: accusi di frode, di tradimento. Non persuasiva la proposta: accusi « di soppiatto e prodi-
toriamente » (Sozzi). In effetti le accuse sono state mosse in modo
addirittura esplosivo e esplicitamente sedizioso (« E 'l vulgo, ch'anzi
irriverente, audace, - tutto fremer s'udia d'orgogli e d'onte », 82, 1-2).
8 *ragioni*: argomento di difesa, prove della mia innocenza.

80: 1. *indignitate*: indegnità, mancanza di dignità o viltà. 5-6. *per
or...ceda*: per questa volta la severità della giustizia, che mi por-
terebbe a punirvi come ribelli, ceda il posto al perdono. 7. *A gli altri
merti*: in considerazione dei vostri altri meriti. 8. *ed al vostro* ecc.:
e vi faccio grazia anche in considerazione dei meriti del vostro Rinaldo.
Per l'espressione « vi dono », cfr. II, 49, 5 (« in don li chieggio ») e
52, 8 (« rei gli dono ») e note relative.

Canto ottavo

81   Co 'l sangue suo lavi il comun difetto
solo Argillan, di tante colpe autore,
che, mosso a leggierissimo sospetto,
sospinti gli altri ha nel medesmo errore. —
Lampi e folgori ardean nel regio aspetto,
mentre ei parlò, di maestà, d'onore;
tal ch'Argillano attonito e conquiso
teme (chi 'l crederia?) l'ira d'un viso.

82   E 'l vulgo, ch'anzi irriverente, audace,
tutto fremer s'udia d'orgogli e d'onte,
e ch'ebbe al ferro, a l'aste ed a la face
che 'l furor ministrò, le man sì pronte,
non osa (e i detti alteri ascolta, e tace)
fra timor e vergogna alzar la fronte,
e sostien ch'Argillano, ancor che cinto
de l'arme lor, sia da' ministri avinto.

83   Così leon, ch'anzi l'orribil coma
con muggito scotea superbo e fero,
se poi vede il maestro onde fu doma
la natia ferità del core altero,
può del giogo soffrir l'ignobil soma
e teme le minaccie e 'l duro impero,

81: 1. *lavi* ecc.: espii la colpa comune. 2. *autore*: provocatore. 3. *mosso* ecc.: eccitato da un sospetto di scarsa consistenza.

82: 1-8. « Questa stanza ricorda la famosa similitudine virgiliana, per la quale Nettuno che placa i venti è paragonato al grave personaggio che riesce di un subito a reprimere la ribellione del popolo, *Aen.*, I, 118-23 » (FERRARI). Da notare *anzi* (v. 1): poc'anzi; *d'orgogli e d'onte* (v. 2): di sfrontate ingiurie (« orgogli » riguarda più gli atteggiamenti superbi, da ribelli; « onte », le parole offensive d'accusa); *ministrò* (v. 4): somministrò; *sostien* ecc. (vv. 7-8): tollera che Argillano, benché sia ancora circondato, e quindi protetto, dalle sue armi (« lor »: concordanza a senso con il collettivo « vulgo », v. 1), venga messo in ceppi dagli addetti alla esecuzione (« ministri », cfr. II, 27, 7 e nota relativa).

83: 1. *anzi*: cfr. 82, 1; *coma*: criniera. 2. *muggito*: ruggito. 3. *maestro*: domatore; *onde*: da cui. 4. *natia ferità*: naturale ferocia. 7. *gran velli*: criniera.

né i gran velli, i gran denti e l'ugne c'hanno
tanta in sé forza, insuperbire il fanno.

84   È fama che fu visto in volto crudo
ed in atto feroce e minacciante
un alato guerrier tener lo scudo
de la difesa al pio Buglion davante,
e vibrar fulminando il ferro ignudo
che di sangue vedeasi ancor stillante:
sangue era forse di città, di regni,
che provocàr del Cielo i tardi sdegni.

85   Così, cheto il tumulto, ognun depone
l'arme, e molti con l'arme il mal talento;
e ritorna Goffredo al padiglione,
a varie cose, a nove imprese intento,
ch'assalir la cittate egli dispone
pria che 'l secondo o 'l terzo dì sia spento;
e rivedendo va l'incise travi,
già in machine conteste orrende e gravi.

84: 1. *crudo*: severo, accigliato. 2. *feroce e minacciante*: fieramente minaccioso. 3. *alato guerrier*: un angelo guerriero. 5. *ferro ignudo*: la spada sguainata. 8. *tardi*: lenti, cioè non precipitosi o irriflessivi, ma inesorabili.

85: 1. *cheto*: quietato, sedato. 2. *mal talento*: cattiva disposizione d'animo, ostilità. 7. *incise*: tagliate (cfr. 60, 3 e nota relativa). Le travi ricavate dal taglio degli alberi della foresta che sorge presso Gerusalemme (cfr. III, 74-76). 8. *in machine* ecc.: le travi unite strettamente insieme sì da costituire macchine di guerra («in macchine conteste») spaventose e di grande potenza.

Canto nono

1
Ma il gran mostro infernal, che vede queti
que' già torbidi cori e l'ire spente,
e cozzar contra 'l fato e i gran decreti
svolger non può de l'immutabil Mente,
si parte, e dove passa i campi lieti
secca, e pallido il sol si fa repente;
e d'altre furie ancora e d'altri mali
ministra, a nova impresa affretta l'ali.

2
Ella, che dall'essercito cristiano
per industria sapea de' suoi consorti
il figliuol di Bertoldo esser lontano,
Tancredi e gli altri più temuti e forti,
disse: — Che più s'aspetta? or Solimano
inaspettato venga e guerra porti.
Certo (o ch'io spero) alta vittoria avremo
di campo mal concorde e in parte scemo. —

1: 1. *Ma*: cfr. nota a VI, 1, 1; *mostro*: Aletto. 1-2. *vede* ecc.: cfr. VIII, 85, 1-2. 3. *cozzar* ecc.: dar di cozzo contro la volontà divina. Cfr. Dante, *Inf.,* IX, 97 (« che giova nelle fata dar di cozzo? »). Notare che « cozzar » dipende, come « svolger » da « non può » (v. 4). 4. *svolger*: stornare, impedire. 5. *lieti*: ridenti di messi e di fiori, rigogliosi. 7. *furie*: calamità (azioni degne di una ' furia '). 8. *ministra*: distributrice.

2: 1-4. *Ella* ecc.: Aletto, la quale sapeva che Rinaldo (« il figliuol di Bertoldo »), Tancredi e altri guerrieri cristiani, erano lontani dall'esercito cristiano per abile iniziativa (« per industria ») degli altri diavoli (« de' suoi consorti »). 5. *Solimano*: cfr. VI, 10, 3; VIII, 23, 6 e 36, 1. 7. *o ch'io spero*: o almeno io lo spero. 8. *scemo*: diminuito di forze per l'assenza dei suoi campioni migliori.

3   Ciò detto, vola ove fra squadre erranti,
fattosen duce, Soliman dimora,
quel Soliman di cui non fu tra quanti
ha Dio rubelli, uom più feroce allora
né se per nova ingiuria i suoi giganti
rinovasse la terra, anco vi fòra.
Questi fu re de' Turchi ed in Nicea
la sede de l'imperio aver solea,

4   e distendeva incontra a i greci lidi
dal Sangario al Meandro il suo confine,
ove albergàr già Misi e Frigi e Lidi,
e le genti di Ponto e le bitine;
ma poi che contra i Turchi e gli altri infidi
passàr ne l'Asia l'arme peregrine,
fur sue terre espugnate, ed ei sconfitto
ben fu due fiate in general conflitto.

5   Ma riprovata avendo in van la sorte
e spinto a forza dal natio paese,

3 : 1-2. *fra squadre* ecc.: dopo avere perduto Nicea, Solimano s'era messo a capo di tribù arabe nomadi. Cfr. VI, 10, 5-6 («de gli Arabi le schiere erranti e sparte - raccolte ha fin dal libico paese »). 5-6. *né* ecc.: e non vi sarebbe (« né... anco fòra ») nome più feroce di Solimano neppure se la Terra generasse ancora altri giganti, come già fece un tempo, per recare nuova offesa al Cielo. 7. *Nicea*: cfr. nota a I, 6, 3.
4 : 2. *Sangario al Meandro*: il « Sangario » o Sakaria è un fiume della Frigia che sfocia, presso Scutari, nel Mar Nero; il « Meandro » sfocia invece nel mare Egeo. 3-4. *Misi* ecc.: le popolazioni della Misia, Frigia, Lidia, del Ponto e della Bitinia, nell'Asia Minore. 5. *infidi*: infedeli, profani. Cfr. 51, 5 e X, 58, 2. 6. *arme peregrine*: le armi straniere dei Crociati. 7-8. *sconfitto* ecc.: fu sconfitto per ben due volte in battaglia campale. « Secondo Guglielmo Tirio, Solimano toccò una grande sconfitta sotto Nicea (1097) e un'altra quando improvvisamente assaltò i cristiani sotto Antiochia (1098). Di propria invenzione il T. pone Solimano capo dell'assalto degli arabi, che vien descrivendo; ma il modo della descrizione trasportò dal Tirio (VI, 20) dove questi narra il già citato assalto di Antiochia; e dalle istorie trasse pure l'improvviso apparire degli arabi » (FERRARI).
5 : 1. *riprovata*: « ritentata », come è nell'edizione Osanna del poema. 2. *spinto*: cacciato. 3. *ricoverò*: riposò, si rifugiò. 4. *oste*:

ricoverò del re d'Egitto in corte,
ch'oste gli fu magnanimo e cortese;
ed ebbe a grado che guerrier sì forte
gli s'offrisse compagno a l'alte imprese,
proposto avendo già vietar l'acquisto
di Palestina a i cavalier di Cristo.

6   Ma prima ch'egli apertamente loro
la destinata guerra annunziasse,
volle che Solimano, a cui molto oro
diè per tal uso, gli Arabi assoldasse.
Or mentre ei d'Asia e dal paese moro
l'oste accogliea, Soliman venne e trasse
agevolmente a sé gli Arabi avari,
ladroni in ogni tempo o mercenari.

7   Così fatto lor duce, or d'ogni intorno
la Giudea scorre, e fa prede e rapine
sì che 'l venire è chiuso e 'l far ritorno
da l'essercito franco a le marine;
e rimembrando ognor l'antico scorno
e de l'imperio suo l'alte ruine,
cose maggior nel petto acceso volve,
ma non ben s'assecura o si risolve.

---

ospite. 5. *ebbe a grado*: ebbe caro, gradì. 7. *proposto* ecc.: essendosi già proposto di impedire la conquista.

6: 1-2. *prima* ecc.: prima di dichiarare apertamente ai Cristiani la guerra già decisa. Per questa dichiarazione, cfr. II, 88-90. 5. *ei*: il re d'Egitto; *paese moro*: Africa settentrionale. 6. *l'oste accogliea*: raccoglieva l'esercito. 6-7. *trasse...a sé*: assoldò. 7. *avari*: avidi, rapaci. 8. *ladroni...mercenari*: che vivono di rapine o prezzolati.

7: 2. *scorre*: percorre facendo scorrerie, devasta. 3. *chiuso*: impedito. 4. *a le marine*: al mare, dove era la flotta che riforniva l'esercito cristiano. Per questi assalti che intercettavano i convogli di viveri destinati ai Crociati, cfr. V, 87 sgg. 5. *scorno*: l'onta delle sconfitte subite. Cfr. 4, 7-8. 7. *volve*: agita, progetta. 8. *non* ecc.: non si sente ben sicuro o non sa decidersi.

8
A costui viene Aletto, e da lei tolto
è 'l sembiante d'un uom d'antica etade:
vòta di sangue, empie di crespe il volto,
lascia barbuto il labro e 'l mento rade,
dimostra il capo in lunghe tele avolto,
la veste oltra 'l ginocchio al piè gli cade,
la scimitarra al fianco, e 'l tergo carco
de la faretra, e ne le mani ha l'arco.

9
— Noi — gli dice ella — or trascorriam le vòte
piaggie e l'arene sterili e deserte,
ove né far rapina omai si pote,
né vittoria acquistar che loda merte.
Goffredo intanto la città percote,
e già le mura ha con le torri aperte;
e già vedrem, s'ancor si tarda un poco,
insin di qua le sue ruine e 'l foco.

10
Dunque accesi tuguri e greggie e buoi
gli alti trofei di Soliman saranno?
Così racquisti il regno? e così i tuoi
oltraggi vendicar ti credi e 'l danno?
Ardisci, ardisci; entro a i ripari suoi
di notte opprimi il barbaro tiranno.
Credi al tuo vecchio Araspe, il cui consiglio
e nel regno provasti e ne l'essiglio.

8: 1-8. *A costui* ecc.: « Descrizione c'ha mirabile evidenza. Meno assai distinta, e perciò di minore energia è quella della stessa Aletto appo Virgilio nel 7. (*Aen.*, VII, 415-8) quando essa in vecchia si trasformò » (GUASTAVINI). Da notare *tolto* (v. 1): assunto; *sembiante* (v. 2): aspetto; *crespe* (v. 3): rughe; 5. *lunghe tele*: turbante.

9: 5. *percote*: con le macchine di guerra. 6. *già* ecc.: già ha fatto delle brecce nelle mura con le torri mobili d'assalto. 8. *sue*: di Gerusalemme.

10: 1. *accesi*: incendiati; *greggie e buoi*: bottino di armenti rubati. 3. *Così* ecc.: con questi modesti e mediocri colpi di mano tu pensi di riconquistare il regno? 5. *ripari*: trinceramenti del campo cristiano. 6. *opprimi*: schiaccia. Cfr. IV, 16, 3 e nota relativa. 6. *barbaro tiranno*: Goffredo, come lo consideravano i Pagani. 7. *Araspe*:

Canto nono 281

11 Non ci aspetta egli e non ci teme, e sprezza
gli Arabi ignudi in vero e timorosi,
né creder mai potrà che gente avezza
a le prede, a le fughe, or cotanto osi;
ma feri li farà la tua fierezza
contra un campo che giaccia inerme e posi. —
Così gli disse, e le sue furie ardenti
spirogli al seno, e si mischiò tra' venti.

12 Grida il guerrier, levando al ciel la mano:
— O tu, che furor tanto al cor m'irriti
(ned uom sei già, se ben sembiante umano
mostrasti), ecco io ti seguo ove m'inviti.
Verrò, farò là monti ov'ora è piano,
monti d'uomini estinti e di feriti,
farò fiumi di sangue. Or tu sia meco,
e tratta l'armi mie per l'aer cieco. —

13 Tace, e senza indugiar le turbe accoglie
e rincora parlando il vile e 'l lento,
e ne l'ardor de le sue stesse voglie
accende il campo a seguitarlo intento.
Dà il segno Aletto de la tromba, e scioglie
di sua man propria il gran vessillo al vento.
Marcia il campo veloce, anzi sì corre
che de la fama il volo anco precorre.

---

vecchio consigliere di Solimano, di cui non si parla in nessun altro luogo del poema (l'Araspe di XVII, 15, 5 è altra persona) e di cui Aletto aveva assunto l'aspetto (cfr. 8, 1-2). 8. *provasti*: sperimentasti.

11: 2. *ignudi*: non sufficientemente armati. Cfr. 77, 3. 6. *contra*: contro il campo cristiano disarmato e immerso nel sonno (« posi »: riposi). 7-8. *Così* ecc.: Virgilio, *Aen.*, VII, 456-7 (« sic effata facem iuveni coniecit, et atro - lumine fumantis fixit sub pectore taedas »). Da notare *spirogli* (v. 8): gl'ispirò.

12: 2. *m'irriti*: mi ecciti. 3. *ned*: né. 8. *tratta* ecc.: guida le mie armi nelle tenebre notturne.

13: 1. *accoglie*: raccoglie. 4. *accende* ecc.: infervora la turba degli Arabi (« il campo ») rendendola desiderosa di seguirlo. 8. *che* ecc.: che giunge prima della fama « de la fama il volo » è oggetto di « precorre » che ha per soggetto « il campo », v. 7).

14

Va seco Aletto, e poscia il lascia e veste
d'uom che rechi novelle, abito e viso;
e ne l'ora che par che il mondo reste
fra la notte e fra 'l dì dubbio e diviso,
entra in Gierusalemme, e tra le meste
turbe passando al re dà l'alto aviso
del gran campo che giunge e del disegno,
e del notturno assalto e l'ora e 'l segno.

15

Ma già distendon l'ombre orrido velo
che di rossi vapor si sparge e tigne;
la terra in vece del notturno gelo
bagnan rugiade tepide e sanguigne;
s'empie di mostri e di prodigi il cielo,
s'odon fremendo errar larve maligne:
votò Pluton gli abissi, e la sua notte
tutta versò da le tartaree grotte.

16

Per sì profondo orror verso le tende
de gli inimici il fer Soldan camina;
ma quando a mezzo del suo corso ascende
la notte, onde poi rapida dechina,
a men d'un miglio, ove riposo prende
il securo Francese, ei s'avicina.

14 : 2. *d'uom* ecc.: di messaggero. 3-4. *ne l'ora* ecc.: nel crepuscolo. 5. *meste*: preoccupate per l'assedio e per l'incerto avvenire. 6. *re*: Aladino. 7. *gran campo*: la turba degli Arabi guidata da Solimano; *disegno*: progetto. È spiegato nel v. 8 (« notturno assalto »). 8. *segno*: segnale.

15 : 1. *l'ombre orrido velo*: « le notti, le quali altro non sono che ombra della terra; *orrido velo,* il velo della notte fingono essere i poeti o l'aria o 'l cielo, e perciò il ricamano di stelle, ma qui è detto *orrido* per li prodigi spaventevoli che seguono ne' versi appresso e significano la mortalità futura » (GUASTAVINI). 6. *larve maligne*: lugubri spettri, sinistre apparizioni. 7-8. *votò* ecc.: Plutone vuotò di tutti i demoni gli abissi del suo regno e li riversò dall'Inferno (« tartaree grotte ») sulla terra insieme a tutto l'orrido buio infernale (« la sua notte tutta »).

16 : 1. *Per sì profondo orror*: attraverso quelle profonde e orride tenebre (cfr. 15). 2. *il fer Soldan*: Solimano. 3-4. *quando* ecc.: a mezzanotte. Da notare *onde* (v. 4): dal quale (cioè dal « mezzo del suo corso », v. 3). 5-6. *a men* ecc.: si appressa a meno d'un miglio

Canto nono

Qui fe' cibar le genti, e poscia d'alto
parlando confortolle al crudo assalto:

17 — Vedete là di mille furti pieno
un campo più famoso assai che forte,
che quasi un mar nel suo vorace seno
tutte de l'Asia ha le ricchezze absorte?
Questo ora a voi (né già potria con meno
vostro periglio) espon benigna sorte:
l'arme e i destrier d'ostro guerniti e d'oro
preda fian vostra, e non difesa loro.

18 Né questa è già quell'oste onde la persa
gente e la gente di Nicea fu vinta,
perché in guerra sì lunga e sì diversa
rimasa n'è la maggior parte estinta;
e s'anco integra fosse, or tutta immersa
in profonda quiete e d'arme è scinta.
Tosto s'opprime chi di sonno è carco,
ché dal sonno a la morte è un picciol varco.

19 Su su, venite: io primo aprir la strada
vuo' su i corpi languenti entro a i ripari;
ferir da questa mia ciascuna spada,
e l'arti usar di crudeltate impari.

---

dall'accampamento, ove la gente franca riposa tranquilla, senza alcun sospetto (« securo »). 7. *d'alto*: da un luogo elevato.

17: 4. *absorte*: inghiottite. Cfr. I, 4, 4 e nota relativa. 6. *espon*: offre, mette a vostra disposizione (sogg. « benigna sorte »). 7. *d'ostro*: di porpora.

18: 1. *oste*: esercito. 1-2. *onde la persa* ecc.: da cui la gente di Persia, ad Antiochia, e quella di Nicea furono vinte. Cfr. I, 6, 3-6. 3. *diversa*: varia di eventi. 6. *profonda quiete*: sonno profondo; *d'arme...scinta*: disarmata. 7. *Tosto*: presto, rapidamente; *s'opprime*: si sbaraglia, si distrugge. Cfr. IV, 16, 3 e nota relativa.

19: 2. *languenti*: che giacciono languidamente nel sonno; *ripari*: cfr. nota a 10, 5. 3-4. *ferir* ecc.: dall'esempio di ciò che farà la mia spada, ogni altro apprenda a colpire e a esercitare l'arte della crudeltà. 5-6. *fia* ecc.: avverrà che il regno di Cristo cada, che l'Asia sia

Oggi fia che di Cristo il regno cada,
oggi libera l'Asia, oggi voi chiari. —
Così gli infiamma a le vicine prove,
indi tacitamente oltre lor move.

20 Ecco tra via le sentinelle ei vede
per l'ombra mista d'una incerta luce,
né ritrovar, come secura fede
avea, pote improviso il saggio duce:
Volgon quelle gridando indietro il piede,
scorto che sì gran turba egli conduce,
sì che la prima guardia è da lor desta,
e com' può meglio a guerreggiar s'appresta.

21 Dan fiato allora a i barbari metalli
gli Arabi, certi omai d'esser sentiti.
Van gridi orrendi al cielo, e de' cavalli
co 'l suon del calpestio misti i nitriti.
Gli alti monti muggìr, muggìr le valli,
e risposer gli abissi a i lor muggiti,
e la face inalzò di Flegetonte
Aletto, e 'l segno diede a quei del monte.

---

libera e che voi diventiate famosi. 7. *vicine*: imminenti. 8. *oltre* ecc.:
s'avvia davanti a loro, alla loro testa.

20: 2. *per l'ombra* ecc.: « attraverso l'ombra mista di una luce
incerta, cioè rischiarata in modo incerto da quei *rossi vapori* onde le
potenze infernali hanno *sparso* e *tinto* le tenebre notturne, come è
detto nella st. 15 » (FERRARI). 3-4. *ritrovar...improviso*: cogliere alla
sprovvista, impreparato; *saggio duce*: Goffredo. 5. *gridando*: l'allarme. 7. *prima guardia*: l'avamposto, cioè la più avanzata schiera
dei Cristiani che montava la guardia dando il cambio alle varie « sentinelle ».

21: 1. *metalli*: trombe. 5-6. *Gli alti* ecc.: Virgilio, *Aen.*, V,
149-50; VII, 514-5; XII, 928-9. Da notare *abissi* (v. 6): gli abissi
infernali (cfr. 15, 7). 7. *la face...di Flegetonte*: la fiaccola infernale.
Quasi a dire: la fiaccola accesa nel fiume Flegetonte che arde nel-
l'Inferno. Cfr. 53, 7 (« la face d'inferno »). 8. *segno*: segnale. Cfr.
14, 8; *a quei del monte*: « a quei della città di Gerusalemme posta
sopra i monti » (GUASTAVINI).

22
   Corre inanzi il Soldano, e giunge a quella
   confusa ancora e inordinata guarda
   rapido sì che torbida procella
   da' cavernosi monti esce più tarda.
   Fiume ch'arbori insieme e case svella,
   folgore che le torri abbatta ed arda,
   terremoto che 'l mondo empia d'orrore,
   son picciole sembianze al suo furore.

23
   Non cala il ferro mai ch'a pien non colga,
   né coglie a pien che piaga anco non faccia,
   né piaga fa che l'alma altrui non tolga;
   e più direi, ma il ver di falso ha faccia.
   E par ch'egli o s'infinga o non se 'n dolga
   o non senta il ferir de l'altrui braccia,
   se ben l'elmo percosso in suon di squilla
   rimbomba e orribilmente arde e sfavilla.

24
   Or quando ei solo ha quasi in fuga vòlto
   quel primo stuol de le francesche genti,
   giungono in guisa d'un diluvio accolto
   di mille rivi gli Arabi correnti.
   Fuggono i Franchi allora a freno sciolto,
   e misto il vincitor va tra' fuggenti,
   e con lor entra ne' ripari, e 'l tutto
   di ruine e d'orror s'empie e di lutto.

22: 1. *il Soldano*: Solimano. Cfr. 16, 2. 2. *inordinata*: disordinata; *guarda*: guardia. Cfr. 20, 7 (« prima guardia ») e nota relativa. 4. *da' cavernosi monti*: dalle montuose caverne in cui Eolo tiene imprigionati i venti e da cui li disserra; *tarda*: lenta. 8. *son* ecc.: sono termini di paragone inadeguati ecc.
23: 4. *ma il ver* ecc.: ma la verità è così eccezionale da assumere l'aspetto (« faccia ») della falsità. Cfr. Dante, *Inf.*, XVI, 124 (« ... quel ver c'ha faccia di menzogna »). 5-6. *s'infinga* ecc.: dissimuli il valore oppure non l'avverta o addirittura non s'accorga della ferita. 7. *squilla*: campana. Cfr. VII, 42, 2.
24: 2. *francesche*: franche. 3. *diluvio accolto*: inondazione provocata da. Cfr. Petrarca, *Rime*, CXXVIII, 28-30 (« Oh diluvio raccolto - di che deserti strani - per inondare i nostri dolci campi »). 7. *ripari*: cfr. nota a 19, 2.

25   Porta il Soldan su l'elmo orrido e grande
serpe che si dilunga e il collo snoda,
su le zampe s'inalza e l'ali spande
e piega in arco la forcuta coda.
Par che tre lingue vibri e che fuor mande
livida spuma, e che 'l suo fischio s'oda.
Ed or ch'arde la pugna, anch'ei s'infiamma
nel moto, e fumo versa insieme e fiamma.

26   E si mostra in quel lume a i riguardanti
formidabil così l'empio Soldano,
come veggion ne l'ombra i naviganti
fra mille lampi il torbido oceano.
Altri danno a la fuga i piè tremanti,
danno altri al ferro intrepida la mano;
e la notte i tumulti ognor più mesce,
ed occultando i rischi, i rischi accresce.

27   Fra color che mostraro il cor più franco,
Latin, su 'l Tebro nato, allor si mosse,
a cui né le fatiche il corpo stanco,
né gli anni dome aveano ancor le posse.
Cinque suoi figli quasi eguali al fianco
gli erano sempre, ovunque in guerra ei fosse,
d'arme gravando, anzi il lor tempo molto,
le membra ancor crescenti e 'l molle volto.

25: 1-8. *Porta il Soldan* ecc.: Virgilio, *Aen.*, 785-8, a proposito della chimera che è sull'elmo di Turno. Da notare *serpe* (v. 2): drago.
26: 2. *Soldano*: Solimano. Cfr. 16, 2; 22, 1; 25, 1. 6. *danno... la mano*: danno la mano coraggiosamente alla spada, impugnano ecc.
27: 1. *franco*: coraggioso. 2. *Latin*: da non confondere con il greco «Tatin» (I, 51, 1) che in alcune stampe del poema appare come «Latin»; *Tebro*: Tevere. 3. *stanco*: stancato («stanco... aveano», vv. 3-4). 4. *dome*: domate, fiaccate; *posse*: forze. 5. *quasi eguali*: quasi eguali d'età, quasi coetanei. 7. *anzi il lor tempo*: precocemente. 8. *membra* ecc.: corpi ancora adolescenti e volti morbidi, imberbi, di fanciulli.

28
   Ed eccitati dal paterno essempio
aguzzavano al sangue il ferro e l'ire.
Dice egli loro: — Andianne ove quell'empio
veggiam ne' fuggitivi insuperbire,
né già ritardi il sanguinoso scempio,
ch'ei fa de gli altri, in voi l'usato ardire,
però che quello, o figli, è vile onore
cui non adorni alcun passato orrore. —

29
   Così feroce leonessa i figli,
cui dal collo la coma anco non pende
né con gli anni lor sono i feri artigli
cresciuti e l'arme de la bocca orrende,
mena seco a la preda ed a i perigli,
e con l'essempio a incrudelir gli accende
nel cacciator che le natie lor selve
turba e fuggir fa le men forti belve.

30
   Segue il buon genitor l'incauto stuolo
de' cinque, e Solimano assale e cinge;
e in un sol punto un sol consiglio, e un solo
spirito quasi, sei lunghe aste spinge.
Ma troppo audace il suo maggior figliuolo
l'asta abbandona e con quel fer si stringe,
e tenta in van con la pungente spada
che sotto il corridor morto gli cada.

28: 3. *Andianne*: andiamocene. Cfr. VIII, 70, 1; *empio*: Solimano. 4. *ne' fuggitivi* ecc.: infierire sprezzantemente sui fuggitivi. 7-8. *quello* ecc.: è onore di poco conto quello che non s'adorna di qualche grave rischio superato. « Claudiano: ' vilis honor quem non exornat praevius horror ' » (GUASTAVINI).

29: 2. *coma*: criniera. Cfr. VIII, 83, 1. 3. *feri*: feroci. 4. *l'arme* ecc.: le zanne.

30: 1-2. *Segue* ecc.: l'inesperto stuolo dei cinque giovinetti segue il valoroso padre, e assale Solimano e lo circonda. 3-4. *in un sol* ecc.: Virgilio, *Aen.*, X, 328-30 (« ni fratrum stipata cohors foret obvia Phorci - progenies, septem numero: septenaque tela - coniciunt... »). Da notare *consiglio* (v. 3): deliberazione. 6. *con quel* ecc.: si avvicina a Solimano, gli si stringe dappresso. 8. *che* ecc.: che il cavallo gli cada morto di sotto.

31 Ma come a le procelle esposto monte,
che percosso da i flutti al mar sovraste,
sostien fermo in se stesso i tuoni e l'onte
del ciel irato e i venti e l'onde vaste,
così il fero Soldan l'audace fronte
tien salda incontra a i ferri e incontra a l'aste,
ed a colui che il suo destrier percote
tra i cigli parte il capo e tra le gote.

32 Aramante al fratel che giù ruina
porge pietoso il braccio, e lo sostiene.
Vana e folle pietà! ch'a la ruina
altrui la sua medesma a giunger viene,
ché 'l pagan su quel braccio il ferro inchina
ed atterra con lui chi lui s'attiene.
Caggiono entrambi, e l'un su l'altro langue
mescolando i sospiri ultimi e 'l sangue.

33 Quinci egli di Sabin l'asta recisa,
onde il fanciullo di lontan l'infesta,
gli urta il cavallo adosso e 'l coglie in guisa
che giù tremante il batte, indi il calpesta.
Dal giovenetto corpo uscì divisa
con gran contrasto l'alma, e lasciò mesta

31: 1-4. *come* ecc., Virgilio, *Aen.*, X, 693-6 («ille, velut rupes, vastum quae prodit in aequor, - obvia ventorum furiis expostaque ponto, - vim cunctam atque minas perfert caelique marisque, - ipsa immota manens,...»). Da notare *onte* (v. 3): insulti. 8. *tra i cigli* ecc.: taglia netto in due il capo.

32: 1-2. *Aramante* ecc.: Virgilio, *Aen.*, X, 338-9 («huic frater subit Alcanor, fratremque ruentem - sustentat dexta...»). Da notare *ruina* (v. 1): stramazza. 4. *altrui*: del fratello; *giunger*: aggiungere. 5. *pagan*: Solimano; *su quel braccio*: sul braccio «pietoso» (v. 2) di Aramante; *inchina*: cala, abbassa. 6. *con lui* ecc.: con al braccio anche chi ad esso si afferra, si sostiene.

33: 1. *Quindi* ecc.: quindi, dopo di aver spezzata la lancia di Sabino ecc. 2. *onde...l'infesta*: con la quale lo molesta, lo insidia. 4. *giù...il batte*: lo abbatte. 5-6. *Dal giovenetto* ecc.: l'anima, divisa dal corpo giovinetto, ne uscì con grande contrasto. E la ragione dell'attaccamento dell'anima al corpo è detta subito appresso («lasciò mesta...»).

Canto nono

l'aure soavi de la vita e i giorni
de la tenera età lieti ed adorni.

34 Rimanean vivi ancor Pico e Laurente,
onde arricchì un sol parto il genitore:
similissima coppia e che sovente
esser solea cagion di dolce errore.
Ma se lei fe' natura indifferente,
differente or la fa l'ostil furore:
dura distinzion ch'a l'un divide
dal busto il collo, a l'altro il petto incide.

35 Il padre, ah non più padre! (ahi fera sorte,
ch'orbo di tanti figli a un punto il face!),
rimira in cinque morti or la sua morte
e de la stirpe sua che tutta giace.
Né so come vecchiezza abbia sì forte
ne l'atroci miserie e sì vivace
che spiri e pugni ancor; ma gli atti e i visi
non mirò forse de' figliuoli uccisi,

36 e di sì acerbo lutto a gli occhi sui
parte l'amiche tenebre celaro.
Con tutto ciò nulla sarebbe a lui,
senza perder se stesso, il vincer caro.

34: *Rimanean* ecc.: Virgilio, *Aen.*, X, 390-6. Da notare *onde* ecc. (v. 2): dei quali una sola nascita arricchì il padre (erano gemelli); *se lei* ecc. (v. 5): se la natura fece la « coppia » (v. 3) indistinguibile, senza dissimiglianza; *ostil* (v. 6): nemico, del nemico Solimano; *incide* (v. 8): trafigge.

35: 1. *Il padre* ecc.: Ovidio, *Met.*, VIII, 231 (« At pater infelix, nec iam pater »). 2. *orbo*: privo; *a un punto*: allo stesso momento; *il face*: lo rende. 3-4. *rimira* ecc.: contempla nei cinque figli morti la sua stessa morte e quella della sua stirpe che è tutta abbattuta. Cfr. Dante, *Inf.*, XXXIII, 56-7 (« ... e io scorsi - per quattro visi il mio aspetto stesso »). 6. *miserie*: sventure; *vivace*: piena di vita (lat. *vivax*). 7. *spiri*: respiri.

36: 3-4 *Con tutto ciò* ecc.: tuttavia per niente sarebbe a lui gradito il vincere se anche lui, alla fine, non incontrasse la morte come i suoi figli. 6. *avaro*: cupido.

Prodigo del suo sangue, e de l'altrui
avidissimamente è fatto avaro;
né si conosce ben qual suo desire
paia maggior, l'uccidere o 'l morire.

37   Ma grida al suo nemico: — È dunque frale
sì questa mano, e in guisa ella si sprezza,
che con ogni suo sforzo ancor non vale
a provocare in me la tua fierezza? —
Tace, e percossa tira aspra e mortale
che le piastre e le maglie insieme spezza,
e su 'l fianco gli cala e vi fa grande
piaga onde il sangue tepido si spande.

38   A quel grido, a quel colpo, in lui converse
il barbaro crudel la spada e l'ira.
Gli aprì l'usbergo, e pria lo scudo aperse
cui sette volte un duro cuoio aggira,
e 'l ferro ne le viscere gli immerse.
Il misero Latin singhiozza e spira,
e con vomito alterno or gli trabocca
il sangue per la piaga, or per la bocca.

39   Come ne l'Apennin robusta pianta
che sprezzò d'Euro e d'Aquilon la guerra,
se turbo inusitato al fin la schianta,
gli alberi intorno ruinando atterra,

37: 1. *frale*: debole. 2. *in guisa* ecc.: a tal punto la mia mano è disprezzata. 4. *a provocare* ecc.: a stimolare contro di me la tua ferocia.
38: 1-5. *A quel grido* ecc.: Virgilio, *Aen.*, X, 783-6. Da notare *converse* (v. 1): rivolse; *il barbaro* (v. 2): Solimano; *usbergo* (v. 3): corazza; *cui* ecc. (v. 4): che un duro cuoio avvolge sette volte. 6. *misero*: « orbo di tanti figli » (35, 2) invendicati; *singhiozza*: rantola.
39: 1-8. *Come* ecc.: Catullo, *Carm.*, LXIV, 105-9. Da notare *Euro* (v. 2): vento di sud-est, scirocco; *Aquilon* (v. 2): vento di nord, tramontana; *turbo inusitato* (v. 3): turbine di eccezionale violenza; *ruinando atterra* (v. 4): trascina al suolo nella sua rovinosa caduta; *feroce* (v. 7): fiero.

così cade egli, e la sua furia è tanta
che più d'un seco tragge a cui s'afferra;
e ben d'uom sì feroce è degno fine
che faccia ancor morendo alte ruine.

40 Mentre il Soldan sfogando l'odio interno
pasce un lungo digiun ne' corpi umani,
gli Arabi inanimiti aspro governo
anch'essi fanno de' guerrier cristiani:
l'inglese Enrico e 'l bavaro Oliferno
moiono, o fer Dragutte, a le tue mani;
a Gilberto, a Filippo, Ariadeno
toglie la vita, i quai nacquer su 'l Reno;

41 Albazàr con la mazza abbatte Ernesto,
cade sotto Algazelle Otton di spada.
Ma chi narrar potria quel modo o questo
di morte, e quanta plebe ignobil cada?
Sin da quei primi gridi erasi desto
Goffredo, e non istava intanto a bada;
già tutto è armato, e già raccolto un grosso
drapello ha seco, e già con lor s'è mosso.

42 Egli, che dopo il grido udì il tumulto
che par che sempre più terribil suoni,
avisò ben che repentino insulto
esser dovea de gli Arabi ladroni;
ché già non era al capitano occulto
ch'essi intorno scorrean le regioni,

40: 2. *pasce*: sazia; *digiun*: fame di sangue. Cfr. X, 2, 8; XX, 81, 8. 3. *inanimiti*: eccitati dall'esempio di Solimano, infiammati; *aspro governo*: crudele trattamento. Cfr. VII, 118, 6 e nota relativa. 6. *a le tue mani*: per mano tua.
41: 2. *sotto Algazelle*: sotto i colpi di Algazelle. 4. *ignobil*: oscura. 6. *non istava* ecc.: non indugiava.
42: 3. *avisò ben*: comprese chiaramente; *insulto*: assalto. 5. *oc-*

benché non istimò che sì fugace
vulgo mai fosse d'assalirlo audace.

43   Or mentre egli ne viene, ode repente
— Arme! arme! — replicar da l'altro lato,
ed in un tempo il cielo orribilmente
intonar di barbarico ululato.
Questa è Clorinda che del re la gente
guida a l'assalto, ed have Argante a lato.
Al nobil Guelfo, che sostien sua vice,
allor si volge il capitano e dice:

44   — Odi qual novo strepito di Marte
di verso il colle e la città ne viene;
d'uopo là fia che 'l tuo valore e l'arte
i primi assalti de' nemici affrene.
Vanne tu dunque e là provedi, e parte
vuo' che di questi miei teco ne mene;
con gli altri io me n'andrò da l'altro canto
a sostener l'impeto ostile intanto. —

45   Così fra lor concluso, ambo gli move
per diverso sentiero egual fortuna.
Al colle Guelfo, e 'l capitan va dove
gli Arabi omai non han contesa alcuna.

culto: ignoto. 7. *fugace*: codardo. « Usato non nel senso più comune ' che passa presto ', ma nell'altro ' che è presto a fuggire ' » (FERRARI). Cfr. Virgilio, *Aen.,* IX, 59 (« feras fugaces »); Ariosto, *Orl.,* XXXIX, 10, 1 (« fugace fera »).

43: 1. *ne viene*: muove contro gli Arabi. 2. *da l'altro lato*: dalla parte di Gerusalemme, donde muove, al segnale convenuto (cfr. 21, 8), l'assalto delle truppe di Aladino. 4. *intonar*: tuonar, rintronare. Cfr. X, 7, 8 (« intonò »). 6. *have*: ha. 7. *Guelfo*: cfr. I, 10, 8, *sostien* ecc.: è il suo luogotenente.

44: 1. *novo*: strano; *di Marte*: di guerra. 3. *d'uopo là fia*: sarà là necessario; *arte*: abilità strategica. 4. *affrene*: argini, arresti. 8. *ostile*: dei nemici Arabi.

45: 1. *Così fra lor concluso*: essendo stato così tra loro concluso, avendo presi questi accordi. 4. *non han* ecc.: non incontrano

Ma questi andando acquista forza, e nove
genti di passo in passo ognor raguna.
tal che già fatto poderoso e grande
giunge ove il fero turco il sangue spande.

46   Così scendendo dal natio suo monte
non empie umile il Po l'angusta sponda,
ma sempre più, quanto è più lunge al fonte,
di nove forze insuperbito abonda;
sovra i rotti confini alza la fronte
di tauro, e vincitor d'intorno inonda,
e con più corna Adria respinge e pare
che guerra porti e non tributo al mare.

47   Goffredo, ove fuggir l'impaurite
sue genti vede, accorre e le minaccia:
— Qual timor — grida — è questo? ove fuggite?
Guardate almen chi sia quel che vi caccia.
Vi caccia un vile stuol, che le ferite
né ricever né dar sa ne la faccia;
e se 'l vedranno incontra sé rivolto,
temeran l'arme lor del vostro volto. —

---

più alcuna resistenza. 5. *questi*: Goffredo. 6. *raguna*: raduna. 8. *il fero turco*: Solimano.

46: 1-8. *Così* ecc.: « A i fiumi si sogliono attribuire la fronte e le corna di Toro; e ciò per le braccia e parti nelle quali si dividono e sboccano in mare; onde fu detto *Rhenus bicornis,* o per lo strepito e muggito, o per l'impeto loro » (Guastavini). Cfr. Virgilio, *Georg.,* IV, 371-3 (« Et gemina auratus taurino cornua volta - Eridanus quo non alius per pinguia culta - in mare purpureum violentior effluit amnis »; Vida, *Christ.,* I, 25-6. Da notare *natio suo monte* (v. 1): il Monviso; *umile* (v. 2): non ancora ricco d'acque; *confini* (v. 5): argini; *la fronte di tauro* (vv. 5-6): il ramificato delta del Po; *corna* (v. 7): le bocche del fiume; *Adria* (v. 7): sta per mare Adriatico.

47: 7-8. *se 'l vedranno* ecc.: se vedranno il vostro volto rivolto contro di loro, le loro armi temeranno di lui. Più semplicemente: basterà che li guardiate negli occhi perché le armi tremino nelle loro mani.

48   Punge il destrier, ciò detto, e là si volve
ove di Soliman gli incendi ha scorti.
Va per mezzo del sangue e de la polve
e de' ferri e de' rischi e de le morti;
con la spada e con gli urti apre e dissolve
le vie più chiuse e gli ordini più forti,
e sossopra cader fa d'ambo i lati
cavalieri e cavalli, arme ed armati.

49   Sovra i confusi monti a salto a salto
de la profonda strage oltre camina.
L'intrepido Soldan che 'l fero assalto
sente venir, no 'l fugge e no 'l declina;
ma se gli spinge incontra, e 'l ferro in alto
levando per ferir gli s'avicina.
Oh quai duo cavalier or la fortuna
da gli estremi del mondo in prova aduna!

50   Furor contra virtute or qui combatte
d'Asia in un picciol cerchio il grande impero.
Chi può dir come gravi e come ratte
le spade son? quanto il duello è fero?

48: 2. *incendi*: stragi. « chiama le stragi fatte da Solimano *incendi*, perché siccome da ottimi autori un paese si dice arder di guerra (che *ardente tunc Africa bello* disse Svetonio, e Livio *in medio ardore belli*, e Torquato *d'alto incendio di guerra arde il paese*), così le stragi di guerra giustamente si chiamano *incendi*, massime da' poeti. E se ben più chiaro fora stato a dire *incendi di guerra* che *incendi* assolutamente, nondimeno, perché tuttora s'era parlato e si parlava di battaglie e di assalti, bastevolmente in poema si dice *incendio* » (BENI). 3. *per mezzo*: attraverso. 5-6. *apre* ecc.: apre le vie più chiuse e sbaraglia (« dissolve ») le schiere più ordinatamente compatte.

49: 1-3. *Sovra* ecc.: Goffredo procede oltre, saltando con il cavallo sopra i confusi mucchi dei cadaveri. 3. *Soldan*: Solimano. 4. *declina*: rifiuta, evita. 8. *da gli estremi*: dall'occidente e dall'oriente.

50: 1-2. *Furor* ecc.: l'impeto barbarico di Solimano e il riflessivo valore di Goffredo si battono, in piccolo spazio, per conquistare il dominio dell'Asia. Cfr. VI, 55, 3-4. (« furore... virtù », « audacia... ardimento »). 3. *gravi*: pesanti quando colpiscono; *ratte*: veloci.

Passo qui cose orribili che fatte
furon, ma le coprì quell'aer nero,
d'un chiarissimo sol degne e che tutti
siano i mortali a riguardar ridutti.

51 Il popol di Giesù, dietro a tal guida
audace or divenuto, oltre si spinge,
e de' suoi meglio armati a l'omicida
Soldano intorno un denso stuol si stringe.
Né la gente fedel più che l'infida,
né più questa che quella il campo tinge,
ma gli uni e gli altri, e vincitori e vinti,
egualmente dan morte e sono estinti.

52 Come pari d'ardir, con forza pare
quinci Austro in guerra vien, quindi Aquilone,
non ei fra lor, non cede il cielo o 'l mare,
ma nube a nube e flutto a flutto oppone;
così né ceder qua, né là piegare
si vede l'ostinata aspra tenzone.
s'affronta insieme orribilmente urtando
scudo a scudo, elmo ad elmo e brando a brando.

53 Non meno intanto son feri i litigi
da l'altra parte, e i guerrier folti e densi.
Mille nuvole e più d'angeli stigi
tutti han pieni de l'aria i campi immensi,

---

5. *Passo*: tralascio, taccio. 6. *aer nero*: tenebre notturne. 7-8. *d'un chiarissimo* ecc.: cfr. XII, 54, 1-2. Da notare *ridutti* (v. 8): raccolti, come in un teatro (« segne d'un pieno - teatro... », XII, 54, 1-2).

51: 1. *Il popol di Giesù*: i Cristiani. 4. *Soldano*: Solimano; *un denso stuol*: una fitta schiera « de' suoi meglio armati » (v. 3). 5. *infida*: infedele, pagana. Cfr nota a 4, 5.

52: 1-8. *Come* ecc.: Virgilio, *Aen.*, X, 356-61. Da notare *Austro... Aquilone* (v. 2): cfr. VIII, 1, 2; IX, 39, 2 e note relative; *ei* (v. 3) essi, i venti; *oppone* (v. 4): si oppone, fa contrasto.

53: 1. *litigi*: combattimenti. 2. *da l'altra parte*: dalla parte di Gerusalemme, dove è corso Guelfo per contenere l'urto degli assalitori (cfr. 44). 3. *angeli stigi*: angeli del fiume Stige, demoni. 4. *pieni*:

e dan forza a i pagani, onde i vestigi
non è chi indietro di rivolger pensi;
e la face d'inferno Argante infiamma,
acceso ancor de la sua propria fiamma.

54 Egli ancor dal suo lato in fuga mosse
le guardie, e ne' ripari entrò d'un salto;
di lacerate membra empié le fosse,
appianò il calle, agevolò l'assalto,
sì che gli altri il seguiro e fèr poi rosse
le prime tende di sanguigno smalto.
E seco a par Clorinda o dietro poco
se 'n gìo, sdegnosa del secondo loco.

55 E già fuggiano i Franchi allor che quivi
giunse Guelfo opportuno e 'l suo drapello,
e volger fe' la fronte a i fuggitivi
e sostenne il furor del popol fello.
Così si combatteva, e 'l sangue in rivi
correa egualmente in questo lato e in quello.
Gli occhi fra tanto a la battaglia rea
dal suo gran seggio il Re del Ciel volgea.

56 Sedea colà dond'Egli e buono e giusto
dà legge al tutto e 'l tutto orna e produce
sovra i bassi confin del mondo angusto,
ove senso o ragion non si conduce;

---

riempiti. 5. *vestigi*: passi. 7. *la face d'inferno*: soggetto. È la fiaccola di Aletto (cfr. VIII, 72, 1; IX, 21, 7 e note relative). 8. *de la sua* ecc.: del suo naturale ardore bellicoso.

54: 1. *Egli ancor*: anche lui, come Solimano. 2. *ripari*: cfr. nota a 10, 5. 3-4. *di lacerate* ecc.: riempì le fosse di cadaveri nemici e così spianò la via d'accesso e rese più facile l'assalto. 6. *sanguigno smalto*: macchie sanguigne, sangue. 8. *sdegnosa* ecc.: insofferente di essere seconda ad Argante.

55: 4. *fello*: infedele. 7. *rea*: crudele, spietata.

56: 2. *produce*: crea. 3-4. *sovra* ecc.: sopra le basse regioni dell'angusto mondo terrestre, là (« colà...ove », vv. 1-4) dove non pos-

e de l'Eternità nel trono augusto
risplendea con tre lumi in una luce.
Ha sotto i piedi il Fato e la Natura,
ministri umili, e 'l Moto e Chi 'l misura,

57 e 'l Loco e Quella che, qual fumo o polve,
la gloria di qua giuso e l'oro e i regni,
come piace là su, disperde e volve,
né, diva, cura i nostri umani sdegni.
Quivi ei così nel suo splendor s'involve,
che v'abbaglian la vista anco i più degni:
d'intorno ha innumerabili immortali,
disegualmente in lor letizia eguali.

---

sono arrivare i sensi e la ragione dell'uomo. « In quello eccelso ed altissimo luogo, ove non arriva alcun instrumento della nostra cognizione, che sono il senso e il discorso, come che questo da quello eziandio dipenda, non essendo cosa alcuna nell'intelletto che non sia prima stata nel senso. Ora sì fatta stanza, locata sopra tutti i cieli..., non cadendo in alcun modo sotto al senso, non arriva perciò cognizione nostra alcuna infin la sù. Sola la rivelazione di Dio ad alcuni santi uomini, e la fede, d'alcune cose n'ha dato contezza, le quali si leggono ne' libri di Divinità » (GUASTAVINI); « Questo è quel luoco sopra tutti i Cieli...che nessun poeta mai lo cantò o lo canterà secondo la dignità sua. E non e meraviglia, non potendosi a quello con il senso o con la ragione pervenire, lo qual senso e la qual ragione sono gli dui unici instrumenti della cognizione nostra » (GENTILI). 6. *con tre* ecc.: « dinota la Trinità, che è una sostanza e tre persone » (GUASTAVINI). Cfr. Dante, *Par.* XXXI, 28-9 (« Oh trina luce che 'n unica stella - scintillando a lor vista... »). 7-8. *Ha sotto... ministri umili*: cfr. VII, 70, 1-2 (« anzi giudice Dio, de le cui voglie - ministra e serva è la fortuna e 'l fato »). 8. *Chi 'l misura*: il Tempo.

57: 1. *Loco*: lo Spazio. 1-4. *Quella* ecc.: la Fortuna. Cfr. Dante, *Inf.*, VII, 73-96. Da notare *disperde e volve* (v. 3): « disperde » il « fumo » (v. 1), « volve » (fa mulinare in giro) la « polve » (v. 1). 4. *diva*: essendo creatura di Dio. 5. *ei*: il « Re del Ciel » (cfr. 55, 8). 7. *d'intorno* ecc.: Petrarca, *Tr. Am.*, I, 28 (« D'intorno innumerabili mortali »). 8. *disegualmente* ecc.: « secondo che dei beati disse Dante, *Par.*, IV, 35-6: ' e differentemente han dolce vita - per sentir più e men l'eterno spiro ' » (FERRARI). Ma anche Dante, *Par.*, III, 88-90 (« Chiaro mi fu allor come ogni dove - in cielo è paradiso, etsi la grazia - del sommo ben d'un modo non vi piove »).

58
Al gran concento de' beati carmi
lieta risuona la celeste reggia.
Chiama Egli a sé Michele, il qual ne l'armi
di lucido adamante arde e lampeggia,
e dice lui: — Non vedi or come s'armi
contra la mia fedel diletta greggia
l'empia schiera d'Averno, e insin dal fondo
de le sue morti a turbar sorga il mondo?

59
Va', dille tu che lasci omai le cure
de la guerra a i guerrier, cui ciò conviene,
né il regno de' viventi, né le pure
piaggie del ciel conturbi ed avenene.
Torni a le notti d'Acheronte oscure,
suo degno albergo, a le sue giuste pene;
quivi se stessa e l'anime d'abisso
crucii. Così commando e così ho fisso. —

60
Qui tacque, e 'l duce de' guerrieri alati
s'inchinò riverente al divin piede;
indi spiega al gran volo i vanni aurati,
rapido sì ch'anco il pensiero eccede.
Passa il foco e la luce, ove i beati
hanno lor gloriosa immobil sede,
poscia il puro cristallo e 'l cerchio mira
che di stelle gemmato incontra gira;

58: 1. *carmi*: canti. 3. *Michele*: l'arcangelo Michele 4. *adamante*: acciaio. 5. *lui*: a lui. 6. *fedel* ecc.: i Crociati. 7-8. *insin* ecc.: sin dal profondo Inferno, là dove si rinserrano e hanno corso diversi destini di morte eterna. Cfr. 64, 6 (« regno...di perpetua morte »).
59: 4. *piaggie*: regioni; *avenene*: ammorbi. 8. *crucii*: tormenti; *fisso*: irrevocabilmente stabilito.
60: 1. *duce* ecc.: l'arcangelo Michele che già guidò gli angeli (« guerrieri alati ») contro Lucifero. 3. *vanni aurati*: ali dorate. 4. *rapido* ecc.: più rapido del pensiero. 5. *il foco e la luce*: l'Empireo, ardente e luminoso di carità e luce intellettiva. 7. *il puro cristallo*: il nono cielo o « cristallo », il Primo Mobile. 7-8. *'l cerchio* ecc.: il cielo delle stelle fisse.

61   quinci, d'opre diversi e di sembianti,
da sinistra rotar Saturno e Giove
e gli altri, i quali esser non ponno erranti
s'angelica virtù gli informa e move;
vien poi da' campi lieti e fiammeggianti
d'eterno dì là donde tuona e piove,
ove se stesso il mondo strugge e pasce,
e ne le guerre sue more e rinasce.

62   Venia scotendo con l'eterne piume
la caligine densa e i cupi orrori;
s'indorava la notte al divin lume
che spargea scintillando il volto fuori.
Tale il sol ne le nubi ha per costume
spiegar dopo la pioggia i bei colori;
tal suol, fendendo il liquido sereno,
stella cader de la gran madre in seno.

63   Ma giunto ove la schiera empia infernale
il furor de' pagani accende e sprona,

61: 1. *quinci*: poi; *opre*: influssi; *sembianti*: aspetti. 3. *altri*: gli altri pianeti. Nell'ordine: Marte, Sole, Venere, Mercurio, Luna. 3-4. *i quali* ecc.: i quali non possono dirsi « erranti » (che è il significato di *pianeti*) dal momento che non procedono a caso ma sono ispirati e mossi dalle gerarchie angeliche. 5. *campi* ecc.: i cieli. 6. *dì*: luce; *là* ecc.: la regione del fuoco dove si formano i fulmini e i tuoni (« donde tuona ») e la regione dell'aria, dove si formano le nubi e la pioggia (« donde...piove »). 7-8. *ove* ecc.: la terra. « Bellissima e accomodatissima metafora per dimostrare poeticamente la scambievole mutazione delle cose di qua giù, e la vicendevole generazione e corruzione di esse per lo contrasto e la battaglia delle prime qualità fra di loro: onde d'acqua si fa aria, e d'aria fuoco, e di fuoco aria; e di uomo cadavero, e di cadavero cenere; e in somma la corruzione dell'uno è generazione dell'altro, e la vita dell'altro la morte del primo » (GUASTAVINI).

62: 1-2. *scotendo* ecc.: agitando ecc. Cfr. Dante, *Purg.*, II, 35 (« trattando l'aere con l'eterne piume »). 5-6. *Tale* ecc.: Virgilio, *Aen.*, VIII, 622-3. 7-8. *tal suol* ecc.: Virgilio, *Georg.*, I, 365-7; Dante, *Par.*, XV, 13-4 (« Quale per li seren tranquilli e puri - discorre ad ora ad or subito foco »). Da notare *liquido* (v. 7): limpido; *gran madre* (v. 8): la terra.

si ferma in aria in su 'l vigor de l'ale,
e vibra l'asta, e lor così ragiona:
— Pur voi dovreste omai saper con quale
folgore orrendo il Re del mondo tuona,
o nel disprezzo e ne' tormenti acerbi
de l'estrema miseria anco superbi.

64 Fisso è nel Ciel ch'al venerabil segno
chini le mura, apra Sion le porte.
A che pugnar co 'l fato? a che lo sdegno
dunque irritar de la celeste corte?
Itene, maledetti, al vostro regno,
regno di pene e di perpetua morte;
e siano in quegli a voi dovuti chiostri
le vostre guerre ed i trionfi vostri.

65 Là incrudelite, là sovra i nocenti
tutte adoprate pur le vostre posse
fra i gridi eterni e lo stridor de' denti,
e 'l suon del ferro e le catene scosse. —
Disse, e quei ch'egli vide al partir lenti
con la lancia fatal pinse e percosse;
essi gemendo abbandonàr le belle
region de la luce e l'auree stelle,

66 e dispiegàr verso gli abissi il volo
ad inasprir ne' rei l'usate doglie.

63: 3. *in su 'l vigor* ecc.: sulle ali vigorose. 4. *vibra l'asta*: agita minacciosamente la lancia. 7. *o*: o voi ecc.
64: 1. *Fisso*: stabilito. Cfr. 59, 8. 1. *venerabil segno*: la Croce. 2. *chini*: lasci abbattere; *Sion*: Gerusalemme. 5. *Itene*: Andatevene, ritornate. 7. *in quegli* ecc.: in quei luoghi chiusi, quasi prigioni («*chiostri*»), che vi sono stati assegnati, che avete meritato («*dovuti*»).
65: 1. *nocenti*: colpevoli, peccatori. 3. *fra* ecc.: *Matth.*, 8, 12 («ibi erit fletus et stridor dentium»). 6. *fatal*: che esegue l'irrevocabile volontà di Dio; *pinse*: spinse.
66: 1. *abissi*: dell'inferno. 2. *rei*: i «*nocenti*» di 65, 1; *usate*

Non passa il mar d'augei sì grande stuolo
quando a i soli più tepidi s'accoglie,
né tante vede mai l'autunno al suolo
cader co' primi freddi aride foglie.
Liberato da lor, quella sì negra
faccia depone il mondo e si rallegra.

67 Ma non perciò nel disdegnoso petto
d'Argante vien l'ardire o 'l furor manco,
benché suo foco in lui non spiri Aletto,
né flagello infernal gli sferzi il fianco.
Rota il ferro crudel ove è più stretto
e più calcato insieme il popol franco;
miete i vili e i potenti, e i più sublimi
e più superbi capi adegua a gli imi.

68 Non lontana è Clorinda, e già non meno
par che di tronche membra il campo asperga.
Caccia la spada a Berlinghier nel seno
per mezzo il cor, dove la vita alberga,
e quel colpo a trovarlo andò sì pieno
che sanguinosa uscì fuor de le terga;
poi fère Albin là 've primier s'apprende
nostro alimento, e 'l viso a Gallo fende.

---

doglie: i consueti tormenti. 3-6. *Non passa* ecc., Virgilio, *Aen.,* VI, 309-12) « quam multa in silvis autumni frigore primo - lapsa cadunt folia, aut ad terram gurgite ab alto - quam multae glomerantur aves, ubi frigidus annus - trans pontum fugat, et terris immittit apricis »); Dante, *Inf.,* III, 113-4 (« ...fin che 'l ramo - vede alla terra tutte le sue spoglie »).
67: 7. *i vili*: gli umili, la plebe. 8. *adegua*: pareggia; *imi*: gl'infimi. Si oppone a « sublimi », come « vili » a « potenti ».
68: 1. *non meno*: di Argante. 2. *asperga*: cosparga. 7-8. *là 've* ecc.: là dove prendiamo il nostro primo alimento, cioè all'ombelico. Cfr. Dante, *Inf.,* XXV, 85-6 (« e quella parte onde prima è preso - nostro alimento, all'un di lor trafisse »).

69
   La destra di Gerniero, onde ferita
ella fu già, manda recisa al piano:
tratta anco il ferro, e con tremanti dita
semiviva nel suol guizza la mano.
Coda di serpe è tal, ch'indi partita
cerca d'unirsi al suo principio invano.
Così mal concio la guerriera il lassa,
poi si volge ad Achille e 'l ferro abbassa,

70
   e tra 'l collo e la nuca il colpo assesta;
e tronchi i nervi e 'l gorgozzuol reciso,
gio rotando a cader prima la testa,
prima bruttò di polve immonda il viso,
che giù cadesse il tronco; il tronco resta
(miserabile mostro) in sella assiso,
ma libero del fren con mille rote
calcitrando il destrier da sé lo scote.

71
   Mentre così l'indomita guerriera
le squadre d'Occidente apre e flagella,
non fa d'incontra a lei Gildippe altera
de' saracini suoi strage men fella.
Era il sesso il medesmo, e simil era
l'ardimento e 'l valore in questa e in quella.

69: 2. *al piano*: al suolo. 3-4. *tratta* ecc.: soggetto è « la mano » (v. 4), cioè « la destra di Gerniero » (v. 1), recisa da Clorinda, la quale stringe ancora la spada ecc. Cfr. Virgilio, *Aen.*, X, 395-6 (« te decisa suum, Laride, dextera quaerit, - semianimesque micant digiti, ferrumque retractant »). 5-6. *Coda* ecc.: tale è la coda d'un serpente che, staccata dal tronco (dal « suo principio »), cerca invano di riunirsi ad esso. Cfr. Ovidio, *Met.*, VI, 559-60 (« Utque salire solet mutilatae cauda colubrae, - palpitat, et moriens dominae vestigiae quaerit »).

70: 2. *tronchi*: troncati; *gorgozzuol*: le canne della gola. Cfr. 78, 3 (« gli secò le fauci »). 3. *gio rotando*: andò rotolando. 4. *bruttò*: insozzò. 6. *miserabile mostro*: spettacolo inaudito e degno di commiserazione. 7-8. *con mille* ecc.: con molti volteggiamenti indietreggiando e scalpitando. 8. *da sé* ecc.: lo sbalza di sella.

71: 2. *apre e flagella*: scompagina e tempesta. 3. *Gildippe*: cfr. I, 56, 6. 4. *suoi*: di Clorinda; *fella*: crudele, atroce. 5. *simil*: « si-

Ma far prova di lor non è lor dato,
ch'a nemico maggior le serba il fato.

72 Quinci una e quindi l'altra urta e sospinge,
né può la turba aprir calcata e spessa;
ma 'l generoso Guelfo allora stringe
contra Clorinda il ferro e le s'appressa,
e calando un fendente alquanto tinge
la fera spada nel bel fianco, ed essa
fa d'una punta a lui cruda risposta
ch'a ferirlo ne va tra costa e costa.

73 Doppia allor Guelfo il colpo e lei non coglie,
ch'a caso passa il palestino Osmida
e la piaga non sua sopra sé toglie,
la qual vien che la fronte a lui recida.
Ma intorno a Guelfo omai molta s'accoglie
di quella gente ch'ei conduce e guida;
e d'altra parte ancor la turba cresce,
sì che la pugna si confonde e mesce.

74 L'aurora intanto il bel purpureo volto
già dimostrava dal sovran balcone,
e in quei tumulti già s'era disciolto
il feroce Argillan di sua prigione;

---

mile, cioè della stessa sorte, essendo ardimento e valor maschile, ma non uguale » (GUASTAVINI). 7. *far prova di lor*: scontrarsi fra loro. 8. *a nemico maggior*: Clorinda a Tancredi, Gildippe a Solimano.
  72: 1. *Quinci...quindi*: di qua...di là; *una...l'altra*: soggetti di « urta » e « sospinge », che hanno per oggetto « la turba » (v. 2).
  73: 1. *Doppia*: raddoppia, rinnova. 3. *piaga*: ferita; *non sua*: non destinata a lui. 4. *vien*: avviene. 7. *d'altra parte*: dalla parte dei nemici. 8. *mesce*: confusamenae si rimescola.
  74: 2. *dimostrava*: metteva in mostra, esponeva; *dal sovran balcone*: dal più alto balcone, dal balcone del cielo, ovvero dall'orizzonte. 4. *feroce*: animoso e ribelle: cfr. VIII, 58, 1-4 (soprattutto: « ... fu nutrito - ne le risse civil d'odio e di sdegno »); *di sua prigione*: i ceppi in cui Goffredo lo aveva fatto avvincere (cfr. VIII,

e d'arme incerte il frettoloso avolto,
quali il caso gli offerse o triste o buone,
già se 'n venia per emendar gli errori
novi con novi merti e novi onori.

75 Come destrier che da le regie stalle,
ove a l'uso de l'arme si riserba,
fugge, e libero al fin per largo calle
va tra gli armenti o al fiume usato o a l'erba:
scherzan su 'l collo i crini, e su le spalle
si scote la cervice alta e superba,
suonano i piè nel corso e par ch'avampi,
di sonori nitriti empiendo i campi;

76 tal ne viene Argillano: arde il feroce
sguardo, ha la fronte intrepida e sublime;
leve è ne' salti e sovra i piè veloce,
sì che d'orme la polve a pena imprime,
e giunto fra nemici alza la voce
pur com'uom che tutto osi e nulla stime:
— O vil feccia del mondo, Arabi inetti,
ond'è ch'or tanto ardire in voi s'alletti?

77 Non regger voi de gli elmi e de gli scudi
sète atti il peso, o 'l petto armarvi e il dorso,

82, 7-8). 5. *incerte*: non scelte, prese a caso (cfr. v. 6 « quali il caso gli offerse »). 6. *triste*: tristi, cattive. 7-8. *gli errori novi*: l'errore recente, e cioè l'inconsulta ribellione a Goffredo.

75: 1-8. *Come* ecc.: Virgilio, *Aen.*, XI, 492-7. Da notare *de l'arme* (v. 2): degli scontri armati (tornei, battaglie). 5. *scherzan*: si agitano come scherzando. 7. *corso*: corsa; *avampi*: arda di generoso fuoco.

76: 2. *sublime*: eretta, alta (« intrepida e sublime » corrisponde, con ordine invertito, a « alta e superba » di 75, 6). 6. *nulla stime*: di nulla faccia conto, nulla tema. 8. *ond'è* ecc.: come mai ora tanto coraggio si accoglie in voi? Cfr. Dante, *Inf.*, IX, 93 (« ond'esta oltracotanza in voi s'alletta? »).

77: 1-2. *Non* ecc.: voi non siete atti a reggere il peso degli elmi ecc.

ma commettete paventosi e nudi
i colpi al vento e la salute al corso.
L'opere vostre e i vostri egregi studi
notturni son; dà l'ombra a voi soccorso.
Or ch'ella fugge, chi fia vostro schermo?
D'arme è ben d'uopo e di valor più fermo. —

78   Così parlando ancor diè per la gola
ad Algazèl di sì crudel percossa
che gli secò le fauci, e la parola
troncò ch'a la risposta era già mossa.
A quel meschin sùbito orror invola
il lume, e scorre un duro gel per l'ossa;
cade, e co' denti l'odiosa terra
pieno di rabbia in su 'l morire afferra.

79   Quinci per vari casi e Saladino
ed Agricalte e Muleasse uccide,
e da l'un fianco a l'altro a lor vicino
con esso un colpo Aldiazìl divide;

3-4. *ma* ecc.: ma affidate (« commettete »), timorosi e male armati, le frecce al vento, tirando a casaccio, e la vostra salvezza alla fuga (« corso »: corsa, fuga). Cfr. 11, 1-4 (« ...Arabi ignudi in vero e timorosi... gente avezza - a le prede, a le fughe... »). A proposito degli Arabi, cfr. anche Petrarca, *Rime,* XXVIII, 58-60 (« Popolo ignudo paventoso e lento, - che ferro mai non strigne - ma tutt'i colpi suoi commette al vento »).   5. *egregi studi*: eroiche imprese. Ironico.   7. *fia*: sarà.   8. *fermo*: saldo.

78: 1-4. *Così* ecc.: Virgilio, *Aen.*, X, 346-9. Da notare *per la gola* (v. 1): nella gola; *di* (v. 2): con; *secò le fauci* (v. 3): recise le canne della gola (cfr. 70, 2: « 'l gorgozzuol reciso »).   5. *sùbito orror*: improvviso buio   6. *scorre* ecc.: Virgilio, *Aen.*, VI, 54-5 (« gelidus Teucris per dura cucurrit - ossa tremor... »).   7-8. *co' denti* ecc.: Virgilio, *Aen.*, X, 489 (« et terram hostilem moriens petit ore cruento »), e XI, 418 (« procubuit moriens, et humum semel ore momordit »). Da notare *odiosa* (v. 7): perché testimonia la sua sconfitta e la sua rabbiosa impotenza.

79: 1. *Quinci*: poi; *per vari casi*: attraverso vicende varie.   4. *con esso un colpo*: con un sol colpo.   5. *a sommo il petto*: Dante, *Purg.*.

trafitto a sommo il petto Ariadino
atterra, e con parole aspre il deride.
Ei, gli occhi gravi alzando a l'orgogliose
parole, in su 'l morir così rispose:

80 — Non tu, chiunque sia, di questa morte
vincitor lieto avrai gran tempo il vanto;
pari destin t'aspetta, e da più forte
destra a giacer mi sarai steso a canto. —
Rise egli amaramente e: — Di mia sorte
curi il Ciel, — disse — or tu qui mori intanto
d'augei pasto e di cani —; indi lui preme
co 'l piede, e ne trae l'alma e 'l ferro insieme.

81 Un paggio del Soldan misto era in quella
turba di sagittari e lanciatori,
a cui non anco la stagion novella
il bel mento spargea de' primi fiori.
Paion perle e rugiade in su la bella
guancia irrigando i tepidi sudori,
giunge grazia la polve al crine incolto
e sdegnoso rigor dolce è in quel volto.

82 Sotto ha un destrier che di candore agguaglia
pur or ne l'Apennin caduta neve;

III, 111 (« e mostrommi una piaga a sommo 'l petto »). 7. *gravi*: « pesanti come di chi è per chiuderli nel sonno della morte » (FERRARI).
80: 1-8. *Non tu* ecc.: Virgilio, *Aen.*, X, 739-44 (« Ille autem expirans: Non me, quicumque es, inulto, - victor, nec longum laetabere: te quoque fata - prospectant paria atque eadem mox arva tenebris. - Ad quem subridens mixta Mezentius ira: - Nunc morere; ast de me divum pater atque hominum rex - viderit. Hoc dicens eduxit corpore telum »).
81: 1. *paggio*: Lesbino; *Soldan*: Solimano; *misto*: mescolato. 2. *sagittari e lanciatori*: arcieri e frombolieri. 3. *stagion novella*: l'età giovanile. 4. *de' primi fiori*: della prima lanugine, la prima morbida barba. Cfr. I, 60, 7-8. (« intempestiva - molle piuma del mento a pena usciva »). 6. *irrigando*: scorrendo. 7. *giunge*: aggiunge.
82: 2. *pur or...caduta*: appena caduta, freschissima. 3-4. *tur-*

turbo o fiamma non è che roti o saglia
rapido sì come è quel pronto e leve.
Vibra ei, presa nel mezzo, una zagaglia,
la spada al fianco tien ritorta e breve,
e con barbara pompa in un lavoro
di porpora risplende intesta e d'oro.

83 Mentre il fanciullo, a cui novel piacere
di gloria il petto giovenil lusinga,
di qua turba e di là tutte le schiere,
e lui non è chi tanto o quanto stringa,
cauto osserva Argillan tra le leggiere
sue rote il tempo in che l'asta sospinga;
e, colto il punto, il suo destrier di furto
gli uccide e sovra gli è, ch'a pena è surto,

84 ed al supplice volto, il qual in vano
con l'arme di pietà fea sue difese,
drizzò, crudel!, l'inessorabil mano,
e di natura il più bel pregio offese.
Senso aver parve e fu de l'uom più umano
il ferro, che si volse e piatto scese.
Ma che pro, se doppiando il colpo fero
di punta colse ove egli errò primiero?

bo ecc.: non v'è turbine che si avvolga (« roti ») o fiamma che s'innalzi (« saglia ») così velocemente come è quel cavallo rapido e leggero nel volteggiare e nell'impennarsi. 5. *presa* ecc.: una zagaglia, ovvero un'asta corta con punta di ferro, afferrata nella parte mediana come un giavellotto. 6. *ritorta e breve*: ricurva e corta. 7-8 *con barbara* ecc.: « la spada risplende intessuta (*intesta*) di porpora e d'oro, e propriamente in una guaina (*lavoro*) intessuta di porpora e d'oro, con sfarzo barbarico » (RUGANI).
83: 4. *e lui* ecc.: e non vi è chi pur un poco (« tanto o quanto ») lo assalga. 5-6. *tra...rote*: mentre Lesbino agilmente volteggia; *il tempo* ecc.: l'occasione propizia nella quale possa vibrare un colpo di lancia. 7. *il punto*: l'attimo favorevole; *suo*: di Lesbino; *di furto*: di sorpresa. 8. *surto*: rialzato.
84: 2. *con l'arme di pietà*: chiedendo pietà. 3. *drizzò*: diresse. 4. *di natura...pregio*: il maggior vanto della natura, cioè la bellezza giovanile di Lesbino. 5. *Senso*: sentimento umano. 7. *doppiando*: replicando. 8. *primiero*: la prima volta.

85
  Soliman, che di là non molto lunge
  da Goffredo in battaglia è trattenuto,
  lascia la zuffa, e 'l destrier volve e punge
  tosto che 'l rischio ha del garzon veduto;
  e i chiusi passi apre co 'l ferro, e giunge
  a la vendetta sì, non a l'aiuto,
  perché vede, ahi dolor!, giacerne ucciso
  il suo Lesbin, quasi bel fior succiso.

86
  E in atto sì gentil languir tremanti
  gli occhi e cader su 'l tergo il collo mira;
  così vago è il pallore, e da' sembianti
  di morte una pietà sì dolce spira,
  ch'ammollì il cor che fu dur marmo inanti,
  e il pianto scaturì di mezzo a l'ira.
  Tu piangi, Soliman? tu, che destrutto
  mirasti il regno tuo co 'l ciglio asciutto?

87
  Ma come vede il ferro ostil che molle
  fuma del sangue ancor del giovenetto,
  la pietà cede, e l'ira avampa e bolle,
  e le lagrime sue stagna nel petto.
  Corre sovra Argillano e 'l ferro estolle,
  parte lo scudo opposto, indi l'elmetto,

85: 3. *volve e punge*: rivolge e sprona. 5. *i chiusi passi*: le vie ostruite dai vari combattenti. 7-8. *vede* ecc.: Virgilio, *Aen.*, IX, 435-6 («Purpureus veluti cum flos, succisus aratro, - languescit moriens... »); Ariosto, *Orl.*, XVIII, 153-4 («Come purpureo fior languendo muore - che 'l vomere al passar tagliato lassa»). Da notare *succiso* (v. 8): reciso.

86: 1-2. *E in atto* ecc.: Virgilio, *Aen.*, IX, 433-4. Da notare *cader su 'l tergo* (v. 2): piegarsi all'indietro. 3-4. *da' sembianti* ecc.: « dai sembianti improntati di morte » (FERRARI). 5. *inanti*: prima. 7-8. *Tu piangi* ecc.: Lucano, *Phars.*, IX, 1043-6.

87: 1-3. *come vede* ecc.: Virgilio, *Aen.*, XII, 945-7. Da notare *ostil* (v. 1): nemico, di Argillano; *molle* (v. 1): grondante; *cede* (v. 3): vien meno. 4. *stagna*: comprime, arresta. Sogg. è l'« ira » (v. 3). 5. *estolle*: alza, solleva. 6. *parte*: divide, spacca; *opposto*: che gli era opposto.

indi il capo e la gola; e de lo sdegno
di Soliman ben quel gran colpo è degno.

88 Né di ciò ben contento, al corpo morto
smontato del destriero anco fa guerra,
quasi mastin che 'l sasso, ond'a lui porto
fu duro colpo, infellonito afferra.
Oh d'immenso dolor vano conforto
incrudelir ne l'insensibil terra!
Ma fra tanto de' Franchi il capitano
non spendea l'ire e le percosse invano.

89 Mille Turchi avea qui che di loriche
e d'elmetti e di scudi eran coperti,
indomiti di corpo a le fatiche,
di spirto audaci e in tutti i casi esperti;
e furon già de le milizie antiche
di Solimano, e seco ne' deserti
seguìr d'Arabia i suoi errori infelici,
ne le fortune averse ancora amici.

90 Questi ristretti insieme in ordin folto
poco cedeano o nulla al valor franco.
In questi urtò Goffredo, e ferì il volto
al fier Corcutte ed a Rosteno il fianco,

88: 2. *del*: dal. 3-4. *quasi* ecc.: Ariosto, *Orl.*, XXXVII, 78, 3-6 («o qual mastin ch'al ciottolo che gli abbia - gittato il viandante, corra in fretta; - e morda invano con stizza e rabbia, - né se ne voglia andar senza vendetta»). Da notare *infellonito* (v. 4): imbestialito. 6. *insensibil terra*: l'inanimato corpo di Argillano ritornato ad essere terra.

89: 1. *avea*: c'erano; *loriche*: corazze. 2. *coperti*: non «ignudi» né «timorosi» (cfr. 11, 2) come gli Arabi. Erano truppe scelte e non imbelli, come è detto nei versi seguenti. 4. *in tutti i casi*: in ogni frangente. 5. *milizie antiche*: quelle che avevano combattuto agli ordini di Solimano presso Nicea ed Antiochia. 7. *i suoi* ecc.: i tristi vagabondaggi dell'esiliato Solimano.

90: 1. *in ordin folto*: in fitta e compatta schiera. 5. *ha sciolto*: ha staccato, tagliato netto.

a Selìn da le spalle il capo ha sciolto,
troncò a Rossano il destro braccio e 'l manco;
né già soli costor, ma in altre guise
molti piagò di loro e molti uccise.

91   Mentre ei così la gente saracina
percote, e lor percosse anco sostiene,
e in nulla parte al precipizio inchina
la fortuna de' barbari e la spene,
nova nube di polve ecco vicina
che folgori di guerra in grembo tiene,
ecco d'arme improvise uscirne un lampo
che sbigottì de gli infedeli il campo.

92   Son cinquanta guerrier che 'n puro argento
spiegan la trionfal purpurea Croce.
Non io, se cento bocche e lingue cento
avessi, e ferrea lena e ferrea voce,
narrar potrei quel numero che spento
ne' primi assalti ha quel drapel feroce.
Cade l'Arabo imbelle, e 'l Turco invitto
resistendo e pugnando anco è trafitto.

93   L'orror, la crudeltà, la tema, il lutto,
van d'intorno scorrendo, e in varia imago
vincitrice la Morte errar per tutto
vedresti ed ondeggiar di sangue un lago.
Già con parte de' suoi s'era condutto
fuor d'una porta il re, quasi presago

91: 3. *in nulla* ecc.: e in massima parte accenna a declinare.
5-8. *nova nube*: cfr. III, 9, 3-8.
92: 1-2. *Son* ecc.: sono i Crociati che avevano seguito Armida,
erano stati fatti suoi prigionieri e infine erano stati liberati da Rinaldo
(cfr. X, 58 sgg.). 3-4. *Non io* ecc.: Virgilio, *Georg.*, II, 42-3 (« Non
mihi si linguae centum sint, oraque centum, - ferrea vox... »). 5. *numero*: di infedeli. 7. *Arabo...Turco*: gli Arabi...i Turchi.
93: 1-4. *L'orror* ecc.: Virgilio, *Aen.*, II, 368-9 (« ... crudelis ubique
- luctus, ubique pavor et plurima mortis imago »). 5. *condutto*: recato. 6. *d'una porta*: di una delle porte di Gerusalemme; *il re*:

di fortunoso evento; e quindi d'alto
mirava il pian soggetto e 'l dubbio assalto.

94 Ma come prima egli ha veduto in piega
l'essercito maggior, suona a raccolta,
e con messi iterati instando prega
ed Argante e Clorinda a dar di volta.
La fera coppia d'essequir ciò nega,
ebra di sangue e cieca d'ira e stolta;
pur cede al fine, e unite almen raccòrre
tenta le turbe e freno a i passi imporre.

95 Ma chi dà legge al vulgo ed ammaestra
la viltade e 'l timor? La fuga è presa.
Altri gitta lo scudo, altri la destra
disarma; impaccio è il ferro, e non difesa.
Valle è tra il piano e la città, ch'alpestra
da l'occidente al mezzogiorno è stesa;
qui fuggon essi, e si rivolge oscura
caligine di polve invèr le mura.

96 Mentre ne van precipitosi al chino,
strage d'essi i cristiani orribil fanno;
ma poscia che salendo omai vicino
l'aiuto avean del barbaro tiranno,

Aladino. 7. *fortunoso*: tempestoso; *d'alto*: dall'altura di Gerusalemme. 8. *soggetto*: sottostante; *dubbio assalto*: la incertissima battaglia.

94: 1. *come prima*: non appena; *in piega*: in rotta. 2. *l'essercito maggior*: quello di Solimano, costituito da Arabi e Turchi e più numeroso delle schiere uscite da Gerusalemme per dargli man forte. 3. *con messi* ecc.: invia ripetuti messaggeri insistendo a pregare ecc. 4. *dar di volta*: ritirarsi. 5. *fera coppia*: Argante e Clorinda, entrambi orgogliosi. 7. *raccòrre*: raccogliere, riunire. 8. *freno* ecc.: rendere meno precipitosa la ritirata.

95: 1. *vulgo*: massa confusa; *ammaestra*: può guidare. 5. *alpestra*: scoscesa. 7-8. *si rivolge* ecc.: Virgilio, *Aen.*, XI, 875-6 (« volvitur ad muros caligine turbidus atra - pulvis... »).

96: 1. *al chino*: verso il fondo valle. 3-6. *ma* ecc.: ma dopo che

non vuol Guelfo d'alpestro erto camino
con tanto suo svantaggio esporsi al danno.
Ferma le genti; e 'l re le sue riserra,
non poco avanzo d'infelice guerra.

97   Fatto intanto ha il Soldan ciò che è concesso
fare a terrena forza, or più non pote;
tutto è sangue e sudore, e un grave e spesso
anelar gli ange il petto e i fianchi scote.
Langue sotto lo scudo il braccio oppresso,
gira la destra il ferro in pigre rote:
spezza, e non taglia; e divenendo ottuso
perduto il brando omai di brando ha l'uso.

98   Come sentissi tal, ristette in atto
d'uom che fra due sia dubbio, e in sé discorre
se morir debba, e di sì illustre fatto
con le sue mani altrui la gloria tòrre,
o pur, sopravanzando al suo disfatto
campo, la vita in securezza porre.
« Vinca » al fin disse « il fato, e questa mia
fuga il trofeo di sua vittoria sia.

---

i nemici, avendo cominciato a salire l'erta che conduce alla città, vengono ad avere vicino l'aiuto delle truppe di Aladino (« barbaro tiranno »), Goffredo non intende esporsi, con evidente svantaggio, al pericolo (« danno ») di una strada scoscesa ed erta. 7-8. *'l re* ecc.: Aladino, dal canto suo, accoglie tra le mura i superstiti della sua parte che non erano pochi tenuto conto dell'esito sfortunato della battaglia.

97: 1. *il Soldan*: Solimano. 3-4. *tutto* ecc.: Virgilio, *Aen.*, IX, 812-4 (« Tum toto corpore sudor - liquitur, et piceum (nec respirare potestas) - flumen agit; fessos quatit aeger anhelitus artus »). Da notare *ange* (v. 4): opprime. 5. *oppresso*: stanco e perciò fiaccato dal peso stesso dello scudo. 6. *pigre*: lente. 7. *ottuso*: come se non avesse più il taglio. 8. *perduto* ecc.: la spada ha ormai perduto la sua funzione, che è quella di ferire e uccidere.

98: 1-6. *Come* ecc.: Virgilio, *Aen.*, X, 680-3. Da notare *sopravanzando* ecc. (v. 5): sopravvivendo alla propria disfatta.

99 Veggia il nemico le mie spalle, e scherna
di novo ancora il nostro essiglio indegno,
pur che di novo armato indi mi scerna
turbar sua pace e 'l non mai stabil regno.
Non cedo io, no; fia con memoria eterna
de le mie offese eterno anco il mio sdegno.
Risorgerò nemico ognor più crudo,
cenere anco sepolto e spirto ignudo. »

99: 1. *scherna*: schernisca, derida. 3. *mi scerna*: mi riveda. 8. *cenere* ecc.: anche quando sarò spento e sepolto, anche quando sarò spirito privato del corpo.

Canto decimo

1 Così dicendo ancor vicino scorse
un destrier ch'a lui volse errante il passo;
tosto al libero fren la mano ei porse
e su vi salse, ancorch'afflitto e lasso.
Già caduto è il cimier ch'orribil sorse,
lasciando l'elmo inonorato e basso;
rotta è la sopravesta, e di superba
pompa regal vestigio alcun non serba.

2 Come dal chiuso ovil cacciato viene
lupo talor che fugge e si nasconde,
che, se ben del gran ventre omai ripiene
ha l'ingorde voragini profonde,
avido pur di sangue anco fuor tiene
la lingua e 'l sugge da le labra immonde,
tale ei se 'n gìa dopo il sanguigno strazio,
de la sua cupa fame anco non sazio.

1: 2. *errante*: riferibile tanto a « destrier » quanto a « passo ».
Il cavallo senza una guida procede a casaccio. 5-6. *caduto* ecc.:
è caduto a terra il « cimier » cioè l'orribile drago che Solimano recava
come insegna sull'elmo (cfr. IX, 25, 1-2: « Porta il Soldan su l'elmo orrido e grande - serpe... »), e così l'elmo è rimasto privo del suo onore,
cioè delle sue insegne onorevoli.

2: 1-2. *cacciato...talor*: viene talora cacciato. 5. *pur*: ancora.
6. *'l sugge* ecc.: lecca il sangue dalle labbra che ne sono ancora imbrattate. Cfr. XX, 79, 2 (« e 'l sangue sugge »). 7. *sanguigno strazio*:
lo scempio sanguinoso. Vedine la descrizione nel c. IX. 8. *fame*: di
sangue. Cfr. IX, 40, 2 (« pasce un lungo digiun »); XX, 81, 8 (« la
sua di sangue infuriata fame »).

Canto decimo

3   E come è sua ventura, a le sonanti
quadrella, ond'a lui intorno un nembo vola,
a tante spade, a tante lancie, a tanti
instrumenti di morte alfin s'invola,
e sconosciuto pur camina inanti
per quella via ch'è più deserta e sola;
e rivolgendo in sé quel che far deggia,
in gran tempesta di pensieri ondeggia.

4   Disponsi alfin di girne ove raguna
oste sì poderosa il re d'Egitto,
e giunger seco l'arme, e la fortuna
ritentar anco di novel conflitto.
Ciò prefisso tra sé, dimora alcuna
non pone in mezzo e prende il camin dritto,
ché sa le vie, né d'uopo ha di chi il guidi
di Gaza antica a gli arenosi lidi.

5   Né perché senta inacerbir le doglie
de le sue piaghe, e grave il corpo ed egro,
vien però che si posi e l'arme spoglie,
ma travagliando il dì ne passa integro.
Poi quando l'ombra oscura al mondo toglie
i vari aspetti e i color tinge in negro,

3: 1-4. *E come* ecc.: Virgilio, Aen., IX, 807-10; Ariosto, Orl., XVIII, 22, 6-8 (« da strana circondato e fiera selva - d'aste e di spade e di volanti dardi - si tira al fiume... »). Da notare *sonanti* (v. 1): sibilanti; *quadrella* (v. 2): frecce; *ond'a lui* ecc. (v. 2): di cui intorno a lui ecc. 5. *sconosciuto*: perché privo delle sue insegne. 6. *sola*: solitaria. 8. *in gran* ecc.: Virgilio, Aen., VIII, 19 (« magno curarum fluctuat aestu »). Cfr. XIII, 50, 2.

4: 1. *girne*: andarsene; *raguna*: raduna. 2. *oste*: esercito. 3. *giunger* ecc.: congiunger le sue armi con quelle del re d'Egitto, cioè allearsi con lui. 4. *di novel conflitto*: di una nuova battaglia. 5. *Ciò* ecc.: avendo in cuor suo così deciso; *dimora*: indugio. 8. *Gaza*: cfr. nota a I, 67, 3.

5: 2. *grave*: stanco; *egro*: ammalato. Cfr. I, 3, 5. 3. *vien però* ecc.: avviene per questo ecc. Non si decide, benché stremato, a fermarsi e a spogliarsi dell'armatura. 4. *travagliando*: continuando ad affaticarsi, ad affannarsi, senza sosta; *integro*: intero. 6. *i vari*

smonta e fascia le piaghe, e come pote
meglio, d'un'alta palma i frutti scote;

6 e cibato di lor, su 'l terren nudo
cerca adagiare il travagliato fianco,
e la testa appoggiando al duro scudo
quetar i moti del pensier suo stanco.
Ma d'ora in ora a lui si fa più crudo
sentire il duol de le ferite, ed anco
roso gli è il petto e lacerato il core
da gli interni avoltoi, sdegno e dolore.

7 Alfin, quando già tutto intorno chete
ne la più alta notte eran le cose,
vinto egli pur da la stanchezza, in Lete
sopì le cure sue gravi e noiose,
e in una breve e languida quiete
l'afflitte membra e gli occhi egri compose;
e mentre ancor dormia, voce severa
gli intonò su l'orecchie in tal maniera:

8 — Soliman, Solimano, i tuoi sì lenti
riposi a miglior tempo omai riserva,
ché sotto il giogo di straniere genti
la patria ove regnasti ancor è serva.

---

aspetti: « la parola (*vari*) è sotto accento: i variati, i coloriti, i begli aspetti » (CHIAPPELLI); *i color* ecc.: Virgilio, *Aen.*, VI, 272 (« et rebus nox abstulit atra colorem »). 8. *i frutti scote*: fa cadere, scuotendo, i datteri.

6: 1. *di lor*: dei « frutti » (cfr. 5, 8). 2. *travagliato fianco*: il corpo affaticato, rotto dalla fatica. 8. *sdegno e dolore*: « sdegno » contro i nemici e « dolore » per la nuova sconfitta e i compagni perduti in battaglia.

7: 3. *Lete*: « fiume dell'oblivione; qui per l'oblio stesso » (FERRARI). 4. *noiose*: dolorose. 5-6. *in una* ecc.: Virgilio, *Aen.*, VIII, 29-30 (« Aeneas, tristi turbatus pectora bello, - procubuit, seramque dedit per membra quietem »). Da notare *quiete* (v. 5): sonno. 8. *intonò*: tuonò, disse con voce di tuono. Cfr. IX, 43, 4 (« intonar »)

8: 1. *lenti*: che rallentano il tuo viaggio e ritardano il tuo dovere. 2. *a miglior tempo*: a quando avrai compiuto la tua opera e conseguita la vittoria. 7. *vestigio*: traccia; *scorno*: sconfitta vergognosa.

In questa terra dormi, e non rammenti
ch'insepolte de' tuoi l'ossa conserva?
ove sì gran vestigio è del tuo scorno,
tu neghittoso aspetti il novo giorno? —

9 Desto il Soldan alza lo sguardo, e vede
uom che d'età gravissima a i sembianti
co 'l ritorto baston del vecchio piede
ferma e dirizza le vestigia erranti.
— E chi sei tu, — sdegnoso a lui richiede
— che fantasma importuno a i viandanti
rompi i brevi lor sonni? e che s'aspetta
a te la mia vergogna o la vendetta?

10 — Io mi son un — risponde il vecchio — al quale
in parte è noto il tuo novel disegno,
e sì come uomo a cui di te più cale
che tu forse non pensi, a te ne vegno;
né il mordace parlare indarno è tale,
perché de la virtù cote è lo sdegno.
Prendi in grado, signor, che 'l mio sermone
al tuo pronto valor sia sferza e sprone.

11 Or perché, s'io m'appongo, esser dée vòlto
al gran re de l'Egitto il tuo camino,
che inutilmente aspro viaggio tolto
avrai, s'inanzi segui, io m'indovino;

9: 2. *uom*: è il mago Ismeno (cfr. 19, 7); *gravissima*: avanzatissima; *sembianti*: aspetti. 3. *ritorto*: ricurvo. 4. *ferma* ecc.: dà sostegno e direzione ai passi vacillanti, malfermi. 7. *s'aspetta*: spetta, appartiene (cfr. nota a V, 34, 8). Qui: che importa a te della mia vergogna ecc.?
10: 1. *Io mi son un*: Cfr. Dante, *Purg.*, XXIV, 52. 2. *novel disegno*: quello di « giunger...l'arme » con quelle del re d'Egitto (cfr. 4, 1-3). 3. *cale*: importa. 5. *tale*: mordace, pungente. 6. *de la virtù* ecc.: lo sdegno e l'ira affila il valore come la cote il ferro. Cfr. VII, 75, 5-6 (« La virtù stimolata è più feroce, - e s'aguzza de l'ira a l'aspra cote »). 7. *Prendi in grado*: prendi in buona parte, gradisci.
11: 1. *s'io m'appongo*: se penso il vero, se indovino. 3-4. *che* ecc.: prevedo (« m'indovino »), che inutilmente avrai (« tolto ») un difficile

ché, se ben tu non vai, fia tosto accolto
e tosto mosso il campo saracino,
né loco è là dove s'impieghi e mostri
la tua virtù contra i nemici nostri.

12 Ma se 'n duce me prendi, entro quel muro,
che da l'arme latine è intorno astretto,
nel più chiaro del dì pòrti securo,
senza che spada impugni, io ti prometto.
Quivi con l'arme e co' disagi un duro
contrasto aver ti fia gloria e diletto;
difenderai la terra insin che giugna
l'oste d'Egitto a rinovar la pugna. —

13 Mentre ei ragiona ancor, gli occhi e la voce
de l'uomo antico il fero turco ammira,
e dal volto e da l'animo feroce
tutto depone omai l'orgoglio e l'ira.
— Padre, — risponde — io già pronto e veloce
sono a seguirti: ove tu vuoi mi gira.
A me sempre miglior parrà il consiglio
ove ha più di fatica e di periglio. —

viaggio, se insisti nel proseguire (« s'inanzi segui »). 5. *se ben*: se
anche; *fia... accolto*: sarà rapidamente riunito. 6. *mosso*: verso
Gerusalemme. 8. *virtù*: valore.

12: 1. *'n duce*: come guida. 1. *muro*: le mura di Gerusalemme.
2. *arme latine*: l'esercito crociato; *astretto*: assediato. 5. *Quivi*: in
Gerusalemme. 7. *terra*: città, Gerusalemme. 8. *oste*: esercito; *pugna*: « la parola ha qui significato massimo; ' la battaglia generale ' »
(CHIAPPELLI).

13: 2. *antico*: vecchio, venerando; *il fero turco*: Solimano. 6. *mi
gira*: guidami. Ma implica anche il valore di ' volgere indietro ' perché
il vecchio ha appunto consigliato Solimano a tornare sui propri passi
e a far ritorno a Gerusalemme. 7-8. *A me* ecc.: a me apparirà sempre
migliore quel partito (« consiglio ») nel quale vi è (« ove ha ») più
fatica da compiere e pericolo da affrontare, cioè il partito più faticoso
e pericoloso. Ma si può anche intendere: a me la tua decisione (« consiglio ») apparirà sempre migliore se comporta (« ove ha ») più fatica
e più pericolo.

Canto decimo

14   Loda il vecchio i suoi detti; e perché l'aura
notturna avea le piaghe incrudelite,
un suo licor v'instilla, onde ristaura
le forze e salda il sangue e le ferite.
Quinci veggendo omai ch'Apollo inaura
le rose che l'aurora ha colorite:
— Tempo è — disse — al partir, ché già ne scopre
le strade il sol ch'altrui richiama a l'opre. —

15   E sovra un carro suo, che non lontano
quinci attendea, co 'l fer niceno ei siede;
le briglie allenta, e con maestra mano
ambo i corsieri alternamente fiede.
Quei vanno sì che 'l polveroso piano
non ritien de la rota orma o del piede;
fumar li vedi ed anelar nel corso,
e tutto biancheggiar di spuma il morso.

16   Maraviglie dirò: s'aduna e stringe
l'aer d'intorno in nuvolo raccolto,
sì che 'l gran carro ne ricopre e cinge,
ma non appar la nube o poco o molto,

14: 2. *incrudelite*: inasprite, rese più dolorose. 3. *licor*: essenza; *onde ristaura*: col quale ristora, rinnova. 4. *salda* ecc.: arresta il sangue e rimargina le ferite. 5. *Quinci*: quindi. 5-6. *inaura* ecc.: indora ecc. Cfr. Dante, *Purg.*, II, 7-9 (« sì che le bianche e le vermiglie guance, - là dov' i' era, della bella Aurora - per troppa etate divenivan rance. »). 7. *ne scopre*: ci rivela. Soggetto è « il sol » (v. 8). 8. *altrui*: gli altri; *richiama a l'opre*: Virgilio, *Aen.*, XI, 182-3 (« Aurora... - extulerat lucem, referens opera atque labores »).

15: 1-2. *non* ecc.: non lontano di qui (« quinci »). 2. *fer niceno*: Solimano, già sovrano di Nicea. 4. *alternamente fiede*: percuote, frustra, alternando i colpi ora all'uno e ora all'altro cavallo. 6. *piede*: dei « corsieri » (v. 4).

16: 1-8. *s'aduna* ecc.: « In Virgilio Enea, per simil modo coperto da Venere, è condotto dentro a Cartagine (*Aen.*, I, 411 sgg.) » (FERRARI). Da notare *mural machina* (v. 5): macchina per far breccia nelle mura, catapulta; *spinge* (v. 5): scaglia; *dal curvo seno* (v. 7): dalla cavità della nube che li avvolge.

né sasso, che mural machina spinge,
penetraria per lo suo chiuso e folto;
ben veder ponno i duo dal curvo seno
la nebbia intorno e fuori il ciel sereno.

17 Stupido il cavalier le ciglia inarca,
ed increspa la fronte, e mira fiso
la nube e 'l carro ch'ogni intoppo varca
veloce sì che di volar gli è aviso.
L'altro, che di stupor l'anima carca
gli scorge a l'atto de l'immobil viso,
gli rompe quel silenzio e lui rappella,
ond'ei si scote e poi così favella:

18 — O chiunque tu sia, che fuor d'ogni uso
pieghi natura ad opre altere e strane,
e spiando i secreti, entro al più chiuso
spazii a tua voglia de le menti umane,
s'arrivi co 'l saper, ch'è d'alto infuso,
a le cose remote anco e lontane,
deh! dimmi qual riposo o qual ruina
a i gran moti de l'Asia il Ciel destina.

19 Ma pria dimmi il tuo nome, e con qual arte
far cose tu sì inusitate soglia,

17: 1. *Stupido*: stupefatto, meravigliato; *le ciglia inarca*: Ariosto, *Orl.*, X, 4 («... far di meraviglia - stringer le labra et inarcar le ciglia»). 3. *varca*: supera. 4. *gli è aviso*: gli sembra, crede. 5. *L'altro*: il vecchio; *di stupor* ecc.: Dante, *Purg.*, XIX, 40-1 («Seguendo lui, portava la mia fronte - come colui che l'ha di pensier carca»). 7. *lui rappella*: lo richiama, lo riscuote dalla sua immobilità stupefatta.
18: 1. *fuor d'ogni uso*: diversamente da ogni umana consuetudine, in modo straordinario. 2. *altere e strane*: magnifiche e sorprendenti. 3-4. *e spiando* ecc.: e, indovinando i segreti pensieri, penetri e ti muovi a tuo agio entro la parte più riposta («entro al più chiuso») delle menti umane. 5. *d'alto infuso*: ispirato dall'alto. 7. *riposo*: pace vittoriosa. 8. *gran moti de l'Asia*: la guerra portata dai Crociati, le città occupate e distrutte, i regni abbattuti, Gerusalemme gravemente minacciata.

ché se pria lo stupor da me non parte,
com'esser può ch'io gli altri detti accoglia? —
Sorrise il vecchio, e disse: — In una parte
mi sarà leve l'adempir tua voglia.
Son detto Ismeno, e i Siri appellan mago
me che de l'arti incognite son vago.

20   Ma ch'io scopra il futuro e ch'io dispieghi
de l'occulto destin gli eterni annali,
troppo è audace desio, troppo alti preghi:
non è tanto concesso a noi mortali.
Ciascun qua giù le forze e 'l senno impieghi
per avanzar fra le sciagure e i mali,
ché sovente adivien che 'l saggio e 'l forte
fabro a se stesso è di beata sorte.

21   Tu questa destra invitta, a cui fia poco
scoter le forze del francese impero,
non che munir, non che guardar il loco
che strettamente oppugna il popol fero,
contra l'arme apparecchia e contra 'l foco:
osa, soffri, confida; io bene spero.
Ma pur dirò, perché piacer ti debbia,
ciò che oscuro vegg'io quasi per nebbia.

19: 3. *non parte*: non si parte, non si allontana. 5. *In una parte*: per una parte delle tue domande, cioè per quella che riguarda il nome e l'arte praticata. 7. *Ismeno*: cfr. II, 1, 2. 8. *de l'arti* ecc.: sono cultore (« vago ») delle scienze occulte, della negromanzia.
20: 1. *dispieghi*: palesi, riveli. 2. *eterni annali*: tutti gli avvenimenti che si svolgeranno nell'eternità del tempo. 3. *troppo alti preghi*: richiesta troppo ardua da soddisfare. 7. *adivien*: avviene. 8. *fabro*: artefice.
21: 1. *a cui* ecc.: per la quale sarà agevole impresa. 2. *scoter* ecc.: abbattere il dominio che i Cristiani hanno costituito in Asia con le loro conquiste. 3. *munir*: difendere; *guardar*: sorvegliare, proteggere; *il loco*: Gerusalemme. 4. *oppugna*: assedia; *il popol fero*: i Cristiani. Soggetto di « oppugna » 7. *Ma pur* ecc.: Dante, *Inf.*, XXIV, 151 (« E detto l'ho perché doler ti debbia! »). 8. *ciò* ecc.: « Ismeno può sapere il futuro per arti infernali, essendo mago. Sa l'avvenire, ma ignora i fatti più vicini a compiersi, come i dannati nell'inferno dantesco » (FERRARI).

11 — TASSO.

22   Veggio o parmi vedere, anzi che lustri
molti rivolga il gran pianeta eterno,
uom che l'Asia ornerà co' fatti illustri,
e del fecondo Egitto avrà il governo.
Taccio i pregi de l'ozio e l'arti industri,
mille virtù che non ben tutte io scerno;
basti sol questo a te, che da lui scosse
non pur saranno le cristiane posse,

23   ma insin dal fondo suo l'imperio ingiusto
svelto sarà ne l'ultime contese,
e le afflitte reliquie entro uno angusto
giro sospinte e sol dal mar difese.
Questi fia del tuo sangue. — E qui il vetusto
mago si tacque, e quegli a dir riprese:
— O lui felice, eletto a tanta lode! —
e parte ne l'invidia e parte gode.

22: 1-2. *anzi* ecc.: prima che il sole («il gran pianeta eterno») faccia compiere, girando, molti lustri. Cioè: tra non molto tempo. 3. *uom*: « Intende il Saladino, che fu figliuolo di Siracon Medo e per suo valore fu fatto Soldano d'Egitto, e ritolse non solo Gerusalemme a' Cristiani dopo ottantanove anni che l'avevano ricovrata e in quella tenuto il seggio reale, ma eziandio tutta Palestina da Tiro, Tripoli e Antiochia in fuori » (GUASTAVINI). Il Saladino (1137-1193) fu sultano di Egitto e di Siria. Ricordato da Dante (*Conv.* IV, 11, 14; *Inf.*, IV, 129), dal Boccaccio (*Decam.*, I, 3 e X, 9), oltre che nel *Novellino* e altrove, per la sua liberalità e cortesia. 5. *i pregi de l'ozio*: i meriti che saprà acquistarsi in tempo di pace. 7-8. *da lui* ecc.: saranno da lui non soltanto indebolite le forze cristiane ecc. («scosse» è dir poco, dal momento che l'impero cristiano sarà addirittura «svelto», 23, 2).

23: 1. *l'imperio ingiusto*: il dominio cristiano, «ingiusto» per i Pagani. 2. *svelto*: sradicato dalle fondamenta («dal fondo suo» v. 1); *ultime*: decisive. 3-4. *le afflitte* ecc.: i Cristiani superstiti, afflitti e battuti, saranno costretti a ritirarsi in un piccolo territorio (angusto giro) opponendo al Saladino la sola difesa del mare. Allude all'isola di Cipro, uno dei pochi possedimenti che rimasero nelle mani dei Cristiani. 5. *Questi* ecc.: il T. finge che il Saladino discenda dalla stirpe di Solimano; *vetusto*: vecchio, venerando. 7. *eletto*: prescelto; *lode*: gloria. 8. *ne l'invidia*: lo invidia di quel destino glorioso; *gode*: se ne rallegra.

24   Soggiunse poi: — Girisi pur Fortuna
o buona o rea, come è là su prescritto,
ché non ha sovra me ragione alcuna
e non mi vedrà mai se non invitto.
Prima dal corso distornar la luna
e le stelle potrà, che dal diritto
torcere un sol mio passo. — E in questo dire
sfavillò tutto di focoso ardire.

25   Così gìr ragionando insin che furo
là 've presso vedean le tende alzarse.
Che spettacolo fu crudele e duro!
E in quante forme ivi la morte apparse!
Si fe' ne gli occhi allor torbido e scuro,
e di doglia il Soldano il volto sparse.
Ahi con quanto dispregio ivi le degne
mirò giacer sue già temute insegne!

26   E scorrer lieti i Franchi, e i petti e i volti
spesso calcar de' suoi più noti amici,
e con fasto superbo a gli insepolti
l'arme spogliare e gli abiti infelici;

24: 1-2. *Girisi* ecc.: Virgilio, *Aen.*, V, 710 («quidquid erit, superanda omnis fortuna ferendo est»); Dante, *Inf.*, XV, 95-6 («però giri Fortuna la sua rota - come le piace... »). Da notare *Girisi* (v. 1): giri sulla sua ruota, si volga; *là su* (v. 2): in Cielo. 3. *ragione*: potere. Cfr. XIX, 21, 4. 5. *distornar*: deviare. 6. *diritto*: dal retto cammino. E anche: da ciò che è giusto.
25: 1. *gìr*: andarono. 6. *doglia*: segni di dolore. 7-8. *con quanto* ecc.: mirò giacere sul campo con grande vergogna («con quanto dispregio») le sue degne insegne, già un tempo temute. La più parte degli interpreti intende: mirò con senso di umiliazione; oppure: mirò con sdegno ecc. La dipendenza di «con grande dispregio» da «giacer» e non da «mirò», sembra legittimata anche dal commento del Beni («... il qual dolore tanto più l'ingombrò quanto che non senza dispregio... ivi le degne - mirò giacer sue già temute insegne»).
26: 3. *fasto*: alterigia, insolenza. 4. *infelici*: si riversa sulle «arme» e sugli «abiti» il compianto suscitato dagli «insepolti» (v. 3)

324   *Gerusalemme liberata*

    molti onorare in lunga pompa accolti
    gli amati corpi de gli estremi uffici,
    altri suppor le fiamme, e 'l vulgo misto
    d'Arabi e Turchi a un foco arder ha visto.

27 Sospirò dal profondo, e 'l ferro trasse
    e dal carro lanciossi e correr volle,
    ma il vecchio incantatore a sé il ritrasse
    sgridando, e raffrenò l'impeto folle;
    e fatto che di novo ei rimontasse,
    drizzò il suo corso al più sublime colle.
    Così alquanto n'andaro, insin ch'a tergo
    lasciàr de' Franchi il militare albergo.

28 Smontaro allor del carro, e quel repente
    sparve; e presono a piedi insieme il calle
    ne la solita nube occultamente
    discendendo a sinistra in una valle,
    sin che giunsero là dove al ponente
    l'alto monte Siòn volge le spalle.
    Quivi si ferma il mago e poi s'accosta
    quasi mirando, a la scoscesa costa.

29 Cava grotta s'apria nel duro sasso,
    di lunghissimi tempi avanti fatta;

che ne sono stati spogliati. 5-6. *onorare* ecc.: onorare con gli estremi uffizi funebri (« onorare...de gli estremi uffici ») i corpi amati dei loro compagni, essendosi riuniti (« accolti ») in lunga e solenne processione. 7. *suppor le fiamme*: porre il fuoco sotto le cataste dei roghi. 8. *a un foco*: a un medesimo fuoco. I corpi dei nemici sono accatastati alla rinfusa e bruciati senza alcun segno di onore e di distinzione.
    27: 1. *'l ferro trasse*: snudò la spada. 4. *folle*: perché destinato a trarre Solimano ad una morte inevitabile. 6. *al più sublime colle*: al più alto dei due colli su cui sorgeva Gerusalemme, al monte Sion (cfr. 28, 6). 8. *il militare albergo*: l'accampamento.
    28: 1. *quel*: il carro fatato. 2. *il calle*: il cammino. 3. *ne la* ecc.: cfr. ott. 16. 8. *quasi mirando*: come osservando.
    29: 1-8. *Cava grotta* ecc.: la grotta che segretamente collegava la torre Antonia al Tempio di Salomone (ott. 31). Intorno a questa

Canto decimo

ma disusando, or riturato il passo
era tra i pruni e l'erbe ove s'appiatta.
Sgombra il mago gli intoppi, e curvo e basso
per l'angusto sentiero a gir s'adatta,
e l'una man precede e il varco tenta,
l'altra per guida al principe appresenta.

30 Dice allora il Soldan: — Qual via furtiva
è questa tua, dove convien ch'io vada?
Altra forse miglior io me n'apriva,
se 'l concedevi tu, con la mia spada.
— Non sdegnar, — gli risponde — anima schiva,
premer co 'l forte piè la buia strada,
ché già solea calcarla il grande Erode,
quel c'ha ne l'arme ancor sì chiara lode.

31 Cavò questa spelonca allor che porre
volse freno a i soggetti il re ch'io dico,
e per essa potea da quella torre,
ch'egli Antonia appellò dal chiaro amico,
invisibile a tutti il piè raccòrre
dentro la soglia del gran tempio antico,

---

grotta così Giuseppe Flavio: « Herodes hanc quoque turrim munitiorem reddidit ad tutelam templi, et in memoriam amici sui Romanorum imperatoris Antonii vocavit Antoniam...Caeterum rex inter alia templi opera etiam cryptam fecit subterraneam, ab Antonia ferentem ad orientalem portam templi, cui turrim etiam imposuit, in eum usum ut occulte illuc posset ascendere, si quid per tumultum contra regem vellet novare populus » (*Antiquitates Iudaicae,* XV, 14). Da notare *ma disusando* ecc. (v. 3): ma l'accesso (« il passo »), non essendo più usato (« disusando »: disusandosi), ora nuovamente ostruito (« riturato ») ecc.; *appresenta* (v. 8): offre.

30: 1. *Soldan*: Solimano. 5. *schiva*: sdegnosa. Cfr. Dante, *Inf.,* VIII, 44 (« alma sdegnosa »). 7. *Erode*: Erode il grande, re di Giudea e autore della strage degli innocenti.

31: 1-8. *Cavò* ecc.: cfr. nota a 29, 1-8. Da notare *cavò* (v. 1): fece scavare; *volse* (v 2): volle; *soggetti* (v. 2): sudditi; *chiaro amico* (v. 4): perché Marc'Antonio lo accolse, esule, a Roma e lo fece incoronare re di Giudea; *il piè raccòrre* (v. 5): ritirarsi; *gran tempio* (v. 6): quello di Salomone; *quindi* (v. 7): di qui; *trarne* ecc.

e quindi occulto uscir de la cittate
e trarne genti ed introdur celate.

32 Ma nota è questa via solinga e bruna
or solo a me de gli uomini viventi.
Per questa andremo al loco ove raguna
i più saggi a conciglio e i più potenti
il re ch'al minacciar de la fortuna,
più forse che non dée, par che paventi.
Ben tu giungi a grand'uopo: ascolta e taci,
poi movi a tempo le parole audaci. —

33 Così gli disse, e 'l cavaliero allotta
co 'l gran corpo ingombrò l'umil caverna,
e per le vie dove mai sempre annotta
seguì colui che 'l suo camin governa.
Chini pria se n'andàr, ma quella grotta
più si dilata quanto più s'interna,
sì ch'asceser con agio e tosto furo
a mezzo quasi di quell'antro oscuro.

34 Apriva allora un picciol uscio Ismeno,
e se ne gian per disusata scala
a cui luce mal certo e mal sereno
l'aer che giù d'alto spiraglio cala.
In sotterraneo chiostro al fin venieno,
e salian quindi in chiara e nobil sala.

(v. 8): far uscire ed entrare persone nascostamente (« celate » da riferirsi a « genti »).

32: 1. *bruna*: oscura. 5. *il re*: Aladino. 7. *a grand'uopo*: quando il bisogno è maggiore.

33: 1-2. *'l cavaliero* ecc.: Solimano allora riempì (« ingombrò ») con il suo grande corpo la bassa (« umil ») caverna. Cfr. Virgilio, *Aen.*, VIII, 366-7 (« et angusti subter fastigia tecti - ingentem Aenean duxit... »). 3. *mai sempre*: sempre. 4. *governa*: dirige, guida. 7. *furo*: furono.

34: 2. *gian*: andavano; *disusata*: da tempo non usata. Cfr. 29, 3

Canto decimo

Qui con lo scettro e co 'l diadema in testa
mesto sedeasi il re fra gente mesta.

35 Da la concava nube il turco fero
non veduto rimira e spia d'intorno,
e ode il re fra tanto, il qual primiero
incomincia così dal seggio adorno:
— Veramente, o miei fidi, al nostro impero
fu il trapassato assai dannoso giorno;
e caduti d'altissima speranza,
sol l'aiuto d'Egitto omai n'avanza.

36 Ma ben vedete voi quanto la speme
lontana sia da sì vicin periglio.
Dunque voi tutti ho qui raccolti insieme
perch'ognun porti in mezzo il suo consiglio. —
Qui tace, e quasi in bosco aura che freme
suona d'intorno un picciolo bisbiglio.
Ma con la faccia baldanzosa e lieta
sorgendo Argante il mormorare accheta.

37 — O magnanimo re, — fu la risposta
del cavaliero indomito e feroce
— perché ci tenti? e cosa a nullo ascosta
chiedi, ch'uopo non ha di nostra voce?

(« disusando »). 3. *a cui luce*: a cui fa luce (« luce » è verbo che ha per soggetto « l'aer », v. 4). 4. *aer*: luce. 5. *venieno*: venivano.
35: 1-2. *Da la concava nube* ecc.: dal seno della nube ecc. Cfr. 16, 7-8 (« ben veder ponno i duo dal curvo seno »). Si veda anche Virgilio, *Aen.*, I, 516 (« et nube cava speculantur amicti »); *il turco fero*: Solimano. 4. *seggio*: trono. 6. *il trapassato...giorno*: « il re non vuol dire 'ieri', bensì 'l'altro ieri'. Il giorno precedente il Soldano lo ha trascorso nel suo penoso viaggio (cfr. 5, 4) » (CHIAPPELLI).
36: 1-2. *Ma* ecc.: ben vedete quanto sia lontana la speranza dell'aiuto egiziano a paragone della vicinanza del pericolo ormai imminente. 4. *porti in mezzo*: metta innanzi nel comune dibattito, esponga; *consiglio*: opinione.
37: 1-4. *O magnanimo* ecc.: « nel XI dell'Eneide, re Latino pure convoca il concilio de' suoi, e ne richiede il parere, e sorge lì contesa fra Turno e Drauce, come qui fra Orcano e Argante. - Virgilio, *Aen.*,

Pur dirò: sia la speme in noi sol posta;
e s'egli è ver che nulla a virtù noce,
di questa armiamci, a lei chiediamo aita,
né più ch'ella si voglia amiam la vita.

38 Né parlo io già così perch'io dispere
de l'aiuto certissimo d'Egitto,
ché dubitar, se le promesse vere
fian del mio re, non lece e non è dritto;
ma il dico sol perché desio vedere
in alcuni di noi spirto più invitto,
ch'egualmente apprestato ad ogni sorte
si prometta vittoria e sprezzi morte. —

39 Tanto sol disse il generoso Argante
quasi uom che parli di non dubbia cosa.
Poi sorse in autorevole sembiante
Orcano, uom d'alta nobiltà famosa,
e già ne l'arme d'alcun pregio inante;
ma or congiunto a giovanetta sposa,
e lieto omai di figli, era invilito
ne gli affetti di padre e di marito.

40 Disse questi: — O signor, già non accuso
il fervor di magnifiche parole,

XI, 343-4 ' rem nulli obscuram, nostrae nec vocis egentem - consulis, o bone rex... ' » (FERRARI). Da notare *feroce* (v. 2): fiero; *a nullo* ecc. (vv. 3-4): tu chiedi cosa a tutti chiara e che non ha bisogno di essere illuminata dalle nostre parole. 6. *nulla* ecc.: Petrarca, *Tr. Fam.* (redaz. ant. « Nel cor pien d'amarissima dolcezza »), 42 («che né ferro né foco a vertù noce»). 8. *né più* ecc.: non amiamo la vita più di quanto la virtù («ella») comporti («si voglia»). Cioè: meglio morire valorosamente che vivere con infamia.

38: 3-4. *vere* ecc.: saranno mantenute. 4. *re*: d'Egitto; *non lece e non è dritto*: non si può e non è giusto. 7. *ad ogni sorte*: alla buona come alla cattiva sorte.

39: 2. *non dubbia*: di cui non è consentito dubitare. 3. *sembiante*: aspetto. 5. *e già* ecc.: e già lodato in passato («inante») per qualche atto di valore militare.

40: 1. *non accuso*: non riprovo. 2. *magnifiche*: magniloquenti e altisonanti. 5. *però*: perciò; *buon*: valoroso; *circasso*: Argante.

quando nasce d'ardir che star rinchiuso
tra i confini del cor non può né vòle;
però se 'l buon circasso a te per uso
troppo in vero parlar fervido sòle,
ciò si conceda a lui che poi ne l'opre
il medesmo fervor non meno scopre.

41 Ma si conviene a te, cui fatto il corso
de le cose e de' tempi han sì prudente,
impor colà de' tuoi consigli il morso
dove costui se ne trascorre ardente,
librar la speme del lontan soccorso
co 'l periglio vicino, anzi presente,
e con l'arme e con l'impeto nemico
i tuoi novi ripari e 'l muro antico.

42 Noi (se lece a me dir quel ch'io ne sento)
siamo in forte città di sito e d'arte,
ma di machine grande e violento
apparato si fa da l'altra parte.
Quel che sarà, non so; spero e pavento
i giudizi incertissimi di Marte,
e temo che s'a noi più fia ristretto
l'assedio, al fin di cibo avrem difetto.

43 Però che quegli armenti e quelle biade
ch'ieri tu ricettasti entro le mura,
mentre nel campo a insanguinar le spade
s'attendea solo, e fu alta ventura,

41: 1. *cui*: che. Oggetto di « fatto... han » (vv. 1-2). 3. *de' tuoi* ecc.: freno della tua saggezza. 5. *librar*: bilanciare. 6. *vicino*: imminente. Cfr. 36, 2. 7. *arme*: armi nemiche.
42: 2. *di sito e d'arte*: per posizione naturale e fortificazioni. Cfr. III, 54, 8 e nota relativa. 3. *machine*: macchine di guerra. 4. *apparato*: apparecchiamento, preparazione; *da l'altra parte*: da parte dei Cristiani. 5-6. *spero* ecc.: attendo con timorosa ansietà gli esiti imprevedibili della guerra 8. *difetto*: mancanza.
43: 4. *alta ventura*: gran fortuna. 5. *picciol esca*: scarso cibo.

picciol esca a gran fame, ampia cittade
nutrir mal ponno se l'assedio dura;
e forza è pur che duri, ancor che vegna
l'oste d'Egitto il dì ch'ella disegna.

44 Ma che fia, se più tarda? Or sù, concedo
che tua speme prevegna e sue promesse;
la vittoria però, però non vedo
liberate, o signor, le mura oppresse.
Combattremo, o buon re, con quel Goffredo
e con que' duci e con le genti istesse
che tante volte han già rotti e dispersi
gli Arabi, i Turchi, i Soriani e i Persi.

45 E quali sian, tu 'l sai, che lor cedesti
sì spesso il campo, o valoroso Argante,
e sì spesso le spalle anco volgesti
fidando assai ne le veloci piante;
e 'l sa Clorinda teco ed io con questi
ch'un più de l'altro non convien si vante.
Né incolpo alcuno io già, ché vi fu mostro
quanto potea maggiore il valor nostro.

46 E dirò pur (benché costui di morte
bieco minacci e 'l vero udir si sdegni)·
veggio portar da inevitabil sorte
il nemico fatale a certi segni,

---

6. *ponno*: possono.   7. *ancor che vegna*: ammesso che arrivi.   8. *oste*: esercito; *il dì* ecc.: il giorno in cui ha progettato di giungere; *ella*: l'« oste » (femm.).

44: 1-2. *concedo* ecc.: concedo che l'esercito egiziano (« oste d'Egitto » 43, 8) giunga prima di quanto tu speri e di quanto ha promesso. 8. *Soriani*: i Siriani.

45: 4. *piante*: piedi. 7-8. *Né incolpo* ecc.: Virgilio, *Aen.*, XI, 312-3 (« nec quemquam incuso: potuit quae plurima virtus - esse, fuit, toto certatum est corpore regni. »). Da notare *vi fu mostro* (v. 7): ivi rifulse, cioè in quei combattimenti.

46: 1-2. *E dirò* ecc. Virgilio, *Aen.*, XI, 348 (« dicam equidem, licet arma mihi mortemque minetur »). 3-4. *veggio* ecc.: vedo per sicuri

né gente potrà mai, né muro forte
impedirlo così ch'al fin non regni;
ciò mi fa dir (sia testimonio il Cielo)
del signor, de la patria, amore e zelo.

47   Oh saggio il re di Tripoli, che pace
seppe impetrar da i Franchi e regno insieme!
Ma il Soldano ostinato o morto or giace,
o pur servil catena il piè gli preme,
o ne l'essiglio timido e fugace
si va serbando a le miserie estreme;
e pur, cedendo parte, avria potuto
parte salvar co' doni e co 'l tributo. —

48   Così diceva, e s'avolgea costui
con giro di parole obliquo e incerto,
ch'a chieder pace, a farsi uom ligio altrui
già non ardia di consigliarlo aperto.
Ma sdegnoso il Soldano i detti sui
non potea omai più sostener coperto,
quando il mago gli disse: — Or vuòi tu darli
agio, signor, ch'in tal materia parli?

---

indizi (« a certi segni ») che il nemico, a noi assegnato dal destino (« fatale ») è guidato da una sorte che non potremo evitare. Ma anche: vedo che il nemico è fatalmente portato da una sorte inevitabile ad un fine sicuro. Cfr. Virgilio, *Aen.*, XI, 232 (« fatalem Aeneam manifesto numine ferri »). 6. *impedirlo*: trattenerlo, essergli d'ostacolo.

47: 1-2. *Oh saggio* ecc.: il T. aveva ricordato il re di Tripoli e la sua saggezza (I, 76), trasponendo e amplificando, nella sua poesia, una rapida notizia di Guglielmo Tirio: « Praeses Tripolitanus multa pecunia et muneribus a nostris pacem impetrat ». Da notare *impetrar* (v. 2): ottenere. 3. *Soldano*: Solimano. 4. *preme*: opprime 5. *timido*: timoroso; *fugace*: pronto alla fuga. Cfr. nota a IX, 42, 7. 7-8. *pur* ecc.: tuttavia avrebbe potuto, cedendo una parte del regno, con doni e tributi salvare l'altra parte.

48: 3. *uom ligio altrui*: uomo soggetto ad altri, vassallo dei Cristiani. 4. *aperto*: apertamente. 5. *Soldano*: Solimano. 6. *coperto*: rimanendo coperto, cioè avvolto dalla nuvola. 7-8. *darli* ecc.: permettergli di parlare di un argomento siffatto.

49 — Io per me — gli risponde — or qui mi celo
contra mio grado, e d'ira arde e di scorno. —
Ciò disse a pena, e immantinente il velo
de la nube, che stesa è lor d'intorno,
si fende e purga ne l'aperto cielo,
ed ei riman nel luminoso giorno,
e magnanimamente in fero viso
rifulge in mezzo, e lor parla improviso:

50 — Io, di cui si ragiona, or son presente,
non fugace e non timido Soldano,
ed a costui ch'egli è codardo e mente
m'offero di provar con questa mano.
Io che sparsi di sangue ampio torrente,
che montagne di strage alzai su 'l piano,
chiuso nel vallo de' nemici e privo
al fin d'ogni compagno, io fuggitivo?

51 Ma se più questi o s'altri a lui simìle,
a la sua patria, a la sua fede infido,
motto osa far d'accordo infame e vile,
buon re, sia con tua pace, io qui l'uccido.
Gli agni e i lupi fian giunti in un ovile
e le colombe e i serpi in un sol nido,
prima che mai di non discorde voglia
noi co' Francesi alcuna terra accoglia. —

49: 2. *contra mio grado*: contro la mia volontà; *d'ira*: d'« ira » per le offerte di Orcano e di « scorno » per doverla subire senza potermi difendere. 3-5. *Ciò* ecc.: Virgilio, *Aen.*, I 586-7 (« Vix ea fatus erat, cum circumfusa repente - scindit se nubes, et in aethera purgat apertum »). Da notare *si fende e purga* (v. 5): si apre e si dissolve. 7. *viso*: aspetto.
50: 2. *non* ecc.: cfr. 47, 5 e note relative. 5-6. *Io* ecc.: cfr. IX, 12, 5-7 (« ... farò là monti ov'ora è piano, - monti d'uomini estinti e di feriti, - farò fiumi di sangue »).
51: 2. *fede*: religione; *infido*: infedele, traditore. 5. *Gli agni* ecc.: agnelli e lupi saranno congiunti in uno stesso ovile. 7. *di non* ecc.: concordi.

52 Tien su la spada, mentre ei sì favella,
la fera destra in minaccievol atto.
Riman ciascuno a quel parlar, a quella
orribil faccia, muto e stupefatto.
Poscia con vista men turbata e fella
cortesemente inverso il re s'è tratto:
— Spera, — gli dice — alto signor, ch'io reco
non poco aiuto: or Solimano è teco —

53 Aladin, ch'a lui contra era già sorto,
risponde: — Oh come lieto or qui ti veggio,
diletto amico! Or del mio stuol ch'è morto
non sento il danno; assai temea di peggio.
Tu lo mio stabilire e in tempo corto
puoi ridrizzar il tuo caduto seggio,
se 'l Ciel no 'l vieta. — Indi le braccia al collo,
così detto, gli stese e circondollo.

54 Finita l'accoglienza, il re concede
il suo medesmo soglio al gran niceno.
Egli poscia a sinistra in nobil sede
si pone, ed al suo fianco alluoga Ismeno,
e mentre seco parla ed a lui chiede
di lor venuta, ed ei risponde a pieno
l'alta donzella ad onorar in pria
vien Solimano; ogn'altro indi seguia.

55 Seguì fra gl'altri Ormusse, il qual la schiera
di quegli Arabi suoi a guidar tolse;

52: 1-2. *Tien...destra*: la fiera mano tiene alta la spada ecc. 5 *vista*: aspetto; *fella*: irata, corrucciata.
53: 1. *a lui contra*: incontro a lui. 5-6. *Tu* ecc.: tu puoi rendere saldo il mio trono (« lo mio stabilire ») e in breve tempo rialzare il tuo che è caduto. 8. *circondollo*: lo abbracciò.
54: 2. *soglio*: trono; *gran niceno*: Solimano. 4. *alluoga*: colloca. 5. *seco*: con lui. 7. *alta donzella*: Clorinda.
55: 2. *suoi*: di Solimano; *a guidar tolse*: assunse il comando.

e mentre la battaglia ardea più fera,
per disusate vie così s'avolse
ch'aiutando il silenzio e l'aria nera
lei salva al fin nella città raccolse,
e con le biade e con rapiti armenti
aita porse a l'affamate genti.

56 Sol con la faccia torva e disdegnosa
tacito si rimase il fer circasso,
a guisa di leon quando si posa,
girando gli occhi e non movendo il passo.
Ma nel Soldan feroce alzar non osa
Orcano il volto, e 'l tien pensoso e basso.
Così a conciglio il palestin tiranno
e 'l re de' Turchi e i cavalier qui stanno.

57 Ma il pio Goffredo la vittoria e i vinti
avea seguiti, e libere le vie,
e fatto intanto a i suoi guerrieri estinti
l'ultimo onor di sacre essequie e pie;
ed ora a gli altri impon che siano accinti
a dar l'assalto nel secondo die,
e con maggiore e più terribil faccia
di guerra i chiusi barbari minaccia.

---

3. *fera*: spietata, sanguinosa. 4. *s'avolse*: seppe aggirarsi. 5. *aiutando* ecc.: col favore del silenzio e delle tenebre notturne. 6. *lei*: la « schiera » (v. 1); *città*: Gerusalemme. 7-8. *le biade* ecc.: cfr. 43, 1-2.

56: 1-2. *Sol* ecc.: tra Argante (« fer circasso » (v. 2) e Solimano correva una accesa rivalità (cfr. VI, 12, 1-2 « Forte sdegnossi il saracino audace, - ch'era di Solimano emulo antico »). 3. *a guisa* ecc.: Dante, *Purg.*, VI, 66. 5. *Soldan feroce*: prode Solimano. 7. *il palestin tiranno*: Aladino. 8. *re de' Turchi*: Solimano.

57: 1-2. *Goffredo* ecc.: Goffredo aveva conseguito la vittoria e incalzato i nemici vinti. 2. *libere*: liberate. 5. *accinti*: pronti. 6. *nel secondo die*: due giorni dopo. 7. *faccia*: apparato. 8. *chiusi*: rinserrati in Gerusalemme, assediati.

58 E perché conosciuto avea il drapello,
ch'aiutò lui contra la gente infida,
esser de' suoi più cari ed esser quello
che già seguì l'insidiosa guida,
e Tancredi con lor, che nel castello
prigion restò de la fallace Armida,
ne la presenza sol de l'Eremita
e d'alcuni più saggi a sé gli invita;

59 e dice lor: — Prego ch'alcun racconti
de' vostri brevi errori il dubbio corso,
e come poscia vi trovaste pronti
in sì grand'uopo a dar sì gran soccorso. —
Vergognando tenean basse le fronti,
ch'era al cor picciol fallo amaro morso.
Al fin del re britanno il chiaro figlio
ruppe il silenzio, e disse alzando il ciglio:

60 — Partimmo noi che fuor de l'urna a sorte
tratti non fummo, ognun per sé nascoso,
d'Amor, no 'l nego, le fallaci scorte
seguendo e d'un bel volto insidioso.
Per vie ne trasse disusate e torte
fra noi discordi, e in sé ciascun geloso.
Nutrian gli amori e i nostri sdegni (ahi! tardi
troppo il conosco) or parolette, or guardi.

58: 2. *infida*: infedele, pagana. Cfr. nota a IX, 4, 5. 4 *insidiosa guida*: la « fallace Armida » (v. 6). 6. *fallace*: ingannatrice. Per la cattura di Tancredi, cfr. VII, 27-48.

59: 2. *de' vostri* ecc.: il pericoloso svolgersi dei vostri brevi sviamenti. 4. *in sì* ecc.: proprio quando più era necessario. 5. *Vergognando*: vergognandosi. 6. *ch'era* ecc.: Dante, *Purg.*, III, 9 (« come t'e picciol fallo amaro morso »). Da notare *morso*: rimorso. 7. *del re...figlio*: Guglielmo, figlio del re d'Inghilterra. Cfr. I, 44, 4.

60: 1-2: *fuor de l'urna* ecc.: cfr. V, 72 sgg. 2. *ognun* ecc.: ciascuno per proprio conto e nascostamente. 3. *fallaci scorte*: ingannevole guida. 4. *bel volto*: di Armida. 7. *amori...sdegni*: amore per Armida e gelosia verso i rivali. 8. *parolette...guardi*: di Armida. Soggetto di « nutrian » (v. 7): alimentavano.

61
    Al fin giungemmo al loco ove già scese
fiamma dal cielo in dilatate falde,
e di natura vendicò l'offese
sovra le genti in mal oprar sì salde.
Fu già terra feconda, almo paese,
or acque son bituminose e calde
e steril lago; e quanto ei torpe e gira,
compressa è l'aria e grave il puzzo spira.

62
    Questo è lo stagno in cui nulla di greve
si getta mai che giunga insino al basso,
ma in guisa pur d'abete o d'orno leve
l'uom vi sornuota e 'l duro ferro e 'l sasso.
Siede in esso un castello, e stretto e breve
ponte concede a' peregrini il passo.
Ivi n'accolse, e non so con qual arte
vaga è là dentro e ride ogni sua parte.

63
    V'è l'aura molle e 'l ciel sereno e lieti
gli alberi e i prati e pure e dolci l'onde,
ove fra gli amenissimi mirteti
sorge una fonte e un fiumicel diffonde:

61 : 1-4. *Al fin* ecc. : è il paese presso il lago Asfaltide o Mar Morto. ove sorsero un tempo Sodoma e Gomorra, distrutte poi dalla divina pioggia di fuoco per i peccati dei loro abitanti. Cfr. la fonte biblica della *Gen.*, 19, 24 (« Dominus pluit super Sodoman et Gomorrham sulphur et ignem a Domino de caelo ») e quella dantesca, *Inf.*, XIV, 28-30 (« Sovra tutto 'l sabbion, d'un cader lento, - piovean di foco dilatate falde, - come di neve in alpe senza vento. »). Da notare *di natura...offese* (v. 3) : le offese recate alla natura, i peccati contro natura; *salde* (v. 4) : ostinate. 5. *almo* : fertile. Si oppone a « steril » (v. 7). 7. *quanto* ecc. : per quanto quel lago pigramente si volge con le sue acque stagnanti. Per « torpe » cfr. XIV, 24, 3 ; XV, 44, 4 ; XVII, 43, 7. 8. *compressa* : densa, opprimente.
62 : 1. *greve* : pesante. 2. *al basso* : al fondo. 3. *leve* : leggero. 4. *sornuota* : galleggia. 5. *Siede* : è situato. 6. *peregrini* : viandanti; *passo* : passaggio. 7. *Ivi* ecc. : in questo castello Armida ci accolse; *con* ecc. : per quale sortilegio.
63 : 3. *un fiumicel diffonde* : un fiumicello (sogg.) si diffonde, serpeggia. Ma anche : dove una fonte scaturisce e diffonde un fiumicello (ogg.).

piovono in grembo a l'erbe i sonni queti
con un soave mormorio di fronde,
cantan gli augelli: i marmi io taccio e l'oro
meravigliosi d'arte e di lavoro.

64 Apprestar su l'erbetta, ov'è più densa
l'ombra e vicino al suon de l'acque chiare,
fece di sculti vasi altera mensa
e ricca di vivande elette e care.
Era qui ciò ch'ogni stagion dispensa,
ciò che dona la terra o manda il mare,
ciò che l'arte condisce; e cento belle
servivano al convito accorte ancelle.

65 Ella d'un parlar dolce e d'un bel riso
temprava altrui cibo mortale e rio.
Or mentre ancor ciascuno a mensa assiso
beve con lungo incendio un lungo oblio,
sorse e disse: « Or qui riedo. » E con un viso
ritornò poi non sì tranquillo e pio.
Con una man picciola verga scote,
tien l'altra un libro, e legge in basse note.

64: 3. *fece*: sogg. Armida; *sculti*: scolpiti; *altera*: superba, sontuosa. 4. *elette e care*: scelte e pregiate. 7. *ciò* ecc.: ciò che l'arte culinaria rende ancora più gustoso. 7-8. *belle...accorte ancelle*: ancelle tanto belle quanto abili.
65: 1-2. *Ella* ecc.: Armida offriva, mescolati tra loro, dolci parole incantevoli, sorrisi e cibi mortali per lo spirito, cioè stregati. Cfr. Petrarca, *Rime*, CCCL, 4 (« dal più dolce parlare e dolce riso »). 4. *beve* ecc.: beve con l'amore (« incendio »), assorbito da quel « parlar dolce » e da quel « bel riso » (v. 1), un lungo oblio d'ogni altra cosa. Cfr. Virgilio, *Aen.*, VI, 715 (« securos latices et longa oblivia potant »). 5. *riedo*: torno. 6. *non sì* ecc.: non più così sereno e mansueto come prima. 7-8. *Con una man* ecc.: « Imitato dall'*Odissea* nel libro decimo. Omero non fa ivi menzione che Circe adoperasse un libro: questa aggiunta il Tasso la pose per attenersi al costume dei maghi. Confronta anche il potere d'Alcina nell'Ariosto (*Orl.*, VI, 61) » (FERRARI). Da notare *verga* (v. 7): bacchetta magica; *libro* (v. 8): libro contenente le formule magiche; *in basse note* (v. 8): a bassa voce.

66
 Legge la maga, ed io pensiero e voglia
sento mutar, mutar vita ed albergo.
(Strana virtù!) novo pensier m'invoglia:
salto ne l'acqua, e mi vi tuffo e immergo.
Non so come ogni gamba entro s'accoglia,
come l'un braccio e l'altro entri nel tergo,
m'accorcio e stringo, e su la pelle cresce
squamoso il cuoio; e d'uom son fatto un pesce.

67
 Così ciascun de gli altri anco fu vòlto
e guizzò meco in quel vivace argento.
Quale allor mi foss'io, come di stolto
vano e torbido sogno, or me 'n rammento.
Piacquele al fin tornarci il proprio volto;
ma tra la meraviglia e lo spavento
muti eravam, quando turbata in vista
in tal guisa ne parla e ne contrista:

68
 « Ecco, a voi noto è il mio poter » ne dice
« e quanto sopra voi l'imperio ho pieno.
Pende dal mio voler ch'altri infelice
perda in prigione eterna il ciel sereno,
altri divenga augello, altri radice
faccia e germogli nel terrestre seno,
o che s'induri in scelce, o in molle fonte
si liquefaccia, o vesta irsuta fronte.

66: 1. *pensiero e voglia*: ragione e istinti. 2. *albergo*: dimora. Lascia la terra ferma e sceglie l'acqua. 3. *Strana virtù*: straordinario prodigio; *novo pensier*: insolito desiderio, non mai sentito. 5-7. *Non so* ecc.: Dante, *Inf.,* XXV, 112-4 («Io vidi intrar le braccia per l'ascelle, — e i due piè della fiera ch'eran corti — tanto allungar quanto accorciavan quelle»). Da notare *entro s'accoglia* (v. 5): si raccolga in se stessa, si accorci.

67: 1. *vòlto*: trasformato. 2. *in quel vivace argento*: «in quell'acqua chiarissima, ch'era dentro al castello. Metafora causata dall'apparenza di fuori aiutata dall'epiteto (*vivace*) che significa *mobilità*» (GUASTAVINI). Cfr. XIII, 60, 2. 5. *tornarci* ecc.: restituirci il nostro aspetto umano. 7. *turbata in vista*: con volto minaccioso. 8. *ne...ne*: ci...ci.

68: 3. *Pende*: dipende. 7. *molle*: liquida. 8. *vesta* ecc.: assuma la testa villosa d'un animale.

Canto decimo

69 Ben potete schivar l'aspro mio sdegno,
quando servire al mio piacer v'aggrade:
farvi pagani, e per lo nostro regno
contra l'empio Buglion mover le spade. »
Ricusàr tutti ed aborrìr l'indegno
patto; solo a Rambaldo il persuade.
Noi (ché non val difesa) entro una buca
di lacci avolse ove non è che luca.

70 Poi nel castello istesso a sorte venne
Tancredi, ed egli ancor fu prigioniero.
Ma poco tempo in carcere ci tenne
la falsa maga; e (s'io n'intesi il vero)
di seco trarne da quell'empia ottenne
del signor di Damasco un messaggiero,
ch'al re d'Egitto in don fra cento armati
ne conduceva inermi e incatenati.

71 Così ce n'andavamo; e come l'alta
providenza del Cielo ordina e move,
il buon Rinaldo, il qual più sempre essalta
la gloria sua con opre eccelse e nove,
in noi s'aviene, e i cavalieri assalta
nostri custodi e fa l'usate prove:
gli uccide e vince, e di quell'arme loro
fa noi vestir che nostre in prima foro.

69: 2. *quando*: purché vi piaccia di assecondare la mia volontà. 6 *solo* ecc.: induce solo Rambaldo ad accettare l'« indegno patto ». Per Rambaldo, cfr. V, 75, 5-6 e nota relativa; VII, 31 sgg. 8. *ove* ecc.: dove non filtrava neppure un barlume di luce. Cfr. Dante, *Inf.*, IV, 151 (« e vengo in parte ove non è che luca »).

70: 1-2. *Poi* ecc.: cfr. VII, 28 sgg. Da notare *a sorte* (v. 1): non per sua volontà. 4. *falsa*: ingannatrice. 6. *signor di Damasco*: Idraote, zio di Armida. Cfr. IV, 20, 2.

71: 3. *buon*: valoroso. 5. *s'aviene*: s'imbatte. 6. *fa* ecc.: fa sfoggio dei suoi consueti atti di valore. 8. *foro*: furono.

72   Io 'l vidi, e 'l vider questi; e da lui porta
ci fu la destra, e fu sua voce udita.
Falso è il romor che qui risuona e porta
sì rea novella, e salva è la sua vita;
ed oggi è il terzo dì che con la scorta
d'un peregrin fece da noi partita
per girne in Antiochia, e pria depose
l'arme che rotte aveva e sanguinose. —

73   Così parlava, e l'Eremita intanto
volgeva al cielo l'una e l'altra luce.
Non un color, non serba un volto: oh quanto
più sacro e venerabile or riluce!
Pieno di Dio, rapto dal zelo, a canto
a l'angeliche menti ei si conduce;
gli si svela il futuro, e ne l'eterna
serie de gli anni e de l'età s'interna,

74   e la bocca sciogliendo in maggior suono
scopre le cose altrui ch'indi verranno.
Tutti conversi a le sembianze, al tuono
de l'insolita voce attenti stanno.
— Vive — dice — Rinaldo, e l'altre sono
arti e bugie di feminile inganno.
Vive, e la vita giovanetta acerba
a più mature glorie il Ciel riserba.

72: 1. *porta*: offerta. 3. *romor*: fama, diceria. 4. *rea novella*: quella della morte di Rinaldo. 5. *scorta*: guida. 6. *partita*: partenza (« fece...partita »: prese congedo). 7-8. *pria depose* ecc.: di qui l'origine dell'equivoco da cui nacque la sedizione nel campo cristiano (cfr. VIII, 48 sgg.).

73: 1. *l'Eremita*: Pietro l'Eremita. 2. *luce*: occhi. 3. *Non* ecc.: non ha più il solito colore né serba la consueta espressione del volto. Cfr. Virgilio, *Aen.*, VI, 41 (« ... non vultus, non color unus »). 5. *rapto dal zelo*: rapito in estasi dall'ardore religioso. 8. *età*: tempo.

74: 1. *in maggior suono*: con voce più che umana (cfr. XIII, 52, 2 « più ch'uomo »). Cfr. Virgilio, *Aen.*, VI, 50 (« nec mortale sonans »). 2. *scopre*: rivela agli altri le cose che poi avverranno. 3. *conversi*: attentamente rivolti; *sembianze*: aspetto.

Canto decimo

75 Presagi sono e fanciulleschi affanni
questi ond'or l'Asia lui conosce e noma.
Ecco chiaro vegg'io, correndo gli anni,
ch'egli s'oppone a l'empio Augusto e 'l doma,
e sotto l'ombra de gli argentei vanni
l'aquila sua copre la Chiesa e Roma,
che de la fèra avrà tolte a gli artigli;
e ben di lui nasceran degni i figli.

76 De' figli i figli, e chi verrà da quelli,
quinci avran chiari e memorandi essempi;
e da' Cesari ingiusti e da' rubelli
difenderan le mitre e i sacri tèmpi.
Premer gli alteri e sollevar gli imbelli,
difender gli innocenti e punir gli empi,
fian l'arti lor: così verrà che vóle
l'aquila estense oltra le vie del sole.

77 E dritto è ben che, se 'l ver mira e 'l lume,
ministri a Pietro i folgori mortali.

75: 1-2. *Presagi* ecc.: le presenti imprese di Rinaldo, per le quali l'intera Asia ha appreso a conoscerlo e gli conferisce fama, non sono che preannunzi delle glorie future, anzi semplici fatiche di adolescente. 4. *empio Augusto*: Federico Barbarossa, che combatté contro il papa Alessandro III. In questa profezia il T. attribuisce a Rinaldo le gloriose imprese che Giambattista Pigna, storico degli Estensi, fece invece risalire a un altro Rinaldo, figliuolo di Bertoldo e capitano del secolo XII. 5. *argentei vanni*: le ali dell'aquila estense (v. 6). Cfr. Dante, *Par.*, VI, 7 (« e sotto l'ombra delle sacre penne »). 6. *copre* ecc.: protegge la Chiesa e Roma sottraendole agli artigli del Barbarossa, feroce come « fèra ».

76: 1-2. *De' figli* ecc.: Virgilio, *Aen.*, III, 97-8 (« Hic domus Aeneae cunctis dominabitur oris, - et nati natorum, et qui nascentur ab illis »). Da notare *quinci* (v. 2): di qui, da Rinaldo. 3. *Cesari*: sovrani; *rubelli*: ribelli. 4. *le mitre* ecc.: i pontefici e la religione. 5. *Premer* ecc.: opprimere i superbi e sollevare i deboli. Cfr. Virgilio, *Aen.*, VI, 854 (« Parcere subiectis et debellare superbos »). 7. *verrà che vóle*: avverrà che voli.

77: 1. *dritto*: giusto; *mira*: sogg. l'« aquila estense » (76, 8). 2. *ministri* ecc.: somministri al pontefice le armi terrene. 3. *U'*: dove

U' per Cristo si pugni, ivi le piume
spiegar dée sempre invitte e trionfali,
ché ciò per suo nativo alto costume
dielle il Cielo e per leggi a lei fatali.
Onde piace là su che in questa degna
impresa, onde partì, chiamato vegna. —

78 Qui dal soggetto vinto il saggio Piero
stupido tace, e 'l cor ne l'alma faccia
troppo gran cose de l'estense altero
valor ragiona, onde tutto altro spiaccia.
Sorge intanto la notte, e 'l velo nero
per l'aria spiega e l'ampia terra abbraccia;
vansene gli altri e dan le membra al sonno,
ma i suoi pensieri in lui dormir non ponno.

(ubi). 5-6 *per suo* ecc.: « come nobile inclinazione ingenita e nello stesso tempo come legge per lei inevitabile » (DELLA TORRE). 8. *chiamato vegna*: Rinaldo venga richiamato.

78: 1. *dal soggetto*: dall'altezza dell'argomento. 2. *stupido*: attonito. 2-4. *e 'l cor* ecc.: qui si ha la spiegazione di « dal soggetto vinto » (v. 1) « stupido tace » (v. 2). Perciò intenderai: Il cuore infatti, tralucendo nell'espressione del suo nobile volto, gli va prospettando esempi così eccelsi del valore estense che egli non può non considerare inadeguata ad esprimerli qualsiasi parola e perciò « stupido tace ». Altri intende: « così che ogni altra grandezza resta menomata dal confronto (SOZZI). E anche: « per cui la sua attenzione non si può posare su nessun altro argomento » (CHIAPPELLI).

INDICE DEL PRIMO VOLUME

Introduzione	V
Nota bibliografica	XXXIX
Canto primo	3
Canto secondo	35
Canto terzo	70
Canto quarto	96
Canto quinto	129
Canto sesto	161
Canto settimo	200
Canto ottavo	245
Canto nono	277
Canto decimo	314

Annotazioni

Annotazioni **UL**

Annotazioni

Annotazioni UL

Annotazioni

Annotazioni **UL**